서정오의
우리
옛이야기
백가지 ②

서정오의 우리 옛이야기 백 가지 2

초판 1쇄 발행 1999년 3월 5일
초판 24쇄 발행 2014년 1월 25일
개정 증보판 1쇄 발행 2015년 4월 20일
개정 증보판 5쇄 발행 2023년 6월 30일

글쓴이 I 서정오
그린이 I 이우정
펴낸이 I 조미현

편집주간 I 김현림
디자인 I 김진디자인 · 조율아트

등록 I 1951년 12월 24일 · 제10-126호
주소 I 04029 서울시 마포구 동교로12안길 35
전화 I 02-365-5051   팩스 I 02-313-2729
전자우편 I editor@hyeonamsa.com
홈페이지 I www.hyeonamsa.com

글ⓒ서정오 2015
그림ⓒ이우정 2015

ISBN 978-89-323-1740-3 04810
ISBN 978-89-323-1738-0(세트) 04810

이 도서의 국립중앙도서관 출판시도서목록(CIP)은
서지정보유통지원시스템홈페이지(http://seoji.nl.go.kr)와
국가자료공동목록시스템(http://www.nl.go.kr/kolisnet)에서
이용하실 수 있습니다. (CIP제어번호 CIP2015009499)

서정오의
우리
옛이야기
백가지 ②

ㅎ 현암사

이 책 초판이 나온 지 꽤 오랜 세월이 흘렀다. 짧지 않은 세월 동안 이 보잘것없는 책이 꾸준히 숨결을 이어올 수 있었던 것은 오로지 독자 여러분의 관심과 사랑 덕분이다. 그 고마움에 조금이라도 보답하고자 개정 증보판을 낸다.

여태 이 책이 쇄를 거듭할수록 마음 한구석에 빚을 진 듯한 미안함이 있었다. 명색 책 제목을 『우리 옛이야기 백 가지』라 해놓고 실제로는 예순 가지 이야기만 실어놓았던 까닭이다. 그 당시로는 자료의 한계와 출판 시한 같은 핑곗거리가 있었지만, 시간이 흐를수록 보완에 대한 의무감은 짙어만 갔다.

그러는 사이에 십 년 넘는 세월이 훌쩍 지나 이제 더는 미룰 수 없는 형편이 되었다. 마침 출판사에서 기꺼이 이해하고 도와준 덕분에 용기를 내어 책을 깁고 보태는 일에 손댈 수 있었다. 얼추 두세 해 동안 다시 쓴 마흔 가지 이야기를 보태 넣어 드디어 백 가지를 채우게 되었다. 이로써 마음속 짐을 얼마큼 내려놓은 느낌이다.

이야기를 보탠 것과 함께 묶음도 네 덩어리에서 여섯 덩어리로 늘렸다. 모험과 기적, 인연과 응보, 우연한 행운, 세태와 교훈, 슬기와 재치, 풍자와 해학이 그것으로, 이는 이야기 성격에 따라 나눈 것이다. 또 책 뒤에는 이야기 이해와 감상을 돕고자 '이야기 맛보기'를 붙였다. 물론 여기 드러난 생각은 '정답'이 아니며 글쓴이의 주관일 뿐이다.

세상이 속도와 능률을 좇아 내달릴수록 사람 냄새 밴 푸근한 이야기판이 아쉽다. 이야기판은 그 자체로 막힌 것을 뚫는 소통이요 둘레를 돌아보는 여유다. 이 책에 실린 옛이야기가 바로 그 소통과 여유의 자리를 넓히는 데 조금이나마 이바지하기를 바란다.

2015년 2월 서정오

개정 증보판을 내며

우리 문화의 꽃, 옛이야기

잘 알다시피 옛이야기는 오랜 옛날부터 이 땅에 살아온 사람들의 삶과 생각이 한데 어우러진, 우리의 소중한 문화유산이다. 옛이야기는 공동체 속에서 창조되어 끊임없이 입에서 입으로 전해지는 가운데 자연스럽게 다듬어져 오늘날에 이르렀다. 그러므로 이 땅에 살고 있는 우리는 이 소중한 문화유산을 다음 세대에 전해줄 짐을 지고 있는 셈이다. 그런데 요즈음 세태의 변화와 함께 이야기 문화가 사라지면서 옛이야기는 그 전승의 맥이 끊어지려 하고 있다. 가정은 더 이상 옛이야기 전승의 구실을 포기한 지 오래고, 아이들은 풍성한 옛이야기보다 외마디 지시나 명령만을 듣고 자란다.

옛날 소박한 공동체 사회에서는 옛이야기가 매우 중요한 구실을 했다. 옛이야기는 사람들의 마음을 한데 묶는 끈이었고 꿈과 현실을 이어주는 징검다리였으며 일상의 고단함을 풀어주는 청량

제였다. 아이들을 가르치는 중요한 수단이기도 했다. 세태가 변했다고 해서 이러한 옛이야기의 값어치가 줄어들었다고는 보지 않는다. 오히려 요새처럼 각박한 세상에서 옛이야기는 더욱 그 빛을 밝힐 수 있을 것 같다.

이 책은 옛이야기 전승에 이바지할 목적으로 썼다. 글쓴이는 두 해 전에 이미 『우리가 정말 알아야 할 우리 옛이야기 백 가지』라는 책을 쓴 바 있는데, 이 책은 그 뒤를 이어서 내는 책이다. 앞의 책을 낸 뒤에 새로 모으거나 찾아낸 이야기 중에서 전승할 만한 값어치가 있다고 판단되는 것을 글로 묶었다. 옛이야기는 재미를 생명으로 한다. 따라서 전승할 만한 값어치가 있다는 것은 곧 재미있다는 것을 뜻한다. 재미있을 뿐 아니라 옛사람들의 깨달음이나 가르침을 온전하게 맛볼 수 있는 이야기라면 아주 훌륭한 이야기라 할 만하다. 그러나 이 책에 실린 이야기가 모두 훌륭한 이야기라고 단정할 수는 없다. 그것을 판단하는 것은 글쓴이의 몫이 아니라 어디까지나 독자의 몫이다.

옛이야기는 입에서 입으로 전해지므로 전승 과정에서 끊임없이 살아 움직인다. 글자로 굳어지지 않았기에 누가, 언제, 누구에게 전승하느냐에 따라서 그 틀이 달라지게 마련이다. 유형이 똑같은 이야기라도 수많은 각편이 나올 수 있는 것은 이 때문이다. 글쓴이는 될 수 있는 대로 많은 각편을 수집해서, 한 유형을 대표할 수 있겠다 싶은 화소를 골라낸 다음 알맞게 배열하는 방법으로 이야기를 다시 쓰거나 고쳐 썼다. 그러나 이러한 작업도 만족스러운 것은 아니었다.

초판 머리말

옛이야기는 대개 깨끗한 토박이 입말을 잘 간직하고 있다. 옛이야기 특유의 감칠맛은 우리말의 아름다움을 더할 나위 없이 보여준다. 글쓴이는 이러한 말맛을 다치지 않고 살려내려는 의도로 글말을 버리고 입말을 그대로 쓰려 애썼다. 높임말을 버리고 예사말을 쓴 것은, 그게 옛이야기 특유의 감칠맛을 잘 살릴 수 있다고 판단해서이다.

이 책에서는 이야기를 주제나 성격에 따라 크게 네 덩어리로 나누어놓았다. 옛이야기를 이렇게 나누는 데서 특별한 의미를 찾을 필요는 없다. 그저 독자들이 이야기를 찾아 읽는 데 도움을 주기 위한 방편일 뿐이다. 제1부에는 모험이나 기적, 인과응보와 권선징악을 다룬 이야기를 모았다. 제2부에서는 세태를 비판하거나 교훈을 주려고 만든 이야기가 들어 있다. 제3부에는 슬기와 재치를 다룬 이야기를, 제4부에는 풍자와 해학을 주제로 한 이야기를 모아놓았다.

이 책에 실린 이야기는 대개 쉽고 건전하기 때문에 남녀노소 누구나 읽을 수 있다. 그러나 될 수 있는 대로 어른이 읽기를 권한다. 어른이 먼저 읽고 아이들에게 들려주는 것이 전승의 맥을 온전하게 잇는 일이며, 그게 또한 올바른 교육 방법이기도 하다. 아무쪼록 이 책이 우리의 소중한 옛이야기가 다음 세대에 전승되는 데에 작은 구실이라도 할 수 있기를 바라며, 이 책을 내는 데 처음부터 끝까지 많은 도움을 준 현암사 편집부 여러분께 감사드린다.

1999년 3월 서정오

차례

제5부 슬기와 재치

제6부 풍자와 해학

제1부

모험과 기적

이상한 수수께끼

옛날 저 추풍령 고갯마루에 주막이 하나
있었어. 과거 보러 가는 선비들이 쉬어 가던
주막이야. 과거 보러 가다가 날이 저물면 하룻밤 자고
가려고 들고, 먼 길 걸은 사람은 다리쉼 하려고 들고, 이래저래 주
막은 늘 선비들로 북적거렸지. 그런데 한번은 선비들이 한꺼번에
너무 많이 들이닥쳤던 모양이야. 방은 비좁은데 사람은 많으니,
눕지도 못하고 둘러앉아서 정강이를 맞비비고 있는 참이지. 별 수
없이 앉은 채로 밤을 새워야 할 판이거든.

그런데 그렇게 사람들이 빙 둘러앉으니 가운데가 널따랗게 빌
것 아니야? 그 자리에 한 사람쯤은 다리를 뻗치고 누울 만하거든.
모두들 거기에 눕고 싶지만 체면을 차리느라고 서로 눈치만 보고
있었어. 그러다가 한 사람이 말을 꺼내기를,

"우리 이럴 게 아니라 한 사람이라도 저기 누워서 편히 자도록 합시다."

"그건 그렇소만 누울 사람을 어찌 정한단 말이오?"

"수수께끼 내기를 합시다. 한 사람이 한 가지씩 수수께끼를 내어, 아무도 못 맞히는 문제를 낸 사람이 눕도록 하면 좋지 않겠소?"

"그거 좋은 생각이오."

이렇게 의논을 하고, 한 사람씩 돌아가며 수수께끼를 냈어. 그런데 모두들 책을 많이 읽은 선비라 웬만한 수수께끼는 다 척척 알아맞히거든. 이 사람이 모르면 저 사람이 알고, 저 사람이 모르면 이 사람이 알고, 이렇게 척척 알아맞히니 당최 누울 사람이 없단 말이야. 그렇게 죽 돌아가다가 마지막에 남은 선비가 수수께끼를 내는데 뭐라고 내는고 하니,

"죽은 사람이 살아서 진진이를 세 번 부르는 게 뭐냐?"

이러거든. 죽은 사람이 살아서 진진이를 세 번 부른다? 거 참, 아무리 생각해도 모르겠어. 아무도 몰라. 그러니 다른 사람이 그게 뭔지 말해봐라, 이렇게 다그칠 것 아니야? 그러니까 이 선비가 이야기를 죽 늘어놓는데, 그 이야기가 이래.

옛날에 한 임금님이 살았는데, 이 임금님한테 딸이 하나 있었어. 아들도 없고 달랑 딸 하나뿐이야. 그러니 얼마나 귀해? 쥐면 터질세라 불면 꺼질세라 애지중지 키웠지.

이때 나라 안에 참 이상한 일이 생겼어. 무슨 일인고 하니, 멀쩡하던 사람이 하나둘씩 없어지는 거야. 자고 일어나면 사람이 없어져. 어느 집에서는 아버지를 잃고, 어느 집에서는 어머니를 잃고,

또 어느 집에서는 아들딸을 잃고, 이렇게 사람들이 줄줄이 사라졌지. 어디로 사라졌는지 자취도 없어. 참 귀신이 곡할 노릇이지.

그러다 보니 임금님 딸까지 없어졌어. 그 애지중지하던 딸을 잃어버렸단 말이지. 임금님이 군사를 풀어 온 나라를 이 잡듯이 뒤졌어. 그래도 못 찾아. 그래서 공주를 찾아주는 사람에게는 큰 상을 내리겠다고 곳곳에 방을 내걸었지. 힘깨나 쓴다는 장수들과 날고 기는 점쟁이들이 구름같이 모여들었어. 그 사람들이 모두 공주를 찾으러 나섰지. 그런데 아무도 못 찾아. 터럭만 한 자취라도 있어야 찾을 게 아니야?

일이 이렇게 되니 임금님도 임금님이지마는 온 나라 사람들이 근심에 싸였지. 언제 누가 연기같이 사라질지 모르는 판국이니 근심이 되지 안 돼?

이러고 있을 때, 한 나무꾼이 나무를 하러 산에 갔다가 길을 잃었어. 길을 잃고 여기저기 헤매다 보니 자꾸 깊은 산속으로 들어가서, 난생 듣도 보도 못한 곳으로 가게 됐어. 사람 발길도 안 닿는 곳이야. 그런 데서 헤매다 보니 저 아래서 웅성웅성하는 소리가 들리네. 가만히 나무 뒤에 몸을 숨기고 봤어. 보니, 사람들이 한 무더기 올라오는데 죄다 오라를 지고 굴비두름 모양으로 줄줄이 묶여 올라와. 그런데 맨 앞에 선, 몸이 깍짓동 같고 팔뚝이 홍두깨만 하고 눈에 빨간 불이 철철 흐르는 놈이 사람들을 끌고 오거든. 가만히 보니 사람도 아니고 짐승도 아닌 것이, 그게 괴물이야.

'옳아. 저것이 여태 죄 없는 사람들을 잡아간 괴물이로구나.'

가만히 뒤를 밟았지. 뒤를 밟다 보니, 어느 골짜기에 썩 들어서

더니 큰 바위 앞에서 떡 멈춰 서더란 말이지. 떡 멈춰 서서 바위를 두 손으로 잡고 '끙' 하면서 한 번 용을 쓰니까 그 큰 바위가 스르르 열려. 그러니까 거기에 커다란 동굴 아가리가 나타나. 괴물이 사람들을 끌고 동굴 속으로 들어갈 때 나무꾼도 사람들 틈에 끼어 들어갔지. 다 들어가니 괴물이 바위를 도로 닫아버리지. 바위를 딱 닫아버리니 뭐 이건 옴쭉도 달싹도 안 하는 거지.

동굴 속으로 한참 들어가니 빛이 환한 딴 세상이 나타나더래. 고래 등 같은 기와집도 있고 버섯 같은 초가집도 있는 그런 큰 세상이 나타나더란 말이지. 괴물이 사람들을 끌고 큰 기와집으로 들어가는데, 그때 나무꾼은 사람들 틈에 섞여 가다가 얼른 장독간에 숨었지. 장독 뒤에 가만히 숨어 있었어.

한참 있으니까 웬 처녀가 바가지를 들고 장을 뜨러 오더래. 장독 뚜껑을 열고 바가지로 장을 뜨면서 노래를 부르는데,

"보고 지고 보고 지고, 울 어머니 보고 지고. 가고 지고 가고 지고, 우리 집에 가고 지고."

이러거든. 가만히 보니 괴물한테 잡혀 온 처녀 같단 말이야. 그래서 돌멩이로 장독을 똑똑 두드리며 저도 노래를 한마디 불렀지.

"딱한지고 딱한지고, 장 뜨는 저 처녀야. 너의 집에 가려거든 말 한마디 건네주소."

처녀가 노랫소리를 듣더니 낌새를 알아차리고 가만히 장독을 돌아 나무꾼이 숨어 있는 데로 왔지. 나무꾼이,

"놀라지 마시오. 나는 산에서 길을 잃어 헤매다가 저 괴물을 따라 여기까지 왔소이다."

하니까,

"그렇습니까? 저는 얼마 전까지만 해도 대궐에 살았는데 괴물에게 잡혀 와 이런 신세가 되었습니다."

하는데, 듣고 보니 그 처녀가 바로 공주거든. 그렇게 만나서 둘이서 괴물을 없앨 방도를 의논했어.

"제아무리 힘센 괴물이라 하나 저도 틀림없이 무서워하는 게 있을 것이오. 그러니 틈을 봐서 괴물이 뭘 무서워하는지 좀 알아봐 주시오."

"잘 알았습니다. 그동안 빈 독 안에 숨어 있으세요."

그래서 나무꾼은 빈 독 안에 들어가 숨어 있었어. 공주는 그날밤에 괴물한테 가서 술을 권하는 체하면서,

"당신처럼 힘센 사람은 세상에 무서운 게 아무것도 없겠지요?"

하고 넌지시 물어봤어. 그랬더니,

"아니야. 나도 무서운 게 딱 하나 있어."

이러거든. 그래서 또 술을 권하는 체하다가,

"그 무섭다는 게 뭔가요?"

하고 물어봤지. 괴물이 처음에는 대답을 안 하다가 자꾸 술을 권하면서 물으니까 가르쳐주기를,

"다른 건 하나도 안 무서워. 사슴 가죽 냄새가 제일 무섭지."

이런단 말이야. 공주가 그 말을 잘 들어뒀다가 괴물이 잠든 틈을 타서 장독간으로 갔어. 가서 빈 독 안에 숨어 있는 나무꾼에게 그대로 일러줬지.

"옳거니, 이제 됐소. 그 괴물이 자는 방만 일러주시오."

마침 나무꾼이 허리춤에 부시 주머니를 하나 차고 있었는데, 그 주머니가 바로 사슴 가죽으로 만든 거야. 그 주머니를 잘라서 동글동글하게 뭉쳐가지고 괴물이 자는 방에 숨어들었지. 그러고는 댓바람에 그놈의 콧구멍에다 사슴 가죽 뭉친 것을 박아 넣었어. 그랬더니 괴물이 벌떡 일어나 길길이 뛰다가 벼락 치는 소리를 내면서 죽어버렸어.

이렇게 해서 괴물을 없애고 나니, 붙잡혀 왔던 사람들이 죄다 우르르 몰려와서 고맙다고 치하를 해. 그리고 나서 힘센 젊은이 수백 명이 달려들어 동굴을 막고 있던 바위를 밀고 밖으로 나갔지. 잡혀 온 사람 수천 명이 다 나갔어. 임금님 딸도 나갔지. 그런데 임금님 딸이 나가서 고맙다는 인사라도 하려고 나무꾼을 찾으니, 나무꾼은 그새 어디로 갔는지 아무리 찾아도 없어. 그래서 할 수 없이 그냥 대궐로 돌아갔지.

그런데 사실 나무꾼은 동굴을 못 빠져나오고 안에 갇혀 있었어. 어찌 된 일인고 하니, 사람들을 다 내보내고 혼자 뒤처져 있던 나무꾼이 미처 나오기도 전에 다른 사람이 바위로 동굴을 막아버렸어. 다 나온 줄 알고 말야. 그래서 나무꾼은 하릴없이 혼자 굴속에 갇힌 거야.

바위를 열자니 힘이 닿기를 하나. 힘센 젊은이 수백 명이 달려들어 겨우 열고 닫은 바위인데, 그걸 혼자 힘으로 어떻게 열어? 그러니 어쩔 도리가 없는 거지. 혼자서 탄식을 하면서 그 안에서 이리저리 돌아다녔어.

그렇게 돌아다니다 보니 배가 고프거든. 그래서 뭐 먹을 게 없나 하고 괴물이 살던 기와집으로 들어갔어. 부엌에 가서 여기저기 살피는데 솥 안에서 달그락달그락 소리가 나. 뭐가 그러나 하고 솥뚜껑을 열어보니, 아 글쎄 솥 안에 커다란 자라가 한 마리 들어 있는 거야. 괴물이 잡아서 삶아 먹으려고 솥 안에 넣어뒀나 봐. 자라가 눈을 꿈적꿈적하면서 쳐다보는데 참 불쌍하거든. 그래서 꺼내줬지. 꺼내주니까 자라가 뭐라고 하는고 하니,

"조금만 더 있었으면 숨이 막혀 죽었을 터인데, 덕분에 살아났습니다. 이 은혜는 꼭 갚겠습니다."

하거든.

"말은 고맙지만 당장 여기서 빠져나갈 길이 없으니 그게 큰일이구나."

했더니,

"그것은 염려 마십시오. 저한테 방도가 있습니다."

이러면서 밖으로 엉금엉금 기어 나가. 나가서 뭐라고 뭐라고 입을 벙긋벙긋하니까 아 어디서 개미 떼가 수없이 기어 오는데 천지가 새까맣게 기어 와. 그러더니 굴을 막은 바위 밑을 고물고물 파젖히니까 그 큰 바위가 흔들흔들하더니 한참 뒤에는 쿵 하고 넘어져. 그래서 나무꾼은 자라와 함께 밖으로 나왔어. 밖으로 나와서 자라가 하는 말이,

"저는 본디 용왕의 아들인데 뭍 구경을 나왔다가 변을 당했습니다. 목숨을 구해준 은혜를 갚고자 하니 부디 저와 함께 용궁으로 가시지요."

이러더래. 그래서 자라 등을 타고 용궁으로 갔어. 용궁에 가니 용

왕이 용상에 턱 앉아 있다가, 아들 목숨을 살려준 은인이라고 반갑게 맞아주지. 뭐 대접도 이만저만이 아니야. 사흘 밤낮으로 잔치를 벌이는데, 듣도 보도 못한 음식을 가득 차려놓고 풍악을 울리면서 참 대접을 잘해. 그렇게 대접을 잘 받고 돌아가려고 하니까 용왕 아들이 와서 가만히 이르기를,

"돌아갈 때 아버지가 뭐든지 마음에 드는 물건을 하나 가져가라고 하거든 다른 것은 말고 진진이라는 항아리를 달라고 하십시오."
하는 거야.

용왕 앞에 가서 이제 그만 돌아가 봐야겠다고 하니, 아닌 게 아니라 용왕이 뭐든지 마음에 드는 물건을 하나 가져가라고 그런단 말이야. 그래서,

"다른 것은 말고 진진이라는 항아리를 주십시오."
했지. 그랬더니 용왕이 한참 생각하다가 하는 수 없다는 듯이 항아리 하나를 내주더래. 그걸 가지고 자라 등을 타고 뭍으로 나왔지. 나올 때 용왕 아들이 가르쳐주기를,

"언제든지 어려운 일이 생기거든 항아리를 쓰다듬으며 '진진아'를 세 번 부르십시오. 그러면 좋은 일이 생길 것입니다."
하거든. 그 말을 잘 새겨듣고 나왔지. 나와서 이제 집으로 갈 판인데, 가다가 산속에서 날이 저물었어. 산속에서 날이 저물었으니 딱하게 되었지. 잘 곳도 없고 쉴 곳도 없으니 말이야. 어려운 일이 생기면 진진이를 부르라는 말이 생각나서, 항아리를 쓰다듬으며 세번 불렀어.

"진진아, 진진아, 진진아."

그랬더니 이게 웬일이야? 항아리에서 파란 옷을 입은 아이가 썩 나오더니 공손하게 절을 하면서,

"어인 일로 부르셨습니까?"

하네. 그래서 밤중에 쉴 곳이 없어 불렀노라고 했지. 그랬더니 댓바람에 고래 등 같은 집을 한 채 턱 지어놓고 도로 항아리 안으로 쏙 들어가. 그 집에 들어가서 잘 잤지.

그런데 일이 꼬이느라고 그랬는지 그걸 누가 숨어서 다 봤어. 누가 봤는고 하니 산도둑이 봤어. 산도둑이 가만히 보니 진진이라는 항아리가 참 희한한 물건이거든. 세 번 부르기만 하면 나와서 뭐든지 해달라는 대로 다 해주니 보물도 그런 보물이 없단 말이야. 탐이 났지. 그래서 밤중에 가만히 들어가서 나무꾼을 죽이고 항아리를 빼앗아 달아나버렸어.

자, 이렇게 해서 나무꾼은 죽었어. 그런데 그날 밤에 임금님 딸이 대궐 방에서 바느질을 하고 있었거든. 바느질을 하다가 보니 웬 고양이 한 마리가 '야옹' 하면서 방에 들어와 하얀 봉지를 떨어뜨려 놓고 나가더래. 봉지를 열어보니 약초 한 움큼과 편지가 들어 있는데, 그게 용왕 아들이 쓴 편지야. 편지에 뭐라고 적혀 있는고 하니,

'날이 밝는 대로 이 약초를 가지고 아무 산 아무 골로 가시오.'

이렇게 적혀 있어. 임금님 딸이 이튿날 날이 밝는 대로 약초를 가지고 편지에 적힌 곳을 찾아갔지. 가 보니 산속에 덩그런 기와집이 있고, 그 안에 웬 사람이 죽어 있더란 말이지. 가만히 보니 동굴에서 만났던 나무꾼이거든. 가지고 간 약초를 달여 먹였더니,

죽었던 사람의 몸에 핏기가 사르르 돌면서 벌떡 일어나더래. 일어나면서 하는 말이,

"진진아, 진진아, 진진아."

하고 진진이를 세 번 부르더라는 거야.

이렇게 해서 선비 이야기가 끝났어. 듣고 보니 '죽은 사람이 살아서 진진이를 세 번 부르는' 게 맞거든. 그런 이야기를 다른 선비가 알 게 뭐야. 그래서 이 수수께끼를 낸 선비가 내기에서 이겼어. 이기긴 이겼는데, 그래도 빈자리를 차지하고 눕지는 않았다는군. 왜냐고? 아, 이야기를 다 끝내고 보니 날이 샜는데 뭐하러 누워? 바로 길 떠났지. 길 떠나 서울 가서 과거에 급제해서 잘 살았더란다.

무지개는 왜 뜨나

옛날 옛날 오랜 옛날, 이건 보통 옛날이
아니고 옛날 끄트머리, 거기서 더 오랜 건
없는 옛날 이야기야. 그때는 땅이 있어도
땅에 사람이 안 살았대. 사람이 안 살고 하늘에만 사람이 살았단
말이지.

그런데 하루는 하늘나라에 사는 처녀 총각이 죄를 졌어. 하늘나
라에서는 마음대로 혼인을 하면 안 된다는 법이 있는데, 그 법을
어기고 저희끼리 혼인을 했던 거야. 그러니까 하늘나라 임금님,
옥황상제가 두 사람을 딱 불러다 놓고,

"너희들은 이제부터 땅에 내려가 살아라."

이러거든. 듣고 보니 참 큰일이 났어. 큰일이 나도 이만저만 난 게
아니야. 그때는 땅에 아무것도 없었거든. 돌만 있고 흙만 있고, 그

냥 그뿐이었어. 그러니 뭘 먹고 살아?

"아이고 상제님, 땅에는 먹을 것도 없는데 어떻게 살아가라고 그러십니까? 우리 둘은 땅에 내려가자마자 죽고 말 겁니다."

"그것은 걱정 마라. 너희들이 먹고 살 건 내 다 마련해놨다."

그래 할 수 없이 땅에 내려왔지. 내려와 보니, 아닌 게 아니라 옥황상제님이 먹을 걸 다 마련해놓았더래. 어떻게 해놨는고 하니 땅에 물이 흐르고 온갖 씨앗이 뿌려져 있었어. 물은 시내가 되고 강이 되어 바다로 흐르고, 온갖 씨앗은 그새 싹이 터서 풀이 되고 나무가 됐지. 풀과 나무에서는 먹을 것이 주렁주렁 열리고 말이야.

이러니 아무 걱정이 없지. 어딜 가도 갖가지 풀과 나무에 먹을 것이 푸지게 달려 있으니 무슨 걱정이야? 쌀도 나무에 그냥 열려. 요새처럼 껍질에 싸인 벼가 아니고 속살이 하얀 쌀이 그냥 나뭇가지에 흐드러지게 달려 있단 말이지. 게다가 딱딱한 게 아니고 먹기 좋을 만큼 말랑말랑했지. 그러니 불을 때 익힐 것도 없이 그냥 주르르 훑어서 먹으면 그만이야. 떡도 나무에서 열려. 그것도 가짓수대로 다 열려. 송편, 인절미, 수수떡, 계피떡, 뭐 안 열리는 게 없어. 그러니 떡이 먹고 싶으면 그냥 떡나무에 가서 뚝뚝 따 먹으면 그만이야. 그뿐인 줄 알아? 과자도 나무에 열려. 달콤한 것, 고소한 것, 입에 착착 달라붙는 것이 사방에 흩어져 있는 나무에서 주렁주렁 열린단 말이지. 과자가 먹고 싶으면 그냥 과자나무에 가서 뚝뚝 따 먹으면 돼. 소금도 풀에서 나. 소금풀이라는 게 있어서 하얀 소금이 열매처럼 맺혀 있거든. 쌀나무에서 쌀을 주르르 훑어서 먹고, 싱거우면 소금풀에서 소금을 주르르 훑어서 먹고, 이렇게 사는 거야.

이러니 무슨 걱정이 있어? 아무 걱정 없이 잘 살지. 그렇게 한 달이 지나고 두 달이 지나고 해가 바뀌니까 둘 사이에서 자식이 태어났어. 또 해가 바뀌니까 자식이 태어나고, 이렇게 해서 식구가 많아졌어. 식구가 아무리 많아도 걱정할 건 아무것도 없지. 먹을 것이 지천으로 널려 있으니까 말이야.

그때는 사람이 한 오백 살 먹도록 살았는데 그렇게 몇백 년 사는 동안에 자식들이 자식을 낳고, 또 그 자식들이 자식을 낳고 해서 나중에는 사람이 엄청나게 많아졌어. 사람이 많아지니까 마을도 여럿 생기게 됐지.

그런데 그때부터 사람들이 자꾸 싸워. 아, 사방에 먹을 것이 널렸으니까 먹고 나면 할 일이 없거든. 할 일이 없으니까 빈둥빈둥거리는 게 일인데, 그러다 보면 별것도 아닌 걸 가지고 편을 갈라서 내 옳으네 네 그르네 하고 티격태격 싸운단 말이야. 이렇게 싸움이 번져서 나중에는 먹고 나면 싸우는 게 일이야. 먹고 싸우고, 먹고 싸우고, 이런단 말이지.

옥황상제가 이걸 다 내려다봤어. 보니까 참 괘씸하거든. 편하게 잘 살라고 먹을 걸 다 마련해줬더니 먹고 나서 한다는 일이 허구한 날 싸움질이니 얼마나 괘씸하겠어?

'먹을 것이 사방 널려 있으니까 할 일이 없어서 저러는 게지. 이 참에 아주 싸움 같은 건 생각도 못하게 만들어놔야겠다.'

옥황상제가 이렇게 생각을 하고 땅에서 사는 이치를 몽땅 고쳤어. 어떻게 고쳤는고 하니 먹을 걸 아주 힘들게 얻게 해놨어. 쌀은

껍질 속에서 열리게 하고, 아주 단단하게 만들어놨어. 게다가 나무가 아니라 벼 포기에 열리게 했지. 이래놓으니 사람들이 밥을 먹으려면 전처럼 그냥 주르르 훑어 먹는 게 아니라 벼를 베어서 낟알을 떨어 말린 다음에 껍질을 벗겨가지고 불에 익혀야 됐거든. 그게 일이 좀 많아?

떡나무, 과자나무도 죄다 없애버렸어. 그러니 이제는 떡을 그냥 뚝 따서 못 먹지. 떡을 먹으려면 쌀을 빻아 가루를 낸 다음 물을 부어 반죽을 해서 불에 익혀야 했지. 과자를 먹으려면 가루를 반죽해서 불에 구워야 하고 말이야. 소금은 죄다 거두어서 아예 바닷물에 녹여버렸어. 그러니 이제는 소금풀에서 소금을 훑어 먹는 건 꿈도 못 꾸지. 바닷물을 퍼 올려 오래오래 햇볕에 말려야 겨우 소금을 얻을 수 있게 된 거야.

일이 이렇게 되니, 아닌 게 아니라 사람들이 싸움을 덜 해. 아, 싸우려 해도 싸울 틈이 있어야지. 먹을 걸 얻으려면 하루 종일 바쁘게 일해야 하니 말이야. 이때부터 사람들은 사시사철 일을 하면서 살게 됐단다.

그런데 이번에는 생각지도 못한 일이 벌어졌어. 일하는 게 힘이 드니까 슬슬 꾀를 부리기 시작한 거야. 그중에도 나쁜 것이, 남이 죽도록 일을 해서 먹을 것을 만들어놓으면 저는 일 안 하고 빈둥거리다가 빼앗아 가는 놈이 생겼어. 힘센 놈이 아무 데나 곡식 나는 땅을 자기 것이라고 정해놓고, 남이 그 땅에 곡식을 키워 베어다 떨어 말려놓으면,

"이 땅은 내 것이니까 이 곡식도 내 것이다."

이러면서 빼앗아 가버린단 말이야. 그보다 더 힘센 놈은 더 많은 땅을 차지하고 더 많은 사람한테서 곡식을 빼앗아 가는 거지.

일이 이렇게 되니 땅에 사는 사람들은 두 패로 갈라졌어. 일하는 사람과 일 안 하고 노는 사람. 일하는 사람들은 죽도록 일만 해도 먹을 것은 아주 조금밖에 못 가지고, 힘센 사람은 놀기만 하고서도 먹을 것을 아주 많이 가지게 됐어.

옥황상제가 그 꼴을 보니 참 기가 막히거든.

'땅에 사는 사람들이란 참 어쩔 수가 없구나. 일도 안 하고 남의 것을 함부로 빼앗다니. 저들을 혼내주어야겠구나.'
이렇게 생각하고 땅에 비를 안 내려줬어. 아주 바짝 말라 흉년이 들게 한 거지. 비를 안 내려주면 곡식이 못 자랄 거고, 곡식이 못 자라면 남의 것 빼앗아 먹고 사는 사람들도 빼앗을 것이 없으니 배를 곯을 거라고 생각하고 말이야. 그런데 막상 비를 안 내려주니까 일하는 사람들이 더 배를 곯거든. 허리가 휘도록 일하고 곡식 두어 줌 얻으면 몽땅 힘센 사람한테 빼앗겨버렸지.

옥황상제는 이것도 안 되겠다 싶어서 그다음에는 비를 아주 시원하게 내려 풍년이 들게 해줬어. 일하는 사람들이나 실컷 먹게 해줘야겠다 하고 말이야. 그런데 그것도 제대로 안 돼. 곡식을 푸지게 거두면 뭐해? 힘센 사람들이 반 넘어 빼앗아 가버리는데.

그러니까 옥황상제도 이랬다저랬다 정신을 못 차리는 거지. 요새도 흉년이 들었다 풍년이 들었다 하는 게 다 그런 이치란다.

그렇게 한 오백 년 지나서 맨 처음 땅에 내려온 두 사람이 죽었는데, 사람이 죽으니까 땅에 묻을 것 아니야? 옥황상제가 두 사람

을 땅에 묻어놓은 걸 보고는,

"저 두 사람은 이제 죄를 다 씻었으니 다시 살려서 하늘로 데려오너라."

해서 하늘나라 사람들이 그 둘을 다시 살려서 하늘로 데리고 갔어. 데리고 가면서 다리를 놨지. 그 다리가 무지개야. 무지개가 그렇게 해서 생겼어.

그 뒤에도 어쩌다 바른 일하고 착한 사람이 죽어 땅에 묻히면 옥황상제가 보고서,

"저 사람은 죄를 다 씻었으니 다시 살려서 하늘로 데려오너라."

하고 분부를 한다지. 그러면 하늘에 무지개가 탁 걸리는 거야. 그 착한 사람 데려가려고 다리를 놓는 거지. 무지개는 꼭 비가 온 뒤에 뜨잖아? 그게 말이야, 땅에 사는 사람들 못 보게 하려고 비로 자욱하게 가리는 거래. 그렇게 자욱하게 가린 다음에 착한 사람을 데려가려고 말이야. 그러고 보니 옛날에는 무지개가 자주 떴는데 요새는 잘 안 뜨네. 옛날보다 착한 사람이 줄어서 그런 건가?

광대탈과 삼형제

옛날 옛적 갓날 갓적에 한 아이가 살았는데, 아 이놈이 힘은 천하장사이면서 아무것도 하는 일이 없어. 천날만날 먹고는 잠만 자. 하루 종일 먹고는 자고, 먹고는 자고 한단 말이지. 몸집은 깍짓동만 한 게 먹기는 적게나 먹나. 밥을 해주면 한참에 댓 사발씩 먹어치우고는 퍼질러 자는 게 일이거든.

나이 한 열예닐곱 살 먹도록 그러고 있으니 어머니 아버지가 그만 탁 질려버릴 게 아니야?

"얘, 너는 밤낮 먹기만 하고 잠만 잘 참이냐? 남들은 너만 한 나이에 농사도 짓고 나무도 하더라만, 너는 그 힘 뒀다 어디에 쓰려고 그러니?"

하고 걱정 반 꾸중 반으로 타일렀지. 그랬더니 이놈이 드러누웠다

가 벌떡 일어나더니 하는 말이,

"그러면 좁쌀 닷 말만 주세요."

이러거든. 가만히 있다가 갑자기 좁쌀 닷 말이라니, 좁쌀 닷 말이 어디 적나? 그래, 뒷에 쓰려고 그러냐니까 다 쓸데가 있어 그러니 그냥 달래. 할 수 없이 줬지. 가마니로 한 가마닌데, 주니까 그걸 무슨 콩 주머니 쥐듯이 한 손에 쥐고 흔들면서 뒷산으로 올라가는 거야. 뒷산으로 올라가서는 아름드리나무를 한 손으로 쑥 뽑아젖히지. 뽑힌 자리에 구덩이가 큼지막한 게 생길 것 아냐? 거기에다 좁쌀을 들입다 쏟아붓는 거지. 닷 말을 몽땅 구덩이에다 싹 쏟아붓고 손 탁탁 털고 내려왔어.

그래놓고 그 뒤로 날마다 구덩이에 오줌똥을 갖다 붓더니, 싹이 나니까 한 포기만 남기고 죄다 솎아내 버려. 달랑 한 포기만 남겨두고 말이야. 그런데 그 한 포기가 엄청나게 자라는 거야. 키는 하늘을 찌를 듯하고 대궁은 아름드리가 되고, 그러더니 조 이삭이 말도 못하게 많이 달리는 거야. 새까맣게 달리는 거지. 그래 조가 다 익으니까 뿌리째 뽑아다 통째로 들고 탁탁 두들기거든. 도리깨질 대신에 말이지. 그러니까 좁쌀이 얼마나 많이 나오는지 몰라. 몇백 석이나 나왔는데 그걸 모두 가마니에 담아 쌓아두고,

"어머니 아버지, 그동안 밥만 축내고 잠만 자서 죄송합니다. 저는 이만 세상 구경하러 나갈 테니 이 좁쌀로 밥 해 드시고 잘 지내세요."

하고 집을 나왔어. 집 나올 때 광대탈을 하나 만들어 얼굴에 뒤집어쓰고 나왔어. 그동안 밥만 축내고 잠만 자서 불효한 까닭에 낯

을 들고 다닐 수가 없다고 그런 거지. 그래서 이제 이놈 이름이 광대탈이야.

광대탈이 집을 나와 정처 없이 자꾸자꾸 가다 보니, 저쪽에서 한 사람이 오는데 엄청나게 큰 지팡이를 짚는 거야. 굵기는 한 아름이나 되고 길이는 서른 발이나 되는 지팡이인데, 가만히 보니 그게 참대통이야. 속이 빈 참대로 만든 통지팡이더란 말이지. 그렇게 큰 지팡이를 짚고 다니다니 하, 그놈도 보통 장사가 아닌 것 같거든. 그래,

"어찌 그리 굵고 긴 것을 짚고 다니오?"

하고 물으니,

"정처 없이 떠돌아다니는 놈이 행장이 거추장스러워서야 되겠소? 뭐든 닥치는 대로 이 참대통에 넣어 가지고 다니면 좋지요."

하면서 참대통 마개를 탁 여는데, 속을 들여다보니 아닌 게 아니라 별의별 게 다 들어 있어. 옷이고 양식이고 짚신이고 거기 다 들었어.

"아 그러지 말고 나랑 같이 다닙시다. 나도 떠돌이 신세라오."

"그거 좋지요."

이렇게 해서 둘이 의형제를 맺고 같이 갔어. 이놈 이름은 참대통이야.

그래 광대탈하고 참대통하고 형제가 돼서 간 거지. 한참 가다 보니 저 멀리서 큰 나무가 누웠다 일어났다 하고 있어. 나뭇가지가 땅으로 푹 꺼졌다가 하늘로 쑥 솟아올랐다가 이런단 말이지. 저게 무슨 변고인가 하고 가까이 가보니까, 나무 밑에서 커다란

놈이 낮잠을 자고 있는데, 그 콧바람이 얼마나 센지 숨을 한 번 쉴 때마다 나무가 누웠다 일어났다 하는 거야. 아, 가만히 보니 그놈도 보통 장사가 아니거든. 그래서 자는 놈을 깨워서,

"그 무슨 일로 여기서 잠을 자오?"

하고 물으니,

"정처 없이 떠돌아다니는 놈이 잠이라도 시원하게 자야 할 것 아니오? 나무 밑에서 잠을 자면 나무가 누웠다 일어났다 하는 바람에 아주 시원하지요."

하거든.

"아, 그러지 말고 우리랑 같이 다닙시다. 말동무가 있으면 좋지 않소?"

"그거 좋지요."

이래서 또 의형제를 맺고 같이 갔어. 이놈은 이름이 콧바람이야.

그래 광대탈하고 참대통하고 콧바람하고 이렇게 셋이서 가는데, 한참 가다 보니 웬 사람이 돌을 떡 주무르듯 하고 있어. 돌을 맘대로 늘였다 줄였다 뭉쳤다 폈다 하면서 놀고 있거든. 그러다가 돌을 어떻게 주물럭주물럭 하더니 갓을 딱 만들어 쓰는 거야. 돌로 갓을 만들어 머리에 쓰더란 말이지. 그 무거운 것을 머리에 쓰다니 아, 이놈도 보통내기가 아니잖아. 그래서,

"왜 하필이면 무거운 돌로 갓을 만들어 쓰오?"

했더니,

"정처 없이 떠돌아다니는 놈이 갓이 가벼워서야 되겠소? 보통

갓은 바람만 불면 휙휙 날아가니 귀찮아서 아예 돌갓을 쓰고 다니
려고 그런다오."
하거든.

"아, 그러지 말고 우리랑 같이 다닙시다. 여럿이 다니면 심심하
지 않을 것 아니오?"

"그거 좋지요."

이래서 또 의형제를 맺었어. 네 형제가 된 거지. 이번에 만난 놈
은 이름이 돌갓이야.

그래서 광대탈하고 참대통하고 콧바람하고 돌갓하고, 이렇게
넷이서 갔어. 뭐 딱히 정해놓은 곳도 없으니까 정처 없이 바람 부
는 대로 하염없이 갔지. 한참 가다 보니 날이 저물었는데, 날이 저
문 곳이 어딘고 하니 집도 절도 없는 산속이야. 별도 달도 없이 사
방이 캄캄한데, 산속을 한참 헤매다가 산마루에 딱 올라서니까 저
멀리서 불빛이 빤하거든.

'옳지, 저기 사람 사는 집이 있구나.'

캄캄한 밤중에 불빛을 보니 반갑단 말이야. 그래서 댓바람에 불
빛 비치는 곳까지 냅다 달려갔지. 가 보니 으리으리한 기와집이
있는데 대문이 열두 대문이야. 첫째 대문을 열고,

"주인 있소?"

해도 아무 대답이 없어. 그래서 둘째 대문을 열고,

"주인 있소?"

해도 아무 대답이 없어. 셋째 대문을 열고,

"주인 있소?"

해도 아무 대답이 없어. 넷째 대문을 열고 주인을 불러도 아무 대답이 없고, 다섯째 대문을 열고 불러도 대답이 없고, 여섯째, 일곱째, 여덟째, 아홉째, 열째, 열한째 대문을 열고 불러도 대답이 없어. 열두 대문을 다 열고 들어가서,

"주인 있소?"

하니까 집안에서 처녀가 하얗게 소복을 하고 나오는 거야. 나와서 하는 말이,

"이 산중에 어찌 오셨습니까? 혹 하룻밤 자고 가려고 오셨다면 두말 말고 돌아가십시오. 여기는 잘 데가 못 됩니다."

이런단 말이야. 왜 그러느냐고 물으니,

"우리 집 식구가 여남은 됐는데 어느 날부터 자고 일어나 보면 한 사람씩 죽어나가 이제 저 혼자 남았습니다. 아버지, 어머니, 언니, 오빠들 모두 죽고 하인들마저 죽어서 오늘은 제가 죽을 차례입니다. 그러니 공연히 애매한 목숨 버리지 말고 어서 돌아가십시오."

이러거든. 아, 듣고 보니 예삿일이 아니야. 무슨 일인지는 모르지만 험한 일이 난 것 같지. 그렇지만 아무리 험한 일이라 해도 사람 목숨이 왔다 갔다 하는 걸 보고 명색 장사들이 못 본 체할 수 있나. 팔을 걷어붙이고 나섰지.

"아, 그렇다면 우리가 오늘 밤 지켜보겠소."

방에 병풍을 둘러치고 처녀를 그 뒤에 숨겨놓고서는 넷이서 잠을 안 자고 집을 지키기로 했어. 네 장사가 저마다 한 자리씩 맡아서 눈을 부릅뜨고 지키는 거지. 참대통은 제일 바깥 대문을 지키

고, 콧바람은 바깥마당을 지키고, 돌갓은 안마당을 지키고, 광대 탈은 처녀가 숨은 방을 지켰어.

드디어 밤이 이슥해지니까 찬바람이 쏴 하고 불더니 시커먼 것이 오는데, 가만히 보니 눈에 시퍼런 불이 철철 흐르는 네 발 짐 승이야. 그게 뭔고 하니 수백 년 묵은 청너구리야. 본래 청너구리가 오래 묵으면 요물이 되어서 힘이 엄청나게 세어진다는 말이 있지.

다가와서 덤벼드는 놈을, 바깥 대문 지키던 참대통이 때려잡았 어. 길이가 서른 발이나 되는 참대통을 한 번 휘두르니까 청너구 리가 맥을 못 추고 단번에 나가떨어져. 그렇게 잡은 놈을 참대통 에 쓸어 담았지.

그런데 처음 왔던 청너구리는 청너구리 떼 중에서도 제일 힘이 약한 졸개였던 모양이야. 한 삼백 년 묵은 놈인데, 이놈이 청너구 리 소굴에서 제일 어린 놈이야. 청너구리들 생각에는 이 집 식구 를 다 잡아먹고 달랑 처녀 하나 남았는데 그 뭐 힘센 놈을 보내랴 하고 제일 약한 놈을 보낸 거지. 그런데 보내놓고 암만 기다려도 졸개가 안 오거든. 참대통이 잡아서 대통에 쓸어 넣어놨으니 올 리가 있나. 그래서 좀 더 힘깨나 쓰는 놈을 보냈어. 그러니까 셋째 아우뻘 되는, 한 오백 년 묵은 놈을 보냈지.

이놈은 한 오백 년 묵어놔서 그런지 참대통이 당해 낼 재간이 없어. 몸뚱이가 연자맷돌만 한 놈이 달려드는데 암만 힘을 써도 안 돼. 죽을힘을 다해 싸우다가 그만 잡아먹혔어.

셋째 청너구리가 참대통을 홀랑 집어삼킨 다음에 열두 대문을 다 열고 들어오니 이번에는 바깥마당을 지키는 콧바람이 맞설 차례지. 콧바람이 용을 써서 '콩' 하고 크게 콧김을 한 번 내쉬니까 청너구리란 놈이 감당을 못 하고 그냥 나가떨어져. 그걸 잡아다 콧바람으로 꽁꽁 얼려놨지.

청너구리 소굴에서는 두 번째로 보낸 놈도 소식이 없으니까 좀 더 힘센 놈을 보냈어. 이번에는 둘째 아우뻘 되는 큰 놈이 왔는데 이놈은 한 칠백 년 묵은 놈이야. 그러니 힘도 더 셀 것 아니야? 이 놈한테는 콧바람도 못 당해. 아무리 용을 써서 콧김을 내봐도 그저 두어 걸음 흔들흔들 밀려났다가 도로 달려들고 달려들고 하니 당할 재간이 있나. 그래서 콧바람도 잡아먹혔어.

둘째 청너구리가 콧바람을 홀랑 집어삼키고 안마당으로 썩 들어서니, 이번에는 안마당 지키는 돌갓이 맞설 차례지. 돌갓이 갓을 벗어서 번개같이 한 번 크게 휘두르니까, 이것 참 그놈의 청너구리도 어떻게 해볼 수가 없는 모양이야. 하릴없이 돌갓에 한 방 얻어맞고 나가떨어졌어. 그놈을 잡아다 큰 돌로 꼼짝 못하게 눌러 놨지.

세 번째로 보낸 놈도 소식이 없으니까 이제는 청너구리 두목이 나섰어. 이놈은 청너구리 중에서도 제일 힘이 센 놈으로, 한 천 년 묵은 놈이야. 몸뚱이가 집채만 한 것이 벼락 치는 소리를 내면서 왔는데, 담이 약한 사람 같으면 그냥 한 번 보고도 기절할 만하더란 말이지. 그런 놈이 달려드니 돌갓도 못 당해. 돌갓을 아무리 휘둘러도 그저 움찔움찔 조금 물러났다가 또 달려들고 달려들고 하니 당할 재간이 있나. 한참 동안 싸우다가 속절없이 잡아먹혔지.

일이 이렇게 되니 이제 남은 것은 광대탈 하나뿐이잖아? 청너구리 두목이 돌갓을 홀랑 집어삼키고 방으로 썩 들어서니까 광대탈이 앉았다가 일어서는데, 그새 무슨 도술을 부렸던지 몸이 다섯 개가 됐어. 말 그대로 오광대가 된 거야. 광대탈을 쓴 놈이 다섯이나 한꺼번에 달려드니 청너구리 두목도 정신을 못 차리지. 이쪽을 봐도 광대탈, 저쪽을 봐도 광대탈이니 정신이 있겠어? 정신을 못 차리고 허우적거리는 놈을 딱 후려치니까 정강이를 탁 꺾고 쓰러져. 그러는 놈을 잡아다 새끼줄로 묶었어. 묶어놓고 등짝을 세게 후려치니까 이놈이 '캑캑' 하더니 속에서 뭘 토해내는데, 돌갓이 탁 튀어나와. 그냥 집어삼켰으니까 뱃속에서 살아 있었던 거지.

그다음에는 돌갓이 돌로 눌러놓은 둘째 놈 등짝을 후려치니까 콧바람이 탁 튀어나오고, 콧바람이 콧김으로 얼려놓은 셋째 놈 등짝을 탁 후려치니까 참대통이 튀어나와. 그래서 네 형제가 다시 만났지.

넷이서 청너구리 네 놈을 한데 묶어놓고 장작을 빙 둘러쌓은 다음에 불을 질러 태웠어. 그래서 처녀네 식구 원수를 갚고, 광대탈은 처녀와 혼인해서 집으로 돌아가 어머니 아버지 모시고 잘 살았지.

넷이서 친형제처럼 지내면서 잘 살다가 넷 다 하늘로 올라갔어. 하늘로 올라가서 뭣이 됐는고 하니 무지개가 되고 바람이 되고 번개가 되고 해와 달이 됐어. 참대통은 참대로 땅 위의 물을 길어 올려 무지개가 되고, 콧바람은 코로 바람을 일으켜 바람이 되고, 돌갓은 부싯돌을 탁탁 쳐서 번개가 되고, 광대탈은 해가 되고, 처녀

는 달이 되고, 이렇게 하늘에서 오손도손 잘 산대. 아직까지 잘 산
다나.

신통한 점괘

옛날에 어떤 사람이 밑구멍이 찢어지도록 가난하게 살았어. 아무리 기를 쓰고 일을 해도 밤낮 목구멍에 풀칠하기 바쁜단 말이지. 그래서 그저 어떻게 하면 나도 남부럽잖게 살아보나 하는 것밖에는 소원이 없었어.

그런데 하루는 아내가 베를 짜서 장에 갖다 팔아 오라고 그러거든. 그래서 베를 가지고 장에 갔는데, 값이 좋아서 제법 큰돈을 받았어. 아, 이 가난뱅이가 난생처음으로 큰돈을 쥐게 됐단 말이야. 그 돈을 가지고 집에 오는데, 길가에 웬 늙은이가 구걸을 하고 있어. 그걸 보니 참 딱하거든.

'나도 가난하게 살지마는 불쌍한 늙은이가 구걸하는 걸 보고 어찌 그냥 가겠는가?'

아, 이 사람이 늙은이에게 베 판 돈을 몽땅 줘버렸네. 그러자 늙은이가 하는 말이,

"이렇게 큰돈을 그냥 받을 수 없으니 조그마한 보답을 하겠소이다. 내가 점을 좀 칠 줄 아니 점괘나 받아 가시오."

하고서 점을 치는데, 그 점괘가 딱 세 마디야. 그 세 마디가 뭔고 하니,

'위태롭거든 가지 마라.'

'무섭거든 춤을 춰라.'

'반가워하거든 설설 기어라.'

이거야. 그렇게 점괘 딱 세 마디를 받았어.

아, 그런데 이 사람이 베 판 돈을 몽땅 적선해버렸으니 수중에 돈이 한 푼도 없거든. 빈손으로 집에 가자니 마누라 보기 민망해서 갈 수가 있나. 에라, 무작정 돌아다니다 보면 수가 나겠지 하고 그냥 정처 없이 가는 거야.

가다 보니 큰 강이 앞을 가로막는데, 마침 나룻배가 하나 있어서 타게 됐어. 사람을 많이 모아서 떠난다고 기다리다가 사람이 많이 모이자 배가 떠나려는데, 이 사람이 가만히 보니 배에 사람이 너무 많이 타서 아무래도 위태롭거든.

'위태롭거든 가지 말라고 했겠다.'

싶어서 그냥 배에서 내려버렸어. 그래서 배는 이 사람을 내려놓고 가는데, 아 배가 강 한가운데쯤 들어가니 갑자기 회오리바람이 부네. 그 바람에 배가 기우뚱기우뚱하더니 그만 뒤집히는 거야. 그 배에 탄 사람은 다 물에 빠져 죽었지. 이 사람만 살고.

이래서 목숨을 건져 또 가는데, 가다보니 날이 저물었어. 그런데 사방에 집도 절도 없어. 첩첩산중이란 말이지. 첩첩산중에서 날이 저물었으니 이거 일이 딱하게 된 거야. 그런데 마침 그 산중에 동굴이 하나 있더래.

'아, 저 굴에 들어가서 잠을 자면 되겠다.'

하고 그 굴에 들어갔지. 들어가 보니 허연 사발 같은 것이 마구 굴러다니고 발에 차이는데, 주워서 가만히 들여다보니 그게 죄다 해골이야. 해골이 산지사방에 널렸어. 그런데 동굴 저 안에서 쿵덕쿵덕하는 소리가 들리더니, 아 무시무시한 괴물이 쿵덕쿵덕 걸어온단 말이야. 키가 남산만 한 것이 눈을 부릅뜨고 오는데, 온몸에 해골을 주렁주렁 매달았어. 낯빛은 시뻘겋고 눈에 불이 철철 흐르는 게 온몸에 해골을 달고 다가오니 제정신이겠어? 무서워서 벌벌 떨다가 가만히 생각해보니,

'무서우면 춤을 춰라.'

한 점괘가 탁 생각이 나거든. 그래서 에라 모르겠다 하고 춤을 췄어. 괴물을 앞에 두고 덩실덩실 춤을 추니까, 아 이게 무슨 변고야? 괴물의 몸뚱이가 점점 줄어들지 뭐야? 남산만 하던 것이 점점 줄어들어서 돌미륵만 하다가 장승만 하다가 드디어 보통 사람만 해졌어. 낯빛도 시뻘겋던 것이 예사로 돌아오고 눈빛도 불이 철철 흐르던 것이 순해졌어. 그냥 얌전한 젊은이 얼굴이 됐단 말이지. 그 젊은이가 말하기를,

"나는 본래 하늘에서 옥황궁을 지키는 문지기였는데, 죄를 많이 지어서 상제님이 나를 흉측한 괴물로 만드셨소. 그런 다음 이

동굴로 귀양을 보냈지요. 상제님께서 "누구든지 네놈 얼굴을 보고 춤추는 사람이 있으면 죄가 풀리리라." 하셨는데, 그동안 수많은 사람이 이 동굴에 들어와도 내 얼굴을 보면 기절하여 죽더니, 오늘에야 당신이 춤을 춘 덕에 죄를 씻고 하늘로 올라가게 됐소. 그 보답을 하고 싶으니 소원이 있으면 뭐든지 말해보시오."

하거든. 그래서 다른 소원은 없고, 여태 너무 가난하게 살다 보니 남부럽잖게 잘살아보는 것밖에 소원이 없노라 했지.

"그렇다면 이 산꼭대기에 있는 바위 중에서 동쪽으로 두 번째 바위 아래를 살펴보시오."

하고, 말을 마치자마자 갑자기 구름이 자욱해지고 바람이 크게 일더니 그만 사라져버렸어. 언제 올라갔는지 모르게 하늘로 올라가버렸단 말이지.

그날 밤은 거기서 자고, 이튿날 산꼭대기에 올라가 봤지. 아닌게 아니라 바위가 여러 개 있기에 그중 동쪽에서 두 번째 바위를 찾아 그 아래를 살펴봤어. 보니까 그게 산삼 밭이야. 어린아이만 한 산삼이 몇십 포기나 있어. 그걸 캐가지고 집으로 가는 거야. 베판 돈의 몇천 배나 되는 돈을 벌었으니 집에 가야지.

집에 가서 사립문을 열고 마당에 탁 들어가니까 아내가 마루에 서 있다가,

"아이고, 어디 갔다 이제 오세요?"

하고 반겨 맞는데, 가만히 생각해보니 아뿔싸,

'반가워하거든 설설 기어라.'

했던 말이 떠오르거든. 그래서 다짜고짜 엎드려 설설 기었지. 기

다 보니, 마루 밑에 눈 두 개가 딱 마주치는 거야. 도둑놈이 시퍼런 칼을 들고 마루 밑에 숨어 있다가 들킨 거지. 그걸 못 봤으면 영락없이 도둑놈 칼에 죽었을 거 아니야?

　그래서 도둑놈 잡고 부자가 되어 잘 살았더란다. 세 마디 점괘가 신통하게 다 들어맞은 거지.

세 신랑의 재주

옛날 옛날에 어떤 정승이 살았는데 이 사람한테 딸이 하나 있었어. 아들도 없고 딱 그 외동딸 하나뿐이야.

그러니 얼마나 귀해? 금이야 옥이야 하고 키웠지. 그렇게 키워 나이가 들어서 시집보낼 때가 됐는데, 정승이 가만히 생각하기를,

'금지옥엽 귀하게 키운 딸자식을 아무 데나 시집보낼 수는 없으니, 재주 많고 덕 많은 신랑감을 내 손으로 구해야겠다.'

하고서는 그날부터 사윗감을 구하러 들메끈을 메고 나섰어. 온 나라 방방곡곡을 돌아다니면서 마음에 드는 사윗감을 찾았단 말이지.

몇 달 동안 그렇게 돌아다니다가 어느 곳에 가니까 글방이 있는

데, 그 글방에 참 똑똑한 총각이 하나 있더래. 훈장이 하나를 물으면 열을 대답하고, 책 이름만 대면 첫 장부터 마지막까지 줄줄 외우는데 한 군데도 막히는 데가 없어. 글도 얼마나 잘 짓는지, 운만 딱 떼면 그 자리에서 바로 열두 구를 지어내는데 한마디도 더듬는 법이 없네. 아무 데를 가면 저만한 사윗감이 있으랴 하고 그 총각 집을 찾아가서 청혼을 했어.

"나는 아무 데 사는 아무 정승인데 댁의 아들이 마음에 들어 사위 삼으려고 하니 어떠시오?"

이러니까, 그 뭐 정승 딸을 며느리로 주겠다는데 누가 마다하겠어?

당장 혼인 약속을 하고 사주 써주고 날까지 받았단 말이야. 아무 날 아무 시에 혼례 치르러 오라고 단단히 약속해놨지.

그래놓고 길을 떠나 집으로 오는데, 오다가 날이 저물어 주막에를 딱 들렀어. 주막에서 하룻밤 자려고 방을 잡아 쉬고 있으니까 웬 총각이 그 방에 묵으러 들어왔어. 주막에서 방은 적고 손님은 많고 하면 한 방에 여러 손님을 들이기 예사거든. 그런데 그날따라 손님이 많아서 밥상이 모자랐던지, 저녁상이 들어오는데 광주리가 턱 들어오네. 광주리에 밥그릇을 담아가지고 들인단 말이지. 그걸 보고 총각이,

"아무리 길가에서 먹는 밥이라지만 어찌 이럴 수가 있는가?"

하더니, 잠깐 나가서 밥상 하나를 뚝딱 만들어 가지고 들어온단 말씀이야. 나무를 깎아 붙이고 다듬어 칠까지 해서 들어오더란 말이지. 거기에다 그릇을 떡 올려놓고,

"어르신, 어서 드십시다."

하는데, 가만히 보니 저런 재주 가진 총각도 흔치 않을 것 같거든. 정승이 그 재주에 탄복해서, 아 미리 약속한 것을 깜빡 잊고 그 총각한테 청혼을 했어.

"아무 데 사는 아무 정승인데 내 사위가 되는 것이 어떤가?"
하니까, 뭐 마다할 리가 있나. 그 자리에서 대충 예를 갖추고 아무 날 아무 시에 장가들러 오라고 약속을 했어. 같은 날 같은 시에 신랑 둘이 오게 됐단 말이지.

그래놓고 길을 떠나 집으로 오는데, 어느 곳을 지나다 보니까 길가 논에서 웬 총각이 모를 심고 있더래. 그런데 모를 어찌나 잘 심는지 한 마지기 논을 눈 깜짝할 사이에 다 심어. 그래놓고 거름 주고 김매는 것이 딱 담배 한 대 참이야. 담배 한 대 피울 동안에 그 많은 일을 다 하더란 말이지. 아, 농사가 천하의 근본인데 농사를 저리 잘 지으니 저보다 나은 사윗감이 있으랴 싶어 정승이 그 총각한테 또 청혼을 했네.

"나는 아무 데 사는 아무 정승인데 내 사위될 생각은 없는가?"
하니 그거 뭐 감지덕지. 당장 그러겠노라고 할 것 아니야? 그래서 아무 날 아무 시에 색시 맞으러 오라고 약속을 해놨어. 이러니 꼴이 어떻게 됐어? 한날한시에 신랑 셋이 오게 됐잖아?

정승이 집에 와서 가만히 생각하니 이것 참 일을 저질러도 예사로 저질러놓은 게 아니거든. 딸 하나에 사위 셋을 보게 됐으니 이게 예삿일인가? 이제 와서 무를 수도 없는 노릇이고, 그렇다고 신랑 셋을 맞아들일 수도 없는 노릇이잖아? 이것 참 큰일 났다고 끙끙 앓고 있으니까 딸이 와서 묻지.

"아버지, 대체 왜 그러세요?"

"일이 이만저만하게 됐는데 이 일을 어찌하면 좋단 말이냐?"

하니까 딸이 뭐라고 하냐면,

"아버지, 그런 일이라면 아무 걱정 마시고 저한테 맡기세요."

이런단 말이야. 다른 사람도 아니고 시집갈 딸이 그러는데 뭘 어떻게 해. 죽이 되든 밥이 되든 저 하는 대로 내버려두자 하고 가만히 놔뒀지. 가만히 안 놔두면 또 어떡할 거야? 엎질러놓은 물인걸.

드디어 약속한 날이 됐어. 초례청을 턱 차려놓고 색시가 단장을 하고 있으니 한꺼번에 신랑 셋이 들이닥치네. 일이 나긴 났지.

이때 색시가 썩 나서서 신랑 셋한테 술을 한 잔씩 돌리고 나서 하는 말이,

"이왕 일이 이렇게 됐으니 제가 이 중 한 분을 고르는 수밖에 없습니다. 그런데 아직은 어느 분이 얼마나 재주 많고 덕이 많은지 알 수 없으니, 이 길로 다들 나가서 삼 년 동안 무슨 재주든지 한 가지씩 배워 오십시오. 삼 년 뒤에 가장 좋은 재주를 배워 오신 분께 시집을 가겠습니다."

하거든. 그러니 셋 다 그러자고 했지. 뭐 이제 와서 다른 말을 할 수가 있나.

그래서 세 신랑이 흩어져서 재주를 배우러 떠났어. 그러고 삼 년이 후딱 지났지. 그동안 글재주 좋은 신랑은 뭘 배웠는고 하니 주역을 많이 읽어서 점을 치는 재주를 배웠어. 글공부를 많이 했으니 아무리 어려운 책도 술술 읽잖아. 주역을 훤히 꿰면 점괘가 척척 맞아떨어지거든. 눈앞의 일이나 십 년 뒤 일이나 한번 점을

쳤다 하면 척척 알아맞힌단 말이야.

"이만한 재주면 날 당할 자가 없을 테지."

하고 색시 집으로 갔지.

손재주 좋은 신랑은 뭘 배웠는고 하니 멍석 만드는 재주를 배웠어. 예사 멍석이 아니라 하늘을 훨훨 날아다니는 멍석이었어. 사람이 타고 날아다닐 수 있는 멍석이란 말씀이야. 아무리 먼 곳이라도 멍석 타고 활갯짓 한 번 하면 눈 깜짝할 사이에 가니 좀 좋아. 손재주가 워낙 좋으니까 그런 물건을 다 만든 게야.

"어느 누가 이만한 재주를 가졌을라고."

하고 이 신랑도 색시 집으로 갔지.

농사 잘 짓는 신랑은 뭘 배웠나 하면 배 농사짓는 법을 배웠어. 삼 년 동안 온갖 정성 다해 배 농사를 지어서, 배나무 한 그루에서 딱 배 한 개를 땄어. 삼 년 동안 밤잠 안 자고 농사지은 게 딱 배 한 개야. 그걸 가지고 색시 집으로 간 거지.

가다가 셋이서 만났어. 만나서 같이 가는데 점 잘 치는 신랑이 점을 탁 쳐보더니,

"이거 큰일 났네."

하거든.

"뭐가 큰일이냐?"

하니까,

"색시가 병이 들어 다 죽어간다."

하는 거야. 그 색시한테 장가들려고 삼 년 동안 고생했는데 색시가 다 죽어간다니 기가 막히지. 이때 멍석 가진 신랑이 나서서,

"그러면 한시가 급하니 멍석을 타고 가자."

해서, 세 신랑이 멍석을 타고 훨훨 날아갔어. 멍석을 타니까 색시 집까지 뭐 눈 깜짝할 사이에 날아가는 거야. 가 보니 아닌 게 아니라 색시가 정신을 잃고 누웠는데, 막 숨이 넘어가려는 참이었지.

이때 배 가진 신랑이 허리춤에서 배를 꺼내어, 그걸 갈아서 즙을 내어 색시한테 먹였어. 그랬더니 다 죽어가던 색시가 눈을 뜨고 부스스 일어나거든. 삼 년 동안 온갖 정성을 들인 배라서 효험이 있었던 모양이야.

이렇게 색시를 살려놓으니, 이제는 누구한테 시집을 가느냐 하는 게 문제거든. 점 잘 치는 신랑이 점을 못 쳤으면 죽는 것도 몰랐을 것이요, 멍석 가진 신랑이 아니었으면 빨리 오지 못했을 것이요, 아 빨리 못 왔으면 오기도 전에 색시가 죽었을 것 아니야? 배 가진 신랑이 없었으면 빨리 온들 무슨 소용이 있었겠어? 그냥 죽는 꼴을 보고 있어야지.

이러니 세 신랑 중에 어느 하나 헐한 것이 없단 말이야. 그래도 세 신랑하고 살 수는 없는 노릇이니 그중 하나를 고르긴 골라야지. 색시가 가만히 생각하더니 세 신랑한테 차례로 묻기를,

"점치는 서방님은 점을 쳐서 재주가 없어졌나요?"

"아니오."

"멍석 가진 서방님은 멍석이 없어졌나요?"

"아니오."

"배 가진 서방님은 배가 없어졌나요?"

"그렇소."

"두 분은 저 때문에 잃은 것이 없지만 한 분은 저를 살리느라고 귀한 배를 잃었으니 마땅히 그분께 시집을 가야 하지 않겠습니까?"

이렇게 해서 배 농사지은 신랑이 색시한테 장가를 들었다는 이야기야.

죽은 사람이 산 자식을 낳다

　　이건 죽은 사람이 산 자식 낳은 이야길세. 아주 신비한 이야기니 잘 들어봐.

　옛날에 한 나그네가 길을 가다가 대낮에 산속에서 길을 잃었어. 길을 잃고 여기저기 헤매다가 다리가 아파 양지바른 곳에서 잠깐 쉬었지. 산속을 오랫동안 헤맸으니까 고단할 게 아닌가? 그래서 그만 스르르 잠이 들었는데, 꿈속에 허연 노인이 나와서 막 야단을 쳐.

　"이놈아, 여기는 죽은 사람이 묻혀서 산 자식 낳을 자린데 네가 왜 누웠느냐? 어서 썩 일어나 가거라."

　깜짝 놀라 꿈에서 깼지. 꿈에서 깨서 가만히 생각해보니 참 신기하단 말이야. 그래서 그 자리에 표를 해뒀어. 그러고 나서 어찌어찌 다시 길을 찾게 돼서 또 길을 갔지.

가다가 날이 저물어서 길가에 있는 외딴집에 들어가 하룻밤 자고 가기를 청했지. 그랬더니 주인이,

"황혼에 찾아오신 손님을 나가라고는 못 하겠으나 우리 집이 그리 편한 곳은 아닙니다."

하거든.

"하룻밤 잠깐 머물 터인데 편하고 안 편하고가 무슨 상관이겠습니까?"

하니까

"정 그러시다면 들어오십시오."

해서, 그래서 그 집에 들어가 하룻밤을 잤어.

그 집에 다른 식구는 아무도 없고 중늙은이 내외만 사는데, 주인 얼굴에 수심이 가득했지. 웃는 법이 없고 그저 내쉬느니 한숨이야. 바깥주인과 한방에서 잠을 자게 됐는데, 아 자다가 말고 주인이 슬그머니 일어나서 문을 열고 밖으로 나가더란 말이야. 나가더니 한참 있다가 도로 슬그머니 들어와서 '후유' 하고 한숨을 한 번 쉬고 나서 자더란 말이지.

그것 참 이상한 일이다 싶어서 그 이튿날,

"이왕에 신세를 졌으니 하루만 더 유해 갑시다."

하고 하루를 더 묵었어.

그날 밤에 주인이 또 자다가 말고 슬그머니 밖으로 나가기에 이 사람도 가만히 일어나서 뒤를 밟았거든. 대체 어디를 가나 하고 말이야. 가만가만 따라가 봤더니 집을 휘 돌아 뒤란 후미진 곳으로 가는 거야. 거기에 조그마한 무덤이 하나 있는데, 주인이 무덤

뒤에서 뭘 주섬주섬 꺼내더래. 가만히 보니까 짚으로 사람 모양을 만들어 거기에다 옷을 입혀놨는데, 그걸 꺼내서는 매질을 해.

"네 이놈, 괘씸한 놈. 네가 이럴 수 있느냐?"

하면서 회초리를 가지고 짚단에다 매질을 하더란 말이야. 그것 참 괴이하다 하고 주인보다 먼저 돌아와서 자는 체하고 있다가, 아침에 날이 밝아서야 연유를 물어봤어.

"어젯밤 보니 주인장께서 짚단에 옷을 입히고 매질을 하던데 대체 무슨 까닭으로 그러십니까?"

했더니, 그제야 주인이 땅이 꺼져라 한숨을 쉬면서 말을 하는데, 참 들어보니 딱하더래.

"삼대 독자를 뒀는데, 딸도 하나 없이 그것 하나만 낳아 키웠습니다. 그런데 그만 석 달 전에 죽었습니다. 하도 원통해서 짚으로 아들 형상을 만들어놓고 아들이 입던 옷을 입히고 무덤가에 둔 다음 날마다 매질하기를 석 달 동안 했습니다. 애비보다 먼저 갔으니 불효요, 장가도 못 가고 죽어서 대를 끊어놓았으니 더 큰 불효가 아닙니까? 원통함을 못 이겨, 죽은 아들일망정 날마다 훈계를 하면서 매질을 하는 것입니다."

그런 사연이 있더란 말이지. 사연을 다 들어보니까, 아 산속에서 길을 잃고 잠이 들었을 때 꿨던 꿈이 생각나거든. 그 '죽은 사람이 묻혀서 산 자식 낳을 자리'라고 하던 말이 탁 떠오르는 거야. 그 자리에다 표를 해놨잖아.

"자식은 잃었으나 혹 대를 이을 길이 생긴다면 내가 시키는 대로 하시렵니까?"

"그런 일을 바랄 수는 없지마는 자식이 죽은 마당에 무슨 일인들 못 하겠습니까?"

"그러면 아드님 무덤을 옮겨 쓰십시오."

주인도 달리 무슨 수가 없으니까 행여 하는 마음에 그러마 했지.

그래서 아들 무덤을 옮겨 썼어. '죽은 사람이 묻혀 산 자식 낳을 자리'라고 하는 바로 그 자리로 말이지. 옮기면서 무덤에 은장도 하나를 같이 넣고 묻었어. 조그만 칼 말이야. 주인 말이, 그 장도는 아들이 생전에 쓰던 것으로 언젠가 아들 따라 죽으리라 하며 품고 있던 것인데 이제는 손주를 보려면 살아야겠으니 무덤에 넣어준다는 것이야. 그렇게 무덤 옮기는 것을 다 보고 나그네는 다시 길을 떠났지.

길을 떠나서 한 삼 년 딴 데를 돌아다니다가 다시 그 길을 지나가게 돼서 그 집에 들렀어. 그동안 어떻게 됐는지 궁금해서 말이야. 가 보니 아, 주인이 어린아이를 하나 턱 안고 앉았거든. 달덩이 같은 사내아이를 턱 안고 앉아 있더란 말이지. 나그네가 들어가니 주인이 반색을 하며 맞아들이고는,

"손님 덕분에 죽은 아들한테서 산 손주를 봤습니다."

하는데, 그 연유를 물으니 일이 이렇게 됐대.

아들 무덤을 옮겨 쓰고 나서 몇 달이 지나서 그 고을 원이 보낸 사령들이 찾아왔더래. 그냥 찾아온 게 아니라 은장도 하나를 가지고 찾아와서,

"혹 이 장도의 내력을 모르십니까?"

하는데, 가만히 보니까 그게 아들의 장도더란 말이지. 제 손으로

아들과 함께 무덤에 묻은 바로 그 장도야.

"이것은 내 아들의 장도인데, 이걸 왜 당신들이 가지고 있소?"

했더니, 사령들이 놀라면서 고을 원에게 얼른 가보자고 하더래. 그래서 고을 원을 찾아갔더니 원이 또한 놀라면서,

"정녕 이 장도가 그대의 아들 것이오?"

하고 물어.

"틀림없습니다. 내 손으로 아들과 함께 이 장도를 묻었습니다."

했더니, 원이 자초지종을 이야기하는데 그 일이 참 괴이하더래.

몇 달 전에 원이 그 고을을 맡아 부임하면서 식구들을 데리고 왔는데, 산속을 지나다가 이상한 일이 일어났다는 거야. 맨 뒤에 따라오던 딸의 가마가 그만 땅에 딱 들러붙어서 옴짝달싹 않더란 거지. 장정들이 열이고 스물이고 달려들어 떼어내려 해도 안 되더래. 그래서 하릴없이 그 자리에서 행렬을 멈추고 한참 동안 쉬었더래. 한참을 쉬고 나니까 가마가 떨어져서 행렬이 다시 움직였는데, 부임을 하고 나서 보니까 딸의 배가 점점 불러오더라지 뭐야. 딸이 아이를 밴 거야. 사대부 집에서 처녀가 아이를 뱄으니 온 집안이 발칵 뒤집힐 것 아닌가? 암만 생각해도 부임할 때 산속에서 딸의 가마가 땅에 들러붙은 일이 마음에 걸려서 가마를 살펴봤더니, 거기에 못 보던 은장도가 떨어져 있더라는 거야.

'그렇다면 이 아이 아버지는 이 장도의 주인이 틀림없다.'

이렇게 생각하고 사령들을 시켜 온 고을에 수소문을 했는데, 마침 주인이 나타났다 이런 말이지.

가만히 들어보니 원의 딸이 밴 아이가 자기 손주인 게 틀림없거

든. 그렇지 않고서야 무덤 속에 들어 있어야 할 장도가 가마 속에 들어갈 리 있나? 그래서 원의 딸이 아이 낳기를 기다려, 그 아이를 데리고 와서 손주로 키우고 있다는 거야.

나그네가 이야기를 다 들어보니 아닌 게 아니라 죽은 사람이 산 자식을 낳았거든. 설마 그런 일이 있으랴 했는데 사실로 되더라는 거지. 그런 이야기가 저 강원도 영월 땅에 전해오고 있어.

원님이 된 어부

옛날 옛적 어느 곳에 한 총각이
홀어머니를 모시고 살았어. 날마다 장
에 나가 그물질을 해서 고기를 잡아 그저 입에 풀칠이나 하고 살
았는데, 하루는 그물을 당기니 묵직한 거야.

"야, 이거 굉장한 고기가 걸렸나 보다."
하고 슬슬 당겨 올리니까 솥뚜껑만 한 자라가 올라오네.

"옳거니, 횡재로구나. 이놈을 푹 고아서 늙으신 어머니 몸보신
해드려야겠다."

가마솥 뚜껑만 한 자라니까 굉장하잖아? 좋아라 하고 망태에 담
으려고 하는데, 아 가만히 보니 자라가 눈물을 뚝뚝 흘리네. 그걸
보니 마음이 참 안됐어.

'저것도 죽기 싫어서 저렇게 눈물을 흘리는구나. 에라, 어머니

몸보신은 다음에 해드리고 우선 불쌍한 목숨 살려나 주고 봐야 겠다.'

이렇게 마음먹고 자라를 물에 놓아줬어. 그랬더니 고맙다는 듯 이 물 밖으로 고개를 내밀고 끄덕끄덕 절을 하더니 물속으로 스르르 헤엄쳐 들어가는 거야.

자라를 살려주고 나니 마음이 가뿐해서 그물을 걷고 집으로 막 돌아가려는데, 아 갑자기 강물이 두 쪽으로 스르르 갈라지더니 물 속에서 비단옷 입은 동자가 썩 나와서 절을 하네그려.

"저는 용왕국 용왕의 셋째 아들이온데, 아까 그물에 걸린 저를 살려주신 은공을 갚고자 합니다. 소원이 있으면 한 가지만 말해보 십시오."

이런단 말이야. 홀어머니 모시고 사는 노총각이 소원이 있으면 뭐 겠어? 착하고 예쁜 색시 얻어 장가가는 게 소원이지.

"나야 뭐 장가나 갔으면 소원이 없겠소."

했지. 그랬더니 동자가 잠깐 기다리라 하고 물속으로 들어가더니, 잠시 뒤에 도로 나와서 묵직한 퇴침을 하나 건네주면서,

"이것을 가지고 가시면 좋은 일이 있을 것입니다."

하더래. 그러고는 물속으로 도로 스르르 들어가서 다시 안 나와.

그 퇴침을 가지고 집에 돌아왔지. 집에 와서 퇴침을 장롱 위에 얹어뒀는데, 아 그 이튿날 아침에 턱 일어나 보니 밥상이 한 상 잘 차려져 있네. 잘 차려도 예사로 잘 차린 게 아니라 진수성찬을 상 다리가 휘도록 차려놨어.

"어머니, 이게 웬 밥상입니까?"

"애야, 나도 모르겠다. 자고 일어나 보니 누가 차려났더라."

그것 참 이상한 일도 다 있다 하고 맛있게 먹었지. 배를 두드려 가며 먹고 나서 고기를 잡으러 강에 나갔는데, 점심때가 돼서 돌아와 보니 또 밥상이 잘 차려져 있어. 듣도 보도 못한 음식이 상에 즐비해.

"어머니, 또 웬 밥상입니까?"

"글쎄 나도 모르겠다. 이웃집에 잠깐 다녀온 사이에 누가 차려 났구나."

또 잘 먹었지. 그러고 난 뒤에도 때만 되면 밥상이 차려져 있는 거야. 자고 일어나면 아침상이요, 낮에 들어오면 점심상이요, 저녁에 들어오면 저녁상이 진수성찬으로 가득가득 차려져 있단 말이지.

'이럴 게 아니라 대체 누가 밥상을 차리는지 지켜봐야겠다.' 하고 하루는 고기 잡으러 가는 체하고 나갔다가 일찍 돌아와서 부엌문 뒤에 가만히 숨어 있었어.

해가 중천에 올라 점심때가 되니까 방문이 살짝 열리더니 꽃 같은 색시가 방 안에서 나오는데 선녀가 따로 없더래. 그 색시가 잠깐 뚝딱하더니 밥상 가득 음식을 차려서 방 안으로 들어가는 거야. 살금살금 뒤따라가 봤더니 밥상을 방 가운데 놓고 밥보자기까지 덮어놓고는 장롱 위로 올라가서 퇴침을 똑똑 두드리더래. 그러니까 퇴침이 스르르 두 쪽으로 갈라지고, 색시는 눈 깜짝할 사이에 퇴침 속으로 쑥 들어가더란 말이지.

'아하, 여태 저 퇴침 속의 색시가 밥상을 차려났구나.'

점심밥을 먹고 나서 또 고기 잡으러 가는 체하고 나갔다가 일찌 감치 들어와서 부엌문 뒤에 숨어 있었어. 저녁 무렵이 되니까 또 색시가 방문을 살짝 열고 나와 저녁상을 차려놓고 퇴침 속으로 들 어가려는 걸 탁 붙잡았지.

"들어가지 말고 그냥 나와 같이 삽시다."

그랬더니 색시가 안 된다고 그래.

"석 달만 기다려주시면 백년해로할 터이니 그때까지만 참아주 십시오."

총각이 그 말을 안 듣고 한사코 색시를 붙잡았어. 치맛자락을 꽉 잡고 안 놓아주니 뭐 어찌할 도리가 있나. 퇴침 속에 못 들어가 고 그냥 눌러살게 됐어. 총각과 혼인해서 살았단 말이지.

꽃같이 어여쁜 색시도 얻었겠다, 이제는 아무 걱정 없이 잘 사 는 거야. 남편은 날마다 고기 잡고 아내는 밥 짓고 빨래하면서 어 머니 모시고 잘 사는 거지. 그렇게 한평생 잘 살았으면 좋으련만 세상일이란 게 어디 그리 쉽기만 한가?

하루는 고을 원의 행차가 이 집 앞을 지나게 됐어. 마침 아내가 개울에서 빨래를 하고 있었는데, 원이 말을 타고 지나다가 보니 세상에 저런 선녀가 없거든. 저런 사람을 아내로 삼으면 원이 없 겠다 싶었지. 원이 관아에 돌아가자마자 사람을 시켜 남편을 잡아 오라 하는구나.

"너희들 얼른 가서 아무 데서 빨래하던 여인의 남편을 데려오 너라."

사령들이 우르르 몰려와서 붙잡아 가니 안 잡혀갈 도리가 있나.

원 앞에 잡혀가서 턱 꿇어앉으니 원이 하는 말이,

"나하고 내기를 하되, 내가 지면 돈 천 냥을 주려니와 네가 지면 네 아내를 내게 보내야 한다."

이러거든. 원이 우격다짐으로 그러는데 가난한 어부가 감히 거역할 수가 있나?

"저 너른 벌판에다가 집짓기 내기를 하는데, 빨리 짓는 사람이 이기는 것이다."

아, 고을 원이야 권세가 있으니까 사람을 얼마든지 써서 하루아침에 청기와집도 지으려니와 저는 한갓 어부의 몸으로 어찌 집을 지어? 혼자서 집을 짓다가는 몇 달이 걸릴지 몇 해가 걸릴지 모르는 판이거든. 집에 돌아와서 그만 밥도 안 먹고 이불을 둘러쓰고 누워서 끙끙 앓았지. 그 꼴을 보고 아내가 왜 그러느냐고 물을 게 아니야? 여차여차해서 이런다고 말을 하니까,

"그때 석 달만 더 기다렸으면 이런 일이 없었을 터인데, 석 달을 못 참아서 이런 일이 생기는 것입니다. 그렇지만 걱정 말고 밥이나 드십시오. 그동안 저는 친정에 좀 다녀오겠습니다."

하더니 옷을 차려입고 나가더래. 어디가 친정인고 하니 강물 속 용궁이 친정이야. 용궁 선녀가 퇴침 속에 숨어서 세상에 나온 거지. 그래서 친정엘 간다고 용궁에 갔다 오는데, 올 때 병을 세 개 들고 오더래. 조그만 병을 세 개 들고 와서 남편에게 주면서,

"내일 벌판에 나가서 이 병마개를 차례로 여십시오. 노란 병을 먼저 열고 다음에 흰 병을 열고 마지막으로 파란 병을 여십시오."

하는 거야. 그 이튿날 아침에 벌판에 나가 보니, 저쪽에서는 벌써

사람들이 새카맣게 모여서 집을 짓고 있더래. 고을에서 한다 하는 목수, 미장이, 흙일꾼들이 수백 명 모여서 터를 닦고 집을 짓느라고 야단이 났어.

이때 어부가 나가서 노란 병마개를 탁 여니까, 아 병 안에서 사람이 나오는데 말도 못하게 나와. 괭이 든 놈, 삽 든 놈, 고무래 든 놈이 수백 명 나와서 터를 닦는데 눈 깜짝할 사이에 반질반질하게 닦아놨어. 그래놓고는 줄을 지어 도로 병 속으로 술술 들어가 버리네. 그다음에 흰 병마개를 탁 여니까 이번에는 목수가 수백 명 쏟아져 나와. 기둥, 서까래, 문짝을 하나씩 짊어지고 나와서 뚝딱뚝딱 맞춰놓으니 금세 집 모양새가 되거든. 그래놓고는 줄레줄레 병 속으로 들어갔지. 파란 병마개를 탁 여니까 미장이, 기와장이가 수도 없이 쏟아져 나와. 뚝딱뚝딱 벽을 바르고 기와를 구워 지붕을 얹으니까 이제 다 됐지. 한나절도 안 돼서 열두 칸 기와집을 멋들어지게 지어놨어.

그동안 저쪽에서는 서까래도 다 못 얹었으니 이쪽이 이겼지. 원한테서 천 냥을 받고 돌아서 가려는데 원이 또 불러.

"오늘은 내가 졌으니 내기를 하나 더 하자. 저 앞산에 산봉우리가 두 개 있지 않느냐? 그걸 하나씩 허물되, 먼저 허무는 쪽이 이기는 것이다. 내가 지면 돈 천 냥을 주고, 네가 지면 네 아내를 내게 보내라."

거역할 수가 있나? 집에 돌아와서 또 밥을 안 먹고 이불을 둘러쓰고 누워서 끙끙 앓을 수밖에. 아내가 왜 또 그러느냐고 묻는 걸 여차여차해서 그런다고 말을 했더니,

"내가 친정에 또 갈 수는 없으니 이번에는 당신이 가십시오. 오늘 밤에 강가에 나가 큰소리로 울면 물에서 동자가 나올 터이니, 용궁 헛간에 있는 호박을 하나 갖다 달라고 하십시오."

하거든. 그날 밤에 아내가 시키는 대로 강가에 가서 큰소리로 엉엉 울었지. 그랬더니 아니나 다를까, 물에서 비단옷 입은 동자가 스르르 나와서 왜 우느냐고 묻는 거야. 일이 이만저만해서 용궁 헛간에 있는 호박이 필요하다고 했더니, 동자가 잠깐 기다리라 하고 물속에 들어갔다가 호박을 하나 들고 나와서 건네주더래. 그걸 들고 집에 왔지. 아내가 말하기를, 내일 산에 가서 호박 꼭지를 따면 좋은 수가 있을 거라고 해.

그 이튿날 산에 가 보니, 저쪽에서는 사람들이 몇백 명인지 몇천 명인지 모를 만큼 나와서 산을 허물고 있어. 이 사람이 호박 꼭지를 탁 따니까, 아 그 속에서 두더지가 나오는데 끝도 없이 나와. 수만 마리나 되는 두더지들이 나와서 산기슭에다 굴을 파니까 그 산이 어디 견뎌내나? 흔들흔들하다가 그만 폭삭 주저앉아서 다 허물어졌지. 그동안 저쪽에서는 겨우 산봉우리에 홈만 내다 말았으니 또 이겼지.

이겨서 돈 천 냥을 받았는데, 원이 화가 머리끝까지 났는지 또 한 번 내기를 하자고 하네.

"내일은 우리 둘이서 말을 타고 저 강을 건너되, 먼저 건너는 사람이 이기는 것이다. 내가 지면 돈 천 냥을 주려니와 네가 지면 네 아내를 내게 보내라."

원은 좋은 말을 몇십 마리나 가지고 있으니 그중 제일 좋은 말을 타고 나올 게 아니야? 그런데 이 사람한테 말이 있어, 뭐가 있어? 그냥 걸어서 강을 건너면 질 게 뻔하지. 이번에도 집에 돌아와서 밥도 안 먹고 이불을 둘러쓰고 누워 끙끙 앓았네. 아내가 왜 그러느냐고 묻는 걸 여차여차해서 그런다고 하니,

"이번에는 우리 둘이 같이 가봅시다."

해서, 그날 밤에 강가에 내외가 같이 나갔어. 강가에 가서 둘이 소리를 맞춰 엉엉 울어대니까 물이 스르르 갈라지면서 동자가 나오겠지.

"오늘은 무슨 일로 그러십니까?"

"원이 또 내기를 걸었는데 좋은 말이 없어서 그런다오."

"그렇다면 용궁의 마구간에 가봅시다. 그렇지만 제가 도와드릴 수 있는 것은 이번이 마지막입니다."

물이 갈라진 데를 따라 들어갔어. 한참 들어가니까 용궁이 나오는데 참 으리으리해. 마구간에 가 보니 말이 수백 마리나 있는데, 살진 말도 있고 비루먹은 말도 있어. 아내가 가만히 말하기를,

"살진 말은 거들떠보지도 말고 제일 비루먹은 말을 고르십시오."

하거든. 아내 말대로 제일 비루먹은 말을 골랐지. 눈에 눈곱이 덕지덕지 달라붙은 게 걸음도 비칠비칠 하는 걸 골랐어. 제대로 달릴 것 같지도 않은 그런 놈을 골라 끌고 나왔어.

이튿날 강가에 나가 보니 원은 좋은 말을 타고 나와 있대. 어부는 비칠비칠 다 쓰러져가는 말을 타고 나왔고. 사람들이 구경하러 구름같이 모였는데, 누가 봐도 이건 상대가 안 될 것 같거든.

"자 그럼 시작이다."

원이 먼저 말을 몰아 나는 듯이 강을 건너는데, 어쩌나 길을 잘 들였는지 깊은 물에도 안 빠지고 헤엄을 슬슬 쳐가며 건넌단 말이야. 원이 강을 반쯤 건넜을 때 이 사람이,

"이랴."

하고 말을 모니까, 이 말이 앞발을 곤두세우고,

"히힝"

하고 우는데, 그 소리가 천둥 치는 소리보다 더 커. 온 고을이 쩌렁쩌렁 울리고 구경하던 사람들이 다 놀라 자빠질 지경이야. 그 바람에 원이 탄 말이 놀라서 그만 물에 쑥 빠졌네. 그동안 이 사람이 탄 말은 댓바람에 풀쩍 뛰어 그냥 한걸음에 강을 건넜어.

원은 말을 탄 채로 물에서 빠져나오지를 못하니 죽었지. 원이 죽고 난 다음에 고을 사람들이 모두 이 어부를 원으로 모시자 하여, 이 사람이 그 고을 원이 됐어. 원이 돼서 백성들 잘살게 만들고, 아내하고는 백년해로했지. 잘 살다가 엊그저께 죽었대.

담 큰 원님

옛날에 어떤 고을이 있었는데, 그 고을에는 원님이 새로 갈려 가기만 하면 하루를 못 넘기고 죽어. 저녁에 멀쩡하던 사람이 이튿날 아침에 보면 죽어 있단 말이야. 갈려 가면 죽고, 갈려 가면 죽고, 이러니 누가 가? 아무도 안 가지.

나라에서는 어떻게든 그 고을에 원님을 보내려고 사방팔방 사람을 찾았어. '누구든지 아무 고을에 가기만 하면 원을 시켜준다.' 이렇게 방을 내걸어 놓으니까, 아닌 게 아니라 한 사람이 찾아왔어. 시골에서 농사짓던 사람인데 담이 커서 웬만한 일에는 눈썹도 까딱 안 하는 사람이야. 이 사람이 와서 "제가 한번 가보겠습니다." 하니까 나라에서는 좋아라고 얼른 보냈지.

그래 농사꾼이 원님이 돼서 그 고을로 갔네. 가 보니까 참 관아라고 하는 것이 쑥대밭이야. 오랫동안 사람이 안 살아서 마당에는 잡풀이 우거지고 처마에는 거미줄이 자욱해. 대강 쓸고 닦고 이제 거기에서 잘 판인데, 혼자서 자야 돼. 관에 딸린 사람들이야 아전이고 사령이고 많지마는 누가 거기서 자려고 해야 말이지. 모두들 겁을 먹고 날이 어두워지기도 전에 걸음아 날 살려라 집으로 가버리니 어떡해. 원님 혼자 남았지.

원님이 방에 촛불을 환하게 밝혀놓고 앉아서 그날 밤을 새웠어. 밤이 이슥해지니까 찬바람이 휙 불더니 촛불이 툭 꺼지네. 그 바람에 사방이 깜깜해졌지. 귀를 쫑긋 세우고 가만히 앉아 있으니까 밖에서 무슨 소리가 들리는데 세상에, 여자 우는 소리야. 흑흑 흐느끼기도 하고 훌쩍훌쩍 울기도 하고, 한참 동안 그러더니 곧 방문이 덜컹덜컹 흔들려. 누가 밖에서 문고리를 잡아당기는 소리야. 섬뜩하지.

"게 누구냐? 밖에서 그러지 말고 썩 들어오너라."

호통을 치니까 방문이 스르르 열리면서 무엇이 쑥 들어오는데, 참 말도 못할 것이 들어와. 아래위로 하얀 옷을 입고 머리를 풀어헤친 처녀가 입가에 피를 줄줄 흘리며 들어온단 말이야. 여느 사람 같으면 기절을 했겠지마는 이 사람은 워낙 담이 커서 그걸 보고도 그냥 버티고 앉아 호령을 했어.

"너는 누구냐? 사람이냐, 귀신이냐?"

그러니까 그 처녀가 넙죽 절을 하더니 예사로 말을 해.

"저는 산 사람은 아니오나 사또께 청이 있어 왔습니다."

그래서 무슨 청인지 어디 한번 들어나 보자고 그랬지. 그랬더니 처녀가 이야기를 하는데, 들어보니 참 기가 막히더래.

"저는 본디 이 고을 사람이온데 어려서 부모 잃고 관청에 잔심 부름이나 하면서 살았습니다. 그런데 하루는 관청 사령 아무개가 저에게 못된 짓을 하려고 하다가 제가 말을 듣지 않으니까 저를 죽여서 뒷산 고목나무 속에 집어넣었습니다. 하도 원통하게 죽은 지라 저승에도 못 들고, 원님에게 이 억울한 사연을 알리려고 새로 원님이 갈려 올 때마다 밤에 찾아왔지요. 하지만 다른 원님들은 제가 말을 꺼내기도 전에 저의 흉한 몰골을 보고 그만 기절하여 죽고 말았습니다. 오늘에야 담이 큰 원님을 만나 저의 억울한 사정을 고할 수 있게 되었습니다. 사또께서는 부디 저를 죽인 자를 잡아 벌주시고 저의 시신은 양지바른 곳에 묻어주십시오."

청을 들어주마 약속을 하니, 처녀는 다시 넙죽 절을 하고 나서 어디론가 스르르 사라져버리더래.

날이 밝으니 관청 사람들이 관하고 병풍을 짊어지고 왔어. 틀림없이 새 원님도 간밤에 죽었을 거라 여기고 장례를 치르려고 말이야. 그런데 원님이 멀쩡하게 살아 있으니 놀라 자빠지지.

원님은 곧 관청 사령 아무개를 잡아다 놓고 다그쳤어.

"네가 전에 이러이러한 짓을 하지 않았느냐?"
하니, 다 알고 묻는데 어쩔 거야? 자복을 하지. 죄인을 옥에 가두고, 곧 뒷산에 올라가 고목나무 속을 살피니 아니나 다를까, 그 속에 처녀 시신이 들어 있더래. 양지바른 곳에 고이 묻어주고 후히 장사를 치러주었지. 그 뒤로는 관아에 귀신이 나오는 일이 없더라나.

담력 내기

옛날 어느 시골 마을에서 있었던 일이야. 머슴들끼리 밤중에 놀다가 담력 내기가 붙었어.

"누구든지 이 밤중에 고개 너머 공동묘지까지 갔다 오면 술을 사달라는 대로 다 사주기로 하자."

달도 없는 캄캄한 밤인데 오죽 무섭겠나. 모두들 몸을 사리는데, 그중 담이 크다는 한 머슴이 나섰어.

"내가 갔다 오지."

큰소리를 치고 나가서, 마을을 벗어나 고개 쪽으로 갔지. 막 고갯길로 접어드니까, 저만치서 불이 반짝반짝하더래. 가만히 보니까 등불이야. 그런데 등불이 가만히 있지를 않고 꼬물꼬물 고개를 올라가. 걸음을 재촉해서 따라가 보니, 웬 고운 처녀가 등불을 들고 고개를 올라가더래.

"웬 낭자가 이 밤중에 어딜 가오?"

"저는 고개 너머 외딴집에 사는데, 외갓집에 갔다가 집으로 돌아가는 길입니다. 안 그래도 무서웠는데 잘되었습니다. 저를 좀 바래다주십시오."

그래서 그 처녀를 바래다줬어. 고개를 넘어가니 아니나 달라, 커다란 기와집이 한 채 있더래. 그런데 집에 들어가 보니 식구들이 죄다 죽어 있더래.

"에구머니, 이게 웬일이야? 어머니, 아버지, 오라버니, 모두 죽었네."

슬피 우는 처녀를 두고 갈 수 없어서, 처녀를 도와 식구들 장사를 치러줬어. 장사를 다 치르고 나니 처녀가 하는 말이,

"이제 이 큰 집에 저 혼자 남았으니 어찌합니까? 만약 저와 혼인하신다면 이 집에 있는 재물을 다 지킬 수 있을 텐데요."

이러더래. 그래서 그 처녀와 혼인을 했어. 대례를 치르고, 그날부터 그 집 바깥주인이 됐지. 고래 등 같은 기와집에 곳간마다 곡식이며 세간이 꽉꽉 들어차 있으니 좀 좋아. 이제 큰 집 주인이 됐으니 글공부도 좀 해야겠다 싶어서 책을 펴놓고 글도 읽었어. 아주 팔자가 활짝 폈지.

이때 마을에서는 다른 머슴들이 밤새도록 기다려도 공동묘지에 갔던 사람이 안 오거든. 그래 날이 밝는 대로 떼를 지어 찾아 나섰어. 고개를 넘어 공동묘지에 가 보니, 아 글쎄 거기에 엊저녁에 갔던 사람이 있지 뭐야. 남의 무덤 앞에 떡하니 앉아서, 땅바닥에

가랑잎을 늘어놓고 그걸 들여다보며 "하늘 천 따 지." 하고 있더라나.

"이 사람아, 여기서 뭘 하나?"

하니까,

"나야 글 읽고 있지."

하더래. 그래서 뺨을 철썩철썩 몇 대 때렸더니 정신을 차리더래. 어쨌거나 내기에는 이겼으니 술은 사달라는 대로 사줬는데, 그러고 나서 얼마 못 가서 그만 죽더래.

삼 년 동굴

옛날 어느 강가 마을에 한 사람
이 살았는데, 이 사람은 날마다 강에 가서
낚시질을 해서 먹고살았어. 붕어도 낚고 잉어도 낚고 메기도 낚
고, 그래서 그걸 장에 내다 팔기도 하고 고아 먹기도 하고, 그러면
서 살았단 말이야.

하루는 이 사람이 강에 나가 낚시질을 하는데, 그날따라 고기가
안 잡혀. 하루 종일 한 마리도 못 잡았어. 그래서 자꾸자꾸 자리를
옮기다 보니 커다란 동굴 있는 데까지 가게 됐거든. 강물이 굽이
쳐 흐르는 곳에 동굴이 하나 뚫려 있는데, 그 앞에까지 갔단 말
이야.

거기서 낚시를 탁 드리우니까, 물속에서 웬 파란 옷 입은 아이
가 쑥 나오더래. 나오더니 하는 말이,

"우리 아버지가 이 강을 지키는 용왕님인데, 손님을 모셔 오라고 해서 왔습니다. 어서 가십시다."

이러네. 그러니까 그 파란 옷 입은 아이가 용왕 아들인 모양이지. 용왕 아들이 가자고 하는데 어떡해? 고분고분 따라갔지. 아이가 이끄는 대로 따라가다 보니 동굴 안에까지 들어가게 됐는데, 동굴 안에 썩 들어서자마자 몸이 밑으로 쑥 빠지더래.

쑥 빠져서 한참 내려갔는데, 정신을 차리고 보니 강물 속이야. 거기에 으리으리한 용궁이 있더래. 용궁에는 용왕이 있고 말이야. 용왕이 이 사람을 보더니 막 야단을 해.

"자네가 날마다 우리 백성들을 잡아가서 우리나라가 곧 망하게 됐네."

그래서 미안하다고 했지.

"그런 줄 몰랐습니다. 이제 더는 고기 안 잡고 농사나 지어 먹고 살겠습니다."

그랬더니 용왕이 마음이 풀어졌는지 잔치를 베풀어주더래. 아주 맛난 음식 많이 차려서 잘 대접을 해주기에 얻어먹었지. 얻어먹고 놀다 보니 사흘이 지났어. 사흘이 지나서,

"이제 그만 가보겠습니다."

하니까 가보라고 하더래.

그래 이 사람이 용궁에 들어갈 때처럼 용왕 아들을 따라서 물 밖으로 나왔지. 나와서 집에 가 보니, 그새 식구들이 자기 장사를 치르고 삼년상까지 마쳤더래.

그게 어찌된 일인고 하니 이렇게 된 거야. 집에서는 이 사람이

물에 빠져 죽은 줄만 알고 장사를 치렀는데, 용궁에서 사흘이 바깥세상에서는 삼 년이어서, 그새 삼 년이 흘러간 거야. 그러니까 삼년상까지 마친 거지.

죽어서 삼년상까지 지낸 사람이 불쑥 나타나니까 식구들이 놀라 자빠지지. 그래서 이 사람은 한 번 죽었다가 산 사람이 됐는데, 그래서인지 참 오래도록 살았대. 백 살 하고도 아흔아홉 살을 더 살았다나.

도깨비 땅

옛날에 어떤 가난한 농사꾼이 살았는데 땅이 한 뼘도 없었어. 그래서 남의 논밭을 빌려다가 농사를 지었지. 땅 임자가 따로 있으니까, 뼈 빠지게 한 해 농사를 지어도 도조 떼이고 나면 남는 게 없어. 늘 쫄쫄 굶는 게 일이었지.

하루는 농사일을 마치고 집에 가는데, 모퉁이를 딱 도니까 뭐 팔대장승 같은 것이 턱 나타나네. 가만히 보니까 그게 도깨비야. 도깨비 만나서 놀라면 안 되거든. 아무렇지도 않은 척 큰소리를 쳐야 돼.

"너는 무엇이기에 남의 길을 막느냐?"

큰소리를 쳤지.

"아, 그게 다름이 아니라 당신 마음씨가 비단결 같아서 소원 하나 들어주려고 왔소."

하긴, 여태 남의 것이라고는 지푸라기 하나 탐낸 적 없고 아무리 가난해도 그저 하늘 뜻이려니 하고 누구 원망 한 번 하는 법 없이 살아왔으니 마음씨가 곱다면 고운 거잖아. 그나저나 참말로 도깨비가 소원을 들어준다면 다른 건 다 필요 없으니 땅 한 뙈기 있었으면 좋겠거든. 그저 한 뼘이라도 좋으니 내 땅에다가 농사 한번 지어봤으면 소원이 없겠단 말이야. 그래서 그랬지.

"우리 같은 가난뱅이 농사꾼이야 그저 땅이 소원이지."

그랬더니 도깨비가 휙 사라졌다가 다시 휙 나타나서 땅문서 한장을 주고 가. 펴 보니 마을 앞에 아주 널따란 논밭이 죄다 자기 거라고 돼 있네. 덕분에 농사꾼은 하루아침에 땅임자가 됐어. 그땅에다가 곡식도 심고 나물도 심어서 농사를 지으니 얼마나 잘되는지 몰라. 가을걷이를 하고 보니 곳간이 그득해. 먹고 팔아서 남는 돈으로 또 땅을 샀지. 그러다 보니 몇 해 안 가 쏠쏠한 땅 부자가 됐어.

그런데 땅 부자가 되고 보니 이 사람 마음이 달라지네. 전에 가난할 때는 남의 것 하나 탐낼 줄 몰랐는데 부자가 되고 보니 자꾸만 욕심이 생겨서 가져도 가져도 성에 안 차. 늘 아쉽고 모자라는 거야. 그러니 제 것 아흔아홉을 두고 남의 것 하나를 탐내게 됐지. 또 전에 가난할 때는 남 원망하는 법도 없었는데 부자가 되고 보니 마음에 때가 껴서 걸핏하면 남 탓을 하게 됐어. 농사가 안 돼도 머슴 탓, 날씨가 궂어도 하늘 탓, 이래도 남 탓 저래도 남 탓, 늘 불평을 입에 달고 산단 말이야.

그러는 동안에도 도깨비가 가끔 와서 놀다 가곤 했는데, 한번은

도깨비가 보니 이 사람이 아주 입이 부었어. 왜 그러느냐고 물으니 하는 말이,

"그때 네가 땅을 좀 더 많이 줬으면 땅 팔아 벼슬이라도 샀을 텐데, 조금 주는 바람에 그저 먹고살기 바쁘니 이게 다 네 탓이다."
이러지 뭐야. 도깨비가 그 말을 듣고 그만 화가 나서 아무 말도 안 하고 획 사라져버렸어. 그러고는 다시 안 나타났는데, 조금 뒤에 보니 땅문서가 죄다 없어졌더래. 그 너른 땅이 죄다 남의 것이 돼 버린 거야.

그래서 땅 부자는 하루아침에 도로 가난뱅이가 됐다는 얘기야.

저승 색시

옛날 옛적에 한 가난한 농
사꾼 총각이 혼자 살았는
데, 하루는 강에 낚시질을 하러 갔다가
강가에서 두 사람이 서로 물에 빠져 죽으려고 하는 걸 봤어. 한 사
람은 할머니고 한 사람은 할아버진데, 둘이 서로 나 먼저 죽겠다,
안 된다, 이러면서 옥신각신하는 거야. 달려가서 말렸지.

말리고 나서 사연을 들어보니 참 딱해. 두 늙은이가 먹고살 길
이 없어, 굶어죽느니 차라리 물에 빠져 죽는 게 낫다고 강가에 나
왔다는 거야. 총각이 좋은 말로 달래어 할아버지 할머니를 집에
모시고 갔어.

"이제 저한테는 어머니 아버지가 새로 생겼습니다. 우리 집이
비록 넉넉하진 못하지만 저랑 함께 사십시다."

그래서 세 식구가 같이 살았어. 굶으면 같이 굶고 먹으면 같이 먹고, 이렇게 사이좋게 살았지. 그런데 아뿔싸, 이 총각이 그만 병에 걸려 시름시름 앓다가 그만 죽어버렸네. 죽어서 저승엘 갔지.

저승에 가서 염라대왕 앞에 턱 섰어. 염라대왕이 장부를 들여다보다가 총각 얼굴을 들여다보다가 하더니 묻더래.

"네가 죽을 목숨 둘을 살리지 않았느냐?"

그래서 물에 빠져 죽으려는 두 노인을 양어머니 양아버지 삼아 함께 산 이야기를 했지. 염라대왕이 가만히 듣더니,

"너는 비록 타고난 명은 짧으나, 죽을 목숨 둘을 살렸기로 명이 늘어났느니라. 이승으로 돌려보내 줄 터이니 양부모 모시고 잘 살다가 올 때가 되거든 다시 오너라."

하고는 장부를 고치고 도장을 땅땅 찍고는 돌아가라고 그러더래.

그래 되돌아서 저승 문을 나왔어. 이승으로 돌아가려고. 막 저승 문을 나서니까, 웬 처녀가 머리를 풀어헤치고 슬피 울며 들어와. 왜 그렇게 섧게 우느냐고 물으니,

"제가 달리 우는 게 아니라, 귀한 집 외동딸로 태어나 시집도 못 가보고 호강도 못 해보고 손말명(혼기 찬 처녀가 죽어서 된 귀신) 된 게 서러워 웁니다."

하거든. 그 말을 들은 총각이 처녀를 따라 도로 저승 문으로 들어갔어. 들어가 염라대왕 앞에 서니 염라대왕이,

"너는 아까 수명을 고치고 이승으로 돌아가지 않았느냐? 왜 또 왔느냐?"

하기에 사정을 했어.

"대왕님, 제게 주신 수명을 이 처녀에게도 나누어주십시오. 남은 나이 절반 갈라주시면 이 처녀도 살고 저도 살고, 그 아니 좋습니까?"

그랬더니 염라대왕이,

"저승에 본시 그런 법은 없느니라마는, 네가 너의 수명을 줄여 남을 살리려 하는데 어찌 박절하게 거절을 하겠느냐?"

하고서 장부에 도장을 땅땅 찍더니 허락을 하더래. 허락을 받고 나왔지.

나와서 이제 둘 다 이승으로 돌아갈 판인데, 처녀가 그래.

"도련님 목숨을 줄여 제 목숨을 늘렸으니 평생 함께 살며 은혜를 갚고 싶은데, 어떻습니까?"

총각이 그러자 해서, 두 사람은 혼인 약속을 하고 헤어져 이승으로 돌아왔어. 헤어질 때 처녀가 말하기를 우리 집은 아무 골에서 가장 큰 기와집이니 그리로 찾아오라 그러거든.

이승으로 돌아온 총각은 양부모를 위해 양식과 땔감을 넉넉히 마련해두고 곧장 처녀 집을 찾아갔어. 그런데 그 집은 큰 부잣집인 데다가 벼슬하는 집이어서 들여보내 주시도 않아. 어니서 천한 비렁뱅이가 왔느냐고 찬밥 한 덩이 던져주고 내쫓거든. 총각이 생각다 못해 그 집에 다시 들어가 머슴 살러 왔다고 했어.

"이 댁에서 일만 하게 해주십시오. 새경 따위는 한 푼 안 줘도 좋습니다."

그제야 그 집에서 행랑채를 내주네. 총각은 거기에 살면서 온갖 험한 일, 궂은일을 다 했어. 그러면서 틈만 나면 별당을 기웃기웃

했지. 하루는 별당에 있던 처녀가 총각을 봤어.

"서방님, 왜 신랑으로 오시지 않고 머슴으로 왔습니까?"

"내가 가난뱅이 농사꾼이라고 들여보내 주지도 않는 걸 어쩌란 말이오?"

"그러면 제가 오늘부터 앓아누울 터이니, 이레 뒤에 나를 살리겠다고 하고 저를 찾아오십시오."

그길로 처녀가 앓아누우니 그 집에서는 난리가 났지. 안 그래도 얼마 전에 죽었다 살아난 외동딸인데 또 덜컥 앓아누웠으니 난리가 나지 안 나? 이레 동안 밥도 안 먹고 눈도 못 뜨고 누웠는데, 온갖 좋은 약이고 용한 의원이고 소용이 없어. 이제 정말 죽나 보다고 온 집안이 그냥 초상집이 됐어. 그때 총각이 썩 나섰지.

"댁의 따님을 제가 살려보겠습니다."

"살려만 주면 재산 절반을 줌세."

"재산은 한 푼도 필요 없으니 저를 사위 삼아주십시오."

"알았네. 그리하지."

약속을 받아놓고 처녀 방에 썩 들어가니, 뭐 금세 벌떡 일어나 앉거든. 처음부터 꾀병이었는데 안 일어나고 어쩔 거야?

그래서 총각은 약속대로 처녀와 혼인을 했지. 혼인을 해서 양부모 모셔다가 재미나게 잘 살았는데, 거참 이상한 건 말이야, 나이가 아흔이 넘도록 둘 다 안 죽더래. 안 죽고 잘 살다가 아흔아홉 살을 채우고 둘이 한날한시에 죽었다니, 아마 염라대왕이 장부를 또 고쳐줬나 보네.

저승 사위

옛날 옛적 어느 곳에 한 총각이 살았는데 참 가
난했어. 어려서 어머니 아버지 다 잃고 홀몸으로 남의 집 머슴살
이를 하며 지냈지. 그러다가 나이 열여섯 살에 덜컥 죽어버렸네.

그 이웃 마을에 한 처녀가 살았는데, 이 처녀 집은 큰 부잣집인
데다가 떵떵거리는 벼슬아치 집이었어. 그래서 처녀는 어려서부
터 아주 금지옥엽 귀한 몸으로 자랐어. 그런데 이 처녀도 나이 열
여섯 살에 덜컥 죽어버렸어.

둘이 한날한시에 죽었단 말이야. 그러니 어째? 저승길에서 만
났지. 만나서 같이 가는데, 아 아무리 저승길이라도 처녀 총각이
길동무 말동무해서 가니까 좀 좋아. 가다가 그만 둘이 정이 담뿍
들었어. 저승에서라도 부부 되자고 약속을 했지.

드디어 염라대왕 앞에 가서 차례를 기다리는데, 총각이 먼저 심

판을 받게 됐어. 염라대왕이 장부를 쓱 들춰보더니,

"아, 이 총각은 아직 살날이 한참이나 남았는데 왜 데려왔느냐?"

하고 저승사자들을 나무라더니,

"다시 이승으로 돌려보내 주어라."

하지 뭐야.

그래서 총각이 얼싸 좋다고 이승으로 돌아갔느냐고? 아니야. 처녀하고 정이 많이 든 데다가 저승에서 부부 되기로 약속한 사이인데 어찌 혼자 돌아가? 그래서 궁리 끝에 염라대왕에게 부탁을 했어.

"대왕님, 고맙습니다. 하지만 저 혼자 돌아가기는 싫으니, 부디 저 처녀와 함께 가도록 해주십시오. 저 처녀는 제 아내가 될 사람입니다."

"안 된다. 너는 아직 살날이 남아서 돌려보내 주지마는, 저 처녀는 죽을 날이 다 되어서 왔느니라. 그러니 어찌 함부로 보내주겠느냐?"

그래도 총각은 끈질기게 매달렸지.

"저는 가난하여 이승으로 돌아가봤자 장가도 못 갈 형편입니다. 저승에서는 모두가 똑같다지만, 이승에서 저 같은 놈은 사람 구실도 못합니다. 마침 저승에서 저 처녀를 만나 부부 인연을 맺었는데, 아내를 두고 어찌 저 혼자 이승에 돌아가겠습니까? 차라리 저도 여기에 남겠습니다."

"허허, 그 고집 한번 질기구나. 정 그렇다면 방도가 없는 건 아니다. 저 처녀의 나이를 늘려줄 수는 없지만, 네가 살날을 저 처녀한테 나눠줄 수는 있느니라. 그렇게라도 하겠느냐?"

그거야 감지덕지할 일이지. 당장 그러자 하고, 자기 살날 절반을 뚝 떼어 처녀한테 줬어. 그러니까 남은 수명을 처녀 총각이 절반씩 나눠 가진 셈이지.

그렇게 하고 나니 염라대왕이 하얀 강아지 한 마리를 풀어줘.

"이 개를 따라 이승으로 돌아가거라."

처녀 총각은 등에다가 서로 이름을 적어 넣어 증표로 삼고, 그 길로 강아지를 따라갔어. 산을 넘고 들을 지나 한참 가니까, 강아지가 강물 속에 풍덩 뛰어들어 가거든. 처녀 총각도 강물 속으로 풍덩 뛰어들어 갔지. 그러고 나서 잠깐 정신을 잃었다가 눈을 딱 떠 보니까, 아 어느새 몸이 이승에 돌아와 있네.

총각은 머슴 살던 집으로 돌아왔는데, 와 보니 몸이 헛간 구석에 누워 있어. 천한 머슴이라고 장례도 제대로 안 치르고 몸뚱이를 그냥 거적에 덮어서 헛간 구석에 처박아놓은 거야. 툭툭 털고 일어나, 그길로 처녀 집을 찾아갔지.

가 보니 처녀 집에서는 막 잔치가 벌어졌어. 죽었던 딸이 살아났으니 그 얼마나 큰 경사야? 소 잡고 닭 잡고 동네 사람 모아놓고 잔치를 하는 거야.

이때 총각이 턱 들어가서,

"저승 사위 왔습니다."

하니까, 집안 식구들이 다 놀라 자빠지지.

총각은 그동안 있었던 일을 다 말하고 나서, 증거로 등에 써놓은 글자를 보여줬어. 사람들이 보니, 아닌 게 아니라 총각 등에는 처녀 이름이 씌어 있고 처녀 등에는 총각 이름이 씌어 있거든.

그런데 처녀 집에서는 가난뱅이 머슴을 사위 삼기 싫어서 핑계를 대.

"안됐네만 이 아이는 죽기 전에 이미 정해놓은 혼처가 있다네. 이미 이승 사위가 있는데, 어찌 또 저승 사위를 보겠나?"

그 말을 들은 처녀가 나서서 따졌어.

"제가 죽기 전에 그런 말은 들어보지 못했습니다. 그리고 저는 이 사람이 나눠준 목숨을 받아 이승에 돌아왔습니다. 그런 은혜를 받고 딴 사람한테 시집간다면 어찌 사람이라 하겠습니까?"

"잔말 말아라. 아무리 저승 인연이라 해도 부모의 뜻을 꺾을 수는 없는 것이다."

처녀는 끝까지 안 물러섰어.

"정 그렇다면 저는 저 사람한테 받은 목숨을 되돌려주겠습니다. 염라대왕께 지금 당장 제 목숨을 거두어 가라고 하겠습니다."

"그런 말 하려거든 당장 내 눈 앞에서 썩 사라져라. 너는 내 자식도 아니다."

처녀 총각은 오히려 잘됐다 하고 그길로 집을 나가, 찬물 한 그릇 떠다 놓고 혼례를 치렀어.

그 뒤 산속에 들어가 오두막을 짓고 살았는데, 참 깨가 쏟아지게 잘 살았지. 나무하고 농사짓고 밥하고 빨래하고, 오순도순 서로 돕고 아껴주면서, 원앙이 샘을 낼 만큼 잘 살았더래. 아들 셋 딸 셋 낳고 남부러울 것 없이 잘 살다가 한날한시에 같이 죽었더래.

토끼 귀신의 점괘

무서운 이야기는 무서워서
좋고, 실없는 이야기는 실없어서

좋고, 이런 사람은 오늘 아주 수가 났네. 이제부터 무섭고도 실없
는 얘길 할 테니까 한번 들어봐.

옛날에 포수가 한 사람 살았어. 총을 들고 돌아다니다가, 하루
는 어느 마을에 가 보니 온 동네가 그냥 싸늘해. 사람 사는 기척이
없어. 사람은 없고 빈집만 수두룩하단 말이야.

이 집 저 집 기웃거리다가 어느 기와집에 가니까 신이 한 켤레
있어.

"주인 있소?"

하니까 한 여자가 나오는데 하얀 소복쟁이야. 식구 중에 누가 죽
으면 소복을 하거든.

"웬 손님이오?"

"지나가는 길손인데 하룻밤 자고 갑시다."

그러니까,

"안 됩니다. 여기선 못 주무십니다."

이러네.

"왜 그럽니까?"

"이 동네 사람들이 밤마다 하나씩 죽어 나가서 이제 나 하나 남았는데, 오늘밤엔 내 차례요. 손님도 여기 있다간 오늘 죽을지 내일 죽을지 모르니 그냥 가시오."

사연을 들어보니, 달포 전부터 밤마다 시커먼 것이 세 놈이 나타나서 사람을 하나씩 잡아갔다고 그러거든. 캄캄할 때 들이닥쳐서 냅다 잡아가는데, 잡혀가는 사람은 소리도 한번 못 질러보고 그냥 사라졌다는 거야.

"내가 포수요. 나한테 총이 있으니 한번 당해봅시다."

말리는 걸 부득부득 우겨서, 그날 밤에 그 집에서 묵었어.

아니나 다를까, 밤이 이슥해지니까 말이야, 찬바람이 쉭 불더니 불이 슥 꺼져. 촛불이고 등불이고, 집 안에 켜놓은 불은 죄다 꺼져버려. 그러니 온통 캄캄하지.

조금 있으니까 또 찬바람이 쉭 불더니, 밖에서 시커먼 것이 담을 넘어 들어와. 문틈으로 가만히 보니까 귀신인지 도깨빈지 모르겠는데, 어마어마하게 큰 놈이 하나, 중간치가 하나, 작은 게 하나, 이렇게 세 놈이야.

마당을 가로질러 마루에 슥 올라서는데, 요렇게 보니까, 이것들이 다 귀신이야. 그런데 사람 귀신이 아니고 짐승 귀신이야. 어마어마하게 큰 것은 호랑이 귀신이고, 중간치는 여우 귀신이고, 작은 것은 토끼 귀신이야.

세 놈이 방으로 쓱 들어서려다 말고, 그중 작은 놈 토끼 귀신이,

"이거 아무래도 이상합니다. 점을 한번 쳐봐야겠습니다."

이러거든.

호랑이 귀신이,

"그래라."

하니까, 토끼 귀신이 점을 툭탁툭탁 쳐보더니 하는 말이,

"점괘가 좋지 않습니다. 아주 불길합니다."

이러네.

"뭣이 그렇게 불길하니?"

"나는 놀라서 죽을 운이고, 여우 형님은 불에 타 죽을 운이고, 호랑이 형님은 다리가 찢어져 죽을 운이오."

하니까, 그 얼마나 재수 없는 소리야? 호랑이 귀신이 그만 화가 나서 소리를 버럭 지르지.

"예끼 요망한 놈! 그따위 점괘가 어디 있느냐?"

얼마나 벼락같이 소리를 질러놨는지, 토끼 귀신이 그만 깜짝 놀라서 펄쩍 뛰다가 자빠져 죽어버렸어. 점괘대로 됐지.

그다음에는 여우 귀신이 방문을 벌컥 여는데, 이때 포수가 총을 한 방 놨어. 그런데 마침 총이 잘못됐는지 총알은 안 나가고 불만 붙었어. 포수가 총을 집어 던지니까 불길이 여우 꼬리에 옮겨 붙어서, 그만 여우 귀신이 불에 홀랑 타 죽었어. 점괘대로 됐지.

호랑이 귀신이 보니까 겁나거든. 토끼가 놀라 죽더니 여우가 불에 타 죽고, 이제는 자기 차례란 말이야.

"이러다가 진짜로 죽겠다. 어서 도망가자."

하고 냅다 도망가다가 뒷다리가 대문 문고리에 딱 걸렸어. 그 바람에 다리가 쭉 찢어져서 죽어버렸지. 이것도 점괘대로 됐네.

죽으면서 호랑이 귀신이,

"아, 토끼 귀신 그놈이 점 하나는 용하게 치는구나. 세 가지 점괘가 다 맞아떨어졌네."

하더라나.

세 귀신이 다 죽으니까 잡혀갔던 사람들도 다 풀려나서 돌아오더래. 그래서 모두모두 잘 살았더란다.

토끼 귀신의 점괘

굴속에 들어간 장수

거 옛날에는 말이야, 장수가 나면 나라에서 가만두지를 않았거든. 무슨 말인고 하니, 장수는 힘세고 재주 많잖아. 그러니까 행여 임금을 몰아내고 자기가 임금 노릇할까 봐 아예 나라에서 잡아갔다는 거야. 잡아가서 뭐 어떻게 했는진 몰라도, 잡혀가면 그게 끝이지 뭐. 그래서 아기장수가 났다 하면 그 집이 아주 초상집이 됐어.

옛날 어느 곳에 장수가 났는데, 그 집 식구들이 그냥 쉬쉬하고 키웠어. 그래서 아무도 몰라. 아무 힘도 재주도 없는 척하고 사니까 아무도 몰라, 장수인 줄. 그 집 식구들도 그렇고, 장수도 아예 티를 안 내고 그냥 잠자코 사는 거야. 힘도 재주도 다 숨기고. 사실은 말이지, 힘으로 말할 것 같으면 반쪽이도 울고 가고 재주로 말할 것 같으면 홍길동도 저리 가랄 만한데 말이야.

이 아기장수가 커서 총각이 됐을 때, 한번은 고기잡이를 하러 바다에 나갔어. 집이 바닷가에 있어서 동네 사람들이 다 물고기 잡아 먹고살았거든. 이웃 동무들하고 같이 갔는데, 가서 참 물고기를 많이 잡았어. 한 배 가득 잡아서 좋아라 하며 돌아오는데, 아 그때 해적이 나타났네. 배 타고 돌아다니면서 남의 것 빼앗는 놈들 있잖아.

해적이 턱 나타나서 다짜고짜 칼을 들이대니 뭐 어쩔 수 있나. 이쪽은 몽둥이 하나 없는 맨손들이니 어디 대거리나 한번 해봐? 그냥 곱다랗게 빼앗겼지. 이쪽 배에 가득 잡은 물고기를 다 저쪽 배에 옮겨 싣고 가는 판이야, 해적들이.

일이 이렇게 되니 동무들이 분해서 죽겠다고 야단났거든. 아, 저희들이 종일 힘써 잡은 물고기를 용 한번 못 써보고 몽땅 빼앗겼으니 분하지 안 분해? 그렇다고 뭐 어떻게 해볼 수는 없고, 그냥 앉아서 씩씩거리며 분을 삭이는 판이야.

이때 장수가 동무들한테 가만히 말했지.

"너희들 정말 그렇게 분하니? 그러면 내가 도로 찾아오련?"

"네까짓 게 무슨 수로 찾아와?"

아무도 이이가 장수인 줄 모르니까 그러는 거지.

"내가 도로 찾아올 테니 너희들 소문 안 낼 테냐?"

"소문은 무슨 소문?"

"글쎄, 너희들 지금부터 본 건 뭐든지 말 안 내겠다고 약속하면 내 도로 찾아오마."

"네가 찾아오기만 하면 말 안 내고말고."

다 말 안 내겠다고 약속을 하지, 뭐 그럼 말 낼 테니까 찾아오지 마라 그럴 사람 어디 있어? 뭐 하늘에 대고 맹세를 하래도 하지, 그럴 때는.

다 약속을 하니까, 이 장수가 배에서 슬쩍 뛰어내리는데 뭐 안 방 문지방 넘듯이 그냥 뛰어넘어. 그러더니 그냥 물 위로 달려가는 거야.

"너희들은 배로 뒤따라오너라."

이러고 달려가는데 참 빠르기가 번개 같아. 발목 하나 물에 안 잠기고 사뿐사뿐, 마치 마른 땅 밟듯이 바다를 밟고 그냥 냅다 달려가. 동무들이 배를 타고 기를 쓰고 노를 저어 따라가도 못 따라가.

그렇게 달려가서 해적 배를 따라잡아서는, 성큼 배에 올라서거든. 그러니 해적들이 달려들 것 아니야? 싸움이 벌어졌지. 그런데 뒤따라가던 동무들이 보니까, 뭐 아무것도 안 보여. 그냥 먼지만 한 번 풀썩 일었다가 말지. 아주 참 그냥 잠깐이야. 눈을 비비고 가만히 보니, 그새 해적들이 다 여기저기 나자빠졌어. 뭐 어떻게 했는진 몰라도 칼 든 놈들 여럿이 눈 깜짝할 새에 다 그만 나가떨어진 거야.

"너희들 아까 빼앗은 것 다 저 배에 도로 실어라."

뱃전에 떡 버티고 서서 호령을 하니까 해적들이 감히 고개나 들어봐? 벌벌 떨면서 시키는 대로 하지. 그래서 빼앗겼던 물고기를 다 찾았어.

그러고 나서 집에 돌아왔는데, 아이고 참 그 이튿날이 되니까 그만 온 동네에 소문이 쫙 퍼졌네. 아무개가 바다 위를 땅 밟듯이 걷고 칼 든 해적 여럿을 눈 깜짝할 새에 해치웠다고, 장수도 그런 장수가 없더라고 아주 소문이 나도 크게 났어. 그거 뭐 다들 말 안 내겠다고 약속을 했지마는 입이 근질거려서 배기지를 못했던 모양이지. 아무리 그래도 한 며칠이나 참을 것이지 원.

소문이란 게 한번 나기 쉽지 어디 그게 금세 숙지나? 퍼지고 퍼져서 서울까지 퍼졌지. 나라에서 소문을 듣고 당장 군사를 보냈어. 장수 잡으러 말이야. 군사들이 말을 타고 창을 들고 들이닥치니까 온 동네 난리가 났지.

군사들 온단 말을 듣고 장수는 얼른 뒷산 바위굴 속에 들어갔어. 식구들을 다 데리고 들어갔지. 식구들을 두고 들어가면 군사들이 식구들을 대신 잡아가거든. 어머니, 아버지, 동생들을 다 데리고 들어갔는데 그 뒤로 아무도 본 사람이 없대. 군사들이 굴속을 이 잡듯이 뒤졌지만 발자국 하나 없더래. 어디로 갔는지, 어찌 된 영문인지 아무도 몰라. 나도 몰라.

그 마을 사람들 말로는 그 뒤로 가끔 뒷산 바위굴 속에서 사람 울음소리 같은 게 새 나오더라고 하지만, 그것도 잘못 들은 건지 모르지.

아기장수 더덕이

옛날 옛적에 한 홀어미가 살았는데, 하
루는 산에 나무를 하러 갔어. 나무를 하
다가 보니 더덕이 큼지막한 게 있기에 뽑았지.
아무리 뽑아도 안 뽑히더니,

"더덕아, 더덕아. 나하고 살자."

하니까 쑥 뽑히더래. 갑자기 쑥 뽑히니까 뒤로 자빠져서 대굴대굴
굴렀지. 더덕하고 사람하고 같이 대굴대굴 굴러서 집에까지 왔어.

그날부터 배가 불러오더니 열 달을 채워 아들을 낳았어. 낳자마
자 아기가 그날로 슬그머니 일어나 앉더래. 그러더니 삼칠일 지나
니까 걷고, 백일 지나니까 뛰고, 첫돌이 지나니까 산에 가서 나무
를 해 오는 거야. 산더미만 한 걸 한 짐씩 해 와.

나이 예닐곱 살 돼서 글방에를 보냈더니 하루만 가고 다시 안

가. 왜 안 가느냐고 물으니까,

"글방 아이들이 애비 없는 후레자식이라고 놀려서 못 가겠습니다."

그러거든. 그러면서 물어.

"우리 아버지는 어디에 있습니까?"

할 말이 없어서,

"네 아버지는 강원도에 콩 팔러 갔다."

하니까 그날로 집을 나가서 석 달 열흘 뒤에 들어오더래. 들어와서 또 물어.

"온 강원도를 다 뒤져도 없습디다. 우리 아버지는 어디에 있습니까?"

또 할 말이 없어서,

"네 아버지는 절에 공부하러 갔다."

하니까 그날로 집을 나가서 또 석 달 열흘 뒤에 들어오더래. 들어와서 또 물어.

"조선팔도 절을 다 뒤져도 없습디다. 우리 아버지는 어디에 있습니까?"

하기에 하릴없이 바른대로 말해줬어. 산에 나무하러 갔다가 더덕을 한 뿌리 뽑았는데, 더덕하고 같이 뒹굴었더니 그날로 배가 불러 너를 낳았다고 했지. 그랬더니,

"그러면 내 이름은 더덕이라 하겠습니다."

해서 그렇게 됐어.

더덕이 나이 열댓 살 먹으니까 밤만 되면 집을 나가. 초저녁에

슬그머니 나가서 새벽이슬 맞고 들어오는데, 그게 하루 이틀도 아니고 날마다 그래.

하루는 어머니가 가만히 뒤를 밟았지. 따라가 보니 산으로 들어가. 산으로 들어가서 고개를 세 개 넘더니 커다란 바위 앞에 서. 가만히 보니 그게 그냥 바위가 아니고 바위 문이야. 더덕이가 바위를 잡고 끙 하고 용을 한번 쓰니까 그 큰 바위 문이 스르르 열려. 더덕이가 열린 문으로 들어가다 말고,

"어머니도 들어와 보십시오."

하기에 군말 않고 따라 들어갔지. 가만히 뒤 밟은 걸 다 알고 그러는데 뭐 어쩔 거야?

들어가 보니 참 어마어마하더래. 바위 문 안에 딴 세상이 있는데, 온통 병사들이고 쇠붙이들이야. 병사들은 몇천인지 몇만인지 모르고 쇠붙이들은 죄다 칼이고 창이고 방패고 투구고 그래. 댕그랑댕그랑하면서 밤낮으로 그런 걸 만들어. 그 많은 병사들이 칼이야 창이야 방패야 투구야 만들다가 더덕이가 들어가니까,

"장군님!"

하고 달려들어 떠메고 가.

구경 다 하고 집에 왔는데, 아 하루는 나라에서 임금이 왔어. 임금이 군사들을 많이 거느리고 와서,

"더덕이는 어디 있느냐? 가르쳐주면 돈을 주마."

해서 가르쳐줬어. 바위 문 있는 곳을 가르쳐줬는데, 아무도 못 들어가. 당최 문이 열려야 말이지. 힘장사 몇백 몇천이 달려들어 밀어도 꼼짝을 안 하니 말이야.

하다 안 되니까 임금이 또 꾀어.

"여봐라, 언제든지 네 아들이 오거든 배가 아프다 하고 의원을 불러오라 해라. 그러면 곡식을 주마."

아니나 다를까, 며칠 뒤에 더덕이가 왔어. 임금이 시킨 대로 했지.

"얘야, 내가 배가 아파 죽겠다. 의원을 좀 불러오너라."

의원을 부르니까 의원이 왔어. 그런데 그게 임금이야. 임금이 의원 옷을 입고 의원처럼 차리고 왔어. 와서는,

"이 병에는 다른 약은 소용이 없고 흰 호랑이 아흔아홉 마리를 잡아다가 간을 빼 먹어야 낫는다."

하지. 더덕이가 그 말을 듣고 당장 산으로 들어가더니 사흘 만에 왔어. 흰 호랑이 아흔아홉 마리를 잡아 왔지. 그때 임금이 군사들을 많이 데리고 와서 더덕이를 덮쳤어. 흰 호랑이 아흔아홉 마리를 잡았으니 기운이 다 빠졌을 줄 알았지. 그러면 단박에 사로잡을 작정이었거든. 그런데 웬걸, 흰 호랑이 아흔아홉 마리를 잡고도 더덕이는 기운이 펄펄 살아 있네. 그 많은 군사들이 당해낼 수 있어야지. 하릴없이 놓아줬어.

일이 안 되니까 임금이 또 꾀어.

"여봐라, 다음에 네 아들이 오거든 머리가 아프다 하고 점쟁이를 불러오라 해라. 그러면 비단을 주마."

아니나 다를까, 며칠 뒤에 더덕이가 왔어. 임금이 시킨 대로 했지.

"얘야, 내가 머리가 아파 죽겠다. 점쟁이를 좀 불러오너라."

점쟁이를 부르니까 점쟁이가 왔어. 그런데 그게 임금이야. 임금이 점쟁이 옷을 입고 점쟁이처럼 차리고 왔어. 와서는,

"이 병에는 다른 약은 소용이 없고 하늘나라에 있는 하늘복숭아 아흔아홉 개를 따다가 씨를 갈아 먹어야 낫는다."

하지. 더덕이가 그 말을 듣고 집을 나가더니 석 달 만에 왔어. 하늘복숭아 아흔아홉 개를 따 왔지. 그때 임금이 신하들을 많이 데리고 와서 재판을 차렸어. 하늘복숭아는 하늘나라에 있으니 못 따올 줄 알았지. 그러면 부모한테 불효한다고 옥에 가둘 작정이었거든. 그런데 웬걸, 하늘복숭아 아흔아홉 개를 보란 듯이 다 따 왔네. 트집 잡을 건더기가 있어야지. 하릴없이 놓아줬어.

아무리 해도 안 되니까 임금이 소가죽 삼천 장으로 주머니를 지어주면서 꾀어.

"여봐라, 다음에 네 아들이 오거든 이 가죽 주머니 안에 들어가라 해라. 왜 그러느냐고 묻거든 들어가는 걸 보고 싶어서 그런다고 해라. 그러면 금덩이를 주마."

아니나 다를까, 며칠 뒤에 더덕이가 왔어. 임금이 시킨 대로 했지.

"얘야, 저 가죽 주머니 안에 들어가거라."

"왜 그러십니까?"

"네가 들어가는 걸 보고 싶어서 그런다."

더덕이가 그 말을 듣고 가죽 주머니 안에 들어갔어. 그때 임금과 군사들이 숨어 있다가 뛰쳐나와서 주머니를 꽁꽁 묶고 바위에다가 패대기를 쳤어. 패대기를 한 삼천 번 치니까 뼈도 살도 다 부

서졌어.

더덕이를 죽여놓고 임금은 어머니한테 준 돈이야 곡식이야 비단이야 다 도로 빼앗아버리고, 인두로 팔다리까지 지져놓고 갔어.

어머니가 뒤늦게 울며불며 가죽 주머니를 풀어 헤쳐 보니, 뼈고 살이고 다 부서져서 가루가 돼 있더래. 가만히 생각해보니 더덕이가 죽기 전에 한 말이 생각나거든.

"만약에 내가 죽거든 반쪼가리 의원을 찾아 약 세 첩을 지어다가 내 몸 위에 뿌리고 뼈 살아라, 살 살아라, 숨 살아라 하십시오."

그길로 어머니가 반쪼가리 의원을 찾아다녔지. 삼 년 만에 지리산 산골짜기에서 눈도 하나 귀도 하나 팔도 하나 다리도 하나인 반쪼가리 의원을 찾았어. 약 세 첩 지어달라니까 밥 삼천 끼를 지어달래. 밥 삼천 끼를 지어줬더니 빨래 삼천 가지를 해달래. 빨래 삼천 가지를 해줬더니 물 삼천 동이를 길어달래. 물 삼천 동이를 길어줬더니 약 세 첩 지어주더래.

약 세 첩을 가지고 와서 더덕이 뼛가루 살가루 위에 뿌렸지. 한 첩 뿌리고,

"뼈 살아라."

하니까 뼈가 살아났어.

또 한 첩 뿌리고,

"살 살아라."

하니까 살이 살아났어.

또 한 첩 뿌리고,

"숨 살아라."

아기장수 더덕이

하니까 숨이 살아났어.

　다시 살아난 더덕이는 어머니하고 바위 문 안으로 들어갔는데, 그 뒤로는 아무도 본 사람이 없더래.

제2부

인연과 응보

삼 년 걸린 과것길

옛날에는 시골 양반이 과거 보러 서
울에 올라갔다 하면 보통 한 달이 걸렸
어. 강원도나 충청도 같은 데서 말이라
도 타고 가면 며칠 새 가는 수도 있지만, 전라도나 경상도같이 먼
곳에서 꾸역꾸역 걸어가면 한 달이 걸리는 건 보통이었지. 그런데
웬 사람은 서울 가는 데 삼 년이 걸렸대. 석 달도 아니고 삼 년. 아
무리 느림보라 해도 과것길에 삼 년 걸렸다면 너무하지 않나. 이
제 그 이야기를 한번 해볼 터이니 잘 들어봐.

옛날에는 말이지, 양반 상민 차별이 아주 심했어. 양반은 일을
안 하고 글공부만 해도 땅마지기나 가지고 있으면 배불리 잘 먹고
살고, 백성들은 가진 땅이 없으면 양반 땅을 부쳐 먹고 살아야 했
지. 그러니까 땅주인한테 매여 살 수밖에. 아, 어쩌다가 땅주인 양

반한테 밉보이기라도 하면 땅을 빼앗기고, 땅 빼앗기면 당장 먹고 살 길이 없어지니 매여 살아도 보통으로 매여 사는 게 아니란 말이지.

어느 마을에 땅마지기나 가진 양반이 살았어. 이 사람이 자식 없이 살다가 늘그막에 아들을 턱 하니 하나 낳았는데, 돌이 지나기도 전에 웬 스님이 동냥을 왔다가 아들을 보고 하는 말이,

"이 아이는 호랑이한테 물려 죽을 상이오."

이러더란 말이야. 늘그막에 아들 하나 낳아서 금이야 옥이야 하는 판에 이런 소릴 들으니 그만 하늘이 무너지는 것 같았지. 그래 스님한테 바짝 매달려 물었어.

"어찌하면 화를 면할 수 있겠습니까? 제발 좀 가르쳐주십시오."

그랬더니,

"평생 남한테 원성을 한마디도 안 듣는다면 살아날 방도는 있겠소."

이러거든. 평생 남한테 원망하는 소리 들을 일을 단 한 가지도 하지 마라, 이 말이야. 참 이게 말같이 쉬운 일이 아니지. 남한테 원성 한마디 안 듣고 사는 일이 어디 쉬운 일인가?

어찌 됐거나 그 뒤로 아이를 조심조심해서 키웠어. 아이가 커서 말귀를 알아듣고부터는 그저 앉으나 서나 남의 원성 들을 일을 하지 말라고 타이르고 또 타이르고, 귀에 못이 박이도록 타일렀어. 아이도 천성이 착했던지 남한테 썩 잘했지. 싹싹하게 인사도 잘하고, 험한 일 궂은일 마다 않고 남이 어려우면 도와주고, 말도 조심해서 남 듣기 좋은 말만 하고, 어디 한 군데 나무랄 데가 없이 잘

했어.

그렇게 잘 커서 이 아이가 어른이 됐어. 어엿한 선비가 됐지. 선비가 되어서 이제 과거 보러 서울로 갈 판이야. 그런데 부모가 가만히 생각해보니 아무래도 걱정이 되거든. 지금까지는 조심해서 아무 탈 없이 살았지마는 과거 보러 가다가 무슨 일이 생길지 누가 알아? 호랑이한테 물려 죽을 팔자라는데, 이거 뭐 과거 보러 가는 길이 온통 산길이고 고갯길이니 걱정이 안 될 리 있나?

"지금까지 남의 원성 들을 일을 한 번도 하지 않았느냐? 잘 생각해보아라."

아들이 가만히 생각해봤지. 암만 생각해봐도 남한테 눈곱만큼 잘못한 일이 없거든. 터럭만큼도 원성 들은 일이 없어.

"아무리 생각해도 그런 일은 없습니다."

"정말이냐? 잘 생각해보아라. 단 한 가지라도 그런 일이 있으면 과거 보러 못 간다."

생각하고 또 생각해봐도 도무지 그런 일이 없어.

"예, 정말로 없습니다."

"그럼 됐다. 가거라."

이렇게 해서 과거를 보러 가게 됐어. 턱 하니 행장을 꾸려가지고 설레설레 서울로 올라갔단 말이야. 산길도 걷고 고개도 넘으면서 가는데, 어느 험한 산길에 접어드니 인가도 없고 주막도 없어. 길에 다니는 사람도 없고 풀이고 나무고 막 자욱하게 우거져 있고, 참 그야말로 적막강산이야. 그런 험한 산길을 터벅터벅 가는데, 저 앞에서 시퍼런 불이 번뜩하는 거야. 거, 호랑이 눈에서 시퍼런 불이 난다고 그러지.

'이키, 호랑이로구나.'

간이 콩알만 해지는데, 그래도 정신을 차리고 생각해보니 여태 남한테 원성 들을 일이라고는 한 가지도 안 했잖아? 그렇게 생각하니 마음이 좀 놓였지. 호랑이가 말하자면 산신령인데, 어느 산신령이 이렇게 착한 사람을 잡아가겠어?

그런데 그게 아니었어. 호랑이가 앞을 턱 가로막고 서서 말하기를,

"꼼짝 말아라. 내 여기서 너를 기다렸느니라."

아, 이러거든. 그래서 꼼짝을 않고 서 있었더니,

"네가 지은 죄가 있으니 어서 목숨을 바쳐라."

아, 이런단 말이야. 지은 죄가 있다니 그만 가슴이 철렁했지. 자기는 암만 생각해도 그런 일이 없는데 말이야. 도무지 남한테 원성 들을 일은 단 한 가지도 안 했거든. 그래서,

"죽더라도 대체 무슨 죄로 죽는지 알고나 죽어야 하지 않겠습니까? 제가 무슨 잘못을 했는지 가르쳐나 주십시오."

했지. 그랬더니 호랑이가 더 큰소리로 으르렁거리며 꾸짖는데,

"네가 지은 죄를 모른단 말이냐?"

"도무지 모르겠습니다."

"너 때문에 마을에서 쫓겨난 사람이 있는데도 모르겠다고? 네가 다섯 살 때 네 엉덩이를 한 번 꼬집었다가 쫓겨난 아낙을 설마 모른다고 하진 않겠지?"

이러거든. 가만히 생각해 보니 그제야 어렴풋이 생각이 나는데,

그런 일이 있었어. 부모가 다 친척 집에 가게 돼서 자기를 이웃집 농사꾼 아낙한테 맡긴 일이 있었거든. 그 이웃집이라는 게 제 집 땅을 부쳐 먹고 사는 집이었어. 다섯 살 먹은 어린애니까 뭐 철이 있었겠어? 철이 없으니까 아주머니 말을 안 듣고 뽈뽈거리며 설쳤던 모양이야. 아주머니가 보다 보다 못해 엉덩이를 한 번 꼬집어 줬는데, 그걸 나중에 부모한테 일러바쳤단 말이야.

"잉잉, 옆집 아주머니가 내 엉덩이 꼬집었어. 잉잉."

하고 말이야. 부모는 남의 집 귀한 자식 엉덩이를 꼬집었다고 화가 나서 그만 그 아낙네가 부치던 땅을 빼앗아버렸지. 제 땅도 없는 농사꾼이 땅을 빼앗기고 무슨 수로 살아? 마을을 떠나는 수밖에 없지. 이게 원성 들을 일이 아니고 뭐야? 아무리 부모가 한 일이라도 제가 안 일러바쳤으면 그런 일도 없었을 터이니 제 탓이지.

그런 일이 있었다는 게 생각이 났어. 생각이 나는데, 저는 여태 그것도 까맣게 잊어버리고 터럭만 한 잘못도 없다고 여기고 살았으니 이게 참 죽을죄가 아니고 뭐야? 그래서,

"알고 보니 정말 죽을죄를 졌습니다. 나 같은 사람은 죽어 마땅합니다."

이러면서 호랑이더러 잡아먹으라고 목을 쑥 빼고 기다렸지.

그런데 웬일인지 호랑이가 잡아먹으려고 들지를 않더래. 한참 동안 가만히 앉아 물끄러미 바라만 보고 있더니,

"제 잘못을 알고 비는 사람을 차마 어쩌지 못하겠구나. 대신 내가 시키는 대로 하여라. 이 고개를 넘으면 외딴집이 하나 있는데, 그 집이 바로 그때 쫓겨난 아낙네 집이니라. 거기에 가서 삼 년 동

안 머슴을 살면서 그 집을 부자로 만들고 나면 죄를 면할 수 있을 것이다."

이러더래. 그러고 나서 어디론가 바람같이 사라져버렸지.

그렇게 목숨을 건지고 고개를 넘어 가 보니 아닌 게 아니라 외딴집이 하나 있더래. 거기 눌러살면서 삼 년 동안 머슴 노릇을 했지. 삼 년 동안 새경 한 푼 안 받고 억척같이 일해서 그 집을 부자로 만들어놨어. 그랬더니 어느 날 호랑이가 다시 썩 나타나서,

"이제 됐으니 갈 길을 가거라."

하더래. 그래서 과거 보러 가던 길을 다시 가게 됐지. 이게 삼 년 걸려 과거 보러 간 내력이야. 그러고 나서 어떻게 됐느냐고? 과거에 급제해서 원님이 되어 잘 살았다나. 원님이 되어서도 백성들과 함께 농사일을 했는데, 하도 일을 잘해서 백성들이 '상머슴 원님'이라고 그랬다는군. 그게 다 삼 년 동안 머슴살이한 덕분이지 뭐야. 호랑이 덕분이기도 하고.

호랑이가 준 보자기

옛날에 어떤 총각이 부모도 없이 혼자 살았어. 살림이 가난해서 장가도 못 가고 혼자서 산밭이나 일궈 먹으면서 살았지. 집이라고 있는 게 다 쓰러져가는 오막살이 한 칸인데, 어찌나 허술한지 뒷간도 없어. 뒷간이 없으니까 어떻게 해? 오줌이 마려우면 그냥 한데 나와서 찍찍 갈긴단 말이야. 텃밭이고 거름더미고 마당이고, 그게 다 뒷간인 셈이지. 혼자 사는 총각이니까 뭐 거리낄 것도 없으니 그냥 그렇게 살았어.

그런데 추운 겨울밤이 되면 마당까지 나오는 것도 귀찮을 것 아니야? 매운바람이 쌩쌩 부는 날 밤에 자다가 말고 일어나 신을 신고 나오는 게 좀 귀찮은 일이야? 그래서 추운 겨울밤에는 이 총각이 그냥 뒷문을 열고 뒷산 쪽에다 대고 오줌을 눴어. 하도 추우니까.

그랬더니 뒷산 산신령님이 그만 노하셨어. 신령님 계신 산에다 대고 버릇없는 짓을 해놨으니 그럴 만도 하지. 저 게으르고 버릇없는 놈을 혼내줘야겠다고 작정을 하신 산신령님이 뒷산에 사는 호랑이한테 명을 내리기를,

"네 가서 저놈을 혼내줘라. 버릇을 단단히 고쳐줘."
했겠다.

그래서 호랑이가 밤중에 총각 사는 집으로 내려왔어. 뒷산 덤불 속에 숨어서, 또 버릇없는 짓을 하면 단단히 혼내줘야지 하고 벼르고 있는데 마침 총각이 뒷문을 스르르 열고 나오거든. 그러고는 전에처럼 오줌을 눈단 말이야. 그걸 보고 호랑이가 덤불 속에서 막 뛰쳐나오려는데, 총각이 추워 벌벌 떨면서 혼잣말로 뭐라고 하는고 하니,

"아이 추워, 아이 추워. 나는 집이라도 있어서 바람이나 막아줘도 이렇게 추운데, 산에 사는 호랑이님은 얼마나 추우실까?"
이러거든. 아, 아무리 인정머리 없는 호랑이라도 그런 말을 듣고서는 차마 못 덤벼들지. 저 걱정해주는 사람을 어찌 해코지하겠어? 막 덤벼들려다가 마음을 딱 고쳐먹고 그냥 돌아갔어. 먼 데서도 누가 뭘 하는지 뻔히 다 아는 산신령님은 호랑이가 아무 짓도 안 하고 그냥 돌아온 것도 훤히 알았지.

"버릇없는 놈을 혼내주랬더니 왜 그냥 왔느냐?"

"총각이 추워 벌벌 떨면서도 저를 걱정해주는데, 어찌 그런 사람을 해치겠습니까?"

"그렇더냐? 그러면 그냥 두길 잘했느니라."

그런데 며칠 지나서 호랑이가 그 집 앞을 지나다 보니 또 총각이 오줌을 누러 나와서는,

"에 추워, 에 추워. 나는 집이라도 있어서 바람이나 막아줘도 이렇게 추운데, 집도 없이 산에 사는 호랑이님은 얼마나 추우실까?"

이렇게 혼잣말을 한단 말이야. 그다음에도 그러고 또 다음에도 그러고, 지날 때마다 그러니 이 호랑이가 그만 감동을 했어.

'날 이렇게 걱정해주는 사람도 다 있구나. 이렇게 고마운 사람을 나 몰라라 하면 호랑이 도리가 아니지.'

이렇게 생각하고 산신령님께 고하기를,

"신령님, 그 총각이 오줌을 아무 데나 눠서 그렇지 마음은 비단결 같습니다. 살림이 무척이나 어려운 듯하니 좀 도와줬으면 좋겠습니다."

하니까 신령님이 요술 보자기를 하나 줘. 총각한테 갖다 주라고 말이야. 그런데 호랑이가 사람 앞에 불쑥 나타나면 놀랄 테니까 총각이 나무하러 다니는 길목에 그 요술 보자기를 슬며시 갖다 놨지.

그 이튿날 총각이 나무하러 가다 보니까 길에 하얀 보자기가 하나 떨어져 있거든. 주웠지. 주워서 이걸 어디에 쓸까 하다가 날씨가 워낙 추우니까 머리에 둘러썼어. 머리에 보자기를 둘러쓰면 얼추 바람은 막아주니까 쓸 만하지. 그러고 나서 나무를 하러 산을 올라가는데, 하 이것 참 이상한 일이 다 있네. 그 보자기를 둘러쓰니까 옆에서 말소리가 막 들려. 어쩌고저쩌고 수다스럽게 떠드는

소리가 들리더란 말이지.

어디서 사람들이 이렇게 말을 하나 하고 가만히 살펴보니 사람은 없고 참새가 몇 마리 나뭇가지에 앉았는데, 들리는 말소리가 바로 그 참새들 소리더래. 호랑이가 갖다 놓은 보자기는 바로 새의 말을 알아듣는 보자기였지. 그것만 둘러쓰면 새가 지저귀는 말이 다 사람 소리처럼 들리는 거야. 가만히 들어보니 참새들이,

"얘들아, 사람들이란 참 미련하지. 저 건넛마을 김 첨지네는 외동딸이 다 죽어가는데도 손을 못 쓰고 죽기만을 기다리더라."

"그러게나 말이야. 그 집 대들보 밑에 있는 천 년 묵은 지네 때문에 그런 줄도 모르고 속수무책이라니, 원."

"그 지네를 쇠젓가락으로 잡아다 끓는 기름에 튀겨 죽이면 병도 나을 텐데, 쯧쯧."
하고 쨋째글 쨋째글 하거든.

총각이 그 말을 듣고 당장 건넛마을 김 첨지네 집을 찾아갔어. 찾아가 보니 아닌 게 아니라 외동딸은 앓아누워 사경을 헤매고, 다른 식구는 근심에 싸여 한숨만 쉬고 있더래. 총각이 그 집에 썩 들어가서,

"내가 이 댁 따님을 살릴 방도를 가지고 왔으니, 아무 말 말고 시키는 대로만 하십시오."
하니까 그 집 식구들이 뭐 어쩌겠어? 여태 좋다는 약은 다 써보고 용하다는 의원은 다 불러 보여도 낫지 않아 죽기만을 기다리고 있던 참인데, 그런 말을 듣고 시키는 대로 안 할 수가 있나?

"어떻게 하든지 우리 딸 목숨만 살려주게나."

목을 빼고 총각 분부만 기다리는 판이지.

"쇠젓가락 한 짝과 사다리를 갖다 주시고, 이 집에서 제일 큰 가마솥을 마당에 걸고 기름을 가득 부어 끓이시오."

시키는 대로 다 갖다 주니까 총각이 쇠젓가락을 들고 사다리를 타고 지붕에 올라갔어. 용마루를 턱 걷어내니까 거기에 홍두깨만 한 지네 한 마리가 꿈틀꿈틀하고 있더래. 그놈을 쇠젓가락으로 집어다 끓는 기름에 던져 넣었지. 그렇게 해서 지네가 죽으니까, 금방 숨이 넘어갈 것 같던 딸이 부스스 털고 일어나 앉더란다.

그렇게 외동딸 목숨을 살려놓으니 어떻게 되겠나. 경사 났다고 당장 잔치판이 벌어지고 총각은 귀인 대접을 받는 거지. 그 집에서 총각을 사위 삼으려고 한 건 정한 이치 아니겠어? 그래서 총각은 참한 색시 얻어 장가들고, 처가에서 논마지기나 뚝 떼어주니 가난도 면하게 됐어. 집에 뒷간도 짓고 요강도 장만해서, 이제는 겨울밤에 뒷산에다 대고 오줌 누는 일도 없어지고, 가끔 새소리 듣고 남 좋은 일도 많이 해서 오래오래 잘 살았지. 이게 끝이야.

호랑이가 준 보자기

만석꾼이 천석꾼 된 내력

옛날에 만석꾼 부자가 살았는데, 이 사람이 집에 고양이를 한 마리 키웠어. 그런데 이 고양이가 얼마나 야무지고 단단한지 살을 만져보면 꼭 돌 같아. 그래서 돌고양이라고 불렀대.

한번은 이 만석꾼이 병이 들어 누웠는데, 누가 그러기를 이 병에는 돌고양이 고기를 먹으면 낫는다고 그러거든. 그래서 집에 키우던 돌고양이를 잡아다가 매달아놨어. 이튿날 잡아서 고기를 먹으려고 말이야. 그런데 이놈의 고양이가 밤새 야옹야옹 우는 걸 보니 참 안됐어. 그래서,

'고양이 고기를 약으로 조금 쓰려고 죽일 것까지야 있나? 엉덩잇살을 조금 베어내고 도로 꿰매주면 살지 않을까?

하고서, 그 이튿날 고양이를 묶어 매단 채로 엉덩이 살을 조금 베어냈어. 그러고는 상처를 도로 꿰매서 풀어줬지. 그랬더니 고양이가 눈을 하얗게 뜨고 크게 한 번 '야옹' 하고 울더니 달아나버리더래. 원, 어디로 갔는지도 모르게 그냥 사라져버리더란 말이야.

고양이 고기를 먹은 덕분인지 어쨌든 만석꾼은 그 뒤로 곧 병이 나았고, 돌고양이 일은 까맣게 잊어버린 채 몇 해가 흘렀지.

그런데 하루는 어떤 스님이 동냥을 왔어. 만석꾼이나 되니까 집에 돈이고 양식이고 많을 것 아니야? 그래서 스님 바랑이 불룩하도록 돈냥에다가 쌀에다가 푸짐하게 시주를 했어. 그랬더니 스님이,

"참으로 고맙습니다."

하고 인사를 하고서는 몇 발짝 나가다가 혼잣말로,

"허, 그런데 살이 끼었군. 살이 끼었어."

이러거든. 그 소리를 주인은 못 듣고 하인들이 들었어.

"저 스님이 지금 나가면서 뭐라고 그러시느냐?"

"살이 끼었다고 그러십니다."

주인이 놀라서 버선발로 달려 나가 스님을 붙들었어.

"스님, 그게 웬 말이십니까?"

"그게 웬 말인지는 주인이 더 잘 아실 텐데요."

"도무지 모르겠습니다."

"잘 생각해보십시오. 분명히 산목숨을 모질게 다룬 일이 있을 것입니다."

산목숨을 모질게 다룬 일이 있다? 가만히 생각해보니 몇 년 전에 돌고양이 살을 베어 먹은 일이 있단 말이야. 그것 말고는 도무

지 그런 일이 없거든.

"사실은 몇 년 전에 이러이러한 일이 있었습니다."

"그러면 그렇지. 바로 그 돌고양이가 앙심을 품고 몇 년 동안 해물만 먹고 힘을 길러서 얼마 뒤에 주인을 해치러 올 것입니다."

들어보니 끔찍하단 말이야. 고양이가 앙심을 품으면 반드시 사람을 해친다고 하고, 또 고양이가 해물을 먹으면 엄청나게 힘이 세어진다는 말을 들은지라 등골이 서늘해지는 거지.

"그럼 죽는 방도만 있고 살 방도는 없습니까?"

"내일 날이 밝는 대로 돈을 한 짐 싣고 북쪽으로 가십시오. 가다 보면 개를 파는 집이 많을 것이오. 그중 반드시 호박개라고 하는 것을 세 마리 사되 돈을 아끼지 말아야 합니다. 개를 집에 데려오면 묶어두지 말고 개가 하는 대로 가만히 두십시오."

스님이 그 말만 남기고는 바람같이 가버리더래.

만석꾼은 그 이튿날 날이 밝는 대로 길을 떠났어. 돈을 한 짐 말에다 싣고 북쪽으로만 갔지. 북쪽으로 북쪽으로 가다 보니 개를 파는 집이 참 많더래. 개를 파는 집마다 말을 멈추고,

"호박개 있소?"

하고 물었지만,

"호박개라니, 그런 개 이름은 난생처음 들어봤소."

하지, 호박개 있단 집은 없더래. 가다가 가다가 날이 저물 무렵이 돼서야 어떤 허름한 집에 들러 물으니,

"호박개는 왜 찾소? 저기 있는 개가 호박개요."

하거든. 반가워서 주인이 가리키는 쪽을 보니, 참 꼴이 말이 아닌

개가 세 마리 있더래. 덩치는 주먹만 한 것이 눈에는 눈곱이 덕지 덕지 끼었고 못 먹어서 바싹 여위어 참 볼품이 없어. 값을 물으니까 그 돈 한 짐 실고 온 걸 다 부르더란 말이지. 다른 튼튼한 개의 백 갑절도 넘는 값이야. 그래도 그 돈을 다 주고 호박개 세 마리를 샀어.

호박개를 사서 집에 데려다 놓고, 스님이 시킨 대로 묶지도 않고 개가 하는 대로 가만히 내버려뒀지. 그랬더니 그중 한 놈은 대문간에서 자고, 한 놈은 중문간에서 자고, 한 놈은 마루 밑에서 자더래. 먹이를 먹는데, 고기야 뼈다귀야 아무리 좋은 먹이를 줘도 안 먹고 꼭 찹쌀죽만 먹는 거야. 그렇게 해서 한 몇 달이 지났어.

하루는 밤에 저 멀리서 천둥 치는 소리가 나면서 파란 불빛이 길게 뻗치는데, 아 그 불빛이 자기 집 쪽으로 오는 거야. 이키, 이거 큰일 났다 싶어서 얼른 식구들을 딴 집으로 보내고 주인 혼자서 다락에 올라가 문틈으로 내다보고 있었지. 조금 있으니까 벼락 치는 소리가 나면서 덩치가 호랑이만 한 것이 성큼 나타나는데, 가만히 보니 전에 그 돌고양이더란 말이지.

아, 이놈이 앞발을 곤두세우고 대문으로 들이닥치는데 대문을 지키던 개가 그냥 죽은 척하고 있는 거야. 응? 고양이가 달려들면 맞서 싸워야 할 텐데 그냥 죽은 듯이 엎드려 있단 말이야. 고양이가 대문을 열고 중문으로 들이닥치는데, 아 중문 지키는 개도 그냥 죽은 듯이 엎드려 있어. 두 놈이 얼씬도 안 하고 가만히 있네그려. 그동안에 고양이는 중문도 열고 안마당을 가로질러 마루 위로 날아올랐지.

고양이가 마루 위로 달려드니까 그제야 마루 밑을 지키던 개가 펄떡 뛰어올라 고양이한테 달려들더래. 다른 두 놈은 가만히 있고. 그런데 호박개가 덩치는 작아도 얼마나 날쌘지 호랑이만 한 돌고양이를 어지간히 당하더래. 둘이서 물고 뜯고 싸우는데, 깨갱 깨갱 야옹야옹 아주 난리가 났어. 그렇게 한참 동안 싸우다가 인제 개가 슬슬 밀리네. 힘으로 도저히 못 당하니까 밀리는 거야. 곧 죽게 생겼어.

이거 큰일 났다 하고 있는데, 그때야 중문 지키던 개가 갑자기 벌떡 일어나서 번개같이 고양이한테 달려들더래. 먼저 싸우던 개는 도로 마루 밑으로 들어가 죽은 듯이 엎드려 있고. 또 한참 싸우다가 힘이 빠져서 슬슬 밀리니까 이번에는 대문 지키던 개가 달려들어 싸우고 먼저 싸우던 개는 도로 중문 아래로 가서 가만히 엎드려 있어. 이렇게 번갈아가면서 싸우니까 고양이도 못 당해. 다른 개가 싸우는 동안에 가만히 엎드려 힘을 모아뒀다가 달려들고 달려들고 하니까 못 당하는 거지. 밤새도록 싸우다가 날이 부옇게 샐 무렵에야 고양이가 나가떨어졌어. 개 세 마리도 지칠 대로 지쳐서 축 늘어졌지.

주인이 나와서 고양이를 아주 불에 태워 없애버리고, 개들을 안아다가 방에 누이고 찹쌀죽을 끓여다 먹여서 겨우 살려놨지. 그래도 두 마리는 살고 한 마리는 죽었어. 죽은 개를 양지바른 곳에다 고이 묻어주고 나니까, 살아 있던 개 두 마리도 슬그머니 어디론가 가버리더래. 그러고는 다시 안 나타나. 며칠 뒤에 주인이 꿈을 꾸는데 허연 노인이 나타나서,

"개의 은혜를 갚으려거든 앞으로 더도 말고 덜도 말고 한 해에 딱 천 석씩만 거두고 나머지는 다 가난한 사람들에게 베풀어라." 하더라네. 그 뒤로 한 해에 딱 천 석씩만 거두고 나머지는 다 가난한 사람들에게 나누어줬지. 행여 잘못해서 천 석에서 단 몇 석만 더 거두어도 개 무덤에서 개 울음소리가 났다니 참 신기하지. 이게 만석꾼이 천석꾼 된 내력일세.

만석꾼이 천석꾼 된 내력

효자와 호랑이

옛날 옛적 갓날 갓적, 호랑이가 담
배 피우고 까막까치 말할 적에, 어느 산
골 외딴집에 한 총각이 홀어머니를 모시고 살았어. 두메산골 외딴
데서 사니까 뭐 마땅히 할 일이나 있나? 나무 베어다가 숯을 굽고
살았지. 숯을 구워 장에 내다 팔아서 먹을 것 입을 것 사다가 어
머니를 모셨단 말이야. 이 총각이 참 효자여서 홀어머니 봉양이
지극했지. 늙으신 어머니가 행여 추울세라 시장할세라 온갖 정성
다해서 참 극진히 모시는 거지.

하루는 총각이 숯을 구워서 지게에 짊어지고 장에 갔어. 장에
가서 숯을 팔아 어머니 잡수실 고기도 사고, 어머니 입으실 옷도
사서 이제 집으로 돌아올 판인데, 아 그날 따라 장보기가 더디어
서 그만 날이 저물었네.

'이키, 벌써 날이 저물었군. 지금쯤 어머니가 얼마나 기다리실까? 어서 가서 어머니께 고깃국도 끓여드리고 새 옷도 입혀드려야지.'

이렇게 생각하고 걸음을 재촉했지. 집으로 가자면 큰 고개를 하나 넘어야 하는데, 고갯길에 막 접어드니 저만치 앞에서 시퍼런 불이 번쩍하더래. 시퍼런 불 두 개가 번쩍하는데, 가만히 보니 그게 호랑이 눈이야. 호랑이가 본래 밤이 되면 눈에서 불이 난다는 그런 말이 있어.

호랑이란 놈이 눈에 불을 켜고 슬금슬금 다가오는데, 총각은 그만 오금이 붙어서 꼼짝을 못했지. 하기야 달아난대도 호랑이 걸음을 이길 수 없을 테니 뭐 별수도 없지. 그러니 오도 가도 못하고 죽기만 기다릴 판이야. 총각이 정신을 가다듬고 가만히 생각해보니 저 죽는 것보다 늙으신 어머니가 혼자서 어떻게 살아갈지 더 걱정이 되거든. 그래서 호랑이한테 사정을 했어.

"호랑아 호랑아. 날 잡아먹더라도 조금만 기다렸다가 잡아먹으렴. 집에 계시는 어머니께 하직 인사라도 하게 해다오. 집에 가서 이 고기하고 새 옷을 어머니께 드리고 도로 나올 터이니 그때 날 잡아먹으려무나."

이렇게 빌었더니 슬금슬금 다가오던 호랑이가 그 말을 알아들었는지 갑자기 걸음을 탁 멈추더래. 그러고는 한참 동안 가만히 있더니 다짜고짜 빙글 돌아앉더래. 등을 대고 돌아앉아서는 꼬리로 제 등을 툭툭 치더란 말이지.

"호랑아 호랑아. 어쩌라고 그러느냐? 네 등에 업히란 말이냐?"

그랬더니 호랑이가 고개를 끄덕끄덕하지 뭐야. 그래서 총각이 호랑이 등에 업혔어. 등에 업히니까 호랑이가 '어흥' 하고 한 번 크게 울더니 껑충껑충 뛰어서 쏜살같이 고개를 넘어가더래. 그 큰 고개를 눈 깜짝할 사이에 넘어 집 앞에까지 와서 딱 멈추더란 말이지.

'아하, 이 호랑이가 내 말을 알아듣고 어머니께 하직 인사하라고 데려왔나 보다. 어쨌거나 고마운 일일세.'

이렇게 생각하고 호랑이 등에서 내렸지. 집에 들어가 보니 어머니는 그새 호롱불을 켜놓고 아들을 눈이 빠지게 기다리고 있더래.

"얘야, 오늘은 어찌 이리 늦었느냐? 무슨 일이라도 있었느냐?"

"장보기가 더디어서 이리 되었습니다, 어머니. 걱정 마시고 잠깐만 기다리세요."

하고는 고깃국을 덥게 끓여서 배불리 먹여드리고 새 옷을 입혀드리고 난 다음에,

"어머니, 혹시 제가 돌아오지 않더라도 마음 편히 잡수시고, 내일 날이 밝는 대로 고개 너머 친척 집으로 가십시오. 거기 가시면 굶는 일은 없을 것입니다."

하고는 도로 밖으로 나왔지. 약속대로 호랑이한테 잡아먹히려고 말이야. 그런데 집 앞에 나와 보니 호랑이가 온데간데없어. 저를 잡아먹으려고 기다릴 줄 알았는데 말이야.

그래서 총각은 목숨을 건졌어. 그러고 나서 며칠이 지나 또 숯을 팔러 장에 갔지. 장에 가서 숯을 팔아 어머니 드릴 고기랑 생선을 사 가지고 돌아오는데, 전에 호랑이를 만났던 고갯길에 막 들

어서니 눈앞이 컴컴해. 집채만 한 것이 눈앞을 가로막고 있어서 그래. 가만히 보니까 아 그 호랑이가 또 거기에 떡 버티고 서 있지 뭐야.

'이키, 또 그 호랑이로군. 옳아, 그때 날 잡아먹지 못해 오늘 잡아먹으려고 왔나 보다.'

이렇게 생각하고 호랑이에게 말을 했지.

"며칠 전에는 네가 내 사정을 봐서 어머니를 뵙도록 해주었으니 더 무엇을 바라겠느냐? 어서 날 잡아먹어라."

그래도 호랑이는 가만히 서 있더래. 잡아먹으려고 달려들 기색도 없이 말이야. 그러더니 전처럼 등을 돌리고 앉아서 꼬리로 제 등을 툭툭 치는 거야. 그게 등에 업히라는 말이 아니고 뭐겠어? 그래서 호랑이 등에 업혔지. 호랑이는 총각을 등에 업고 나는 듯이 고개를 넘어 집 앞까지 가더니 턱 멈춰 서더래. 그래서 호랑이 등에서 내렸지. 그랬더니 호랑이는 어디론가 가버리더래. 총각은 호랑이 덕분에 높은 고개를 눈 깜짝할 사이에 넘어왔지.

그 뒤로도 총각이 장에만 가면 호랑이가 고갯길에서 기다리고 있다가 등을 돌려 대는 거야. 등에 업히면 고개를 넘어 집 앞에까지 데려다주고 말이야. 총각은 장에 갔다 올 때마다 호랑이를 타고 왔지.

그런데 하루는 장에 갔다 오는 길에 늘 호랑이를 만나던 곳에 왔는데 호랑이가 안 보이더래. 늘 만나던 호랑이가 안 보이니까 섭섭하기도 하고 걱정도 될 게 아니야? 그래 어찌 된 일인가 하고 걱정을 하면서 혼자 고갯길을 오르다 보니 산속에 웬 사람들이 많이 모여 있더래. 가 보니 사람들이 커다란 구덩이를 파놓았는데, 거기에 호랑이가 빠져서 오도 가도 못하고 으르렁거리고 있지 뭐야. 가만히 보니까 저를 업고 다니던 바로 그 호랑이거든. 오늘도 저를 업어다 주려고 고개를 넘다 그만 구덩이에 빠졌나 봐. 다른 사람은 호랑이가 워낙 사납게 으르렁거리니까 손을 못 쓰고 웅성웅성 떠들며 구경만 하고 있어. 그걸 보고 총각이 나섰지.

"여러분, 이 호랑이를 어찌할 셈입니까?"

"며칠 동안 가만히 두면 굶고 지쳐서 제풀에 쓰러질 터이니, 그때 가서 잡지요."

"그러지 말고 이 호랑이를 나한테 파십시오. 값은 후하게 쳐드리겠습니다."

그동안 숯을 구워 벌어놓은 돈을 모두 내놓으니까 사람들이 돈을 받고 다들 물러가더래. 총각은 호랑이를 구덩이에서 꺼내줬지. 그래서 호랑이가 살았어.

그 뒤로도 호랑이가 총각을 업고 다녔는데, 호랑이도 사람 못지않게 효자 노릇을 했대. 어머니가 홍시가 먹고 싶다 하면 홍시가 많은 곳으로 총각을 업어 가고, 산딸기가 먹고 싶다 하면 산딸기가 많은 곳으로 업고 갔지. 이렇게 해서 호랑이도 효자 노릇을 했다니 참 신기하지? 그나저나 총각은 어머니 모시고 오래오래 잘 살았는데, 아직까지도 저 큰 고개 너머 산속에 살고 있다나. 그저께도 총각이 호랑이를 타고 다니는 걸 누가 봤다더군.

은혜 갚은 개구리

옛날 어느 시골 마을에 가난한 농사꾼이 살았어. 이 농사꾼은 날마다 논에 가서 물 대고, 김매고, 거름 주고, 이렇게 부지런히 일을 했지. 그런데 하루는 논에 가다 보니 길가 개울에 올챙이 한 마리가 팔딱팔딱 뛰고 있는 거야. 그해는 비가 안 와서 봄부터 날이 몹시 가물었던 모양이야. 그래서 개울 물이 바짝 말랐는데, 물이 없어지니까 올챙이가 갑갑해서 팔딱팔딱 뛰고 있는 거야. 그냥 두면 곧 죽을 것 같더군.

'에그, 저것도 이 세상에 살러 나왔는데 저러다 죽으면 얼마나 원통할꼬.'

이렇게 생각하고 그 올챙이를 고이고이 손바닥에 얹어 가지고 가서 물이 있는 논에다 넣어줬어. 논에는 늘 물을 대니까 올챙이가 죽을 일은 없거든.

그래놓고 그다음 날부터 논에 가기만 하면 올챙이가 잘 사는지 들여다봤지. 올챙이는 참 잘 자랐어. 몸집이 점점 커지더니 다리가 나오고 꼬리가 짧아지고, 얼마 뒤에는 개구리가 됐어. 개구리가 되어서 농사꾼이 나타나기만 하면 반갑다는 듯이 개굴개굴 울지.

그렇게 개구리를 동무 삼아 농사일을 하며 사는데, 하루는 논에 가다 보니 웬 아이들이 개구리를 잡아가지고 놀고 있더래. 가만히 보니 며칠 전에 구해준 그 개구리 같더란 말이야.

"얘들아, 그 개구리를 뭣에 쓰려고 잡았느냐?"

"집에 가지고 가서 구워 먹지요."

"그러지 말고 그 개구리 나 다오. 이 떡을 줄 테니 개구리와 바꾸자."

마침 점심밥 대신 먹으려고 챙긴 보리개떡이 몇 개 있었거든. 그걸 모두 아이들에게 주고 개구리를 샀어. 그러고는 개구리를 다시 논에다 놓아줬지.

며칠이 지났는데, 하루는 논에 나가 보니 개구리가 여느 때보다 더 시끄럽게 개굴개굴 울더래. 왜 그러나 하고 들여다보니, 개구리가 하얀 구슬을 입에 물고 있다가 툭 내뱉더란 말이야.

'뭔지는 모르지만 나 주려고 그러나 보다.'

하고 그 하얀 구슬을 주워서 호주머니에 넣어뒀어. 그런데 그날 저녁 집에 돌아와서 옷을 갈아입으려고 보니 호주머니가 불룩해. 웬일인가 하고 들여다보니 호주머니 안에 쌀이 가득 들어 있지 뭐야. 하얀 구슬은 쌀 속에 그대로 들어 있고.

'이것 참 신기한 일이로구나. 이 구슬이 쌀을 내는 구슬이란 말인가?'

이렇게 생각하고 하얀 구슬을 빈 솥에 넣어봤더니, 아 글쎄 비어 있던 솥에 금세 쌀이 가득 차더래. 독에 넣으면 독에 쌀이 가득 차고, 자루에 넣으면 자루에 쌀이 가득 차고……. 이러니 어떻게 되겠어? 금세 부자가 됐지. 독마다 자루마다 쌀을 가득 채워놓고 부자로 사는 거야.

그런데 이 소문이 퍼지고 퍼져서 그 고을 원의 귀에까지 들어가게 됐지. 그 고을 원이 세상에서 둘째가라면 서러워할 욕심쟁이인데, 그 소문을 듣고 가만히 있을 수 있나. 사람을 시켜서 농사꾼을 불러들였어.

"네 이놈, 그 구슬은 어디서 났느냐? 바른대로 아뢰어라."

"예, 논에 사는 개구리한테서 얻었습니다."

"그 개구리가 네 것이더냐?"

"제가 그 개구리 목숨을 살려준 적은 있지만 물가에 절로 사는 개구리를 어찌 제 것이라 하겠습니까?"

"그래? 그렇다면 본래 네 것이 아니란 말이렸다. 임자 없는 물건은 관청에 바치는 것이 나라의 법이니라. 그러니 그 구슬을 어서 바치어라."

원님이 이렇게 억지를 쓰는데 당할 재간이 있나. 할 수 없이 구슬을 갖다 바쳤지.

그러고 나서 그 이튿날 논에 나가 보니 또 개구리가 여느 때보

은혜 갚은 개구리

다 더 시끄럽게 개굴개굴 울더래. 그래서 들여다봤더니 이번에는 노란 구슬을 입에 물고 있다가 툭 뱉어내는 거야. 그걸 주워서 또 호주머니에 넣어뒀지.

집에 돌아와서 보니 아, 호주머니에 엽전이 가득 들어 있지 뭐야. 이번에는 엽전을 내는 요술 구슬을 얻은 거야. 구슬을 궤짝에 넣어두면 궤짝에 엽전이 가득 차고, 뒤주에 넣어두면 뒤주에 엽전이 가득 차고, 이러거든. 이러니 뭐 전보다 더 큰 부자가 됐지. 아무 데나 구슬만 넣어두면 엽전이 가득 차니까 혼자서 쓰고도 남아서 온 마을 사람들에게 다 나누어줬어. 그러고도 남아.

욕심쟁이 원이 그 소문을 또 들었어. 그러니 가만히 있을 수 있나. 또 농사꾼을 불러들였지.

"네 이놈, 임자 없는 구슬을 얻었으면 냉큼 관청에 갖다 바칠 일이지 여태 뭘 하고 있었느냐?"

이래서 하릴없이 노란 구슬도 빼앗겼어.

그러고 나서 그 이튿날 또 논에 갔지. 가 보니 이번에는 개구리가 빨간 구슬을 입에 물고 있다가 툭 뱉어내더란 말이야. 농사꾼이 그걸 주워서 이번에는 집으로 안 가고 곧바로 원한테로 갔어. 그놈의 구슬을 가지고 있어봐야 또 원한테 빼앗길 게 뻔하니 아예 일찌감치 갖다 바치는 게 낫겠다고 생각한 거지.

"사또, 이번에는 빨간 구슬을 얻었습니다. 사또께 바치려고 가져왔습니다."

그 말을 듣고 욕심쟁이 원은 좋아서 그만 입이 헤벌어지지. 하얀 구슬, 노란 구슬을 빼앗아서 쌀이야 엽전이야 산더미만큼 쌓아두고 사는 것만 해도 좋은데, 또 요술 구슬을 얻게 됐으니 이런 횡재가 어디 있어?

"어, 착한 백성이로다. 어서 두고 가거라."

농사꾼이 돌아간 뒤에 원은 빨간 구슬을 손에 쥐고 궁리했어.

'하얀 구슬은 쌀을 내는 구슬이요, 노란 구슬은 엽전을 내는 구슬이렷다. 그렇다면 이 빨간 구슬에서는 뭐가 나올까? 틀림없이 듣도 보도 못한 보물이 주렁주렁 쏟아져 나오겠구나. 이럴 게 아니라 어서 넣어봐야지. 찔끔찔끔 나와서는 감질만 날 테니 아예 산더미만큼 쏟아지게 큰 우물에다 집어넣어야겠다.'

이렇게 생각하고 구슬을 우물에다 집어넣었어. 그 우물은 깊이가 열두 길이나 되는 데다가 아가리는 석 자 반이나 되어서, 거기에 보물이 가득 차면 평생 꺼내 쓰고도 남을 만큼 쌓이게 되지.

'자, 이제 보물이 가득 찼나 어디 볼까?

그런데 이게 웬일이야? 갑자기 우물 속에서 와자지껄 시끌시끌, 귀가 멍멍해질 만큼 요란한 소리가 나는데, 그게 무슨 소리냐 하면 개굴개굴 개구리 우는 소리야. 우물에서 개구리가 수도 없이 쏟아져 나오는 거야. 몇천, 몇만 마리가 되는지 모르는 개구리가 마구 기어 나와서 온 집안을 기어 다니더란 말이지. 방이고 마루고 부엌이고 온 사방이 개구리 떼야. 그동안 하얀 구슬, 노란 구슬에서 나온 쌀이고 엽전이고 죄다 없어지고 보이느니 온통 개구리뿐이야.

원은 혼이 다 빠져서 줄행랑을 놓고, 농사꾼은 그 뒤로도 부지런히 농사를 지으면서 잘 살았대. 개구리는 다 어떻게 됐느냐고?

은혜 갚은 개구리

아, 요새 들판에 뛰어다니는 개구리 못 봤어? 그 개구리가 다 그 개구리야.

세 갈래 길로 간 삼형제

옛날, 저 강원도 두메산골 어느 집에 삼형제가 살았어. 그런데 이 삼형제가 한어머니 배에서 나왔어도 성질이 다 달랐지. 맏이는 마음이 너그러워서 남 도와주기를 좋아하고, 둘째는 힘이 세고 우락부락해서 남을 곧잘 때려눕히고, 막내는 똑똑해서 글공부를 잘했어.

삼형제 나이 열서너 살에서 열예닐곱쯤 되었을 무렵 아버지 어머니가 다 세상을 떠났어. 본래 가난한 집이라 물려받은 재산도 없는 데다가 셋이서 몸만 달랑 남게 되니 참 막막했지. 그래서 의논하기를,

"우리 삼형제가 변변한 땅도 없이 이 산골에서 뭘 하겠나. 서울로 올라가서 살아보자."

하고서 괴나리봇짐 꾸려 가지고 서울을 향해 길을 떠났어.

가다가 보니 세 갈래 길이 딱 나오거든. 마침 거기 한 노인이 앉아 쉬기에 물어봤지.

"이 세 갈래 길 중에서 어느 길이 서울 가는 길인가요?"

"셋 다 서울 가는 길일세."

"그럼 어느 길이나 다 똑같나요?"

"그건 아니지. 오른편 길로 가면 늙은이 혼자 사는 집이 있고, 가운뎃길로 가면 힘센 장정들이 많이 있고, 왼편 길로 가면 시체가 셋 있다네."

그래서 어느 길로 갈까 하고 의논하는데 먼저 둘째가 나서서,

"형님, 나는 가운뎃길로 가야겠소. 힘센 장정들이 많은 곳으로 가야 힘자랑을 할 것 아니오?"

하거든. 그러니까 맏이가,

"나는 오른편 길로 가겠다. 늙은이 혼자 사는 집이 있다니 돌아가신 부모님 생각이 나는구나."

했지. 그러자 막내가,

"그럼 지는 왼편 길로 가지요."

해서 삼형제가 각각 다른 길로 가게 됐어.

맏이는 오른편 길로 갔지. 길을 따라 죽 가다 보니 길가에 다 쓰러져가는 초가집이 한 채 있어. 들어가 보니 아닌 게 아니라 노인이 혼자서 살고 있단 말이야. 그런데 들어가자마자 이 노인이,

"야 이놈, 잘 왔다. 어서 저녁밥 좀 지어라."

하고, 하인 부리듯이 닦달을 하네. 가만히 보니 노인이 병이 들어

뼈가 등에 들러붙어 굴신을 못하고 누워 있는 거야. 처음 보는 노인이 다짜고짜 밥 지어내라고 소리를 질러 어안이 벙벙하지만 병들어 꼼짝 못하는 사람을 그냥 두고 갈 수 있나. 부엌에 들어가 밥한 상 잘 지어다가 먹였지. 노인이 저녁밥을 잘 먹고 나더니,

"얘, 이놈. 팔다리 좀 주물러라."

해서 팔다리도 시원하게 주물러줬어.

그날 하룻밤을 자고 나서 이튿날 아침에 나서려는데 발이 안 떨어져. 엉금엉금 기다시피 하는 노인을 혼자 두고 가려니 차마 못 그러겠단 말이야. 그래서 하루 더 눌러앉아 노인네 병구완을 했어. 그 이튿날도 차마 못 가고, 그다음 날도 또 그러고, 이러다 보니 그만 그 집에서 아주 살게 됐어. 노인을 아버지처럼 모시고 사는 거지.

날마다 나무하고 농사짓고, 더러 장도 보고 집안일도 꾸려가면서 늙은이 병구완을 했지. 밥 지어 봉양하고, 팔다리 주물러주고, 약초도 달여 먹이고, 더러 업고 나가 바람도 쏘이고, 이렇게 친자식도 못 할 효자 노릇을 했어.

그렇게 한 삼 년 지났는데, 하루는 노인이 맏이를 머리맡에 불러 앉히고서 하는 말이,

"내가 본래 만금 부자야. 젊어서 장사하고 돈놀이하면서 남 못할 짓도 많이 했어. 그러다 보니 인심 잃고 친구 잃고 식구까지 잃어서 외톨이가 되어서 이런 외딴 데 처박혀 살게 됐지. 다 돈 때문에 이 지경이 됐으니 돈이 원수 아닌가. 그래서 만금 돈을 궤에 넣어서 땅에 묻고 다시는 안 꺼내리라 했는데, 내가 죽을 때가 됐으

니 너한테 안 물려줄 수가 없다. 내 죽거든 뒷간 밑에 묻어놓은 돈 궤를 파내어서 가지고 가거라."

아, 이런단 말이거든. 그리고 나서 곧 죽었단 말야.

노인이 죽은 뒤에 뒷간 밑을 파보니 돈궤가 나오는데, 돈이 정말 만큼이나 들었더래. 노인 장례를 후히 치르고 나서 돈 만큼을 싸 들고 서울로 올라갔지. 돈을 그만큼 들고 갔으니 부자 중에도 상부자 아닌가. 서울 가서 부자가 돼서 잘 사는 거야.

둘째는 가운뎃길로 갔지. 가다 보니 날이 저물었는데 마침 길가에 주막이 하나 있더래. 오늘 밤은 저기서 묵으리라 하고 주막에 들어갔지. 그런데 주막에 웬 우락부락한 장정들이 그득한 거야. 칼 찬 놈도 있고 몽둥이 찬 놈도 있고, 뭐 별의별 놈이 다 있어. 그러거나 말거나 곱게 잠이나 잤으면 별일이 있었겠나. 둘째가 본래 싸움하고 남 두들기기 좋아하는 놈이니 별것도 아닌 걸 가지고 시비를 건단 말이야. 방에 들어가니 먼저 온 장정들이 앉기도 하고 눕기도 했는데,

"이놈들, 손님이 왔으면 인사를 해야지 그렇게 멀뚱거리고만 있느냐?"
하고 시비를 거니까 그 우락부락한 놈들이 고분고분하겠어? 뭐 이런 놈이 다 있느냐면서 칼이고 몽둥이고 닥치는 대로 빼 들고 달려들거든. 이래서 큰 싸움이 벌어졌지. 한창 싸우고 있는데 갑자기 어디서 키가 팔대장승 같은 놈이 나타나서는,

"모두들 그만둬라."
하니까 싸우던 놈들이 기가 팍 죽어서 죄다 고개를 푹 숙이고 섰

어. 알고 봤더니 그놈들이 다 산적 떼야. 키가 팔대장승 같은 놈은 산적 두목이고. 산적 두목이 둘째를 보더니,

"어, 그놈 제법이구나. 날 따라오너라. 날 따라오면 평생 일 안 하고도 잘 먹고 잘 입으며 살 수 있다."

하거든. 둘째가 그 말에 귀가 솔깃해져서 산적 두목을 따라갔어. 산적 소굴에 간 거지. 가 보니 도둑질한 물건이 그득하거든. 아, 이것 참 좋은 데에 왔구나 싶어서 거기 눌러살게 됐어. 산적이 돼서 도둑질하면서 사는 거야. 그렇게 한 삼 년 지났고.

막내는 왼편 길로 갔지. 가다가 보니 인가도 없고 숲만 자욱한 산속인데, 어느 곳에 가니까 사람 죽은 시체가 셋 있어. 시체 하나는 길에 쓰러져 있고 둘은 조금 떨어진 나무 밑에 있는데, 가만히 보니 시체 둘 옆에 술병이 하나 있고 전대가 하나 있거든. 길에 쓰러진 시체는 선비 차림인데 몸에 지닌 건 아무것도 없고, 나무 밑에 쓰러진 둘은 칼과 몽둥이를 하나씩 차고 있더란 말이지.

막내가 시체 옆에서 어물쩍거리고 있으니, 갑자기 사람들이 우르르 몰려와서 막내한테 오라를 지워서는 시체와 함께 어디론가 끌고 가. 끌고 가는 대로 끌려갔지. 어디로 가는고 봤더니 그 고을 관가로 가더란 말이지.

"사또, 분부대로 산에 있는 시체를 옮겨 왔습니다."

"살아 있는 사람은 또 뭔가?"

"예, 시체 옆에서 어정거리기에 수상해서 잡아 왔습니다."

알고 봤더니, 산길을 가던 백성이 먼저 시체 셋을 보고 관가에 알렸던 모양이야. 관가에서는 범인을 잡는다고 사령들을 시켜 시

체와 물건을 동헌으로 옮겨 오라고 했는데, 그때 막내가 거기 있었으니 까딱하다가는 누명을 쓰게 됐지 뭐야. 그런데 원님은 아무리 생각해도 연유를 모르겠는지 골똘히 생각에 잠겨 고개만 갸웃 갸웃하고 있더래.

"한 사람은 칼에 찔려 죽고, 한 사람은 몽둥이에 맞아 죽고, 한 사람은 독을 마시고 죽었는데, 전대는 그대로 있고 술병에는 술이 반쯤 남았으니 이게 대체 어찌 된 일이냐?"

그때 막내가 오라를 진 채로 나서서,

"사또, 제가 연유를 밝혀보아도 되겠습니까?"

했지.

"어, 그놈 참 맹랑하구나. 어디 말해보아라."

막내가 연유를 밝히는데,

"칼에 찔려 죽은 사람은 산길을 가다가 도둑들에게 전대를 빼앗기고 목숨을 잃은 듯합니다. 나머지 둘은 도둑이온데, 서로 전대를 차지하려고 하다가 죽게 된 것 같습니다. 하나가 술을 사러 가서 술에다 독약을 타 왔고, 하나는 술 사 온 사람을 죽이고 나서 술을 마셨는데, 그 술에 든 약 때문에 죽었겠지요."

하거든. 가만히 듣고 보니 이치에 딱 맞는 말이지 뭐야. 원님이 감탄을 하고 손수 오라를 끌러주고 나서, 마침 아들이 없는지라 이렇게 똑똑한 아이라면 양아들로 삼아도 되겠다 하고 양아들을 삼았어. 그래서 막내는 원님의 양아들이 됐지. 원님 양아들이 된 뒤로는 글공부를 부지런히 해서 과거에 급제했지. 그래서 한 삼 년 뒤에는 판관 벼슬을 얻어 서울로 올라갔어.

그런데 이때 맏이네 집에 도둑이 들었어. 도둑이 한밤중에 들어와서 이것저것 닥치는 대로 훔쳐 가는데, 그때 마침 순라꾼들이 맏이네 집 앞을 돌다가 도둑질하는 것을 보고 그놈을 잡아갔어. 그래서 그 이튿날 재판을 하는데, 대청 위에 판관이 앉고, 그 아래 도둑이 꿇어앉고, 옆에는 도둑맞은 사람, 그러니까 맏이가 떡 섰어. 그런데 도둑이 재판을 받다 말고 갑자기 엉엉 우네.

"왜 그리 우느냐? 죄를 받고 죽을까 봐 서러워서 우는 게냐?"

"그게 아니라 삼 년 만에 형님을 만나고 아우를 만나니 반갑고도 부끄러워서 그럽니다."

그 말끝에 서로서로 쳐다보니, 아 죄다 형이고 아우고 그렇단 말이야. 삼형제가 한자리에서 만난 거야. 맏이는 부자가 돼서 도둑질한 아우와 판관이 된 아우를 만나고, 둘째는 도둑이 돼서 형네 집을 털다가 잡혀 아우에게 재판받는 신세로 만나고, 막내는 판관이 돼서 큰형을 위해 둘째 형을 재판하는 처지로 만났거든. 참 희한한 일도 다 있지. 그 뒤에 둘째는 마음을 고쳐먹고 포도청의 포졸이 돼서 도둑 잡고 잘 살았다네. 삼형제가 다 잘 살았어.

대동강 물길을 바꾼 사람

지금은 대동강이 평양을 탁 가
로질러 흐르지마는 옛날에는 그게
그렇지를 않았대. 평양에서 이십 리나 떨어진 곳에 대동강이 흘렀
다는 게야. 그래서 평양 사람들이 참 고생을 많이 했대. 물을 길어
다 먹어도 이십 리 떨어진 대동강 물을 길어다 먹고, 빨래를 해도
이십 리 떨어진 대동상 물에서 빨래를 해야 했으니 그 고생이 어
디 보통 고생인가?

이때 평양에 물장수가 한 사람 살았어. 대동강이 워낙 머니까
돈푼이나 있는 사람들은 물을 길어다 쓰지 않고 물장수한테서 사
다가 썼지. 그런 사람들한테 대동강 물을 길어다 파는 물장수가
있었어.

이 사람이 하루는 종일 물을 길어 팔고 돈을 몇 푼 벌어, 그 돈

으로 저녁거리나 사 가려고 장터에 갔지. 장터에 가 보니 웬 사람이 큰 함지에 잉어 한 마리를 잡아 가지고 와서 팔려고 내놨더래.

팔뚝만 한 잉어인데, 아 이놈이 사람을 지그시 올려다보는 것이 살려달라고 그러는 것 같더란 말이지. 어찌 보니까 눈물을 흘리는 것 같기도 하고. 아, 그것 참 불쌍해서 도저히 안 되겠거든.

'에잇, 오늘 저녁거리 못 사더라도 저것은 살려주고 봐야겠다.'

이렇게 마음먹고 그 잉어를 샀어. 돈을 달라는 대로 다 주고 샀는데, 이걸 살려주려면 대동강까지 가야 된단 말이야. 그길로 잉어를 물통에 담아 물지게를 지고서 대동강까지, 이십 리를 냅다 달려갔어. 그동안 행여 잉어가 죽을세라 부리나케 달려가서 대동강 물에다 넣어줬지. 다행히 잉어는 살아서 펄떡펄떡 헤엄을 치며 물속으로 스르르 사라지더래.

그러고 나서 돌아오는데, 강 언덕에 이르니까 어디서 나타났는지 웬 초립동이가 앞을 딱 가로막거든.

"어르신, 잠깐 저를 따라오십시오."

따라갔더니 도로 물가로 가서 등에 업히라는 거야. 무슨 영문인지 몰라서 머뭇거리니까,

"놀라지 마시고 업히십시오. 저는 용궁에 사는 용왕의 셋째 아들인데, 세상 구경하러 나왔다가 낚시꾼에게 잡히는 몸이 되었습니다. 그런데 어르신께서 구해주신 덕분에 목숨을 건졌지요. 아버님께서 이 일을 아시고 얼른 가서 모셔 오라 하셔서 왔습니다. 그러니 어서 업히십시오."

하거든. 그래서 등에 업혔더니 쏜살같이 물속으로 들어가는 거야.

물속에 들어가도 아무렇지도 않더래. 눈도 뜨고 숨도 쉬고 말도 하고, 환하게 빛이 나서 말짱 다 보이고, 뭍이나 매한가지더란 말이지.

한참 들어가니까 으리으리한 기와집이 나오는데 그게 용궁이야. 열두 대문을 열고 들어갔더니 휘황찬란한 빛이 나고 사람들이 비단옷을 입고 왔다 갔다 하는데, 큰 대청에 용왕이 턱 앉아 있는 거야. 눈은 화등잔 같아서 불이 철철 흐르고 머리에는 산호관을 썼어. 그런 용왕이 앉았다가 반갑게 맞으면서 대접을 하는데, 참 기가 막히게 잘 차린 상으로 대접을 해. 번쩍번쩍하는 자개 상에 듣도 보도 못한 음식을 가득 차려놓고 풍악을 울리면서 식사 대접을 하는 거지. 물장수는 아주 잘 먹었어.

사흘 동안 대접을 받고 나니 집 생각이 나거든. 그래서 이제 가야겠다고 나서니까 용왕이,

"뭐든지 소원이 있으면 하나만 말하라."

하는 거야. 이 사람이 욕심이 많았으면 금은보화를 달라고 그랬겠지마는 그러지를 않고,

"다른 소원은 없고, 지금 대동강이 평양에서 너무 먼 까닭에 사람들이 고생을 많이 하고 있으니 대동강 물길을 돌려 평양 가까이 흐르게 해주시면 고맙겠습니다."

했지. 그러니까 용왕이 고개를 끄덕끄덕하더니,

"아무 날 아무 시에 큰 비를 내려 물길을 바꿀 것이니, 평양 백성들에게 알려 모두 피하도록 하라."

이러거든. 잘 알았다고 하고, 올 때 업혔던 셋째 아들 등에 업혀서

물 밖으로 나왔어.

이 사람이 그길로 평양 감영을 찾아가서, 아무 날 아무 시에 큰 비가 내릴 것이니 사람들을 모두 피난시키라고 했지. 그런데 평양 감사고 육방관속이고 간에 누가 그 말을 믿어야 말이지. 다들 정신 나간 놈이 미친 소리를 한다면서 거들떠보지를 않네. 할 수 없이 장터고 마을이고 온 데를 돌아다니면서 백성들한테 소리를 쳐 알렸어. 그러니 이 사람 말을 믿는 사람은 피난을 가고, 믿지 않는 사람은 안 가는 거야.

며칠이 지나서 용왕이 비를 내리겠다고 한 날이 되니까 갑자기 천둥벼락이 치면서 비가 마구 쏟아지는 거지. 온 동네가 물바다가 되고 강이 넘쳐흐르면서 천지개벽을 하는 거야. 그렇게 사흘 밤낮을 비가 내리더니 날이 활짝 개는데, 그제야 가만히 보니까 대동강 물길이 바뀌었어. 이십 리나 떨어진 곳을 흐르던 강이 평양 한복판으로 흐르더란 말이지.

그다음부터 평양 사람들이 물 걱정 안 하고 살게 됐다네. 그때 물장수 말을 들은 사람은 다 살고, 말을 안 듣고 피난 안 간 사람은 죄다 죽었다는군. 그러니까 지금 평양 사는 사람들은 다 그때 물장수 말을 듣고 피난을 간 사람들 후손이라는 거야.

나무장수의 요술 바가지

옛날에 나무장수가 한 사람
살았어. 산에 가서 나무를 해다가
지게에 지고 다니면서 팔았는데, 단골집이
많아서 일 년 내내 단골집에다가 나무를 쪄다 나르는 거야. 돈깨
나 있는 부잣집이나 양반집에서는 나무를 사서 때거든. 그런데 나
무 사서 때는 단골집에서는 그 나무 한 짐 들어올 때마다 값을 쳐
주지 않아. 몇 달치 나무 값을 모아서 한꺼번에 주지. 보통 추석이
나 설 같은 명절이 다가오면 밀린 나무 값을 준단 말이야.

한 해 섣달그믐께나 되어서 이 나무장수가 단골집을 찾아다니
며 나무 값을 받았어. 밀린 나무 값을 다 받으니까 제법 돈이 많이
들어왔지. 그걸로 설을 쇠야 할 판이야. 쌀도 사고 고기도 사고 설
빔 지을 옷감도 장만해서 집에 돌아가야 식구들이 설을 쇠지. 그

래서 나무 판 돈을 가지고 장에 갔어.

장에 가다가 보니까 웬 사람이 목을 매달려고 하고 있어. 길가에 있는 나무에 새끼줄을 걸고 목을 매려고 그런단 말이야.

"아이고 여보, 대체 무슨 일로 그러시오?"

"남의 일에 상관 말고 갈 길이나 가시오."

"상관 말라니, 사람이 목을 매 죽으려고 하는 걸 그래 두 눈을 뜨고 본체만체하라는 말이오? 그렇게는 못 하겠소. 무슨 연유로 그러는지 말이나 해보오."

그랬더니 이 사람이 땅이 꺼져라고 한숨을 내쉬고는 하는 말이,

"내일모레가 설인데 양식이 똑 떨어져서 온 식구가 굶어 죽게 생겼지 뭐요? 이렇게 살면 뭐하나, 차라리 죽는 게 낫겠다 싶어 이러니 상관 마시오."

이러는구나. 그러고 보니 이 사람 얼굴이 푸석푸석하고 누렇게 뜬 것이 며칠을 굶은 것 같더란 말이지. 참 딱하거든.

'얼마나 형편이 어려우면 목을 매 죽을 생각을 다 했을꼬. 나도 살기 어렵지만 당장 굶어 죽을 형편은 아니니 이 돈으로 사람이나 살려놓고 보는 게 옳다.'

이렇게 생각하고 나무 값으로 받은 돈을 그 사람한테 몽땅 건네줬어.

"얼마 안 되지마는 이걸로 양식을 사서 설이나 쇠시오. 부디 약한 마음먹지 말고 힘을 내시오. 죽을 각오로 살면 어떻게든 못 살겠소?"

하고 돈을 주니, 죽으려고 했던 사람은 감지덕지하면서 돈을 받아

가지고 갔어. 죽을 목숨을 살린 거지. 그리고 나서 가만히 생각해 보니 이제 자기 앞일이 막막해. 나무 값 받은 것을 몽땅 줘버렸으니 이제 빈털터리 아니야? 그러니 뭘로 쌀 사고 고기 사서 설을 쇠나 말이야.

'어허, 이제 내 일이 딱하게 됐군.'

혀를 차면서 호주머니를 만져보니 엽전 한 닢이 달랑 남아 있는 거야. 아까 돈을 줄 때 딱 한 닢이 떨어져 호주머니에 남아 있었나 봐.

'에라, 한 푼밖에 없으니 한 푼어치 장을 봐 가는 수밖에 없다.' 하고서 장에 갔어. 막상 장에 가긴 했는데 달랑 한 푼으로 무얼 사? 살 게 있어야지. 이리저리 돌아다니다가 겨우 댕기를 하나 사고 말았어. 아이들 주려고 말이야.

그렇게 해서 댕기 하나 사 가지고 집으로 향했지. 집에 오는 길에 조그마한 개울이 하나 있었거든. 그 개울을 건너다가 징검다리에 앉아서 잠깐 쉬었어. 설장이라고 봤다는 것이 댕기 하나이니 무슨 염치로 집에 들어가나 하고 걱정을 하며 쉬고 있는데, 저 위에서 노랗고 둥근 것이 하나 농동 떠내려오는 거야. 저게 뭔고 했더니, 가까이 떠내려온 걸 보니까 바가지야. 예쁘게 생기지도 않고 그저 수수하기만 한 바가지더란 말이지. 그런데 바가지가 동동 떠내려와서 나무장수 앞까지 오더니 더는 안 떠내려가는 거야. 그 자리에서 뱅뱅 돌기만 하고 안 떠내려가. 손으로 요렇게 밀어도 살짝 밀려갔다가 다시 돌아오고 돌아오고 이러거든.

'그것 참 이상도 하다.'

분명히 물은 아래로 흐르는데 바가지는 떠내려가지도 않고, 아래로 밀어 보내도 도로 물을 거슬러 올라오니, 세상에 이런 신기할 데가 있나. 이건 틀림없이 나 가지라는 건가 보다 하고 그 바가지를 주워 가졌어.

그러고 나서 집에 돌아왔지. 집에 돌아오니 벌써 날이 어둑어둑해졌는데, 삽짝 밑에서 가만히 생각하니 댕기 하나 있는 것이 마음에 걸리거든.

'후유, 아이는 여섯이나 되는데 댕기는 달랑 하나뿐이니 이를 어떡한다?'

하고 걱정하다가,

'에라 모르겠다. 다 같은 자식인데 누군 주고 누군 안 줄쏘냐?'

하고서, 댕기를 바가지에 담아서 삽짝 밑에 두고 빈손으로 들어갔어. 들어가니 아내와 아이들이 우르르 몰려나와 반기는데, 빈손으로 왔으니 뭘 줄 게 있어야지.

"여보, 나무 값 받아 설장 봐 온다더니 장 본 것 다 어쨌소?"

"아 그게……, 글쎄 장을 못 봤소."

얼버무리고 입맛만 쩍쩍 다시고 있는데, 아내가 밖에 나가 삽짝 밑을 둘러보더니,

"여보, 웬 댕기를 이렇게나 많이 사 왔소?"

하거든. 댕기는 하나밖에 안 사 왔는데 말이야. 이상하다 싶어서 나가 봤더니, 아 바가지에 댕기가 수북이 들어 있지 뭐야. 아주 한 바가지 꽉 찼어. 댕기가 이리 많으니 아이들이 좋아라고 우르르 달려들어 예쁜 댕기 골라 맨다고 야단법석이 났지.

'그것 참 이상한 바가지로군.'

어떻게 되나 보려고 한 줌이나 남은 쌀을 바가지에 넣어봤더니, 아닌 게 아니라 쌀이 금세 한 바가지 꽉 차는 거야. 이게 화수분 바가지야. 뭐든지 넣으면 넣는 대로 밑도 끝도 없이 나오는 화수분 바가지란 말이지.

화수분 바가지를 얻었으니 팔자가 폈지. 돈도 많이 얻고 쌀도 많이 얻어서 그다음부터는 아주 잘살게 됐어. 남부럽지 않게 부자로 잘 살았어.

화수분 바가지는 어떻게 됐느냐고? 그게 이렇게 됐어. 나무장수가 늙어서 죽을 때가 되어 육남매한테 살림을 나누어주는데, 아 자식 놈들이 하나같이 다른 것은 다 필요 없으니 바가지만 달라고 아우성이야. 이놈들이 욕심이 많아서 말이야. 나무장수가 골치가 아프니까 이것은 본래 얻은 자리에 갖다 놓는 것이 옳다 하고 밤에 몰래 개울에 가서 바가지를 던져버렸거든. 그런데 자식 놈들이 그걸 알고 뒤쫓아 가서 서로 바가지를 차지하려고 덤비다가 그만 부서뜨려 버렸어. 여섯 놈이 서로 잡아당기니까 바가지가 부서지지 안 부서져? 그래서 그게 이 세상에 없게 됐다, 이런 얘기야.

도깨비 씨름

옛날에 한 할아버지가 살았는데 가난
했어. 가난해서 돈 구경 못 해본 지 오래야.

하루는 이웃 마을에 일해주러 갔다가 밤이 이슥해서 돌아오는
데, 모퉁이를 딱 도니까 도깨비란 놈이 턱 나타나더래.

"할아버지, 씨름 한 판 하자."

도깨비란 놈이 본래 씨름을 좋아하거든.

"싫어, 나 힘없어."

하루 종일 일하고 오는 길이니 힘이 있을 게 뭐야?

"그래도 딱 한 판만 하자."

싫다는데도 부득부득 졸라대. 도깨비가 한번 조르기로 들면 당
할 장사가 없거든. 할 수 없이 씨름을 했어.

둘이 고의춤을 맞잡고 씨름을 하는데, 뭐 해볼 것도 없어. 할아

버지는 늙어서 기운이 없는 데다가 하루 종일 일을 해서 아주 녹
초가 됐단 말이야. 그런데 도깨비는 기운이 팔팔하니 뭐 상대가
돼? 금방 졌지.

"한 판 더 하자."

도깨비가 또 졸라. 그래서 한 판 더 했는데, 또 졌어.

"삼세판이다. 한 판만 더 하자."

도깨비가 졸라서 또 했어. 이제 막판이야. 이번에는 할아버지가
도깨비 왼다리를 툭 쳤어. 그냥 힘도 안 쓰고 툭 건드렸는데, 도깨
비가 나뭇등걸처럼 스르르 넘어가네. 본래 도깨비가 오른쪽으로
만 힘을 쓰지 왼쪽으로는 힘을 못 쓰거든. 그래서 이겼어.

"어이쿠, 졌네. 옜소, 씨름 값이오."

씨름 세 판을 하고 나서 도깨비가 돈을 석 냥 줘. 가난한 살림에
돈 석 냥이 어디야? 그걸 받아 가지고 와서, 그 이튿날 쌀 사고 고
기 사고 해서 잘 먹었어.

이웃에 사는 욕심쟁이 할아버지가 지나다가 구수한 밥 냄새 고
기 냄새를 맡았어.

"아니, 가난뱅이 주제에 웬 쌀밥이고 고긴가?"

가난한 할아버지가 어제 있었던 일을 다 말해줬어. 도깨비 만나
서 씨름 세 판 하고 돈 석 냥 얻은 얘길 다 했지.

욕심쟁이 할아버지가 그 소릴 듣고 가만히 있겠어? 그날 밤에
당장 도깨비 나오는 모퉁이로 갔지.

아니나 달라, 밤이 이슥해지니까 도깨비가 썩 나오거든.

"할아버지, 씨름 한 판 하자."

그래서 씨름을 했어. 그런데 욕심쟁이 할아버지는 처음부터 도깨비 왼다리를 쳤어. 지기 싫어서 말이야. 왼다리만 툭 건드리면 넘어가니까 이기기 쉽지. 내리 세 판을 다 이겼어. 그랬더니 아니나 다를까, 도깨비가 돈을 줘.

"옜소, 씨름 값이오."

씨름 세 판 다 이기고, 돈 석 냥 벌고, 세상에 이런 횡재가 어딨어? 욕심쟁이 할아버지는 아주 신이 나서, 그다음 날도 또 도깨비 나오는 모퉁이로 갔어. 밤이 이슥해지니까 도깨비가 나와서,

"할아버지, 씨름 한 판 하자."

해서 씨름을 했지. 또 내리 세 판을 다 이기고 돈 석 냥 벌었어.

그다음 날도 모퉁이로 가서 도깨비하고 씨름해서 내리 세 판을 다 이기고 돈 석 냥 벌고, 그다음 날도 또 그다음 날도 모퉁이로 가서 도깨비하고 씨름해서 내리 세 판을 다 이기고 돈 석 냥 벌고……

날마다 그러고 사는데, 한 달쯤 지난 뒤에 관가에서 포졸들이 몰려왔어. 육모방망이를 꼬나들고 왔어. 욕심쟁이 할아버지네 집에 들이닥쳐서 돈을 다 찾아내더니,

"이제야 찾았군. 이 도둑을 어서 끌고 가자."

하고는 할아버지를 오라로 묶어서 끌고 가는 거야.

어찌된 일인고 하니, 한 달 전부터 관가 창고에 넣어둔 나랏돈이 조금씩 줄어들기에 관가 사람들이 돈에 표시를 해놓고 지켜봤지. 그랬더니 밤마다 돈이 석 냥씩 없어지는데, 쥐도 새도 모르게 스르르 사라지는 거야. 거참 이상하다 하고 있는데, 웬 할아버지

가 날마다 돈 석 냥씩 번다는 소문이 나거든. 그래서 이 할아버지 집을 찾아와 뒤져보니 아닌 게 아니라 표시를 해놓은 나랏돈이 죄다 있는 거야. 도깨비가 씨름 값으로 돈 석 냥을 줄 때 자기 돈을 안 주고 나랏돈을 훔쳐서 줬나 봐.

그래서 욕심쟁이 할아버지는 그만 도둑으로 몰려 옥에 갇히는 신세가 됐어. 아무리 그게 아니라 도깨비한테서 받은 돈이라고 해도 믿어나 주나? 돈에 표시가 딱 되어 있으니 꼼짝없지.

그러게 씨름을 해도 한두 판만 하고 말았으면 좀 좋아.

산신령이 준 피리

옛날 옛날에 남의 집 머슴 사는 총 각이 있었어. 이 총각은 어려서 어머니 아 버지를 다 여의고 부잣집 꼴머슴으로 들어가 죽자 사자 일만 하며 살았지.

주인집에는 딸 셋이 있었는데, 맏딸 둘째 딸은 심보가 고약해서 할 줄 아는 거라고는 심술부리기와 구박하기뿐이야. 그런데 막내 딸은 상냥하고 인정이 많아서 뭐든 잘해줘.

하루는 주인이 높이 일곱 자나 되는 커다란 지게를 내주면서,

"너는 오늘부터 날마다 나무를 해 오되, 이 지게에 가득 채워 오 너라."

이러네. 지게를 져보니 여느 지게 세 곱절은 되겠어. 이런 데 나무 를 가득 채우려면 먼 산에 가서 하루 종일 나무를 해야 되겠거든.

단단히 채비를 하고 나서는데, 점심 도시락을 가져가야 되겠단 말이야. 먼저 맏딸한테 부탁을 했지.

"큰아가씨, 점심 도시락 좀 싸주세요."

"어림없다. 내가 그리도 한가하다더냐?"

하는 수 없이 둘째 딸한테 부탁을 했지.

"둘째 아가씨, 점심 도시락 좀 싸주세요."

"어림없다. 내가 네 종이라도 된다더냐?"

하는 수 없이 막내딸에게 부탁을 했지.

"작은아가씨, 점심 도시락 좀 싸주세요."

"그러고말고요. 맛난 것으로 싸주지요."

이렇게 해서 막내딸이 싸준 점심 도시락을 가지고 나무를 하러 갔어. 첩첩산중 깊은 골로 들어가는데, 가다 보니 길가에 웬 허연 노인이 앉아 있다가 손짓을 하면서 불러.

"여보게, 젊은이. 내가 지금 몹시 시장하니 먹을 것이 있으면 좀 주게나."

"예, 제게 마침 점심 도시락이 있으니 이걸 드시지요."

총각은 망설이지도 않고 도시락을 건네줬어. 아, 저야 아직 젊으니까 밥 한 끼 굶은들 대수도 아니지만 저 노인은 늙은 몸으로 배고픈 걸 어찌 견디나 싶거든.

그래서 총각은 그날 점심을 굶고 나무를 했어. 배고픈 걸 참고 나무 한 짐 다 해서 큰 지게에 가득 채워 짊어지고 돌아왔지.

그 이튿날도 막내딸이 싸준 점심 도시락을 지게에 싣고 나무를 하러 갔는데, 아 이번에도 길가에 웬 사람이 앉아 있다가 먹을 것을 좀 달라네. 이번에는 조그마한 아이야. 이번에도 총각은 선뜻 도시락을 건네줬어. 저야 어른이니 밥 한 끼 굶은들 대수도 아니지만 저 아이는 어린 몸으로 얼마나 고생할까 싶거든.

그 이튿날도 막내딸이 싸준 도시락을 가지고 가다가, 또 길가에 앉아서 먹을 것을 청하는 사람을 만났어. 이번에는 어떤 사람인고 하니 아이 밴 아낙이야. 총각은 이번에도 군말 않고 도시락을 건네줬어. 아, 저야 기운이 팔팔하니 한 끼 굶은들 대수도 아니지만 저 아낙은 홑몸도 아닌데 굶어서야 쓰나 싶거든.

그런데 그게 끝이 아니야. 그다음 날도, 또 그다음 날도, 나무를 하러 가기만 하면 누군가 길가에 앉아 있다가 먹을 것을 달라네. 만나는 사람도 가지가지야. 하루는 병든 할머니, 하루는 지친 나그네, 하루는 눈먼 거지……. 하나같이 불쌍한 사람이니 그냥 지나칠 수 있어? 그때마다 도시락을 건네줬지. 그러느라고 날마다 점심을 굶고 일을 했어.

이러구러 몇 달이 지났어. 하루는 산에 가서 나무를 하다가 깜빡 잠이 들었는데, 꿈속에 첫날 만났던 허연 노인이 나타나네. 그 노인이 대나무 피리를 하나 주면서 하는 말이,

"나는 이 산을 지키는 신령이니라. 그동안 먹을 것을 청할 때마다 선뜻 내준 네 마음씨가 갸륵하여 이 피리를 주겠노라. 잘 간직했다가 위급할 때 쓰도록 해라."

이러거든. 깨 보니 아닌 게 아니라 옆에 웬 대나무 피리가 하나 놓여 있어. 그걸 품속에 잘 간직했지.

그 뒤에도 막내딸은 총각이 일 나갈 때마다 도시락을 싸줬어.

총각은 그게 고마워서 막내딸 방에는 군불도 더 많이 때주고, 산에서 새알이라도 주우면 막내딸에게 갖다 주고 이랬지. 그러다 보니 둘이 정이 담뿍 들어서, 서로 참 애틋한 마음도 생기고 그렇게 됐어.

그런데 맏딸 둘째 딸이 이 눈치를 알고 아버지한테 일러바쳤네. 옛날에는 그런 게 다 죄가 됐거든. 집주인이 노해서 머슴 총각을 끌어내다 묶어놓고 마구 야단을 해.

"네 이놈, 천한 머슴 주제에 감히 내 딸을 넘봤더냐? 너 같은 놈을 살려둘 수 없다."

죽이려고 달려드니 어떻게 해? 이제는 죽었구나 하는데, 이때 품속에 넣어둔 피리가 손에 잡혀. 산신령님이 피리를 주면서 위급할 때 쓰라고 한 말이 생각나거든. 얼른 피리를 꺼내 불었지.

삘리리 삘리리 피리를 불었더니, 아니 이게 웬일이야? 몸이 공중으로 둥둥 떠오르는구나. 삘리리 삘리리 자꾸 불었더니 점점 더 높이 떠오르지. 이때, 이것을 보고 있던 막내딸이 달려와 총각 허리에 매달렸어. 두 사람은 함께 공중으로 둥실둥실 떠올라 갔지.

둘은 새처럼 하늘 높이 올라가 어디론가 멀리멀리 사라졌는데, 들리는 소문에는 금강산 기슭에 가서 움막을 짓고 깨가 쏟아지게 잘 산다네. 아직까지 살고 있다네.

개가 된 어머니

어머니 아버지 살아 계실 때 구경을 많이 시켜드려야 해. 이건 그저 하는 말이 아니고, 전해오는 이야기에 딱 그런 게 있어. 한번 들어봐.

옛날 어떤 가난한 집에 어머니가 아들 하나 데리고 살았어. 그런데 이 어머니는 그저 어떡하면 저 아들 하나 있는 것 호강시켜 줄꼬, 허구한 날 그 생각뿐이야. 그래서 죽자 사자 일만 했어. 명 잣고 베 짜고 바느질하고 빨래하고, 밤낮으로 집에 들어앉아 일만 했단 말이야. 그러느라고 나들이 한 번 못 했어. 동네 밖을 한 발짝도 못 나가봤으니 말 다했지. 아들 글공부시키고 장가보내고 할 때까지 그렇게 죽자고 일만 하다가, 그만 덜컥 세상을 떠났네.

죽어서 저승엘 가니까, 염라대왕이 살아생전 어디어디를 구경

하고 왔느냐고 묻거든. 구경이라고는 아무것도 못 하고 집에서 일만 하다 왔다고 하니까 그러면 저승에 들 수 없다, 세상 구경 더 하고 오라면서 도로 이승으로 돌려보내는 거야. 그런데 그냥 보내는 게 아니라 개로 만들어서 보내. 하릴없이 개가 돼서 이승엘 돌아왔지.

이승에 턱 돌아오니까 아들 며느리가 제일 먼저 보고 싶잖아. 그래서 집에 갔어. 집에 가니까 마침 며느리가 부엌에서 밥을 하고 있거든. 반가워서 쪼르르 달려가 멍멍 짖었지. 그랬더니 글쎄 며느리가 밥을 하다 말고,

"이놈의 개; 왜 이리 시끄럽게 짖는 거야?"

하면서 뜨거운 물을 한 바가지 퍼붓네. 그 바람에 뜨거운 물을 머리에 뒤집어쓰고, 그만 이마가 하얗게 벗겨졌어. 에그 뜨거워라 하고 도망을 쳐서 뒷산 바위 밑에 엎드려 있으니 제 신세가 참 처량하거든. 아들 며느리 찾아왔다가 물바가지만 뒤집어썼으니 말이야. 그래도 말 한마디 못하니 얼마나 답답해. 생각다 못해 그날 밤 꿈에 나타나 말을 하기로 했어.

그날 밤에 아들 며느리가 잠을 자는데, 아 꿈속에 죽은 어머니가 턱 나타나서 하는 말이,

"얘들아, 내가 살아생전 세상 구경을 못 한 탓에 죽어서도 저승에 못 들고 개가 돼서 다시 왔다. 며느리가 퍼부은 물에 이마를 데어 털이 하얗게 벗겨졌으니, 내 말을 못 믿겠거든 뒷산 바위 밑에와 보아라."

이런단 말이야.

이튿날 아침에 아들 며느리가 꿈 이야기를 해보니, 둘이 꾼 꿈이 아주 똑같거든. 이상한 일이다 싶어서 뒷산 바위 밑에 가봤지. 가 보니 아니나 다를까, 이마가 하얗게 벗겨진 개 한 마리가 엎드려 있더래.

"아이고 어머니, 이게 웬일입니까?"

당장 안아다가 집에 데려다 놨어. 데려다 놓고 의논을 했지.

"여보, 우리가 어머니 살아생전에 세상 구경 못 시켜 드려서 이런 일이 생겼으니, 이제라도 세상 구경 많이 시켜드립시다."

"그래야지요. 오늘 당장 어머니 모시고 떠납시다."

이렇게 의논을 하고는, 짚으로 둥구미를 하나 만들었어. 짚 둥구미 안에다가 개를, 참 어머니를 넣었지. 추울까 봐 솜이불을 덮어주고 눈만 빠끔히 내놓고, 이제 세상 구경을 나섰어.

부부가 번갈아 둥구미를 이고 지고 여기저기 사방 돌아다녔지. 금강산에 가서는,

"어머니, 여기가 일만이천 봉 금강산이에요. 구경 많이 하세요."

하고, 묘향산에 가서는,

"어머니, 여기가 묘한 향기 난다는 묘향산이에요. 구경 많이 하세요."

하고, 백두산에 가서는,

"어머니, 여기가 하늘 아래 첫째가는 백두산이에요. 구경 많이 하세요."

하고, 이렇게 온 나라 구석구석 다 돌아다니며 구경을 시켜줬어.

그렇게 한 삼 년 돌아다니다가, 하루는 어느 절 앞에서 잠깐 다

리쉼을 했거든. 개를, 참 어머니를 담은 둥구미를 절 문 앞에 내려 놓고 부부가 절에 밥을 얻으러 갔어. 밥을 한 그릇 얻어 가지고 나오니까, 아 갑자기 사방이 어두워지더니 천둥벼락이 치더래. 그러더니 금세 하늘이 맑아지면서 하늘에 쌍무지개가 떠. 쌍무지개가 떠서 절 문 앞에까지 쭉 뻗치더니 또 금세 사라지더래.

둥구미 놔둔 곳에 가 봤더니, 아니나 달라 그새 어머니가 없어지고 빈 둥구미만 달랑 남아 있어. 아까 천둥벼락 치고 나서 쌍무지개가 뜰 때, 그 무지개를 타고 어머니가 하늘로 올라간 거야. 세상 구경 다 해서 이제 저승에 든 거지.

아들 며느리는 하늘 보고 절하고, 그길로 집에 돌아와 잘 살았더란다.

나무꾼과 호랑이

옛날 옛적 깊은 산골에 한 총각 나
무꾼이 살았는데, 집이 워낙 가난해서 나이 마
흔이 넘도록 장가를 못 갔어. 그래서 이 총각, 소원이 뭔고 하니
참한 색시 얻어서 장가가는 게 소원이야.

하루는 산에 나무를 하러 갔는데, 가다 보니 허방다리에 호랑이
한 마리가 빠져서 허우적거리고 있더래. 아무리 호랑이지마는 가
만히 두면 죽게 생겼으니 좀 불쌍해? 곧 기다란 나무작대기를 가
져다가 사다리를 놔줬어. 호랑이는 그 사다리를 타고 올라와서 살
았지.

어떤 얘기에는 일껏 호랑이를 살려줬더니 잡아먹으려고 한다지
만, 여기서는 안 그래. 이 호랑이는 대뜸 입을 넙죽거리면서 말을
해. 호랑이 담배 피우던 시절이니까 호랑이도 말을 잘하거든.

"살려줘서 고맙수. 그래, 소원이 뭐유?"

소원을 묻는데 대답을 안 할 수 있나.

"나 같은 노총각이야 장가가는 게 소원이지."

하니까, 고개를 끄덕끄덕하더니 그냥 가버리더래.

그런가 보다 했는데, 그 이튿날 새벽에 잠을 자다 보니 무엇이 밖에서 '쿵' 하는 소리가 나네. 놀라서 나가 봤더니, 글쎄 웬 사람이 하나 마당에 쓰러져 있어. 가만히 보니 고운 처녀야. 호랑이가 총각 장가보내 주려고 처녀를 물어다 놓은 게지.

처녀는 호랑이한테 물려 오느라고 놀라서 까무러쳤어. 팔다리를 주무르고 미음을 쒀다 먹이고 했더니 겨우 정신을 차리는데, 사연을 들어보니 이 처녀는 서울 정승 집 외동딸이야. 저녁에 달구경하러 나왔다가 그만 호랑이한테 물려 온 거래.

"이왕에 여기까지 왔으니 나랑 삽시다."

"제 목숨을 구해주셨는데 그래야지요."

그래서 둘이 혼인을 했어. 나무꾼은 호랑이 덕에 소원을 이뤘지.

그런데 살다 보니 아내가 친정엘 가고 싶어 하는 거야. 총각은 태어나서 한 번도 이 산골을 떠나본 적이 없는 데다가 서울이 어디에 붙었는지도 모르는 판인데 말이야. 하는 수 없이 호랑이를 찾아갔지. 전에 호랑이 구해줬던 곳에 가서,

"호랑아, 호랑아!"

하고 부르니까 호랑이가 나오거든. 사정 이야기를 했지.

"아내가 친정엘 가고 싶어 하는데, 길을 몰라서 갈 수가 없구나. 나 좀 도와다오."

그 말을 듣고 호랑이가 잠깐 생각하더니, 당나귀 가죽을 한 장 구해 오래. 당장 저잣거리에 나가 당나귀 가죽을 한 장 사 왔지. 그랬더니, 그걸 또 자기 머리에 씌워달래. 씌워줬지. 그러니까 호랑이가 대번에 당나귀가 됐어. 늙은 당나귀로 변해서 '이히힝!' 하고 우는 거야.

그놈을 끌고 집에 와서 아내를 태우고 자기도 탔지. 그랬더니 당나귀가 냅다 달리는데, 빠르기가 마치 번개 같아. 그도 그럴 것이, 껍데기는 비루먹은 당나귀지마는 속은 호랑이니까 그 걸음이 좀 빠를 거야? 눈 깜짝할 사이에 당나귀를 타고 서울을 갔어.

정승 집에 턱 들어가니, 참 난리가 나버렸지. 죽은 줄만 알았던 딸이 살아서 왔으니 난리가 나지 안 나? 그런데 정승이 그만 심통이 났어. 사위라고 온 것이 볼품도 없는 산골 무지렁이 나무꾼이 왔으니 마음에 안 찬 게지.

그래 정승이 사위 쫓아내려고 꾀를 냈어.

"너, 나하고 장기를 두자. 만약에 나를 이기면 사위 삼겠지만, 지면 당장 쫓아낼 테다."

정승 영을 어찌 거역해? 걱정 끝에 다른 사람들 몰래 호랑이한테 사정 이야기를 했더니, 파리를 한 마리 잡아 오래. 잡아다 줬더니, 그걸 또 머리에 얹어달래. 얹어줬지. 그러니까 호랑이가 대번에 파리가 됐어. 조그마한 파리로 변해서 포르르 날아다니는 거야. 그러면서 자기를 소매 속에 넣어달래.

파리를 소매 속에 넣어 가지고 장기를 두러 갔지. 그랬더니 파리가 장기판 위에 이리저리 날아다니다가, 나무꾼 둘 차례가 되면 한 군데 딱 앉는 거야. 파리 앉는 자리를 따라가며 장기를 뒀지. 그랬더니 뭐 할 것도 없어. 세 판을 뒀는데 세 판 다 이겨버렸네.

정승이 장기로 안 되니까 또 다른 내기를 걸어.

"너, 나하고 말 타기 경주를 하자. 나를 이기면 사위 삼겠지만, 지면 당장 쫓아낼 테다."

정승한테는 좋은 말이 있지만 나무꾼한테는 말도 소도 없으니 어떻게 해? 또 남몰래 호랑이한테 사정 이야기를 했지. 그랬더니 이번에는 말가죽을 한 장 구해 오래. 말가죽을 구해 오니까, 또 그걸 머리에 씌워달래. 씌워줬지. 그러니까 호랑이가 대번에 말이 됐어. 비루먹은 말로 변해서 '이히힝!' 하고 우는 거야. 그러더니 자기를 타고 가래.

그 말을 타고 경주를 하러 갔지. 그런데 뭐 해볼 것도 없어. 그도 그럴 것이, 껍데기는 비루먹은 말이지마는 속은 호랑이니까 그 걸음이 좀 빠를 거야? 호랑이하고 말하고 경주를 한 꼴이니 말이야. 아주 쉽게 이겼지.

두 번이나 내기에서 진 정승은 약이 오를 대로 올라서,

"네 이놈, 산골 나무꾼 주제에 좋은 말을 타다니 분수를 모르는군." 하고서, 그 말을 빼앗아서 자기가 탔어. 타고서 "이랴, 이랴!" 호통을 치며 채찍질을 하거든. 호랑이가 채찍으로 얻어맞고 가만히 있겠어? 마구 날뛰지. 그 서슬에 정승이 말에서 떨어져서 그만 죽고 말았어.

나무꾼은 아내와 함께 호랑이 타고 집에 돌아와서, 그 뒤로도 오래오래 잘 살았더란다.

모를 무덤

옛날 옛적 어느 곳에 늙은 할아버지 할머니가 살았어. 젊어서 아들딸 많이 낳아 여러 식구 살다가 시집장가 다 보내고 내외만 단둘이 남아 외롭게 사는 거지.

그런데 할아버지가 보니까 말이야, 할머니가 밤만 되면 몰래 어딜 가. 밤이 이슥해지면 슬그머니 나갔다가 새벽에 날이 희붐하게 샐 때 들어오는 거야. 가만히 보면 옷에 이슬도 묻어 있고 흙도 묻어 있고 그래. 당최 참 이상하거든. 그래 궁금해서,

"할멈, 거 간밤에 어딜 갔다 왔우?"

하고 물으면,

"가긴 어딜 갔다고 그래요? 잠만 잤는데."

하고 말지.

그런데 밤이 되면 또 나가, 할머니가. 밤이 이슥해서 나갔다가 새벽에 날이 희붐하게 샐 때 들어오고, 날마다 그래.

하도 이상해서 할아버지가 하루는 뒤를 밟았어. 자는 척하고 있다가 할머니 나갈 때 몰래 따라가 봤지. 따라갔더니, 할머니가 마당을 가로질러 사립문 밖으로 나가서 뒷산으로 올라가네.

'아, 저 할멈이 미쳤나. 한밤중에 산엔 왜 올라가?'

이상하게 여기고 자꾸 따라갔어. 할머니는 산에 올라가서 남의 무덤 앞에 떡 멈추더니, 글쎄 거기 그냥 푹 엎어져서 뭘 먹어. 가만히 보니까 잔디 잎사귀에 내린 이슬을 받아먹는 거야. 혀를 날름날름하면서.

그렇게 한참 동안 이슬을 받아먹고는 산을 내려온단 말이야. 집에 와서는 아무 일도 없었던 것처럼 그냥 잠을 자는 거지.

하도 이상해서 그다음 날도 또 뒤를 밟았어. 그랬더니 그다음 날엔 말이야, 할머니가 산에 안 가고 개울엘 가더래. 개울에 가서 살금살금 돌아다니더니 뭘 잡아서 먹는데, 아 가만히 보니까 개구릴 먹어. 팔짝팔짝 뛰는 놈을 산 채로 잡아서 그냥 날름 먹는 거야.

'아이, 저 할망구가 왜 저래?'

하고, 그다음 날도 또 그다음 날도 따라가 봤어. 밤만 되면 슬그머니 할머니 뒤를 밟았는데, 아 밤마다 먹는 게 다르더래. 메뚜기도 잡아먹고 두더지도 잡아먹고, 논물도 먹고 우물물도 먹고 이 모양이야.

궁금해서 도저히 참을 수가 없어서 할아버지가 하루는 할머니한테 물었어.

"아, 당신 왜 밤만 되면 밖에 나가 뭘 먹고 들어오우?"

하고 말이야.

"배가 고프면 집에 쌀도 있고 보리도 있는데 그걸로 밥을 해 먹지 왜 그러우?"

하고, 물었더니 할머니가 한숨을 쉬면서 얘기를 하는데, 그게 이래.

"이제 와 뭘 더 숨기겠어요? 그게 다 내가 죄지은 게 많아서 그렇답니다."

"아니, 무슨 죄를 지었다고 그래요?"

"삼 년 전에는 우리 집 일을 해준 사람한테 품삯으로 쌀 한 말 준다는 게 쌀이 아까워 흰모래를 섞어 줬고, 지지난해에는 이웃집에서 간장 빌리러 왔을 때 간장이 아까워 빗물을 섞어 줬고, 지난해에는 뒷산 절에서 동냥 온 스님한테 곡식이 아까워 겨를 섞어 줬지요. 이 세 가지 죄로 하늘의 벌을 받아 입맛이 달라져 그렇답니다."

"입맛이 달라졌다니 어떻게 달라졌다는 게요?"

"사람 입맛이 아니라 구렁이 입맛이 됐네요."

할아버지가 듣고 보니 기가 막히기도 하고 불쌍하기도 해서,

"아, 그러면 내가 개구리랑 메뚜기랑 많이 잡아 올 테니 이제부터 밖에 나가지 말고 집에서 드시우."

했지.

그러고 나서 그날 할아버지가 산으로 개울로 다니면서 개구리랑 메뚜기랑 두더지랑 많이 잡고 이슬이랑 논물이랑 우물물도 받아 왔어. 그런데 와 보니 할머니가 없더래. 아무리 기다려도 안

와. 밤이 돼도 이튿날 새벽이 되도 안 오고, 이틀이 지나고 사흘이 지나도 안 오는 거야.

그래서 할아버지가 할머니 찾아 나섰어. 여기저기 찾아다니다가 동구 밖 다리 밑에 가니까, 거기 웬 구렁이 한 마리가 울고 있더래. 할아버지를 가만히 쳐다보면서 눈물을 철철 흘리는데, 아무래도 할머니 같아. 그래서,

"할멈이우?"

하니까 구렁이가 고개를 끄덕끄덕하더래.

그래서 할아버지가 그날부터 날마다 개구리랑 메뚜기랑 두더지랑 구렁이 먹이를 많이 잡아다 다리 밑에 갖다 줬대. 이슬이랑 논물이랑 우물물도 받아주고, 날이 추우면 거적때기도 덮어주고.

그렇게 살다가 한번은 가니까 구렁이가 죽었더래. 그래서 아들딸 다 불러다가 상복 입고 곡을 하고 장사 지냈대. 무덤도 만들어주고 빗돌도 세워주고 했는데, 그게 사람 무덤인지 구렁이 무덤인지 모르겠다고 사람들이 말하기를 '모를 무덤'이라고 했다는 얘기야.

할아버지와 개

옛날 어느 곳에 할아버지 둘이 이웃해 살았는데, 한 할아버지는 착해서 인정이 많았고 한 할아버지는 못돼서 심술이 많았어.

어느 추운 겨울날에 웬 개 한 마리가 마을에 들어왔네. 춥고 배고파 지위가 잔뜩 져서는 이 집 저 집 기웃거리다가 심술쟁이 할아버지 집에 갔지. 심술쟁이 할아버지가 개를 보고는,

"이놈의 개가 어딜 들어와?"

하고 작대기로 때려서 내쫓았어. 개는 하릴없이 쫓겨났지. 쫓겨나서 그 옆 착한 할아버지 집에 갔어. 착한 할아버지는 개를 보고,

"아이고, 얼마나 춥고 배고프냐? 어서 들어오너라."

하고 반갑게 맞아들여 배불리 먹여도 주고 따뜻한 데 재워도 줬지.

개는 그날부터 착한 할아버지 집에 살았어. 한식구처럼 먹고 자

고, 할아버지가 일 보러 나가면 따라가고, 집에 오면 따라오고, 그렇게 살았지.

살다가 하루는 개가 느닷없이 할아버지 바짓가랑이를 물고 당기더래. 자꾸 당기니까 왜 이러나 하고 따라갔어. 개는 할아버지를 끌고 집 밖으로 나가더니, 또 자꾸 가서 뒷산으로 올라가. 따라 갔지. 뒷산으로 올라가서는 큰 바위 밑에 멈춰 서더니 땅을 앞발로 호비작호비작 파더래.

한참 동안 땅을 파니까 아, 글쎄 거기서 금이 나와. 금덩어리 커다란 게 여러 개 나오는 거야. 할아버지는 그 금을 팔아서 부자가 됐어.

그걸 보고 심술쟁이 할아버지가 찾아와서 물어.

"아, 자네는 어떻게 해서 부자가 됐나? 그거 다 훔친 것 아냐?"

그래서,

"아닐세, 훔치다니. 사실은 저 개 덕분이라네."

하고 그동안 있었던 일을 다 이야기해줬지. 심술쟁이 할아버지가 그 말을 듣더니,

"그럼 그 개 나 좀 빌려줘."

해서, 착한 할아버지가 빌려줬어. 마음씨가 착하니깐, 남이 빌려 달라면 뭐든 다 빌려주거든.

심술쟁이 할아버지는 개를 데리고 자기 집에 가서, 마당에 세워 놓고 우두커니 들여다보고 있는 거야. 금덩이 있는 델 데려다 달라고. 그런데 하루 종일 그러고 있어도 개는 그저 가만히 있기만 하네. 심술 할아버지가 화가 나서,

"이놈의 개, 왜 가만히 있어? 어서 금덩어리 있는 데로 데려가지 않고."

하고는 개를 작대기로 마구 때렸어. 그러니까 개가 깽깽깽 울면서 도망을 가네. 따라갔지. 따라가니까 집 밖으로 나가서 뒷산으로 올라가더래.

'옳지, 이제 금덩어리 있는 곳으로 가나 보다.'

하고 좋아라 하면서 따라갔어. 개는 자꾸 올라가더니 큰 바위 밑에 멈춰 서서 또 깽깽깽 울어.

'옳거니, 여기에 금덩어리가 묻혀 있겠다.'

하고 심술 할아버지가 땅을 팠지. 파 보니 글쎄 금이 아니라 똥이 들었더래. 똥이 가득 들었다가 튀어나오는 바람에 손이고 옷이고 얼굴이고 똥 투성이가 됐지.

심술 할아버지가 화가 나서,

"에잇, 이놈의 개. 금 있는 델 가르쳐달랬더니 똥 있는 델 가르쳐줘?"

하고는, 개를 번쩍 들어다가 내던져버렸어. 내던지니까 산 밑에 떨어져서 그만 죽어버렸지.

착한 할아버지는 아무리 기다려도 개가 안 오니까 심술 할아버지를 찾아갔어. 찾아가서,

"우리 개는 어디 있나?"

하니까,

"그놈의 개가 똥 있는 델 가르쳐주기에 내던졌더니 죽었다."

하거든.

착한 할아버지가 산 밑으로 가 보니, 아니나 다를까 개가 죽어 있네. 할아버지는 울면서 개를 안고 집에 와서 마당가 양지바른 곳에 고이 묻어줬어.

그러고 나서 며칠 있으니까 개 무덤에서 나무가 하나 나오더래. 나와서 쑥쑥 크지. 쑥쑥 커서 금세 커다란 아름드리나무가 됐어.

아름드리나무가 되니까 할아버지가 그걸 베어다가 절구통을 만들었어. 절구통을 만들어서 나락을 한 줌 넣고 찧었지. 그랬더니 글쎄 절구통에 금세 쌀이 가득 차.

나락 한 줌만 넣고 찧으면 절구통에 하얀 쌀이 가득 차고, 또 나락 한 줌 넣고 찧으면 쌀이 가득 차고, 이러니 부자가 됐지. 안 그래도 부자였는데 더 큰 부자가 됐어.

그런데 그걸 보고 심술 할아버지가 찾아와서 묻지.

"자네는 또 어떻게 해서 부자가 됐나? 그거 다 훔친 거지?"

그래서,

"아닐세, 훔치다니. 사실은 저 절구통 덕분이라네."

하고 절구에서 쌀 나온 이야기를 다 해줬어. 심술 할아버지가 그 말을 듣고는,

"그럼 그 절구통 나 좀 빌려줘."

해서, 착한 할아버지가 빌려줬어. 마음씨가 착하니깐, 빌려달라면 누구한테든 뭐든 다 빌려준단 말이야.

심술 할아버지는 절구통을 들고 자기 집에 가서, 나락을 한 줌 넣고 찧었어. 그랬더니 아니 이게 웬일이야? 쌀이 가득 차는 게 아니라 똥이 가득 차. 절구통에. 이상하다 하고 또 나락 한 줌 넣고

찧어보니 똥이 가득 차고, 또 나락 한 줌 넣고 찧어보니 또 똥이 가득 차고, 이러니 심술 할아버지가 화가 나서 견딜 수가 있어야지.

"에잇, 이놈의 절구통. 쌀 나오랬더니 똥이 나와?"

하고는, 도끼로 절구통을 깨부쉈어. 깨부수니까 그냥 산산조각이 났지.

착한 할아버지는 암만 기다려도 절구통을 안 돌려주니까 심술 할아버지를 찾아갔어. 찾아가서,

"우리 절구통 어디 있나?"

하니까,

"그놈의 절구통에서 똥이 나오기에 깨부숴 버렸다."

하거든.

착한 할아버지가 깨어진 절구통 조각을 주워 모아 가지고 집에 왔어. 집에 와서 그걸 불에 태웠지. 그러니까 고운 재가 됐어. 그 재를 집 앞에 뿌리니까 거기서 꽃나무가 나와. 꽃나무가 나와서 쑥쑥 자라니까 꽃이 활짝 폈지. 꽃이 활짝 펴서 꽃 대궐이 됐는데, 꽃향내가 얼마나 좋은지 백 리 밖에까지 퍼졌어. 사람들이 꽃향내를 맡고 찾아와서,

"세상에 이렇게 좋은 향내는 처음 맡아본다."

하고는 돈을 한 푼씩 두 푼씩 놓고 가. 사방에서 사람들이 구름처럼 모여서 그렇게 하니까 금세 돈이 산더미만큼 쌓였어. 그래서 착한 할아버지는 부자가 됐지. 안 그래도 큰 부자였는데 더 크나큰 부자가 됐어.

그걸 보고 심술 할아버지가 또 찾아왔어. 와서는 묻지.

"이번엔 어떻게 해서 부자가 됐나? 그 돈 다 훔쳤지?"

그래서,

"아닐세, 훔치다니. 사실은 절구통 태운 재 덕분이라네."

하고 재를 뿌려 꽃 피운 얘기를 다 해줬어. 심술 할아버지가 그 말을 듣고는,

"그럼 그 재 나 좀 줘."

해서, 착한 할아버지가 재를 긁어 줬어. 마음씨가 착하니깐, 누가 뭘 달라면 암말 않고 다 주니깐 그렇지.

심술 할아버지는 재를 가지고 가서 자기 집 앞에 뿌렸어. 뿌리니까 착한 할아버지네처럼 꽃나무가 나왔어. 나오긴 나왔는데, 꽃에서 향내가 나는 게 아니라 구린내가 나. 말도 못하게 독한 구린내가 나서, 그게 백 리 밖에까지 퍼져나갔지. 그러니까 사람들이 다들 못 살겠다고 아우성이야. 숨만 쉬면 구린내가 나니까 살 수가 있나.

다들 못 살겠다고, 구린내 풍긴 놈 잡아서 혼내주자고 해서 사람들이 몽둥이를 들고 몰려왔어. 몰려와서 심술 할아버지를 흠씬 두들겨주고 갔지.

이게 다야.

형제와 금덩이

옛날 옛적 어느 마을에 마음씨 착한 부부가 살았는데, 비록 가난하기는 했지마는 욕심 없고 부부 금실 좋아 남부러울 것 없이 잘 살았어. 그런데 딱 한 가지 마음에 차지 않는 게 있었으니 나이 마흔이 넘도록 자식을 못 얻었다는 게야. 남들은 딸도 낳고 아들도 낳아 그 재롱 보느라고 세월 가는 줄도 모르는데, 저희 집에는 식구라고는 둘밖에 없어 찬바람이 쌩쌩 부니 참 서글프거든. 그래서 하루는 부부가 의논하기를,

"여보, 우리 이럴 게 아니라 신령님께 아이 하나 점지해달라고 빌어나 봅시다."

"그럽시다. 앞산 너머 태고사 칠성님이 영험이 있다 하니 거기 가서 빌어봅시다."

하고서, 보리쌀 한 말 짊어지고 앞산 너머 태고사에 갔어. 부처님께 시주하고 칠성당에 석 달 열흘을 빌었더니, 아니나 다를까 아주머니 배가 점점 불러오더니 달이 차서 아기를 낳았네. 얼굴이 달처럼 둥글둥글하고 훤한 사내아이를 낳았어.

부부가 기뻐하며 아기를 키우는데, 며칠 키워보니 아무래도 아기가 이상해. 태어난 지 하루가 지나고 이틀이 지나도 눈을 못 뜨는 거야. 조금 더 있으면 눈을 뜨겠지 했는데, 나흘이 지나고 닷새가 지나도 눈을 못 떠. 그냥 감고 있어. 한 이레, 두 이레, 세 이레가 지나고 한 달이 지나도록 눈을 못 뜨니, 그제야 부부는 아기가 소경인 줄 알게 됐지.

"아이고머니나. 여보, 우리가 소경 아들을 낳았소."

"소경이면 어떻고 장님이면 어떻소. 이래도 우리 아들이요 저래도 우리 아들이니 잘 키워나 봅시다."

소경 아들은 무럭무럭 탈 없이 잘 자랐어.

그 이듬해가 되어 부부가 또 의논해서, 아기 하나 더 점지해달라고 또 한 번 칠성님께 빌어보기로 했어. 보리쌀 한 말 짊어지고 앞산 너머 태고사에 가서 부처님께 시주하고 칠성당에 석 달 열흘을 빌었지. 그랬더니 아니나 다를까, 아주머니 배가 점점 불러오더니 달이 차서 둘째아기를 낳았네. 이번에도 떡두꺼비 같이 잘생긴 사내아이를 낳았어.

이번에도 소경 아기인가 하고, 낳자마자 아기 눈부터 들여다봤지. 그런데 둘째아기는 눈이 샛별처럼 초롱초롱하거든. 옳다구나 기뻐하며 아기를 안아보니, 아뿔싸, 이런 변이 있나. 이번에는 아기 다리가 오그라져 붙은 것이 영락없는 앉은뱅이일세.

"아이고머니나. 여보, 우리가 이번에는 앉은뱅이 아들을 낳았소."

"앉은뱅이면 어떻고 절름발이면 어떻소. 이래도 우리 아들이요 저래도 우리 아들이니 잘 키워나 봅시다."

앉은뱅이 아들도 무럭무럭 탈 없이 잘 자랐지. 비록 형은 소경이고 아우는 앉은뱅이지마는, 크면 클수록 형제 사이에 우애 있고 부모님 사랑도 깊어만 가니 부러울 게 뭐 있어.

이렇게 네 식구가 아기자기 재미나게 잘 살다가, 형이 열두 살 먹고 아우가 열한 살 먹은 해에, 어머니 아버지가 한꺼번에 자리에 누워 시름시름 앓더니 한날한시에 세상을 떠나버렸지 뭐야. 형제는 하늘이 무너지는 것 같고 땅이 꺼지는 것 같아 몇 날 며칠 동안 슬피 울다가 겨우 마을 사람들 도움으로 장례를 치렀어.

어머니 아버지를 땅에 묻고 나자, 이제는 정작 살아갈 길이 막막하거든. 나이 아직 여남은 살밖에 안 된 아이들이 성한 몸이라도 부모 없이 살기 어려울 텐데, 하나는 소경이고 하나는 앉은뱅이니 어떻게 살겠어? 둘이서 의논하기를,

"우리가 집에 있다가는 굶어 죽기 딱 좋으니, 어디를 가든지 나가서 살 방도를 찾아보자."

"나는 걷지 못하고 형은 앞을 못 보는데 어떻게 간단 말이야?"

"너는 눈이 밝고 나는 다리가 성하니, 내가 너를 업고 네가 길을 가리켜주면 되지."

"정말 그렇게 하면 되겠구나."

하고, 그날로 형제가 집을 떠났어. 눈먼 형이 앉은뱅이 아우를 업

고, 업힌 아우가 이쪽저쪽 하고 길을 가리켜주며 갔지.

가다가 어느 고개 밑에 이르렀는데, 형이 아우를 업고 가느라 힘이 들었는지 목이 마르다 해서 옹달샘을 찾아갔어. 옹달샘을 찾아가서 샘물을 먹으려고 보니, 물속에 커다란 금덩이가 하나 들어있지 뭐야. 눈먼 형은 못 보고 눈 밝은 아우가 그걸 봤지.

"형, 여기 금덩이가 있다."

"네가 보았으니 네가 가져라."

"아니야. 형이 이리로 오자 해서 왔으니 형이 가져야 돼."

"난 싫다. 네가 가져라."

"나도 싫어. 형이 가져."

이렇게 서로 가지라고 옥신각신하다가, 금덩이를 거기에 놔두고 그냥 고개를 올라갔어.

둘이 업고 길 가리키며 고갯마루에 올라서니까, 갑자기 숲 속에서 도둑이 나타나서 가진 것을 다 내놓으라고 소리치네. 내놓으려니 뭐 가진 것이 있어야지. 그래서 가진 것은 없지만 저 아래 옹달샘에 금덩이가 있는 것을 봤다고 했어. 그랬더니 도둑이 형제를 나무에 묶어 놓고 고개 아래 옹달샘에 금덩이를 찾으러 갔지.

그런데 도둑이 옹달샘에 가 보니 물속에 금덩이가 있는 게 아니라 커다란 구렁이가 있거든. 금덩이가 조화를 부려서 구렁이로 보이게 했던 게지. 도둑이 그만 화가 나서 들고 있던 몽둥이로 구렁이를 힘껏 두들겨 팼어. 그 바람에 구렁이 몸뚱이가 두 동강 나버렸지.

도둑이 다시 고갯마루로 올라와, 거짓말을 했다고 나무에 묶인

형제를 흠씬 두들겨 패고 나서 제 갈 길로 가버렸어. 형제가 도둑에게 실컷 얻어맞고 가까스로 묶인 줄을 풀고 나서 가만히 생각해 보니 참 이상하거든. 아까 옹달샘에서 본 것은 틀림없는 금덩이였는데 도둑은 구렁이라고 하니 어찌된 일이야? 형제가 의논 끝에 다시 옹달샘에 가보기로 했어.

형이 아우를 업고 아우가 길을 가리켜주며 고개를 다시 내려가 옹달샘에 가 보니, 아니 이게 무슨 조화야? 금덩이는 틀림없는 금덩이인데 하나가 아니라 둘이 있구나. 아까 도둑이 구렁이인 줄 알고 몽둥이로 두드려서 두 동강 낸 것이 사실은 금덩이였으니 말이야.

먼저 아우가 그것을 보고,

"야, 금덩이가 두 개다!"

하고 막 달려가려다가 자기도 모르게 다리가 쭉 펴져서 걷게 됐어.

형은 그 소리를 듣고,

"어디 보자!"

하다가 자기도 모르게 눈이 번쩍 떠졌지.

이렇게 해서 형제는 성한 몸이 되어서 금덩이를 하나씩 주워 가지고 집에 돌아갔지. 그 뒤로 금덩이를 팔아 큰 부자가 되어서 오래오래 잘 살았더란다.

장승이 준 부적

옛날 옛날 어느 곳에 한 젊은 선비
가 살았는데, 이 사람 살림이 무척 가
난했어. 대대로 글만 읽은 선비 집안이라 변변한 재산도 없는 데
다가, 뭐든 좀 생기면 저보다 더 가난한 사람들한테 죄다 나눠줘
버려서 그래. 양식이 생겨도 저 먹기보다 남 나눠주고 옷가지가
생겨도 저 입기보다 남 나눠주고, 이러니 뭐 남아나는 게 있어? 늘
헐벗고 굶주리며 사는 거지.

이렇게 어렵게 살다 보니 이웃에서 업신여기는 사람도 있었던
모양이야. 그중에서도 옆집 사는 부자 영감 괄시가 아주 심했어.
이 영감은 동네 사람들한테 돈을 빌려주고 비싼 이자를 받아 챙기
는 돈놀이꾼인데, 가난한 사람을 아주 뭐 제 집 강아지 보듯 하는
거야. 더구나 이 선비네가 지난번 조상님 제사 때 제수 마련하려

고 돈 몇 푼 빌려 쓰고 난 뒤부터는 구박이 더 심하네. 만나기만 하면,

"아, 자네는 접때 빌려 쓴 돈 언제 갚을 건가? 그게 원금 석 냥에 이자가 닷 냥일세. 갚지를 못하겠으면 빌려 쓰지를 말 것이지 원." 하고 성화가 아주 득달같아.

견디다 못해 하루는 부인이 남편 몰래 친정에 가서 좋은 베 한 필을 얻어 왔어. 좋은 베 한 필이면 제법 값이 나가니까 그걸 팔아서 돈놀이꾼 영감한테 진 빚이나 갚으려고 그런 거지. 친정에 가서 물건을 얻어 왔다면 행여 남편이 마음 아파할까 봐 시집올 때 가지고 온 거라고 하고, 그걸 남편에게 줬어.

"여보, 이번 장날에는 이 베를 가지고 나가 팔아 오세요. 못 받아도 열 냥은 받을 터이니, 그 돈으로 빚을 갚고 보리쌀 한 되라도 사다가 허기나 면합시다."

"알았어요. 그렇게 합시다."

선비는 아내가 준 베를 가지고 장에 갔지. 장에 가서 베전에 베를 내놨는데 어쩐 일인지 잘 팔리지를 않더래. 모두들 구경만 하고 사려고 들지를 않고, 어쩌다 살 사람이 나서도 값을 너무 적게 불러서 흥정이 안 되는 거지. 이러구러 장이 파할 때까지 베를 못 팔았어.

선비가 하릴없이 다음 장에나 가지고 와서 팔겠다고 베를 도로 가지고 집으로 돌아갔어. 마침 동지섣달 한창 추운 겨울철이라 찬바람이 쌩쌩 불고 날이 몹시 추웠지. 돌아가는 길목에 나무로 만든 장승이 하나 우뚝 서 있는데, 선비가 보니 그 장승이 무척 추워

장승이 준 부적

뵈거든.

"나는 그래도 마누라를 잘 만나서 솜바지 솜저고리 얻어 입고 추위를 면하건만, 저 장승은 아무것도 안 입고 벌건 맨몸뚱이로 겨울을 나자면 얼마나 추울꼬?"

그 장승이 하도 불쌍해서 베로 옷을 입혀줬어. 발끝부터 시작해서 머리끝까지, 베를 둘둘 감아 찬 바람이 못 들어오게 옷을 입혀 줬다 그 말이야. 그래놓고 빈손으로 털레털레 집으로 돌아왔지.

"그래, 베는 잘 파셨나요?"

"아니, 못 팔았소."

"그럼 베는 어떻게 했나요?"

"오다가 장승이 하도 추워 보이기에 옷을 입혀줬소."

선비 아내가 깜짝 놀라 장승 있는 곳으로 달려가 보니, 어느 새 누군가 베를 벗겨 가버리고 장승은 도로 알몸으로 서 있지 뭐야. 선비 아내는 하도 속이 상해서 그만 엉엉 울었어.

그날 밤에 선비가 잠이 얼핏 들었는데, 꿈속에 우락부락하게 생긴 장군이 나타나더니,

"나는 이 동네 길목을 지키는 장승이니라. 그동안 날씨가 추운데도 알몸뚱이로 겨울을 나느라고 고생했는데, 오늘 그대가 내게 옷을 입혀주어서 잠깐 동안이지만 아주 따뜻하게 지냈노라. 내 그대의 착한 마음씨를 기특히 여겨 부적 두 장을 줄 것이니, 어려울 때 요긴하게 쓰도록 하라."

이렇게 말하고는 온데간데없네. 선비가 깨어보니 분명 꿈은 꿈인데 옆에 부적 두 장이 떨어져 있더래. 주워 보니 한 장에는 '붙

을 부' 자가 씌어 있고 다른 한 장에는 '떨어질 락' 자가 씌어 있어. 잘 간수해뒀지.

그 이튿날 아침이 되니까 아니나 다를까 옆집 사는 돈놀이꾼 영감이 찾아오는 거야. 빚 독촉하려고 오는 거지.

"아 자네는 돈을 갚을 셈인가, 떼어먹을 셈인가? 만약 오늘도 갚지 않으면 자네나 자네 아내 중에서 한 사람은 우리 집 종으로 들어와야 해."

큰일 났지. 돈 몇 푼 때문에 명색 선비와 선비 아내가 남의 집 종살이를 하게 됐으니 그게 큰일이 아니면 뭐가 큰일이야? 선비가 어쩔 줄을 모르고 서 있다가 문득 꿈속에서 장승이 준 부적이 생각났어. 어려울 때 요긴하게 쓰라 했는데, 어려우면 이보다 더 어려울 때가 있을라고?

가만히 부적을 꺼내어 펴놓고, 먼저 '붙을 부' 자를 읽었어.

"붙을 부."

그랬더니 어떻게 됐는지 알아? 마당으로 걸어 들어오던 부자 영감이 그만 그 자리에 딱 붙어버리는 거야. 발이 땅에 딱 달라붙어서 옴짝달싹 않는 거지.

"이키, 이게 웬일이야? 내가 왜 땅에 달라붙었어? 애들아, 어서 날 좀 떼어다오."

영감네 집에서 하인들이 우르르 몰려나와 잡아당겨도 꼼짝을 않네. 아무리 용을 쓰고 애를 써도 안 떨어져. 하루 종일 그러고 있으니 정말 죽을 맛이지. 영감이 선비에게 사정을 해.

"여보게. 아까 보니 자네가 뭐라고 중얼거리더니 내 몸이 붙었

장승이 준 부적

어. 붙는 수가 있으면 떼는 수도 있을 것 아닌가? 제발 좀 떼어주게나."

"……."

"내 자네 빚의 이자를 다 탕감해줄 터이니 제발 좀 떼어줘. 이자 닷 냥을 다 탕감해주고 원금 석 냥만 받겠네. 그러니 좀 떼어주게나."

"……."

"아 알았네, 알았어. 그놈의 빚을 다 탕감해주겠네. 원금 석 냥에 이자 닷 냥을 다 안 받을 터이니 제발 좀 떼어주게."

그제야 선비가 다른 부적 한 장을 펴놓고 읽었어.

"떨어질 락."

그러니까 돈놀이꾼 영감 몸이 땅에서 탁 떨어졌어. 영감은 혼비백산하고 집으로 돌아가서, 그다음부터는 가난하다고 업신여기고 구박하는 일은 더 없더란다.

선비는 어떻게 됐느냐고? 그야 잘 먹고 잘 입고 잘 살았지. 아흔아홉 해 살고 아흔아홉 해 더 살다가 엊그저께 죽었다지.

제3부
우연한 행운

나이를 늘린 삼형제

옛날 옛적 어느 곳에 삼형제가 살았어.

맏이는 일동이, 둘째는 이동이, 셋째는 삼
동이야. 어려서 어머니 아버지를 다 여의고 삼형제만 남아 서로
의지하며 살았지.

그런데 사는 게 참 가난했어. 물려받은 땅 한 뙈기 없이, 그저
남의 집에 품을 팔아 입에 풀칠이나 하며 살았거든. 하루는 막내
삼동이가 의견을 냈어.

"형님들, 우리 이럴 게 아니라 산골에 들어가 비탈밭이라도 일
궈서 구메농사나 지어봅시다."

형들이 모두 좋다고 해서, 그날로 삼형제는 산골에 들어가 얼기
설기 움막을 짓고 살면서 산밭을 일궜지. 일동이는 괭이질을 하고
이동이는 돌을 들어내고 삼동이는 거름을 넣으면서 한 뼘 한 뼘

땅을 골랐어.

하루는 일동이가 땅을 파다 보니 괭이 끝에 무엇이 딸그락하고 걸리더래. 조심조심 파보았더니, 그것이 다른 것이 아니라 사람 해골이야. 삼형제가 얼른 해골 앞에 엎드려 절을 했지.

"해골님, 해골님. 이 산골 외진 곳에 묻혀 그동안 얼마나 외로웠습니까? 우리 삼형제가 없었더라면 우리 어머님 아버님도 이렇게 되셨겠지요. 이제부터 우리가 모실 테니 아무 염려 마십시오."

곧 속적삼을 벗어 해골을 고이 싸 들고 집에 돌아왔어. 방 안에 모셔두고 아침저녁으로 문안을 드렸지. 날마다 절을 하고 때마다 정성껏 음식을 차려 올리고, 행여 심심할까 봐 얘기도 들려줬어.

"해골님, 해골님. 오늘은 밭을 새로 열댓 자나 일궜습니다. 흙이 좋고 숲이 바람을 막아주니 농사도 잘되겠지요?"

"해골님, 해골님. 오늘은 새로 일군 밭에 씨를 뿌렸습니다. 수수 씨 두 되를 뿌렸으니 가을이 되면 수수가 두 섬은 나오겠지요?"

이렇게 산 사람 모시듯이 정성을 다했지.

이러구러 세월이 몇 해나 흘렀는데, 하루는 삼형제가 일을 마치고 집에 돌아와 보니 글쎄 해골이 울고 있네. 그것도 눈물을 줄줄 흘리면서 아주 구슬프게 울어. 옛날에는 호랑이도 담배를 피우고 까막까치도 말을 했으니 해골이 운대서 놀랄 것도 없지. 삼형제가 깜짝 놀라 얼른 절을 하고 물었어.

"해골님, 해골님. 무슨 일로 우십니까? 행여 우리 대접이 소홀해서 그러십니까?"

그랬더니 해골이 말하기를,

"내가 너희들을 만나 자식처럼 정이 들었는데, 이제 내일이면 헤어지게 돼서 운다."

이러거든. 삼형제가 다시 물었지.

"헤어지게 된다니요? 해골님이 딴 데로 가시기라도 한단 말입니까?"

"그게 아니라, 너희들 수명이 다 돼서 내일이면 저승사자가 잡으러 올 게야."

"뭐라고요? 우리가 죽는다는 말입니까?"

"그렇지."

"막을 방도는 없습니까?"

해골이 잠깐 뜸을 들였다가 목소리를 낮춰서 가르쳐주기를,

"그럼 이렇게 해라. 저승사자는 이승 사람한테 대접을 받으면 그 사람을 잡아가지 못하는 법이니, 밥 세 그릇과 솜옷 세 벌과 짚신 세 켤레를 마련하여 내일 밤 고갯마루에 갖다 놓아라. 바위 뒤에 숨어 있다가 저승사자가 밥을 먹고 옷을 입고 신을 신기를 기다려 헛기침을 한 번 하면 사는 수가 생길 것이다."

하거든. 삼형제는 해골이 시킨 대로, 이튿날 밤에 밥 세 그릇과 솜옷 세 벌과 짚신 세 켤레를 마련하여 고갯마루에 갖다 놨어. 그리고 바위 뒤에 가만히 숨어 있었지.

밤이 이슥해지니 아니나 다를까, 저승사자 셋이 고개를 넘어오는 거야. 그런데 무엇이 마음에 안 차는지 셋 다 툴툴거리면서 와.

"아이쿠, 배고파. 이럴 때 밥 한 그릇 배불리 먹었으면 원이 없

겠다."

"아이쿠, 추워. 이럴 때 따뜻한 솜옷 한 벌 입었으면 원이 없겠다."

"아이쿠, 발 아파. 이럴 때 새 짚신 한 켤레 신었으면 원이 없겠다."

그러다가 고갯마루에 딱 올라서니 눈앞에 밥 세 그릇과 솜옷 세 벌과 짚신 세 켤레가 놓여 있거든. 마침 배고프고 춥고 발 아픈 참인데 뭐 앞뒤 재고 자시고 할 것 있나. 셋이서 달려들어 밥을 한 그릇씩 뚝딱 먹어치우고는, 훨훨 옷을 입고 돌아앉아 짚신까지 후딱 신었지.

그때를 기다려 삼형제가 헛기침을 한 번씩 했어. 그 소리를 듣고 저승사자들이 놀라서 큰 소리로 물어.

"너희들은 누구이며, 여기는 왜 왔느냐?"

"예, 저희는 일동이, 이동이, 삼동이이며, 사자님께 밥과 옷과 신을 대접하러 왔습니다."

그 말을 듣고 저승사자들이 그만 기겁을 해.

"허허, 우리가 잡아가야 할 사람의 대접을 받았으니 낭패로다."

곧 셋이서 머리를 맞대고 수군수군 의논을 하더니, 끝내 삼형제를 못 잡아가고 딴 걸 잡아갔어. 뭘 잡아갔느냐면 일동이 대신에 누런 황소를, 이동이 대신에 검은 개를, 삼동이 대신에 붉은 닭을 잡아갔지.

그 덕에 삼형제는 나이를 늘려 오래오래 잘 살았는데, 언제까지 살았는고 하니 바로 어제까지 살았더란다.

호랑이 잡은 머슴

옛날 옛날에 한 사람이 남의 집 머슴을 살았어. 허우대가 껑충 듬직하고 팔다리가 굵직굵직해서 힘깨나 쓰게 생겼는데 속은 약골이라 쌀가마니 하나도 잘 못 들어. 입은 멀쩡 번드르르해서 큰소리는 제법 치는데 속은 겁이 많아서 뉘 집 강아지 짖는 소리에도 깜짝깜짝 놀라는 헛장군이야.

하루는 저녁을 먹고 날이 어둑어둑한데, 저 건너 산을 쳐다봤더니 산꼭대기에 불이 빤하거든. 그게 무척 높고 험한 산이라 사람이 살 것 같지도 않은데 말이야. 그런 데서 불빛이 빤히 새어 나오니 예삿일은 아니지. 이 사람이 그만 궁금증이 버쩍 나서, 그 이튿날 날이 밝자마자 건너편 산으로 달려갔어. 그런데 산이 어찌나 높고 험한지 올라가 보지도 못하고 기슭에서 빙빙 돌다가 날이 저

물어서 그냥 돌아왔어. 그다음 날도 가서 기슭에서 빙빙 돌다가 날이 저물어 돌아오고, 그다음 날도 또 그러고……. 이러니 뭐 올라가려는 산에는 한 발짝도 못 올라가고 사람 싱거운 꼴만 났단 말이야.

이 머슴이 그만 오기가 탁 나서,

"에라, 내가 가다가 죽는 한이 있어도 저 산에 올라가 보고야 말리라."

하고 작정을 아주 단단히 했어. 그리고 주인더러 말하기를,

"오늘부터 일하는 새경은 돈도 필요 없고 쌀도 필요 없고, 그저 하루에 누룽지 한 숟갈씩만 주십시오."

그랬거든. 밥솥에 누룽지 눌어붙은 것, 그걸 하루에 한 숟갈씩 얻어다 모으는 거야. 봄부터 가을까지 내쳐 일을 해주고 새경으로 날마다 누룽지 한 숟갈씩 얻어다 모았더니 큰 자루로 한 자루가 됐어.

그걸 양식 삼아 짊어지고 이 사람이 그길로 산에 오르기 시작했어. 아주 몇 날 며칠 동안 올라갈 셈이지. 누룽지 자루를 짊어지고 그 높고 험한 산을 오르는데, 가다가 배가 고프면 누룽지 한 줌씩 집어 먹고 날이 저물면 자고, 이렇게 하면서 올라갔어. 몇 날 며칠 동안 허위허위 걸어 오르고 기어올라서 산꼭대기까지 다 갔어.

꼭대기에 올라가 보니 아닌 게 아니라 조그마한 초가집이 한 채 있고, 거기서 불빛이 빤하게 새어 나오더래. 들어가서 주인을 찾으니 몸집이 커다란 젊은이가 나오는데, 등에는 활을 메고 허리에는 칼을 찬 것이 영락없는 사냥꾼이야.

"손님은 뉘시며, 이 험한 곳에 무슨 일로 찾아왔소?"

주인이 묻기에 여차여차하고 이만저만해서 왔노라고 말을 하고,

"댁은 어찌 이 산속에 혼자 사시오?"

하고 물었지. 그랬더니 하는 말이 부모 원수를 갚으러 왔다고 그러거든. 이 사람이 본래 저 아래 마을에 살았는데, 하루는 이 산에 사는 천 년 묵은 호랑이가 마을에 내려와서 부모를 물어 갔다는 거야. 그래서 그 원수를 갚으려고 산에 올라와서 일 년이 다 되도록 호랑이와 싸우고 있는데 아직 호랑이를 못 잡았다, 이런 얘기지. 이야기를 다 하고 나서,

"보아하니 손님은 기운도 세고 담도 큰 것 같은데, 나를 도와 호랑이를 잡지 않겠소?"

하고 권하는데, 머슴이 사실은 겁 많은 헛장군이지마는 큰소리 하나는 잘 치거든.

"아이 뭐, 그까짓 호랑이쯤이야 나한테 맡겨두시오."

이렇게 해서 머슴은 그 집에서 머물면서 사냥꾼과 함께 호랑이를 잡기로 했어. 그런데 뭐 어떻게 잡으려는 건지 아무 일도 않고 그저 밥만 퍼먹고 낮잠만 자는 거야. 몇 날 며칠 동안 그러다가 하루는 사냥꾼이 말하기를,

"이제 이만하면 기운이 돋았을 테니 내일은 호랑이 사냥하러 갑시다. 그런데 당신은 아무 말 말고 내가 호랑이하고 싸울 동안 가만히 숨어 있다가, 한창 싸울 때 그저 다른 말은 말고 '네 이놈, 호랑아!' 하고 한마디만 해주시오. 그 소리에 호랑이가 탁 돌아보면 그 틈에 내가 호랑이를 해치울 테니."

호랑이 잡은 머슴

이러거든. 듣고 보니 그거 아주 식은 죽 먹기지 뭐야. 아, 아무리 겁 많은 헛장군이지마는 그까짓 일을 못 하겠어?

"걱정 마시오. 내 아주 소리를 천둥같이 질러서 그놈의 혼을 빼놓으리다."

이렇게 큰소리를 치고, 이튿날 날이 밝아서 둘이 함께 호랑이를 잡으러 갔어. 어디쯤 가니까 호랑이굴이 있더래. 사냥꾼이 호랑이를 부르니까 굴에서 호랑이가 나오는데, 뭐 더도 말고 덜도 말고 집채만 하더래.

사냥꾼이 달려들어 싸우는데, 엎치락뒤치락 뭐 한도 끝도 없이 싸우는 거야. 으르렁 쿵쾅, 소리가 요란뻑적지근하고 사방에 먼지가 자욱한데, 머슴이 나무 뒤에 숨어서 그 꼴을 보니 얼마나 겁이 나는지 입이 딱 붙어서 말이 안 나와. "네 이놈, 호랑아!" 하고 한마디 해야 할 텐데 입이 붙어서 말이 나와야 말이지. 오줌을 슬슬 지리면서 그냥 벌벌 떨고만 있지, 뭐 다른 수를 못 내.

하루 종일 싸우다가 둘 다 기운이 빠져서 더 싸울 힘이 없으니까 나가떨어졌어. 호랑이는 슬금슬금 도로 굴로 들어가 버리고, 사냥꾼이 와서는 막 나무라는 거야.

"소리 한마디만 질러달랬더니 왜 가만히 있었소?"

"아, 그 당최 입이 안 떨어져서 그랬소."

집에 돌아와서 또 몇 날 며칠을 밥만 퍼먹고 낮잠만 잤어. 그렇게 기운을 돋워서 또 호랑이 사냥을 나섰지. 이번에는 꼭 소리를 지르리라 했는데, 둘이서 사나운 기세로 싸우는 걸 보니 또 입이 딱 붙어서 말이 안 나와. 무서워서 말이야. 그래서 그날도 허탕을 쳤어.

할 수 없이 집에 돌아와서 몇 날 며칠 동안 또 쉬었지. 밥만 퍼먹고 낮잠만 자고, 이렇게 해서 기운을 돋워서 또 호랑이 잡으러 갔어. 이번에는 꼭 소리를 지르리라 마음을 단단히 먹고 갔지. 사냥꾼이 호랑이를 불러내어 엎치락뒤치락 싸우는데, 아주 정신을 바짝 차리고 젖 먹던 힘까지 다 내어 소리를 질렀어.

"네 이놈, 호랑아!"

그런데 얼마나 겁이 났던지 소리가 밖으로 나오지를 못하고 목구멍에 탁 걸려버렸어. 그러니까 꺼이꺼이 하는 소리만 나는 거지. 호랑이가 한창 싸우다 보니 뭐 모기소리만 한 것이 꺼이꺼이 하거든. 뭐가 이러나 하고 탁 돌아보는데, 그 틈에 용케 사냥꾼이 칼을 내리쳐서 호랑이를 잡았어. 집채만 한 것이 쿵 하고 나자빠져 죽었지.

그래서 사냥꾼은 부모 원수를 갚았어. 어찌 됐거나 머슴은 호랑이 잡는 데 큰 공을 세운 거고.

그런데 머슴이 산에서 내려올 때 어떻게 내려왔는지 알아? 사냥꾼이 말이야, 호랑이 가죽을 벗겨가지고 그 안에 머슴을 집어넣었어. 그리고 실로 가죽을 도로 꿰매서 그놈의 것을 산 아래로 냅다 던졌어. 그게 어디 가서 떨어졌느냐면 그 머슴 살던 집 안마당에 가 떨어졌거든.

그 집 주인이 방에 있다가 뭐가 쿵 하는 소리가 나서 내다봤더니, 아 글쎄 호랑이 한 마리가 안마당에 퍼질러 앉아 있단 말이야. 혼비백산을 해서 도망가려고 하는데, 호랑이가 조그맣게 말을 하

지 뭐야. 뭐라는고 하니,

"영감님, 영감님. 나 좀 꺼내주세요."

이러거든. 별 희한한 일도 다 있다 싶어서, 가만가만 다가가서 작대기로 한 번 후려쳤더니 실밥이 우두둑 터지면서 머슴이 탁 튀어나오더래.

그래서 어떻게 됐냐고? 어떻게 되긴. 잘 살았지. 아흔아홉 해 살고 또 아흔아홉 해 더 살아서, 그저께까지 살았지.

찌걱인지 삐걱인지

옛날 어떤 시골에 한 할머니가 살았는데, 참
가랑이가 찢어지도록 가난했어. 어찌나 가난했
던지 옷을 해 입으려도 해 입을 베가 있어야지. 그
래서 하릴없이 소금자루로 옷을 해 입었네. 소금자루로 옷을 해
입으니 옷이 소금에 절어서 말이야, 조금만 눅눅해도 옷이 축축
늘어지는 거야. 손자를 등에 업었는데, 손자가 오줌을 싸니까 옷
이 그만 축 늘어졌지.

"에그, 오늘은 비가 오려나. 옷이 다 젖어 늘어지는 걸 보니 틀
림없이 비가 오겠어."

마침 날이 가물어서 온 나라가 걱정이 늘어진 판이었거든. 석
달 열흘 동안 비 한 방울 구경 못 했을 만큼 가물었지. 그런 판국
이니 만약에 비가 오기라도 하면 그보다 더 좋은 일이 어디 있겠

어? 이때 지나가던 벼슬아치가 그 소릴 들었네.

"할멈, 이제 뭐라고 했나?"

"비가 올 거라고 했지요."

"그게 참말인가?"

"글쎄, 그럴 것 같습니다."

아, 그런데 어찌된 일인지 그러고 나서 곧바로 비가 오네. 참말로 비가 와. 석 달 가뭄에 비를 만났으니 얼마나 좋아? 벼슬아치가 당장 임금님한테 달려가서 고했지.

"임금님, 오늘 비가 온다는 걸 용케 알아맞히는 할멈을 봤습니다."

"그래? 그 할멈을 당장 데려오너라."

마침 그때 임금이 귀한 도장을 잃어버렸거든. 도장을 잃어버리고 끙끙 앓는 판인데 그런 소릴 들으니 얼마나 반가워. 데려다가 도장 찾게 하려고 그러는 거지.

할머니가 집에 있으려니까 대궐 사람들이 가마를 한 채 가지고 오더니 다짜고짜 가마에 타라고 하네. 왜 그러느냐고 물으니 임금님 도장을 찾으러 가야 한다고 그러거든. 비가 올 걸 그리 잘 알아맞히는 걸 보니 잃어버린 물건도 귀신같이 잘 찾을 게 아니냐고 말이야. 아, 저한테는 그런 재주 없다고 해도 어디 씨알이나 먹히나. 임금님한테 가서 그런 말을 하든지 말든지 어서 가자고 채근을 하니 어떡해. 가야지.

가마를 떡하니 타고 가는데, 가면서 생각을 해보니 참 기가 막히네. 아무것도 모르는 할망구를 도장 찾으라고 끌고 가니 이 일을 어찌하면 좋으냐 말이야. 임금님 명을 어겼다가는 무사하지 못할 텐데, 아무래도 이제는 죽을 일만 남았지 뭐 별수가 없잖아.

그런데 가마는 남의 속도 모르고 찌걱 삐걱 소리만 요란하구나. 나무로 만든 가마니까 이리저리 흔들릴 때마다 찌걱 삐걱 소리가 날 것 아니야? 그 소릴 듣고 할머니가 혼잣말을 했어.

"찌걱인지 삐걱인지 죽을 날도 며칠 안 남았구나."

저 죽을 날이 며칠 안 남았다는 소리지. 그런데 그 소리가 끝나기 무섭게 가마가 딱 멈추더니 벼슬아치 둘이 할머니에게 다가와서 넙죽 엎드리더래. 그러고는 손이 발이 되도록 비는 거야.

"할멈, 제발 우릴 좀 살려주게. 그 도장은 우리가 훔쳐서 대궐문 주춧돌 밑에 숨겨놨다네. 할멈이 우리 이름까지 아는 마당에 더무엇을 숨기겠나? 도장엔 손도 안 댔으니 우리 이름만은 말하지말아주게."

알고 보니 그 벼슬아치 이름이 하나는 '찌걱'이고 하나는 '삐걱'이야. 안 그래도 뭘 귀신같이 잘 알아맞힌다는 할머니를 태우고 가느라고 가슴이 조마조마한 판인데 "찌걱인지 삐걱인지 죽을 날이 며칠 안 남았구나." 하는 소리 들어봤으니 뭐 어쩌겠나. 그만 간이 콩알만 해졌지. 그러고도 실토를 안 하고 배기겠어?

할머니가 임금님 앞에 가니 임금님이 그러지.

"할멈 재주로 당장 잃어버린 도장을 찾아내라. 찾으면 큰 상을내리겠거니와 만약 못 찾으면 죽이리라."

다 알고 있는데 뭐가 걱정이야?

"예, 대궐문 주춧돌 밑에 있을 것입니다."

대궐문 주춧돌 밑을 파보니 과연 도장이 있거든. 그래서 할머니
는 임금님한테 큰 상을 받아서 집으로 돌아왔는데, 그 뒤로부터는
일부러 귀가 먹은 척하고 살았다나. 누군가 또 잃어버린 물건을
찾아내라고 성화를 대면 안 되니까, 아예 귀머거리 행세를 하면서
살았다는 얘기.

삼형제가 받은 유산

옛날 옛적 어느 집에 아들 삼형
제가 홀아버지를 모시고 살았어.

살다가 아버지가 돌아가셨는데, 집안이 가
난해서 물려받은 유산이라고는 헌 지팡이 하나하고 해어진 갓 세
개하고 맷돌 하나뿐이야. 그게 다야.

아무리 하찮은 거라도 아버지가 물려준 거니까 나누어 가져야
지. 먼저 맏이가,

"나는 나이가 많으니까 지팡이를 가지겠다."

하고 지팡이를 가졌어. 그다음 둘째가,

"나는 머리숱이 적으니 갓을 가져야지."

하고 갓을 가져갔어. 그러니까 막내가,

"나는 기운이 세니까 맷돌을 가질래."

하고 맷돌을 가졌어.

그러고 나서 셋이 집을 떠났어. 맏이는 지팡이를 짚고, 둘째는 갓 세 개를 겹쳐 쓰고, 막내는 맷돌을 짊어지고 갔지.

가다가 세 갈래 길이 나오니까,

"우리 여기서 헤어지자. 돈 많이 벌면 다시 여기에 모이자."

하고서 헤어졌어. 맏이는 왼쪽 길로 가고, 둘째는 가운뎃길로 가고, 막내는 오른쪽 길로 갔지.

맏이는 지팡이를 짚고 왼쪽 길로 가다가 산속에서 날이 저물었어. 산속에 집이 있나 절이 있나. 그냥 한데서 잤지. 자다 보니 난데없이 웬 상여소리가 나더래.

"어화넘 어화넘, 어이 가리 어화넘."

하고 구슬픈 상여소리가 난단 말이야. 눈을 떠보니 도깨비들이 상여를 메고 가. 여럿이 큰 상여를 메고 가는데, 상여가 몹시 무거운지 땀을 뻘뻘 흘리면서 힘들어해.

"아무리 도깨비라도 저렇게 힘들어하는 걸 구경만 하고 있을 수는 없다."

하고서, 슬며시 도깨비들 틈에 끼어들어서 상여를 멨어.

상여를 메고 가는데 너무 힘들어. 그래서 저도 모르게 '후유!' 하고 한숨을 내쉬었지. 그랬더니 도깨비들이 죄 웅성웅성해.

"어째, 사람 소리가 들린다."

"그러게."

"그러고 보니 머릿수도 더 많아진 것 같다."

그러더니 바로 뒤에 따라오던 도깨비가 물어.

"내 앞에 있는 게 이상하다. 너도 도깨비냐?"

사람이라고 하면 무슨 일이 생길지 몰라서,

"그래, 나도 도깨비다."

했지. 그랬더니,

"도깨비 치곤 너무 통통하다. 어디 팔을 내밀어 봐라."

하네. 도깨비 팔다리가 본시 나무 작대기처럼 빼빼 말랐거든. 자기 팔을 내밀면 사람인 게 들통 날 것 같아서 쥐고 있던 지팡이를 내밀었어. 쑥 내미니까 쓱 만져보더니,

"딱딱한 걸 보니 도깨비가 맞네."

하고서 그냥 상여를 메고 가.

한참 가다가 새벽닭이 우니까,

"얘들아, 날이 샌다. 오늘 날이 저물면 다시 와서 메고 가자."

하고서, 상여를 풀숲에 숨겨두고는 다 어디론가 가버리더래.

도깨비들이 다 간 뒤에 상여 뚜껑을 열어보니, 글쎄 그 안에 돈이 가득 들었네. 엽전이. 그래서 그렇게 무거웠나 봐. 엽전이 죄 쇠로 만든 거니까 좀 무거워?

맏이는 그 엽전을 소매 속에도 넣고 호주머니에도 넣고 해서 가질 만큼 가졌어. 엽전이 하도 많아서 그만큼 가져도 별로 축도 안 나더래. 그렇게 돈을 많이 가지고서 세 갈래 길에 돌아가 기다렸지.

둘째는 갓 세 개를 쓰고 가운뎃길로 갔어. 가다가 산속에서 날이 저물었는데, 마침 저 멀리서 불빛이 빤하더래. 찾아갔지.

가 보니까 커다란 기와집이야. 주인을 찾으니 젊은 아낙이 나오는데, 하룻밤 재워달랬더니 안 된대. 왜 안 되느냐고 물으니까,

삼형제가 받은 유산

"우리 집에는 본디 식구가 많았는데, 며칠 전부터 날마다 한밤중만 되면 머리 둘 달린 괴물이 와서 식구를 하나씩 잡아갔습니다. 그래서 이제 나 혼자 남았습니다. 오늘 또 괴물이 와서 나마저 잡아갈 것입니다."

이러거든. 사람이 괴물한테 잡혀간다는데 못 본 체할 수가 있나.

"나한테 맡겨두시오."

하고서, 그날 밤에 주인 아낙은 다락에 숨겨놓고 자기가 마루에 앉아 있었지. 그냥 앉아 있는 게 아니라 갓을 쓰고 앉아 있었어. 갓 세 개를, 하나는 머리에 쓰고 하나는 왼쪽 어깨에 올려놓고 하나는 오른쪽 어깨에 올려놓고 있었단 말이야.

밤이 이슥해지니까 무엇이 '쿵' 하더니 머리 둘 달린 괴물이 담을 넘어 와. 와서는 딱 보니까 마루에 무엇이 앉았는데 머리가 셋이거든. 갓을 세 개 쓰고 앉았으니 머리가 세 개인 것처럼 보이지.

그걸 보고 괴물이 그만 겁을 먹었어. 자기는 머리가 둘인데 저보다 머리 하나 더 많은 괴물이니까 말이야. 겁을 먹고 우물쭈물하는 걸 보고 '옳지, 됐다.' 생각하고 벼락같이 냅다 소리를 질렀지.

"네 이놈, 너는 무엇이기에 이런 고약한 짓을 하느냐?"

그러니까 괴물이 머리를 조아리면서 고분고분 대답을 해.

"예, 나는 엽전 귀신이올시다. 이 집 곳간 바닥에 묻힌 돈궤에 들어 있습지요. 하도 오래 갇혀 있다 보니 답답해서 이런 짓을 저질렀습니다. 나를 풀어주면 다시 나타나지 않겠습니다."

"그래, 이 집 식구들은 다 어디에 있느냐?"

"뒷산 동굴 속에 있습니다."

귀신을 보내놓고, 주인 아낙과 함께 뒷산 동굴 속에 가봤지. 가 보니 과연 식구들이 다 깊은 잠에 빠져 있더래. 깨워서 데리고 왔지.

그러고 나서 이튿날 아침에 곳간 바닥을 파 보니까, 아니나 다를까 커다란 돈궤가 묻혀 있어. 열어보니 뭐 돈이, 엽전이 이만저만 많은 게 아니야. 주인집 식구들은 다 가져가라는 걸 그저 가질 만큼만 가졌어. 소매 속에도 넣고 호주머니 속에도 넣고, 그래도 별로 축도 안 나더래. 돈궤가 하도 커서.

그렇게 돈을 많이 가지고서 세 갈래 길로 돌아갔지. 가 보니 맏형이 미리 와 있어서 함께 기다렸어.

막내는 맷돌을 짊어지고 오른쪽 길로 갔어. 가다가 날이 저물었는데, 마침 길가에 빈집이 하나 있더래. 들어갔지.

들어가서 잠을 자는데, 한밤중이 되니까 갑자기 밖이 떠들썩해. 잠을 깨어 밖을 내다보니, 아 시커먼 도둑놈들이 떼거리로 몰려오네. 얼른 맷돌을 가지고 다락으로 올라갔어.

다락에 올라가서 마루 구멍으로 가만히 내려다보니, 도둑놈들이 여럿 들어와서 한바탕 놀아. 술을 먹고 노래를 부르고 놀다가, 새벽녘이 되니까 도둑질한 돈을 내놓고 나누는 거야. 그러다가 내 것이 많으니 네 것이 많으니 싸움이 붙었어.

"왜 내 몫은 이것밖에 안 되느냐?"

"너는 우리 도둑질할 때 놀기만 했잖아."

"그게 논 거냐? 망본 거지."

이렇게 옥신각신하는데, 이때 가지고 있던 맷돌을 스르르 돌렸

삼형제가 받은 유산

어. 맷돌을 돌리니까 '우르릉' 소리가 날 것 아니야? 그 소리를 듣고 도둑놈들이 깜짝 놀랐어.

"얘들아, 지붕이 무너진다."

"아니, 하늘이 무너진다."

"어서 도망가자."

하고서, 돈이고 뭐고 다 내버려두고 죄 도망가버렸어.

막내는 날이 밝기를 기다려 다락에서 내려와 마을에 내려갔지. 가 보니 아닌 게 아니라 동네 사람들이 다들 울고불고 난리가 났어. 간밤에 집집마다 돈을 몽땅 도둑맞았다면서 말이야. 그래서 돈 있는 곳을 일러줬지.

동네 사람들이 도둑맞은 돈을 되찾고 나서, 고맙다고 돈을 많이 줘. 다 못 받고 가질 만큼만 가졌지. 소매 속에도 놓고 호주머니 속에도 넣고, 그렇게 해서 세 갈래 길로 돌아갔어.

가 보니 두 형이 미리 와 있어서, 거기에 집을 짓고 삼형제가 함께 살았어. 오순도순 잘 살아서, 엊그제까지 살았더래.

본이와 개구리

옛날에 한 소금 장수가 살았는데
이름이 '개구리'야. 뭐, 본이름이 따
로 있었는지 어땠는지는 몰라도 아무튼 개구리라고 했어. 남들도
개구리라고 부르고 자기도 개구린 줄 알고, 그랬지.

이 사람이 소금 장수니까 소금 짐을 지고 여기저기 소금 팔러
다녔을 게 아니야? 다니다가 어느 마을에 썩 들어가니까 한 커다
란 기와집에 사람들이 구름처럼 모여서 웅성웅성하고들 있어. 무
슨 일 났나 하고 들어가서 물어보니까,

"아, 이 집에서 금항아리를 잃어버려서 그걸 찾느라고 이런다오."

해. 값이 천만금이나 나가는 금항아리를 잃어버렸는데, 아무리 찾
아도 못 찾겠으니까 집주인이 방을 붙였다는 게야. 누구든지 금항
아리를 찾아주면 그 값의 절반을 주겠다, 이렇게 방을 붙여놓으니

까 그걸 보고 사람들이 모여든 거래. 나라 안에서 난다 긴다는 점쟁이들이 죄 모였으니 일이 나긴 났지.

사람 많이 모인 곳에는 반드시 뭐든 생기는 게 있는 법이지. 얻어먹을 것도 있고 얻어들을 것도 있고 말이야. 그래서 이 사람이 거기 들어갔어. 들어가서 점쟁이들 틈에 끼어 앉아서 떡 부스러기나 얻어먹으며 구경을 했지.

한참 그러고 있는데, 일이 참 묘하게 돌아가네. 그 난다 긴다는 점쟁이들이 아무도 물건을 못 찾는 거지. 이러쿵저러쿵 시끌벅적 점을 친다, 주문을 왼다, 괘를 뽑는다 해봐도 다 허탕이야. 어디에 있다 해도 막상 가서 찾아보면 없고, 누가 가져갔다 해도 막상 불러다 물어보면 아니고, 이 모양이란 말이지. 일이 이렇게 되니 다들 슬금슬금 일어나 가버리고, 나중에는 이 사람 혼자 남았어.

집주인이 보고는,

"당신이야말로 용한 점쟁이인가 보오. 여태 말 한마디 없이 자리를 지켰으니 반드시 일러줄 말씀이 있을 테지요?"

하고는 극진히 대접을 해. 여태 말 한마디 없었던 건 아무것도 몰랐던 탓이고, 남들 다 간 자리를 지킨 건 얼떨결에 그리됐을 뿐인데 말이야.

아무튼 떡이야 술이야 상다리가 부러지게 차려주기에 잘 먹었지. 이제 와서 나 점쟁이 아니오 하기도 뭣하고 해서 그냥 주는 대로 넙죽넙죽 받아먹었어. 먹고 나서도 잠자코 앉아 있기만 하니까 집주인이 참다못해 쫴쳐.

"이제 말을 해보시지요. 금항아리는 어디에 있소? 누가 가져갔소?"

그 뭐 깜깜하니 어떡해? 짐작이라도 가야 말이지. 하릴없어 혼 잣말 비스름하게,

"아, 그거야 본 이가 가져갔겠죠."

했어. 본 사람이 가져갔을 거란 말이지. 말인즉 맞는 말 아니야, 그게? 본 이가 가져갔지 안 본 이가 가져갔겠어?

그런데 그 말을 들은 집주인이 반색을 하네.

"그럼 그렇지. 내 그럴 줄 알았다니까."

하고는, 식구들을 풀어 보내더니 얼마 안 있어 사람 하나를 데려 왔어. 그게 누군고 하니 '본이'라는 사람이야. 동네 사람 가운데 본이라는 이름 가진 사람이 있었거든. 본 사람이 가져갔다는 뜻으로 "본 이가 가져갔다." 했는데 진짜로 본이라는 사람이 있을 줄이야.

게다가 그 본이를 족치니까 정말로 금항아리가 나오네. 진짜로 본이가 그걸 훔쳐간 게야. 다 알고 있으니 바른 대로 대라고 족대기니까, 어디어디에 숨겨놨다, 이렇게 실토를 해서 찾았어, 금항아리를. 참 신통방통하게 됐지 뭐야.

그래서 집주인한테서 돈을 많이 받고 대접도 잘 받았어. 용한 점쟁이라고 동네방네 소문도 짜하게 났지.

그렇게 며칠 동안 대접을 잘 받고 이제 그 집을 나왔어. 나와서 또 소금 짐을 짊어지고 여기저기 다니는데, 아 저녁에 고개를 딱 넘으려니까 무엇이 시커먼 게 툭 튀어나와서 앞을 턱 가로막네.

"네 이놈, 너 때문에 내가 죽다 살았다. 너도 한번 혼나봐라."

하는데, 가만히 보니까 그게 바로 본이야. 금항아리 훔쳐갔다가 잡힌 본이란 놈 말이야. 그놈이 앙갚음하려고 나타난 거야.

"네가 그렇게 용하다면 이 손 안에 든 게 뭔지도 알 게 아니냐? 알아맞히면 살려주려니와 못 알아맞히면 내 손에 죽을 줄 알아라." 하고 주먹을 쑥 내미는데, 그 안에 뭐가 들긴 들었나 봐. 주먹 안에 든 것을 알아맞히라는 게지. 햐, 그걸 어떻게 알아맞혀?

가만히 생각하니까 이제는 영락없이 죽게 생겼거든. 그래 한숨을 쉬면서 혼잣말로 중얼거렸어.

"후유, 이제 개구리는 본이란 놈 손에 죽는구나."

그렇잖아? 자기 이름이 개구리니까, 개구리가 본이란 놈 손에 죽게 됐잖아.

아, 그랬더니 이게 웬일이야? 그렇게 기세등등하던 본이란 놈이 그만 풀이 푹 죽으면서 손을 쭉 펴는데, 보니까 그 안에 개구리가 한 마리 들어 있네. 개구리가 본이 손에 들어 있었던 게야. 그러니 "개구리는 본이 손에 죽는다." 하는 말이 딱 맞아떨어졌지 뭐야. 이렇게 신통방통할 데가.

일이 이렇게 되니 본이란 놈이 탄복을 하면서,

"당신같이 용한 점쟁이는 이 세상 어디에도 없을 거요." 하고는 그만 바람같이 도망가버리더래.

소금 장수 개구리는 그 뒤로도 소금 짐 지고 여기저기 소금 팔러 다녔다는데, 듣자니 지금도 저 강원도 두메산골로 다니고 있다나.

멍서방과 똑서방

옛날에 멍서방하고 똑서방이 이웃해서 살았어. 멍서방은 멍청해서 멍서방이고 똑서방은 똑똑해서 똑서방이야.

똑서방은 소금 장사를 해서 먹고사는데 멍서방은 그냥 잠자코 놀아. 허구한 날 노는 게 일이야. 먹고 자고, 먹고 자고, 먹고 자고……, 그래도 배가 커서 밥은 잘 먹어. 한껍에 두 그릇도 좋고 세 그릇도 좋고, 그저 주는 대로 뚝딱뚝딱 먹어치우거든. 그렇게 먹고 잠만 내처 자니까 아내가 그만 화가 나지.

"아, 당신은 뭐하는 사람이 밤낮 밥만 먹고 잠만 자우? 옆집 똑서방은 소금 장사를 한다니 가서 장사나 배워 오든지."

그래서 멍서방이 똑서방한테 갔어.

"자네, 그 소금 장사하는 법 좀 가르쳐주게."

"그럼 먼저 소금을 한 짐 사 오게나."

그래서 멍서방이 있는 돈 없는 돈 다 긁어모아서 소금 한 짐을 샀지. 사서 짊어지고 똑서방한테 가니까,

"응, 그만하면 됐네. 나랑 같이 가세."

해서, 둘이서 장사하러 나섰어. 소금 한 짐씩 짊어지고 갔지.

가다가 고개를 하나 넘게 됐거든. 지나는 사람도 없는 깊은 산속인데, 그런 데서 고개를 넘다가 둘 다 소금 짐을 내려놓고 잠깐 쉬었지. 길가에서. 그러다가 멍서방이 잠깐 졸았네. 먼 길 오느라 고단하기도 하고 그래서 꼬박꼬박 졸았는데, 조는 사이에 그만 똑서방이 소금을 다 가지고 가버렸어. 멍서방 혼자 두고.

멍서방이 정신을 딱 차리고 보니까 혼자거든. 소금 짐이고 뭐고 아무것도 없고 말짱 혼자야. 길도 모르니 어째? 무턱대고 갔지. 터덜터덜 가다 보니 날이 저물었어. 산속에서. 그 깊은 산속에서 날이 저물었으니 야단났지.

이 일을 어쩌나 하다 보니 마침 저 멀리서 불이 반짝반짝하더래. 갔지. 가서 주인을 찾으니까 웬 할머니가 나와.

"아이고, 이 밤중에 웬 손님이 오셨나?"

하고서는, 할머니가 밥을 해줘. 보리밥을 한 사발 아주 실하게 퍼 담아주는 걸 앉은자리에서 그냥 뚝딱 해치웠어. 하루 종일 아무것도 못 먹고 걷기만 했으니 좀 시장할 거야? 뱃속에 비렁뱅이가 들어 있는 격이지. 그래서 참 마파람에 게 눈 감추듯 눈 깜짝할 사이에 먹어치웠어.

할머니가 그걸 보고 보리밥 한 사발을 더 퍼 담아줘. 또 앉은자

리에서 뚝딱 해치웠지. 또 한 사발 퍼 담아주는 걸 뚝딱, 또 한 사발 주는 걸 뚝딱, 또 한 사발 뚝딱, 이렇게 내리 다섯 사발을 한껍에 먹어치우고 나니 솥이 텅텅 비었어. 할머니가 그걸 보고,

"아이쿠, 우리 집에 장군님이 오셨구나."

하면서 좋아라 해.

조금 있으니 바깥에서 떠꺼머리총각이 하나 들어오더니 넙죽 절을 해.

"어머니한테 들으니 보리밥 다섯 사발을 한껍에 드시는 장군님이라고요. 부디 우리 아버지 원수를 갚아주십시오."

하고서 말을 하는데, 들어보니 호랑이 얘기야. 뒷산에 사나운 호랑이 한 마리가 사는데, 사람도 해치고 집짐승도 해치고 해서 총각 아버지가 잡으러 갔대. 아버지가 포수야. 그래 잡으러 갔는데, 하도 사나운 놈이라 못 잡고 되레 당했다는 거야. 아버지가 호랑이한테 잡아먹혔단 말이지.

"그놈의 호랑이를 잡아서 아버지 원수를 갚아드려야 할 터인데 나 혼자 힘으로는 어찌해볼 수가 없어서 이만 갈고 있었습니다. 그러던 차에 장군님을 만났으니 이런 복이 어디에 있습니까? 부디 내일 나와 함께 가서 호랑이를 잡읍시다."

하는데, 그걸 뭐 못 하겠다 할 수도 없고 말이야. 밥을 다섯 사발이나 얻어먹고 어떻게 못 하겠단 말을 해? 에라, 이왕 일이 이렇게 된 바에야 하고서 큰소리를 떵떵 쳤어.

"그 뭐 염려 놓으시오. 내 그놈의 호랑일 한주먹에 때려눕히리다."

그렇게 하고서 잠을 자고, 이제 이튿날 아침이 됐어. 아침에 또 보리밥을 잔뜩 먹고 둘이서 호랑이 잡으러 나섰지. 산속 깊은 곳에 들어가서 총각이,

　"내가 저 위에 올라가서 호랑이를 꾀어낼 테니 장군님은 여기 있다가 호랑이가 오면 잡으십시오."

하고서 위로 올라가더래.

　아나나 다를까, 조금 있으니까 저 위에서 뭐 벼락 치는 소리가 우지끈 뚝딱 나더니 호랑이란 놈이, 덩치가 집채만 한 게 달려 내려오지 뭐야. 커다란 놈이 사나운 기세로 마구 내닫는 걸 보니 어찌나 겁이 나는지, 그만 오금이 딱 붙어서 옴짝달싹도 못하고 그 자리에 얼어붙었어. 얼어붙어서 와들와들 떨고만 있었지.

　그래 호랑이란 놈이 지나가고 난 다음에, 한참 있다가 총각이 와서 물어.

　"호랑이는 어찌 됐습니까?"

　"아, 그것이 살려달라고 애걸복걸하기에 불쌍해서 내가 한 번 봐줬소."

　"그러지 말고 내일은 꼭 잡아주십시오."

　"알았소."

　그 이튿날 또 아침에 보리밥을 잔뜩 먹고 둘이서 나섰지. 어제처럼 총각은 산 위로 올라가고 멍서방은 밑에서 기다리는데, 아나나 다를까 또 호랑이란 놈이 달려 내려오네. 아 집채만 한 놈이 눈에 불을 시뻘겋게 켜고 내닫는 걸 보니 또 정신이 아득해진단 말이야. 별수 있어? 그 자리에 얼어붙어 옴짝달싹도 못하고 와들와

들 떨고만 있었지.

한참 뒤에 총각이 내려와서 또 물어.

"호랑이는 어찌 됐습니까?"

"아, 그것이 죽기 싫다며 눈물을 줄줄 흘리기에 불쌍해서 내가 한 번 봐줬소."

"그러지 말고 내일은 꼭 잡아주십시오."

"알았소."

그 이튿날 또 아침에 보리밥을 잔뜩 먹고 둘이서 나섰어. 총각은 산 위로 올라가고 멍서방은 밑에 있는데, 조금 있으니까 아니나 달라, 어제처럼 또 호랑이가 달려 내려오거든. 그런데 이번엔 그냥 지나칠 기세가 아니야, 호랑이가. 그냥 똑바로 멍서방을 보고 내닫는데, 이건 뭐 영락없이 잡아먹히게 생겼어. 입을 딱 벌리고 '어훙!' 하면서 달려드는 걸 보고, 멍서방이 어찌나 놀랐던지 그만 젖 먹던 힘까지 다 내어 소리를 질렀어.

"아이고, 멍서방 죽네!"

그 소리가 어찌나 컸던지, 달려들던 호랑이가 그만 놀라서 펄쩍 뛰다가 나뭇가지 사이에 몸이 탁 끼어서 죽어버렸네.

조금 뒤에 총각이 내려와 보니 이게 웬일, 호랑이가 나뭇가지 사이에 끼어서 죽어 있거든.

"이게 어찌 된 일입니까?"

"어찌 되나마나, 저것이 달려들기에 한 손으로 모가지를 잡고 빙빙 돌리다가 내던졌더니 저기에 끼어 죽습디다."

총각이 그 말을 듣고 좋아라 하면서 절을 열두 번도 더 해.

"장군님 덕분에 아버지 원수를 갚았습니다."

고맙다고 산삼 열두 뿌리를 주기에 그걸 옆구리에 차고, 호랑이는 가죽을 벗겨서 등에 짊어지고, 이제 멍서방이 그곳을 떠났어. 떠나서 집으로 왔지.

집에 와서 산삼도 팔고 호랑이 가죽도 팔고 해서 부자가 됐어. 그 산삼이랑 호랑이 가죽 값이 좀 많이 나가나? 그 돈으로 논 사고 밭 사고 기와집 짓고 네 귀에 풍경 달고 잘 살았지.

멍서방은 그렇게 부자 되어 잘 살고, 똑서방은 그 뒤로도 그냥 소금 장사나 해서 먹고살더래.

게 누구 뽕

옛날에 한 사람이 살았어. 옛날엔 왜 꼭 한 사람만 사는지 몰라. 두 사람도 아니고.

그런데 그 사람 집에 무슨 살이 꼈는지 도둑이 시도 때도 없이 들어. 밤에도 들고 낮에도 들고 하루에 두 번도 들고 세 번도 들고, 이러니 뭔 살림이 남아나는 게 없네. 나중엔 솥단지 요강단지까지 다 도둑맞아서 밥도 못 해 먹고 오줌도 못 눌 형편이 됐단 말이야.

마침 이 사람한테 나이 찬 딸이 하나 있었어.

"에라, 사위를 하나 볼밖에 없다. 도둑 잘 잡는 사람으로 데릴사위를 들이면 좀 나아질 테지."

하고, 이 사람이 그길로 집을 나서서 여기저기 다녔어. 도둑 잘 잡는 사람으로 사위 본다고 가는 곳마다 소문을 내면서 돌아다녔지.

한 곳에 가니까 남의 집 머슴 사는 총각이 와서,

"도둑이라면 내가 잘 잡지요."

하거든. 어떻게 잘 잡느냐니까,

"아, 그건 두고 보면 알게 될 거요."

해. 그 뭐 어쨌든 도둑 잘 잡는다니까 데리고 갔어.

데리고 가다가 다리가 아파서 둥구나무 밑에 쉬었지. 쉬다가 둘 다 잠이 들었어. 한창 곤하게 자는데, 아 갑자기 어디서,

"게 누구 뽕, 게 누구 뽕!"

하지 뭐야. 깜짝 놀라 일어났어. 일어나서 둘레둘레 살펴보니까 아무도 없네. 잘못 들었나 하고 또 자는데,

"게 누구 뽕, 게 누구 뽕!"

하고 무엇이 또 소리를 냅다 질러. 벌떡 일어나서 가만히 들어보니까, 아 그 소리가 딴 데서 나는 게 아니라 총각 궁둥이에서 나. 쉴 새 없이,

"게 누구 뽕, 게 누구 뽕!"

하는데, 그게 방귀 소리야. 총각이 잠을 자면서 방귀를 뀌는데, 그 소리가 여느 사람처럼 '뽕' 하거나 '뽕' 하는 게 아니고 '게 누구 뽕' 한단 말이지.

잠자는 총각을 흔들어 깨웠어. 그리고 물어봤지.

"자네 잠자면서 방귀 뀌는 소리가 '게 누구 뽕' 하던데 그게 대체 뭔가?"

하니까,

"그렇다니까요. 내 방귀 소리는 별나서 그렇게 들리지요."

하거든.

가만히 생각해보니까 이게 아주 수가 난 방귀란 말씀이야. 밤에 도둑 지킨다고 망을 볼 것도 없이 그냥 잠만 자면 방귀 소리가 '게 누구 뿡' 하니까 도둑 하나는 잘 지키게 생겼단 말이지. 그래서 좋아라 하고 집에 데려다가 사위를 삼았어.

그러고 나서 며칠 있다가, 이제 그날은 온 식구가 밤이 이슥하도록 일을 하고 다들 지쳐서 잠이 들었어. 이 방 저 방 널브러져서들 자는데, 아 그때 마침 도둑이 들었네.

도둑이 살금살금 들어와 마당에서 집 안을 기웃기웃, 뭘 훔쳐 갈 것이 있나 하고 살피는데, 아 갑자기,

"게 누구 뿡?"

하거든. 깜짝 놀라 두리번두리번 살피니까 또,

"게 누구 뿡?"

하고 소리를 지른단 말이야. 그만 기겁을 해서 "에구 뜨거라." 하고서 냅다 도망을 갔어.

도망을 가서 이 도둑이 가만히 생각을 해보니까 아무래도 이상하거든. '게 누구 뿡' 하는 게 사람 목소리 같기도 아닌 것 같기도 하고, 세상에 뭐 그런 소리가 다 있느냐 말이야. 그래서,

"에라, 한 번 더 가볼밖에 없다."

하고서 그다음 날 밤에 또 갔어. 도둑질하러.

살금살금 들어가서 이번엔 마당을 가로질러 집 안으로 숨어들어 가 기웃기웃하는데, 아 또 무엇이,

"게 누구 뿡, 게 누구 뿡!"

하고 소리를 지르네. 도둑이 깜짝 놀랐다가 마음을 가라앉히고 소

리 나는 곳으로 살금살금 가봤지. 가 보니까 참 젊은 사내가 하나 자는데, 홑잠방이 하나 입고 자는데, 그 궁둥이에서 소리가 난단 말이야.

"쳇, 방귀 소리잖아."

괜히 놀랐구나 하고 도둑질을 하려는데, 아 그놈의 '게 누구 뿡' 소리가 자꾸 들려서 귀에 몹시 거슬리지 뭐야.

"에잇, 저놈의 소리 좀 어떻게 해야겠다."

마당에 나가 동글동글한 돌멩이 하날 주워 들고 들어왔어. 들어와서 그 돌멩이로 사위 똥구멍을 틀어막았지. 아주 단단히 틀어막았어. 그렇게 해놓으니까 이제 조용해.

"옳지, 이제 됐다."

그놈의 '게 누구 뿡' 소리가 안 들리니까 살 것 같거든. 마음 놓고 도둑질을 했지.

도둑이 도둑질을 다 해서, 이제 훔친 물건을 짊어지고 나가는 판이야. 문지방을 딱 넘는데, 아 갑자기,

"게 누구 뿡!"

하고 천둥 치는 소리가 나면서 무엇이 이마빼기를 딱 치거든. 오랜만에 참았던 방귀가 터져 나오니까 그 똥구멍 막아놨던 돌멩이가 쑥 빠지면서 이마를 때린 거지.

그래서 도둑은 그 자리에 자빠져 그만 기절을 해버렸어. 그 바람에 꼼짝없이 잡혔지.

그다음부터는 그 집에 도둑이 안 들더란다. 아 또 들었다가 무슨 봉변을 당하려고?

바람 원님

옛날에 어떤 집에서 아버지하고 어
머니하고 아들하고 세 식구가 살았는
데, 살다가 어머니가 세상을 떠났어. 그러니 어째? 계모가
들어왔지. 그런데 계모가 아들 둘을 데리고 왔어. 그러니 뻔하지.
데리고 온 아들 둘은 감싸고돌면서 의붓아들은 막 부려먹는 거야.

들어온 아들 둘 다 나이가 많아서 형인데, 계모가,

"형들은 머리가 좋으니 글공부나 해라."

하고 글방에 보내고,

"막내는 몸이 튼튼하니 농사일을 해라."

하고 들에 보내.

그래서 막내는 형들이 글방에 가서 글공부하는 동안 들에 가서
일을 했어. 형들은 날마다 잘 차려입고 책 끼고 글방에 가서 공자

왈 맹자왈 하고, 막내는 날마다 흙 묻은 옷 입고 지게 지고 들에 가서 밭 갈고 김매는 거지. 그러느라고 까막눈이야. 낫 놓고 기역자도 몰라.

그러다가 글방 쉬는 날이 되면 계모가,

"형들은 눈이 밝으니 활쏘기나 해라."

하고 활터에 보내고,

"막내는 손이 빠르니 물고기를 잡아라."

하고 냇가에 보내.

그래서 막내는 형들이 활터에 가서 활을 쏘는 동안 냇가에 가서 물고기를 잡았어. 형들은 시시때때로 활 메고 화살 차고 활터에 가서 과녁 맞히고, 막내는 그때마다 반두 들고 통발 차고 냇가에 가서 물고기 잡는 거지. 그러느라고 무지렁이야. 활시위도 못 당겨.

그러다가 삼형제 다 나이가 들어서 형들이 이제 과거를 보러 가게 됐어. 먼저 문과 시험을 보러 가는데, 계모가 형들 둘만 보내고 막내는 안 보내. 그걸 보고 아버지가,

"어째서 첫째 둘째는 보내고 막내는 안 보내는 거요?"

하니까 계모가,

"막내는 어리석어서 형들 글방에 글공부하러 갈 때 저 혼자 들에 가서 흙이나 파며 놀았지 뭐요? 그래서 글을 모른답니다."

하거든. 그 말을 듣고 아버지가,

"그러면 형들 과거 보러 가는데 경마잡이라도 하게 딸려 보냅시다."

해서 막내도 따라가게 됐어.

형들은 잘 차려입고 말을 타고 가고, 막내는 흙 묻은 옷 입고 말 고삐 잡고 따라갔지.

과장에 가서 인제 저마다 자리를 잡고 앉았어. 형들은 널따란 데 좋은 자리 차지해서 앉고, 막내는 멀찌감치 울타리 밑에 쪼그리고 앉았지. 글제가 나오고 모두 글을 짓는데, 형들은 술술 글을 써나가지마는 막내는 글을 모르니 한 글자인들 쓸 수가 있어야지. 그냥 멀거니 앉아 있었지.

그러다가 해가 기울어 파장이 됐는데, 그때 마침 바람이 세게 불더니 글 지은 종이가 한 장 펄럭펄럭 날아오더래. 날아와서 울타리에 척 걸리는데, 한참 기다려도 찾으러 오는 사람도 없고 해서 막내가 그걸 갖다가 시관에게 냈어. 내니까 시관이,

"왜 시권에 이름을 안 썼느냐? 네 이름이 뭐냐?"
해서 얼떨결에 이름을 말해줬지. 그러니까 시관이 종이 끝에 이름석 자를 써서 다른 답안지와 함께 두더래.

그러고 나서 며칠 지나 방이 붙었는데, 아니 이게 웬일이야? 형들 둘은 떨어지고 막내가 떡하니 붙었네. 그것도 장원급제를 했어. 그때 바람에 날아온 걸 주워다 낸 게 참 잘 쓴 글이었던 모양이지. 어쨌거나 장원급제를 했으니 잘됐지 뭐야.

그러고 나서 얼마 뒤에 형들이 또 과거를 보러 가게 됐어. 이번에는 무과 시험이야. 그런데 이번에도 계모가 형들 둘만 보내고 막내는 안 보내. 그걸 보고 아버지가,

"어째서 첫째 둘째는 보내고 막내는 안 보내는 거요?"

하니까 계모가,

"막내는 게을러서 형들 활터에 활 쏘러 갈 때 저 혼자 냇가에 가서 고기나 잡으며 놀았지 뭐요? 그래서 활을 쏠 줄 모른답니다." 하거든. 그 말을 듣고 아버지가,

"그러면 형들 과거 보러 가는데 짐꾼이라도 하게 딸려 보냅시다." 해서 막내도 따라가게 됐어.

형들은 비단옷 입고 활을 메고 가고, 막내는 삼베옷 입고 무거운 짐을 짊어지고 갔지.

과장에 가서 인제 차례로 시험을 봤어. 먼저 형들이 활을 쏘았는데, 첫째는 다섯 발 중 한 발만 맞히고 둘째는 다섯 발 중 두 발만 맞혔어. 막내는 활을 한 번도 쏘아보지 않았으니 뭘 할 수 있는 게 있어야지. 그냥 뒷전에서 구경만 하고 있었지.

그러다가 인제 차례가 다 끝났어. 그런데 그 많은 사람들 가운데 다섯 발 쏴서 다섯 발 다 맞힌 사람이 없네. 장원이 없는 거야. 그때 시관이 막내를 보고,

"너는 왜 활을 안 쏘느냐? 한번 쏘아보아라." 하고 끌어내서 과녁 앞에 세우더니 활과 화살을 쥐여줘. 막내는 얼떨결에 활을 들고 시위를 당겼지. 그런데 뭘 어떻게 쏘는지 알아야 말이지. 그냥 잔뜩 시위만 당긴 채 가만히 서 있었어. 한참 동안 그러고 있으니 시관이,

"어서 쏘지 않고 뭘 하느냐?" 하고 팔을 툭 쳐. 그 바람에 화살이 시위를 떠나 '피융' 하고 날아갔어. 그런데 그때 마침 바람이 세게 불어서 화살이 방향을 틀더

니 과녁 한가운데에 척하니 맞지 뭐야?

그러고 나서 둘째 발을 쏘는데, 쏘자마자 또 바람이 불어서 화살이 과녁 한가운데에 척 꽂혀. 셋째 발도 그렇고 넷째 발도 그렇고 다섯째 발도 그래. 바람 덕분에 화살이 다 과녁 한가운데에 날아가 척 꽂혔거든. 그러니 다섯 발 중 다섯 발, 장원급제지.

이렇게 해서 막내는 문과 무과에 다 급제를 해서 벼슬을 받았어. 무슨 벼슬을 받았는고 하니 고을 원님 벼슬을 받았어. 바람 덕분에 과거에 급제해서 원님 됐다고 사람들이 다들 '바람 원님'이라고 했지.

그런데 바람 원님이 비록 글자 모르는 까막눈에 활 못 쏘는 무지렁이라도 고을을 어찌나 잘 다스리는지 백성들 칭찬이 온 산지사방에 짜하더래.

명의가 된 소금 장수

옛날에 한 소금 장수가 살았어. 소금 지게 짊어지고 온 사방 돌아다녔는데, 그렇게 다니다 보니 하루는 산에서 날이 저물었네. 산속이니 집도 없고 절도 없고, 하는 수 없이 한데서 그냥 잤어. 마침 무덤이 있어서 그 무덤가에 소금 지게를 세워놓고 잤지. 무덤가가 잔디도 있고 아늑해서 자기에 좋거든.

자다 보니 무덤에서 두런두런 얘기 소리가 들리지 뭐야. 가만히 귀를 기울여보니 무덤 주인이 얘기를 해. 무덤이 하나도 아니고 둘인데, 하나는 이쪽에 있고 하나는 저쪽에 있어. 그 무덤 주인끼리 얘기를 한단 말이지. 모습은 안 보이고 그냥 말소리만 들려. 그러니까 혼령이지.

"여보, 할멈. 오늘이 나 죽은 날이니 제삿밥이나 얻어먹으러 갑시다."

저쪽에서 그러니까,

"나는 오늘 손님이 들어서 못 가요. 영감 혼자서나 갔다 오오."

이쪽에서 이러는 거야. 가만히 보니까 둘이 부부인가 봐. 그리고 오늘이 마침 영감님 제삿날인가 봐. 그런데 소금 장수가 할머니 무덤가에 자고 있으니 할머니는 손님이 들어서 못 간다는 거지.

"그럼 나도 가지 말까?"

"안 되지요. 아이들이 제삿밥 떠놓고 기다릴 텐데."

그래서 영감님 혼령이 혼자서 제삿밥 얻어먹으러 갔어. 소금 장수는 참 이상한 일도 다 있다 하고 또 잠을 청했어. 잠이 얼핏 들었을까, 또 말소리가 들려. 바로 곁에서. 영감님이 이제 제삿밥을 다 얻어먹고 다시 무덤으로 돌아왔나 봐. 이번에도 모습은 안 보이고 말소리만 들려.

"그래, 잘 얻어먹고 왔소?"

이쪽에서 이러니까,

"말도 마오. 그놈들이 밥에다가 구렁이도 넣고 바윗돌도 넣어 놨지 않겠소? 아, 그런 밥을 나더러 먹으라고 내놓다니, 어찌나 속이 상하던지 손자 녀석을 끓는 물에 집어넣고 왔지."

저쪽에서 그러는 거야. 가만히 보니까 제삿밥에 머리카락도 들어가고 작은 돌도 들어갔던 모양이야. 제삿밥에 머리카락이 들어가면 혼령 눈에 구렁이로 뵈고, 작은 돌이 들어가면 혼령 눈에 큰 바윗돌로 뵌다 하거든.

"아무리 그래도 삼대 독자 귀한 손자를 끓는 물에 집어넣으면 어떡하오?"

　"그놈들이 몰라서 그렇지, 뒷산 바위 밑 해골바가지에 고인 노
란 물만 바르면 금세 나을 텐데……."

　소금 장수가 그 말을 새겨듣고, 이제 그날 밤에 잘 자고 이튿날
날이 밝아 일어났어. 무덤 앞에서,

　"하룻밤 잘 자고 갑니다."

하고 절을 두 번 하고는 산을 내려왔지. 내려오니 바로 마을이야.
이 집 저 집 기웃기웃하다 보니, 아닌 게 아니라 한 집이 아주 초
상집일세. 소금 지게 진 소금 장수를 보더니 식구들이,

　"집에 우환이 있어 넋이 다 빠졌는데 소금 사게 생겼소? 정신
사나우니 어서 나가시오."

하고 떠밀어내. 그래서 옳다, 이 집이다 하고 말을 붙였지.

　"이 댁 어린아이가 어젯밤 끓는 물에 데지 않았소?"

하니까 식구들이 다 놀라지.

　"그렇소. 그걸 어찌 알았단 말이오? 어젯밤 제사가 들었는데, 갑
자기 삼대 독자 어린 것이 끓는 국솥에 빠져서 온몸을 데었다오."

　그래서 간밤에 들은 얘길 해줬어. 혼령한테 들었다는 말은 안
하고 약 얘기만 했지.

　"내가 그런 데 쓰는 약을 좀 아니 내 말대로만 하시오. 지금 당
장 뒷산 바위 밑에 가면 해골바가지에 노란 물이 고여 있을 거요.
그 물을 가져와 덴 곳에 바르시오. 그러면 금세 나을 거요."

　그러니까 그 집 식구들이 긴가민가하면서도 그렇게 했어. 뭐 뾰
족한 수도 없으니 말이야. 지푸라기라도 잡을 형편이니 시키는 대

228

로 해야지 어째?

그래서 참 식구들이 뒷산에 가서 해골바가지 노란 물을 가져와 아이 몸에 발랐어. 아, 그랬더니 금세 낫더래. 언제 아팠느냐는 듯, 덴 곳도 낫고 앙앙 울던 아이도 울음을 뚝 그치더라는 거야. 그러니까 소금 장수는 뭐 은인이 됐지.

"아이고, 우리가 명의를 몰라봤습니다."

하고 대접이 아주 극진해. 그래서 며칠 대접 잘 받고 갔지.

그런데 이게 소문이 나서, 가는 곳마다 사람들이 아픈 사람 고쳐달라고 조르는 통에 소금 장수가 아주 난처하게 됐어. 명의도 아닌데 명의라고 소문이 났으니 말이야. 그래서 그 뒤로 소금 장수 그만두고 진짜 의술을 배웠는데, 아주 잘 배워서 나중에서는 정말로 명의가 됐다는 이야기야.

돌덩이와 금덩이

옛날에 어떤 부부가 살았
는데 참 가난했어. 아무리 일
을 해도 가난을 못 면해. 그래서
아궁이엔 풀이 나고 목구멍엔 거미줄을 치는 판이야.

한번은 동네 부잣집 노인이 환갑이 돼서 동네 사람들 다 모여
산치판이 벌어졌어. 이 부부도 일찌감치 들메끈 조이고 갔지. 가
난해서 굶느니 먹느니 하는 판이니 밥 한술이 아쉽거든. 잔칫집에
는 먹을 것이 많을 테니 가서 밥 한술 얻어먹자 하고 간 거야.

갔는데, 글쎄 잔칫집에서 밥을 안 줘. 다른 사람들한텐 밥도 주
고 떡도 주고 술도 주고, 한 상씩 푸짐하게 차려주면서 이 부부한텐
아무것도 안 주네. 가만히 보니까 가난하다고 괄시를 하는 거야.

다른 사람들은 다들 잔칫집에 올 때 뭐라도 하나씩 들고 오거

든. 닭도 잡아 오고 술도 빚어 오고, 하다못해 대추 몇 알이라도 들고 오는데 이 부부는 빈손으로 갔단 말이야. 들고 가려니 쥐뿔이나 있어야 들고 가지. 그냥 빈 입만 가지고 가니까 주인이 그만 푸대접을 하는 거지.

남들 먹고 노는 것 구경이나 하면서 쫄쫄 굶었지. 무슨 수가 있어? 하루 종일 구석에 앉아 그러고 있으니, 이제 저녁 어스름이 돼서 잔치가 파할 때쯤 돼서야 식은 밥 한 덩이를 주더래. 어지간히 불쌍해 보였던지 어쨌던지 밥 한 덩이 주기에 감지덕지로 얻었지. 그 바닥에 무슨 체면 차리겠어?

그래 밥 한 덩이를 얻어서 보자기에 싸서 들고 부부가 집으로 갔어. 집에 가서 먹으려고 말이야. 허둥지둥 가다가, 모퉁이를 딱 도는데 그만 남편이 돌부리를 차고 엎어졌네. 보자기를 들고 가다가 돌부리를 차고 푹 엎어지니까 밥이 다 쏟아졌지. 왕창 쏟아져서 좌르르 흩어지니까 흙에 섞여 못 먹게 된 거야.

그 꼴을 당하고 보니 참 억장이 무너지거든. 밥 한술 얻어먹으려고 잔칫집에 갔다가 푸대접받고 하루 종일 굶은 것만도 서러운데, 겨우 밥 한 덩이 얻어서 들고 오다가 엎어지는 바람에 그마저 다 쏟아버렸으니 이게 무슨 박복한 팔자냐 말이야. 하도 서러워서 둘이 그 자리에 주저앉아 엉엉 울었어.

실컷 울다가 생각해보니, 아 그놈의 돌부리가 참 괘씸하거든. 사람한테 괄시받았으면 돌멩이나 그러지 말아야지, 말 못하는 돌덩이까지 사람을 업신여기나 싶어서 속이 상한단 말이야. 그래 남편이 이웃집에 괭이를 얻어다가 그걸 파냈어.

"이놈의 돌을 파내서 아주 멀리 갖다 버려야지."

하고는 그걸 파내는데, 아 이것이 파면 팔수록 점점 커지네. 땅 위엔 그저 달걀만 한 것이 뾰족 솟아나왔더니, 땅속엔 절구통만 한 것이 펑퍼짐하게 들어앉아 있는 거야. 그런데 다 파내고 보니 그 돌덩이가 이상해. 빛이 번쩍번쩍 나더란 말이지.

"여보, 아무래도 이 돌덩이가 예사 돌덩이가 아닌 것 같소. 집에 가져갑시다."

하고서 둘이 그걸 들고 집에 왔어. 절구통만 한 걸 방 안에 갖다가 세워놓고 하루 보고 이틀 보고 하다가 아내가 남편더러 일렀지.

"여보, 이 돌을 짊어지고 장에 가서 팔아보시오."

"아, 그 돌덩이를 누가 산다고?"

"글쎄, 속는 셈치고 가져가서 팔아보시오. 누가 값을 물으면 그저 제값만 달라고 해보시오."

그래서 남편이 돌덩이를 짊어지고 장에 갔어. 가져가서 앞에 놓고 앉아 있으니 뭐 누가 거들떠나 보나? 종일 있어도 묻는 사람 하나 없더래. 하는 수 없이 그냥 짊어지고 왔지. 아내가,

"아직 임자를 못 만나 그러니 다음 장에 한 번 더 가져가 보시오."

해서 그다음 장에 또 가져갔어. 그래도 못 팔고, 그다음 장에 또 가져갔지. 가져가서 앞에 놓고 앉아 있으니, 하루해가 다 가고 파장 무렵이 되니까 갓 쓰고 도포 입은 한 사람이 와서 묻더래.

"그건 얼마 주면 팔 거요?"

그래서 아내가 시킨 대로 했지.

"아이, 그저 제값만 주면 팔지요."

그랬더니 지금은 돈이 없다면서 집으로 가자네. 그래서 따라갔지. 가니 커다란 기와집에 들어가는 그게 정승 집이야. 정승이 돌덩이 조각을 이리 보고 저리 보고 하더니,

"이게 천 년에 한 번 나온다는 생금덩이일세. 값을 매길 수 없는 물건이니, 뭐든지 바라는 걸 말해보게."

그래서,

"바라는 거야 그저 밥 안 굶고 사는 것이 바라는 거지요."

했어. 그랬더니 정승이 논문서에 밭문서에 돈과 곡식을 바리바리 싸주면서,

"이것이면 평생 밥은 배불리 먹고 살 걸세."

해서, 돌덩이를 팔았지.

그래서 그 뒤로는 참, 밥 한 끼 안 굶고 잘 먹고 잘 살았더란다.

개똥떡과 조 이삭

옛날에 한 농사꾼이 살았
는데 가난했어. 자기 땅도 없
어서 남의 땅이나 부쳐 먹고, 번듯
한 집 한 채 없어서 다 쓰러져가는 오막살이에 살고, 이랬어. 그러
다 보니 허구한 날 가난을 못 면해. 아무리 부지런히 일을 해도 굶
느니 먹느니 하는 지경이야.

한번은 이 사람이 길을 가다가 녹슨 말편자 하나를 주웠네.

"주운 편자 버릴까? 낫이나 벼리자."

하고, 그걸 대장간에 가져가서 낫을 벼렸어. 그러고 나니 새 낫이
하나 생겼거든.

"벼린 낫 버릴까? 버들이나 베자."

하고, 그 낫으로 버들가지를 베었어. 그러고 나니 부들부들한 버

들가지가 많이 생겼거든.

"벤 버들 버릴까? 삼태기나 엮자."

하고, 버들가지로 삼태기를 엮었어. 그러고 나니 큰 버들삼태기가
하나 생겼거든.

"엮은 삼태기 버릴까? 개똥이나 주워보자."

하고, 온 동네 다니면서 개똥을 많이 주워 삼태기에 담았어. 그러
고 보니 개똥이 삼태기에 하나 가득 생겼거든.

"주운 개똥 버릴까? 떡이나 만들자."

하고, 그 개똥으로 떡을 만들었어. 말리고 부숴서 물 붓고 반죽해
서 솥에 넣고 쪘지. 가난하니까 쌀이 있나, 팥이 있나. 쌀이 있어
야 쌀가루를 만들고 팥이 있어야 팥고물을 만들지. 아무것도 없으
니까 그냥 개똥으로 떡을 빚어 솥에 넣고 찐 거야. 그러니까 개똥
떡이 됐지.

그 개똥떡을 온 동네 집집마다 하나씩 돌렸어. 그동안 가난해서
남의 집에 떡 하나 못 돌리고 신세만 지고 살았거든. 그래 그 보답
을 하느라고 집집마다 빠짐없이 다 돌렸네.

그래놓으니 온 동네에 난리가 났어. 집집마다 할아버지 할머니
가 먼저 개똥떡 한 입 베어 물고는,

"이키, 그 떡 냄새 한번 고약하다."

하고 퉤퉤 뱉고 내던지지. 그러면 그걸 아버지 어머니가 주워서
한 입 베어 물고는,

"에그, 이 떡 냄새 한번 요상하다."

하고 퉤퉤 뱉고 내던져. 그러면 그걸 아이들이 주워서 한 입 베어

물고는,

"아유, 요 떡 냄새 한번 구리구나."

하고 퉤퉤 뱉고 내던지는 거야.

이렇게 집집마다 개똥떡을 내던져 놓으니 온 동네 사립문 밖에 개똥떡이 수북해.

그걸 보고 개똥떡 만든 농사꾼이 온 동네를 돌아다니며 먹다 버린 개똥떡을 다 주워 모았어. 다 주워 모아서 삼태기에 담아다가 자기 집 마당에 수북하게 쌓았지.

그러고 나서 그 개똥 무더기에다 좁쌀 한 알을 심었어. 가난한 탓에 뒤주에 남은 곡식이라고는 좁쌀 한 알뿐이어서 그걸 심었지.

그랬더니 한참 뒤에 거기서 조 한 포기가 나오더래. 조 한 포기가 나와서 쑥쑥 자라는데, 어찌나 잘 자라는지 하루 만에 정강이까지 자라고, 이틀 만에 배꼽까지 자라고, 사흘 만에 어깨까지 자라더니, 이레가 지나니까 동구나무만 하게 자랐어.

그 동구나무만 한 조나무에 조 이삭이 딱 하나만 달렸지. 그런데 그 이삭이 얼마나 큰지 홍두깨만 하더래. 사람이 들어도 한 짐, 메도 한 짐, 져도 한 짐이야.

"이걸 어떻게 한다? 옳지, 임금님께 바쳐야겠다."

하고, 농사꾼이 그걸 메고 집을 떠나 서울로 갔어.

서울 가는 길에 고개를 하나 넘다가, 다리가 아파 고갯마루에서 쉬었어. 쉬다가 그만 선잠이 깜박 들었네. 깜박 자고 일어나 보니, 아 그새 옆에 둔 조 이삭이 허전해졌어. 낟알은 다 떨어지고 빈 쭉정이만 남았단 말이야. 가만히 보니 참새 떼가 날아와서 조 낟알을 다 쪼아 먹은 거야.

"이놈의 참새들, 내 조를 내놓아라."

하고 참새들을 쫓아갔지. 쫓아가면 참새들은 포르르 날아 이 나뭇
가지에 앉고, 또 쫓아가면 포르르 날아 저 나뭇가지에 앉고, 그러
면 또 따라갔지. 따라가면 참새들은 포르르 날아 이 바위 위에 앉
고, 또 따라가면 포르르 날아 저 바위 위에 앉고, 그렇게 자꾸 참
새들을 따라가다 보니 날이 저물었어.

산속에서 날이 저물어 잘 곳을 찾는데, 마침 길가에 다 쓰러져
가는 오막살이 초가집이 한 채 있데.

"옳지, 오늘은 여기서 자고 가야겠다."

하고 그 집에 들어갔지. 들어가 보니 빈집이어서 그냥 드러누워
잤어. 막 잠이 들려는데 밖에서 '우지끈 뚝딱' 요란한 소리가 나더
니 무엇이 잔뜩 몰려와. 얼른 일어나 벽장에 들어가 숨었지. 숨어
서 벽장 문틈으로 가만히 내다보니, 아 그것들이 죄다 도깨비들이
야. 털북숭이 도깨비들이 큰 놈, 작은 놈, 뚱뚱한 놈, 여원 놈 할 것
없이 여러 마리 몰려 들어와서는 저희들끼리 판을 벌이고 놀아.

춤추고 노래하고 먹고 장난하고 한참 놀더니 얘기판이 벌어졌어.

"모두 오늘 본 걸 얘기해봐라."

대장 도깨비가 그러니까 한 도깨비가,

"얘들아, 나는 오늘 웬 농사꾼이 홍두깨만 한 조 이삭 둘러메고
가는 것 봤다."

그러더래. 그러니까 다른 도깨비들도 한마디씩 거드느라고 시끌
벅적 와글와글 야단이 났어.

"나는 그 조 이삭을 참새 떼가 다 쪼아 먹는 것도 봤다."

"나는 그 참새 떼가 농사꾼에게 쫓겨 도망가는 것도 봤다."

하더니,

"나는 그 참새 떼가 산신령님한테 혼나는 것도 봤다."

하거든.

"그래서?"

"남이 애써 농사지은 걸 훔쳐 먹었다고 산신령님이 참새 종아리를 때리면서 먹은 걸 다 게워내라고 하더라."

"그래서?"

"참새들이 종아리를 맞고 팔짝팔짝 뛰면서 먹은 걸 다 게워내더라."

"그래서?"

"산신령님이 참새들 게워낸 걸 다 금싸라기로 만들어서 요 아래 물웅덩이에 던져 넣더라."

그렇게 얘기판을 벌이고 놀더니 새벽녘이 되니까 어디론가 우르르 가버리더래.

농사꾼은 날이 밝자마자 그 집에서 나와 산 아래 물웅덩이에 가 보았어. 가 보니 참말로 웅덩이 금싸라기가 소복하게 들었더래. 그걸 주워 가지고 돌아왔지.

돌아와서 금싸라기 팔아 논 사고 밭 사고 해서 잘 살았더란다.

구봉탕과 쌍룡수

옛날 어느 집에 세 식구가 살았어. 아
버지 어머니하고 외아들, 이렇게 세 식구
가 살았는데 아버지가 시름시름 앓다가 먼저 세상을 떴어. 그러니
어머니하고 아들 하나, 이렇게 두 식구만 남게 됐지.

그런데 참 운이 나쁘려니 어머니까지 덜컥 병에 걸렸어. 그것도
두 가지나. 어떤 병 어떤 병인고 하니 눈병에다 다릿병이야. 처음
엔 눈이 침침하더니 두 눈이 덜컥 멀고, 그다음엔 오금이 저릿저
릿하더니 두 다리가 그만 붙어버렸어. 그러니까 소경에다 앉은뱅
이가 된 거야.

어머니가 소경에다 앉은뱅이가 되고 보니 아들이 참 마음이 아
프거든. 어떻게 해서든지 어머니 병을 고쳐주고 싶단 말이야. 그
래서 온 데 돌아다니며 귀동냥을 했어. 병 잘 고치는 용한 의원이

있는지, 있으면 어디에 있는지.

그렇게 돌아다니며 귀동냥을 하다가 한 군데를 가니까 참 귀가 번쩍 뜨이는 소리가 들리네. 강원도 산골 어느 마을에 가면 용한 의원이 있는데 무슨 병이든 다 고친다는 거야. 얼마나 반가운지, 당장에 곳은 어디고 사람은 누구인지 소상하게 물어서 알아가지고 왔지.

집에 와서 이제 어머니를 들쳐 업고 나갔어. 의원을 찾아서. 어머니는 앞도 못 보고 걷지도 못하니까 들쳐 업고 가야지. 묻고 물어서 몇 날 며칠 만에 강원도 산골 용하다는 의원 집을 찾아갔어. 찾아가서 사정을 했지.

"의원님, 의원님. 보시다시피 우리 어머니가 갑자기 몹쓸 병에 걸려 눈도 멀고 다리도 붙었습니다. 부디 고쳐주십시오."

그랬더니 의원이 가만히 보고 나서는 쓰다 달다 말이 없어. 고친다 못 고친다 한마디 말도 없이 그냥 왼고개를 싹 트는 거야. 그러더니 내처 이쪽은 거들떠보지도 않고 딴 일만 해. 남들은 오면 맥도 짚고 약도 주고 하면서 이쪽은 하루 종일 기다려도 눈길 한 번안 줘. 그래서 아들이 그만 화가 났어.

"저 의원이 우리 행색이 초라하다고 괄시를 하나 보다. 에잇, 그러면 안 보이고 말지."

하고는 어머니를 들쳐 업고 그 집을 나왔어. 나와서는 터덜터덜 집으로 돌아갔지.

가다가 고개 하나를 넘게 됐는데, 넘다 보니 무척 힘이 드는 거야. 어머니 업고 먼 길 걷느라고 다리도 아프고 땀도 나고, 그러는 판이거든. 그래서 고갯마루에 앉아 잠깐 쉬었어.

쉬다 보니 어머니가 배가 고프다네.

"아이고, 얘야. 배고파 죽겠구나. 뭐라도 한입 먹었으면 원이 없겠다."

그래서 아들이 먹을 것을 구하러 나섰어. 한참 돌아다니다 보니 숲 속에서 웬 까투리 한 마리가 꺼병이 여러 마리를 데리고 지나가 더래. 꺼병이가 모두 아홉 마리인데, 그중 끄트머리에 따라가던 한 마리가 어찌된 일인지 비틀비틀하다가 그만 쓰러져 죽어버리네.

절로 죽은 날짐승이라 좀 꺼림칙하긴 했지만 달리 구할 것도 없어서 그걸 주워 들고 왔어. 와서는 고았지. 솥이 있어 뭐가 있어? 그냥 우묵한 돌 하나 받치고 물 붓고 나뭇가지 주워 모아 불을 지펴 고았어. 푹 고아서 어머니께 드렸지.

아, 그런데 어머니가 그걸 먹고는,

"아이고, 얘야. 이게 웬일이냐? 내 눈이 보인다."

하는데, 가만히 보니까 정말로 어머니 눈이 환하게 떠졌네. 참 신기한 일이지.

아들은 좋아라 하며 어머니를 또 들쳐 업고 갔어. 눈은 밝아졌지만 다리는 아직 안 떨어졌으니 업고 가야지 어째.

그렇게 어머니를 업고 가다가 또 고개 하나를 넘게 됐어. 고개를 넘다 보니 또 다리도 아프고 땀도 나고 해서 고갯마루에 앉아 잠깐 쉬었지.

쉬다 보니 어머니가 목이 마르다네.

"아이고, 얘야. 목말라 죽겠구나. 물 한 모금만 마셨으면 원이 없겠다."

그래서 아들이 물을 구하러 갔어. 산속 여기저기 헤매면서 샘을 찾는데, 아무리 찾아도 없네. 도무지 물이라고는 한 방울도 구경을 할 수가 없어.

낙심을 하고 돌아오다 보니 마침 바위 밑에 무엇이 하얗고 둥그스름한 게 있더래. 가까이 가 보니 해골바가지인데, 그 속에 물이 조금 고여 있어. 그런데 그 물속에 커다란 지렁이 두 마리가 들어 있지 뭐야. 해골바가지만 해도 그런데 지렁이까지 들었으니 꺼림칙하기 짝이 없지. 그래도 어떡해? 달리 물을 구할 길도 없고 해서 그걸 나뭇잎에 떠 가지고 가서 어머니께 드렸어.

아, 그런데 어머니가 그 물을 마시고는,

"아이고, 애야. 이게 웬일이냐? 내 다리가 떨어졌다."

하는데, 가만히 보니까 정말로 어머니 다리가 뚝 떨어졌어. 걸을 수 있게 된 거야. 그 얼마나 신기해?

이제 어머니 병을 다 고쳤으니 걱정 없지. 눈도 밝아졌겠다, 다리도 떨어졌겠다, 걱정할 게 뭐야. 둘이서 춤을 추며 걸어갔지. 걸어서 집에 다 갔어.

집에 가서 아들이 그날부터 글공부를 부지런히 했어. 삼 년 동안 글공부를 해서 과거를 봤는데 턱 하니 붙었네. 그래서 원님이 돼서 강원도에 갔어.

강원도에 원님이 돼 가서는, 곧바로 사령들을 시켜 그때 그 의원을 잡아 오라 했어.

"어느 산골에 가면 용하다는 의원이 있을 것인즉, 두말 말고 잡아 오너라."

그래서 의원이 잡혀 왔어. 잡아다 놓고 문초를 했지.

"당신은 삼 년 전 찾아온 소경 앉은뱅이 어머니와 아들을 기억하는가?"

"예, 기억합니다."

"그때 왜 그 사람들을 하루 종일 거들떠도 안 보았는가? 사람을 그리 괄시하고서야 어찌 인술을 베푼다 하겠는가?"

서릿발 같이 호령을 하니 그 의원이 대답하기를,

"그땐 그럴 만한 사정이 있어서 그랬습니다."

이러거든.

"사정이라니 어떤 사정?"

"그 눈병에는 구봉탕을 먹어야 낫고 그 다릿병에는 쌍룡수를 먹어야 낫는데, 둘 다 인간 세상에서는 구할 수가 없는 약이어서 그랬습니다."

"인간 세상에서 구할 수 없다니?"

"구봉탕이란 봉황 아홉 마리 가운데 막내 한 마리를 고아 만든 약이고, 쌍룡수란 백록담에 두 마리 용이 놀 때 뜬 물을 일컫는데, 그것을 어찌 인간 세상에서 구하겠습니까? 구할 수 없는 약을 가르쳐주느니 차라리 모르는 척하는 게 나을 것 같아서 말을 안 한 것입니다."

의원 말을 듣고서 가만히 생각해보니 참 그럴싸하더래. 그때 고개를 넘다가 꿩병이 아홉 마리 중 끄트머리 한 마리가 죽어서 그걸 고았으니 봉황 아홉 마리 가운데 막내 한 마리를 곤 거나 다름

없고, 또 그다음 고개에서는 해골바가지에 지렁이 두 마리가 들어
있는 물을 떴으니 백록담에 두 마리 용이 놀 때 뜬 물이나 다름없
단 말이야. 그게 바로 구봉탕과 쌍룡수였던 게지. 그래서,

"듣고 보니 당신 말이 맞구려. 내 운이 좋아 어머니 병을 고쳤던
게요."

하고는 그 의원을 잘 대접해서 보냈대. 생각할수록 참 신통한 일
이지 뭐야.

제4부

세태와 교훈

장승이 준 삼백 냥

암행어사 박문수 알지? 그 박문수가 거지꼴을 해가지고 여기저기 돌아다닐 때 이야기야. 하루는 날이 저물어서 주막에 들었는데, 봉놋방에 턱 들어가 보니까 웬 거지가 큰대자로 퍼지르고 누워 있어. 사람이 들어와도 본 체 만 체하고 드러누웠거든. 저녁밥을 한 상 시켰는데, 밥상이 들어와도 그대로 누워 있더란 말이지.

"거, 댁은 저녁밥을 드셨우?"

혼자 밥을 먹기가 안되어서 인사치레로 물어봤더니,

"아, 돈이 있어야 밥을 사 먹지."

하면서 그냥 뻗어 있지 뭐야. 그래 밥을 한 상 더 시켜다 먹으라고 줬어. 그 이튿날 아침에도 밥을 한 상 더 시켜다 주니까 거지가 먹

고 나서 하는 말이,

"보아하니 댁도 거지고 나도 거진데, 이럴 게 아니라 같이 다니면서 빌어먹는 게 어떻소?"

한단 말이야. 하기는 박문수도 영락없는 거지꼴이니 그런 말 할 만도 하지. 그래서 그날부터 둘이 같이 다녔어.

한 군데를 턱 가니까 제법 큰 동네가 있는데, 그때 마침 소나기가 막 쏟아졌어. 그러니까 거지가 박문수를 데리고 그 동네에서 제일 큰 기와집으로 썩 들어가더란 말이야. 비도 피하고 밥도 빌어먹으려고 그러나 보다 했는데, 그게 아니야. 썩 들어가서 다짜고짜 한다는 말이,

"이 댁 안방마님 좀 뵙자고 여쭈어라."

하거든. 안에서 안주인이 나오니까,

"지금 이 댁 식구 세 사람 목숨이 위태롭게 됐으니 잔말 말고 나 시키는 대로만 하시오."

아, 이런단 말이야. 안주인이 놀라서 어떡하면 되느냐고 물으니,

"지금 당장 마당에 멍석 깔고 머리 풀고 곡을 하시오."

하는 거야. 안 그러면 세 사람이 죽는다는데 어째. 멍석 깔고 머리 풀고 아이고 아이고 곡을 했지.

그때 마침 이 집 남편은 어디에 갔는고 하니 머슴 둘을 데리고 뒷산에 나무를 베러 갔어. 저희 어머니가 나이 아흔인데 언제 죽을지 모르니까 미리 관목이나 장만해놓는다고 갔거든. 그래 나무를 베는데 갑자기 소나기가 오니까 비를 피한다고 큰 바위 밑에 들어가 있었단 말이야. 그때 저 아래서 아이고 아이고 곡소리가

들리니까 목을 빼고 내려다볼 것 아니야? 내려다보니 자기 마누라가 머리 풀고 곡을 하고 있거든.

"이키, 우리 어머니가 돌아가셨나 보다. 얘들아, 어서 내려가자."

머슴 둘을 데리고 부리나케 내려왔지. 막 내려오는데 뒤에서 바위가 쿵 하고 무너지더란 말이야. 그때 안 내려왔으면 세 사람이 바위에 깔려서 다 죽었지.

남편이 헐레벌떡 내려와 이야기를 들어보니 일이 어떻게 된 건지 알겠거든. 거지한테 절을 열두 번도 더 하면서, 은인이라고 대접이 극진해.

"우리 세 사람 목숨을 살려주셨으니 무엇으로 보답하면 좋겠소? 내 재산을 다 달란대도 내놓으리다."

"아, 정 그러면 돈 백 냥만 주구려."

그래서 돈 백 냥을 받았어. 받아서는 대뜸 박문수를 줘.

"이거 잘 간수해두오. 앞으로 쓸 데가 있을 테니."

아, 박문수가 가만히 보니 이 거지가 예사 사람이 아니거든. 시키는 대로 돈 백 냥을 받아서 속주머니에 잘 넣어뒀어.

그러고 나서 또 길을 떠났지. 며칠 지나서 어떤 마을에 가게 됐는데, 그 동네 큰 기와집에서 온 식구가 울고불고 난리가 났어. 거지가 박문수를 데리고 그 집으로 쓱 들어가네.

"이 댁에 무슨 일이 있기에 이리 슬피 우시오?"

"우리 집에 칠대 독자 귀한 아들이 있는데, 이 아이가 병이 들어 죽어가니 어찌 안 울겠소?"

"어디 내가 한번 봅시다."

거지가 그 집에 들어가는데, 병든 아이가 누워 있는 곳은 거들 떠보지도 않고 딴 방으로 들어가. 사랑채로 들어가 턱 하니 앉아서 주인더러 하는 말이,

"아이 손목에 실을 매어서 그 끄트머리를 가져오시오."

하거든. 주인이 가만히 생각해보니, 이 뭐 땟국물이 주르르 흐르는 거지 주제에 진맥을 한다는 게 실 끄트머리로 한다니 믿어지지 않거든. 이게 정말로 알고 이러나 모르고 이러나 시험하노라고 목침에다 실을 매어 그 끄트머리를 가져다줬어. 그랬더니 실을 한번 만져보고는,

"이런 고약한 일이 있나. 아 손목에다 실을 매어 오랬지 누가 나무에다 매어 오랬소?"

하고 야단을 쳐. 그제야 주인이 이키, 이거 참 용한 의원이 왔구나 싶어서 얼른 아이 손목에다 실을 매어 가지고 왔어. 거지가 실 끄트머리를 한번 만져보더니,

"뭐 별것도 아니구나. 거 바람벽에서 흙을 한줌 떼어 오시오."

하거든. 바람벽에 붙은 흙을 한줌 떼어다 주니까 동글동글하게 환약을 짓는데 딱 세 개를 지어.

"이걸 갖다가 하나씩 차례로 먹이면 나을 거요."

주인이 약을 받아서 아이한테 먹이니까, 아 다 죽어가던 아이가 눈을 부스스 뜨더란 말이지. 또 하나를 먹이니까 슬그머니 일어나 앉고, 나머지 하나를 먹이니까 그만 벌떡 일어나서 뛰어다니며 놀지 뭐야. 거 참 신통하지.

이래 놓으니 주인이 그만 감복을 해서 절을 열두 번도 더 해.

"칠대 독자 귀한 아들 목숨을 살려주셨으니 내 재산을 다 달란 대도 드리리다."

"아, 그런 건 필요 없고 돈 백 냥만 주구려."

이렇게 해서 또 백 냥을 얻었어. 백 냥을 받아서 다시 박문수를 줘.

"잘 간수해두오. 앞으로 쓸데가 있을 거요."

박문수가 돈을 받아서 속주머니에 잘 넣어뒀어.

그러고 나서 또 갔지. 며칠 가다가 보니 큰 산 밑에 사람들이 많이 모여 있어. 구름차일을 쳐놓고 갓 쓴 선비들이 왔다 갔다 하는데, 가만히 보니 웬 행세깨나 하는 집에서 장사 지내는 것 같단 말이야.

"우리 저기 가서 장사 구경이나 하고 갑시다."

거지가 박문수를 이끌고 장사 지내는 곳에 가서 기웃기웃 구경하고 다니더니, 마침 하관을 끝내고 봉분을 짓는 데 가서,

"에이, 거 송장도 없는 무덤에다 무슨 짓을 해?"

하고 마구 소리를 치네. 일하던 사람들이 들어보니 참 기가 막히거든. 꾀죄죄한 거지 하나가 대감댁 장사 지내는 데 와서 송장이 없다고 소리를 질러대니 기가 막히지 안 막혀?

"네 이놈, 그게 무슨 방정맞은 소리냐? 그래, 이 무덤 속에 송장이 없다는 말이냐?"

"없기에 없다고 하지, 있는데 없다고 하겠소?"

"이놈, 무덤 속에 송장이 있으면 어떡할 테냐?"

"아, 그럼 내 목을 베시오. 그렇지만 내 말이 맞으면 돈 백 냥을

내놓으시오."

"그래, 좋다."

일꾼들이 달려들어 무덤을 파헤쳐 보니, 참 귀신이 곡할 노릇으로 송장 든 관이 없네. 일이 이렇게 되니 상주들이 엎드려 손이 발이 되도록 빌지.

"아이고, 도사님. 제발 우리 아버지 송장 좀 찾아주십시오."

"내가 그걸 찾아주려고 온 사람이오. 염려 말고 북쪽으로 석 자 세 치 떨어진 곳을 파보시오."

북쪽으로 석 자 세 치 떨어진 곳을 파보니, 아닌 게 아니라 거기에 관이 턱 묻혀 있지 뭐야.

"대관절 이게 어떻게 된 일입니까?"

"여기가 명당은 천하명당인데 도둑혈이라서 그렇소. 지금 묻혀 있는 곳에 무덤을 쓰면 복 받을 거요."

이렇게 해서 무사히 장사를 지내고 나니, 상주들이 고맙다고 절을 열두 번도 더 해.

"묏자리를 이렇게 잘 보아주셨으니 우리 재산을 다 달란대도 내놓겠습니다."

"아, 그런 건 필요 없으니 약속대로 돈 백 냥만 주구려."

그래서 또 돈 백 냥을 받았어. 받아가지고는 또 박문수를 줘.

"이것도 잘 간수해두오. 반드시 쓸데가 있을 거요."

박문수는 그 돈도 속주머니에 잘 넣어뒀어.

그러고 나서 또 가는데, 거기는 산중이라서 한참을 가도 사람 사는 마을이 없어. 그런 산중에서 갑자기 거지가,

"자, 이제 우리는 여기서 그만 헤어져야 되겠소."

하거든.

"아, 이 산중에서 헤어지면 나는 어떡하란 말이오?"

"염려 말고 이 길로 쭉 올라가시오. 가다가 보면 사람을 만나게 될 거요."

그러고는 그만 홀쩍 가버리는데, 어디로 갔는지도 몰라. 연기같이 사라져버렸어. 박문수는 할 수 없이 혼자서 갔지.

꼬불꼬불한 고갯길을 한참 동안 올라가니까 고갯마루에 장승 하나가 떡 버티고 섰는데, 그 앞에서 웬 처녀가 물을 한 그릇 떠다 놓고 빌고 있더래.

"장승님 장승님, 영험하신 장승님. 우리 아버지 백일 정성도 오늘이 마지막입니다. 돈 삼백 냥 때문에 관청에서 내일 아버지 목을 벤다니 한시 바삐 한시 바삐 살려줍시오. 비나이다 비나이다."

이렇게 비는데, 그 정성이 참 딱하더란 말이지. 그래 박문수가 가서 무슨 일로 이렇게 비느냐고 물어봤어. 처녀가 울면서 하는 말이,

"우리 아버지가 관청에서 일하는 심부름꾼이온데, 심부름 중에 나랏돈 삼백 냥을 잃어버렸습니다. 내일까지 돈 삼백 냥을 관청에 갖다 바치지 않으면 아버지 목을 벤다는데, 돈을 구할 길이 없어 여기서 백일 정성을 드리고 있는 중입니다."

하거든. 박문수가 그 말을 듣고 가만히 생각해보니, 아 거지가 마련해준 돈 삼백 냥이 자기 속주머니에 들어 있단 말이야. 반드시 쓸 데가 있으리라 하더니 이를 두고 한 말이로구나 생각하고 돈

삼백 냥을 꺼내어 처녀한테 줬지.

"자, 아무 염려 말고 이것으로 아버지 목숨을 구하시오."

이렇게 해서 애매한 목숨을 구하게 됐는데, 또 하나 놀랄 일이 있어. 무슨 일인고 하니, 그 처녀가 빌던 장승 말이야. 그게 나무로 만든 것이지마는 가만히 살펴보니 그 얼굴이 어디서 많이 본 얼굴이더래. 응? 어디서 봤느냐고? 아까까지 같이 다니던 그 거지 있잖아. 그 사람 얼굴을 쏙 빼다 박았더라나.

백정 삼촌이 된 어사

암행어사 박문수 이야기 하
나 더 하지. 한번은 박문수 어사가
경상도로 내려가다가 어느 산골 마을을 지나게 됐어. 마침 장마가
져서 길이 질척질척한데, 그 질척질척한 길에 웬 사람이 삿자리를
깔고 있더래. 삿자리라고 하는 것은 방이나 마루에 까는 것인데,
그걸 길바닥에 깔고 있으니 이상도 하지. 그래서 물어봤어.

"여보시오. 왜 길에다 삿자리를 깔고 있소?"

"예, 소인은 광주리 만들고 자리 엮는 백정이옵니다. 이 길로 노
인들이 많이 다니시는데 그분들이 발을 적시지 않고 편히 다니라
고 이렇게 하고 있습니다."

"아, 그러면 넓적한 돌을 깔지 그러오? 돌을 밟고 다니면 더 편
할 텐데."

"예, 소인도 그 생각을 안 해본 것은 아니오나 돌을 깔면 행여 흙 속에 사는 벌레들이 다칠까 하여 그럽니다."

박문수가 들어보니 그 뜻이 참 갸륵하거든. 노인들 위하는 것만 해도 가상한데, 흙 속에 사는 벌레까지 가엾게 여기니 세상에 이런 사람이 어디 흔한가. 그래 속으로 감복을 하고, 이 사람을 좀 도와주어야겠다고 생각했어. 그래서 몇 가지 더 물어봤지.

"소원이 있으면 어디 말해보구려. 내 비록 거지나 다름없는 형편이지마는 혹 도울 일이 있을지 누가 아오?"

"고마운 말씀이십니다. 소인 미천한 몸이나 밤낮으로 광주리 만들고 자리 엮어 팔아먹고 살 만하니 무엇을 더 바라겠습니까? 다만 한 가지 서러운 일이 있다면 고을 양반님네 등쌀에 볼기가 남아나지 않는 것이지요."

옛날에 양반이라고 하는 사람들이 백정을 어디 사람 취급했던가. 게다가 먹고살 만한 백정이라면 무슨 꼬투리를 잡아서라도 잡아다 볼기를 쳐서 쥐어짜는 게 양반 심보 아닌가. 박문수가 그 말을 듣고 문득 한 가지 꾀를 냈어. 그래 백정더러 가만히 일렀지.

"아무 말 말고 내 시키는 대로만 하시오. 내일 날이 밝는 대로 이 고을 관아로 가되, 문지기가 막으면 다른 말 말고 삼촌을 만나러 왔다고만 하시오."

그래놓고 박문수는 그길로 그 고을 관아로 갔어. 가서 마패를 턱 내놨지. 암행어사가 왔으니 어떻게 되겠나. 온 고을 벼슬아치들과 양반들이 줄줄이 몰려들어 인사를 한답시고 난리법석을 떨게 아닌가.

이튿날 날이 밝으니까 아닌 게 아니라 밖이 시끄럽거든. 무슨 일로 이리 소란이냐고 물으니 문지기가 달려와서 하는 말이,

"아, 어떤 미친놈이 삼촌을 만나러 왔다고 해서 쫓아내느라 그럽니다."

하거든. 박문수가 그 말을 듣고 부러 놀라는 체하면서 버선발로 달려 나갔어. 나가 보니 어제 만난 그 백정이 와 있겠지.

"아이고, 이게 누군가. 어릴 때 헤어진 조카가 아닌가. 이 사람아, 그래 얼마나 고생이 많았나. 자네 피를 속이고 사느라고 더 고생했을 테지."

두 손을 부여잡고 눈물을 흘리며 법석을 떠니까, 이건 뭐 귀신이라도 감쪽같이 속아 넘어가지 별 수가 있나. 그동안 백정을 못 살게 굴던 양반들은 행여 잘못이 들통 날까 안절부절못하고, 암행어사 조카를 몰라뵈었다고 굽실굽실하지.

이렇게 해서 그 뒤로 이 착한 백정은 고을 양반들에게 기를 펴고 잘 살았더래. 아 암행어사가 자기 삼촌이라는데 누가 함부로 건드리겠어?

백정 삼촌이 된 어사

효자 만든 금반지

요새 어디 진짜 효자 효부가 그리 흔한가? 부모가 늙어서 천덕꾸러기가 되면 제대로 봉양이야 하건 말건 곁에나 두고 살면 그게 효자요 효부지 뭐 별게 있나? 숫제 갖다 버리지만 않으면 어쨌든지 효자 효부 소릴 듣는단 말이거든. 옛날에도 부모한테 효도하기는 쉽지 않았던지, 이런 이야기도 있어.

옛날 어느 곳에 한 과수댁이 아들 삼형제를 두고 살았어. 젊어서 남편을 여의고 홀몸으로 뼈가 휘도록 일해서 아들 삼형제를 다 번듯하게 키웠지. 그렇게 키워서 장가보내 며느리도 봤어. 며느리 셋을 보고 손자 손녀까지 보는 동안에 나이를 먹고 기운은 빠졌지. 이렇게 되니 아들 며느리가 점점 괄시하기 시작하더란 말이지. 이리저리 쓰레기마냥 내돌리고 밥도 제대로 안 주고, 이러거든. 아, 늙은이가 괄시받고 먹을 것 제대로 못 얻어먹으면 어떻게되나? 그 뭐 뻔한 거지. 병이 난단 말이야. 그만 병을 얻어 몸져누웠네. 그러니 아들 며느리 괄시가 더 심해져. 무슨 몹쓸 버러지라도 되는 듯이 아주 박대를 하다가 나중에는 아예 혼자 내버려두고삼형제가 다 세간을 나버렸어. 다 나가버렸단 말이야.

이래서 어머니는 혼자 남게 됐어. 참 신세가 처량하게 된 거지.병든 몸으로 혼자서 어찌어찌 보리죽이나 끓여 먹으면서 겨우겨우 목숨만 부지하고 사는 거야. 아들 며느리라고 있는 것은 코빼기도 안 뵈다가 보름 만에 한 번, 한 달 만에 한 번, 그저 죽었나 살았나 비쭉 들여다보고는 가버리는 게 다거든.

그렇게 사는데, 하루는 스님이 동냥을 왔어. 사는 꼴이야 말이아니지마는 이렇게라도 목숨 부지하고 사는 게 다 부처님 덕이다싶어서 엉금엉금 기다시피 나가 보리쌀 남은 것 한 됫박 퍼내 줬지. 그랬더니 스님이 혀를 끌끌 차면서 묻겠지.

"그런 몸으로 어찌 혼자 사십니까? 자제들은 없나요?"

"아들 며느리 삼형제가 있습니다마는 저희들 살기 바쁜데 이늙은 것 돌볼 틈이나 있겠어요? 나야 이렇게 사는 게 도리어 편하답니다."

그 말을 듣고 스님이 한참 동안 궁리를 하더니, 바랑에서 금반지를 하나 꺼내주더래. 번쩍번쩍 빛이 나는 게 제법 값나가는 반지인 듯한데 그걸 내주면서,

"이것은 저 건넛마을 장자 댁에서 시주받은 물건이온데, 병을

효자 만든 금반지

고칠 방도가 여기에 있는 듯하니 사양 말고 받으십시오. 받아서 꼭 손가락에 끼고 계셔야 합니다."

하거든. 안 받으려고 해도 억지로 맡기고 가버리니 어떻게 해. 병을 고칠 방도가 있다는 말도 들은지라 스님 말대로 금반지를 손가락에 꼈지.

그러고 나서 한 며칠 지났는데, 하루는 큰아들 내외가 찾아왔어. 죽었는지 살았는지 보려고 왔겠지 뭐. 그런데 어머니 손가락에 못 보던 반지가 있는 걸 보고는 이놈의 큰아들 내외가 그만 눈이 휘해져.

'아, 어머니 돌아가시면 저게 우리 차지 돼야지 아우들 차지가 돼선 안 된다.'

이렇게 생각하고는 그만 어머니를 대접하는 게 싹 달라져. 지금까지처럼 박대했다가 금반지를 아우한테 물려주면 큰일이니까 말이야. 내외가 달려들어 팔다리를 주무른다, 방에 불을 덥게 땐다, 음식 장만한다, 이러고 난리가 났어.

그 뒤에 둘째네가 와서 보고는 금반지에 마음이 쏠리니까 또 대접이 극진하지. 막내아들 내외도 그러지. 삼형제가 하루아침에 아주 효자 효부가 됐어. 보름 만에 한 달 만에 얼굴이나 비쭉 내밀던 것이, 이제는 하루도 안 거르고 날마다 와서 수선을 떠는 거야. 이제까지 혼자서 죽지 못해 살다가 갑자기 삼형제 봉양이 극진하니 살판이 났지 뭐.

본래 어머니가 얻은 병이란 게 뭐야? 자식들한테 괄시받고 잘 얻어먹지 못해서 생긴 병이잖아? 그런데 대접 잘 받고 잘 먹으니 어떻게 되겠어? 병이 나은 거지. 아주 씻은 듯이 나았어. 삼형제 속마음이야 어떻게든 어머니한테 잘 보여서 금반지 차지하려는 욕심뿐이지마는, 어찌 됐든 효자 효부 노릇이 극진하니 잘된 일이지 뭐야.

그래서 어머니는 죽을 때까지 호강하면서 잘 살았지. 잘 살다가 죽을 때는 금반지를 절에 시주했다네. 스님한테 받은 것이니 스님한테 돌려준 건데, 아들 며느리야 땅을 칠 노릇이지만 그놈의 반지 덕에 효자 효부 노릇한 셈이니 원통할 것도 없지. 안 그래?

소 장수 원님

옛날에는 시골 백성들 고생하
고 안 하고가 그 고을 원님한테 달
렸다고 해도 뭐 크게 틀린 말은 아
니었지. 힘없는 백성들이야 원님을 잘 만나면 편히 사는 거고, 돼
먹지 못한 벼슬아치를 만나는 날에는 고생문이 훤히 열리는 판이
니 그렇지 않아? 돈 주고 벼슬 신 수령들이야 저 한 몸 살찌우느라
고 백성들은 안중에 없었으니 말할 것도 없고, 글만 읽어서 세상
물정에 어두운 수령들도 백성들 고생하는 줄 모르고 사는 게 많았
지. 그런데 어쩌다가 그중에는 참 명철한 원님이 있어서 백성들
가려운 곳을 잘 긁어주고 잘못을 바로잡아 주는 일도 있었던 모양
이야.

옛날 저 충청도 옥천 땅에 참 똑똑한 원님이 하나 있었는데, 고

을을 맡은 뒤로 정사를 잘 돌보아서 백성들이 큰 걱정 없이 살았어. 그렇지만 딱 두 가지 골칫거리가 있었는데 그게 뭐고 하니, 하나는 고을 안에 노름하는 사람이 많다는 것이고 또 하나는 시집 장가 못 간 노처녀 노총각이 많다는 게야. 이 두 가지만 바로잡으면 더할 나위가 없겠는데, 그걸 고치는 일이 잘 안 되더란 말이지. 노름하는 사람은 노름이 아주 손에 붙어서 안 한다 안 한다 하면서도 자꾸 하고, 노처녀 노총각은 다 가난한 집안 자식이라 혼인 밑천이 없어 땋은 머리로 늙어가고, 이러니 원님도 참 속이 답답해. 어떻게 하면 노름꾼들 버릇도 고치고 처녀 총각 혼인도 시켜 줄까 하고 밤낮으로 궁리하다가, 하루는 고을 안에 과년한 아들딸을 둔 백성을 다 불러 모았어. 다 불러 모으니 그 수가 어찌나 많은지 동헌 뜰이 그득해

"너희들은 어찌 과년한 아들딸을 땋은 머리로 늙게 하느냐?"

이렇게 물으니 그 많은 백성들이 한 입으로 말하듯이 대답을 하는데,

"혼인 밑천을 장만키 어려워 그럽니다."

하거든.

"그래, 아들딸 혼인시키는 데 밑천이 얼마나 들꼬?"

"소 한 마리 값이면 너끈합니다."

"알았으니 물러가라."

그래놓고 사령들을 불러,

"지체 없이 흩어져 노름하는 사람들을 잡아 오되, 쥐도 새도 모르게 가만가만 다니면서 아주 씨를 남기지 말고 다 잡아 오라."

하고 엄명을 내렸지. 사령들이 몇 날 며칠 동안 골골이 다니면서 노름하는 사람들을 씨를 안 남기고 다 잡아 왔어. 다 잡아다 놓으니 동헌 뜰이 그득해. 그렇게 모아놓고,

"너희들은 세상에 좋은 일 다 놔두고 하필이면 노름을 하느냐? 내 이번만은 용서해줄 터이니 두 번 다시 노름일랑 하지 마라."

하고 타이르니 노름꾼들이 뭐라겠어? 한입에서 나오는 듯이 다,

"이제부터는 노름을 안 하겠습니다."

하지. 속마음은 어찌 됐든 원님 앞에서야 그렇게 말하지, 뭐 어쩌겠어? '또 노름을 하겠습니다.' 할 수는 없는 노릇 아냐?

"그래, 만약에 또 노름을 하면 사람이 아니라고 해도 좋겠느냐?"

"여부가 있겠습니까?"

"사람이 아니라면 뭐냐?"

그러니 한 노름꾼이 대답하기를,

"다시 노름을 하면 개입니다."

"그것 가지고는 안 된다."

그러니 여기저기서,

"그림 돼지올시다."

"그것도 안 돼."

"쥐새끼예요."

"안 되느니라."

"고양이 새끼요."

"안 돼."

그러다가 한 노름꾼이,

"소새끼올시다."

하였다. 그러자 마침내 원님이

"그래, 좋다."

하니 그 많은 노름꾼이 한입으로 말하듯이,

"다시 노름을 하면 소새끼올시다."

한단 말이야.

"그래, 그러면 여기 지묵을 나누어줄 터이니 모두 써라. '다시 또 노름을 하면 나는 소요.' 이렇게 쓰고 도장을 찍어라."

맹세하기야 얼마나 쉬워? 모두들 '다시 또 노름을 하면 나는 소요.' 이렇게 써서 바치지. 그걸 다 받아놓고 풀어줬어.

그래놓고 달포쯤 있다가 또 사령들을 불러서 명을 내렸어.

"전처럼 남의 눈에 안 띄게 다니면서 노름하는 사람들을 죄다 잡아 오너라."

노름꾼이 손 딱 씻기가 어디 쉽나? 다시는 안 하겠다고 맹세해 놓고도 또 노름하는 사람들이 많거든. 이번에도 동헌 뜰이 그득하게 잡혀왔어.

"이 중에서 다시 노름하면 소라고 맹세한 사람은 이제 사람이 아니라 소이니, 다 고삐를 매서 옥에 가두어라. 그리고 온 고을에 알려, 내일은 동헌에서 소를 많이 팔 터이니 소 장수들은 다 모이라고 일러라."

이게 소문이 나니까 이튿날에는 소 장수고 아니고 간에 온 고을 사람들이 구경하러 왁자하게 모였어. 옥에 갇혔던 사람들을 뜰에 죽 늘어세워 놓고,

"자, 여기 소가 많으니 살 사람은 사 가거라."

하니 구경하러 온 사람들 중에는 노름꾼 아들도 있고, 마누라도 있고, 동생도 있고, 형도 있을 게 아니야? 자기 아버지, 서방, 형, 동생이 소가 되어 서 있는데 어떡할 거야? 사야지.

너도나도 나와서,

"이 소는 제가 사 갑니다."

이러면서 소값을 내놓고 데리고 가니 일이 잘됐지. 그 돈을 노처녀 노총각들 집에 다 나누어줘서 혼인 밑천 하게 하니, 온 고을에 돈 없어 시집 장가 못 가는 사람은 없게 됐지. 또 노름꾼도 많이 줄어들었어. 아, 그 많은 사람 앞에서 소가 되어 망신당하고 제집 식구한테 팔려 온 놈이 또 노름을 하려고 하겠어? 그래서 두 가지 일을 다 바로잡았다는 얘기야.

소금 장수 아들

옛날에, 반상 차별이 심할 적에 웬 소금 장수가 살았어. 소금 장수라면 상민 중에서도 제일 천한 상민이 아닌가? 그런데 이 소금 장수가 아들 하나를 참 잘 낳았어. 얼마나 영특한지 하나를 가르치면 백을 알아. 그러면 뭐해? 소금 장수 처지에 번듯하게 아들을 가르칠 수가 있나, 과거를 보게 할 수 있나. 그래서,

"참 아깝다. 네가 뼈다귀나 있는 집에서 태어났으면 크게 될 놈인데 아비를 잘못 만나 소금 더미에서 썩는구나."

하고 한탄을 했지. 그런데 아들 녀석이 어찌나 기특한지 글방에 안 보내줘도 글방 문밖에서 동냥글을 얻어 배우고, 책 한 권 안 사다 줘도 남의 책을 베껴 읽고서는 나이 열댓 살에 사서삼경을 다 통했어. 그걸 보니 이거 아무래도 그냥 둘 수는 없는 노릇이란 말이거든.

"애, 그 재주 썩혔다가는 하늘이 노하겠다. 아무 말 말고 이 길로 집을 나가거라. 나가서 네 근본을 아무도 모르게 하고 과거를 봐라. 그래서 아비 어미는 영영 잊어버리고 잘 살아라."

이렇게 아들을 잘 타일러 내보냈어. 그랬더니 참 이놈이 서울에 가서 어떻게 굴러다녔던지 양반 호패를 하나 얻어 차고 과거를 봤어. 과거를 보니 뭐 두말할 것이 있나, 턱 급제를 했지.

과거에 급제해 벼슬을 하면서도 똑똑하기 그지없으니까 나랏일을 야무지게 잘 보거든. 그러니까 정승 눈에 들어서, 정승이 이 사람을 사위 삼으려고 하네. 소금 장수 아들이 정승 사위가 될 참이란 말이야. 정승 집에서는 날을 받고 잔치 준비한다고 야단법석이 났지.

그런데 아무리 남의 호패 얻어 차고 과거를 봤다지만 혼인 잔치하는데 아버지를 안 모실 수 있나? 궁리 끝에 가만히 관복을 구해서 시골 저희 집으로 내려보냈어. 관복에다가 머리에 쓰는 관하고 발에 신는 목화까지 갖추어 내려보냈거든. 잘 차려입고 오라고 말이야.

그런데 소금 장수 영감이 그냥 못 가고,

"여보 마누라, 거 보리개떡 한 함지 쪄주우. 아들놈 갖다 주게."

하거든.

"아이, 걔가 정승 사위가 됐는데 보리개떡을 먹겠소?"

"그 무슨 소리요? 걔가 보리개떡을 좀 잘 먹었우? 아무리 정승 사위가 돼도 입맛이야 변했을라고."

그래서 아내가 보리개떡을 한 함지 쪄줬어. 그러니 영감이 그걸 함지째 짊어지고 가는 거야. 응? 관복 차려입고 관 쓰고 목화 신고, 거기다가 떡 함지 한 짐 짊어지고 간단 말이지. 그렇게 해서 정승네 집까지 갔어.

정승이 그걸 보니까 기가 막히거든. 그러거나 말거나 영감은 아들을 불러놓고,

"얘, 네가 이 보리개떡을 좀 잘 먹었니? 어서 양껏 먹어라. 며늘아가, 너도 먹어봐."

하면서 며느리까지 불러다 권한단 말이야. 그리고 정승 집에 나뭇가리 쌓아놓은 걸 보고,

"얘, 거 나뭇가리 한번 큼직하다. 이 나무 다 너희 장인이 한 거니?"

하고 물으니까, 그만 정승이 근본을 다 알아버렸어. 사돈이 소금 장사하는 것도, 사위가 소금 장수 아들인 것도 다 알아버렸단 말이야. 그러니까 역정이 나서 사돈이고 사위고 다 내쫓아 버렸어. 내쫓으니 어떻게 해? 어쩔 도리가 있어? 하릴없이 쫓겨났지.

그러고 나서 하루는 정승네 딸이 저희 아버지 아침상을 차리는데 종들 보고서,

"얘들아, 오늘은 아버지 진짓상에 아예 간을 치지 마라. 간장이고 된장이고 고추장이고 소금이고 아무것도 치지 말고 올려라."

했어. 그렇게 맹탕으로 밥상을 차려 올리니, 이거 뭐 맛이 있어야 먹지.

"얘, 오늘 아침상이 왜 이러냐? 왜 이렇게 싱거워?"

정승이 물으니까 딸이 하는 말이,

"아버지께서 제 서방 근본이 소금 장수라고 내쫓으시기에 소금
도 싫어하시는 줄 알았지요."

하고 나서,

"아버지께서 소금 장수를 천대하시면 그 누가 소금 장사를 하
려고 하겠으며, 소금 장수 없이 백성들이 어떻게 살겠어요? 백성
들 잘 살게 하는 게 양반이지, 무슨 양반이 따로 있겠어요?"

하니까 정승도 제 잘못을 깨닫고 사위를 도로 불러들여 혼례를 잘
치러줬다네.

거짓말인지 참말인지 모르지만 이런 얘기도 있어.

효자가 된 불효자

옛날 어느 외딴 곳에 한 내외가 살았는데, 나이 마흔이 넘도록 자식 없이 살다가 어찌어찌 공을 드려서 아들을 하나 낳았어. 늘그막에 바라고 바라던 아들 하나 얻어놨으니 금지옥엽도 그런 금지옥엽이 없을 것 아니야? 금이야 옥이야 하고 키우는데, 아들이 하도 귀엽다 보니까 내외가 조그마한 아이를 데리고 곧잘 장난을 쳤거든.

"애, 저기 가서 너희 어머니 때려줘라."

"저기 가서 너희 아버지 때려줘라."

겨우 아장아장 걷는 아이한테 이렇게 장난을 치니 아이가 뭘 알아? 시키는 대로 하지. 쪼르르 달려가서 어머니 한 대 탁 때리고, 아버지 한 대 탁 때리고 이러거든. 그러면 어른들은 귀엽다고 하하 웃고, 재미있다고 허허 웃고 이랬단 말이지. 하루 이틀도 아니고 날마다 그러다 보니 버릇이 돼버렸어. 저희 아버지 어머니 때리는 게 버릇이 됐단 말이야.

그럭저럭 아이 나이가 열댓 살은 됐는데, 아 이놈이 그때까지 어머니 아버지 때리는 버릇을 못 고치네. 어릴 때는 그 조그만 손이 뭐 맵기를 하나? 때려도 간지러울 뿐이니 재미있다고 하하 웃고 허허 웃고 했는데, 이게 나이를 먹어 몸집이 커지고 힘도 세어지니까 안 그렇거든. 때리면 아프단 말이야. 덩치가 말만 한 게 심심하면 저희 어머니 아버지 등짝을 탁탁 후려 패는데, 이게 참 못 견딜 일이야.

"아이고 얘야 그만 때려라. 아파 죽겠다."

그래도 이놈의 아들은 그게 다 장난으로 그러는 줄 알고 그냥 패는 거야. 외딴 데 사니까 듣는 게 있어 보는 게 있어? 그저 배운 거라고는 어머니 아버지 두들겨 패는 일이니 그게 고쳐지나?

아침에 일어나면 두말 접고 어머니부터 한 대 후려 패는데, 말하자면 그게 '잘 주무셨습니까?' 하는 인사야. 밥 먹고 일 나갈 때 후려 패는 건 '다녀오겠습니다.' 하는 인사고, 일 나갔다 돌아와서 후려 패는 건 '잘 다녀왔습니다.' 하는 인사야. 그뿐인가? 잠잘 때는 잘 주무시라는 인사로 패고, 밖에 나가면 잘 다녀오라는 인사로 패젖히니 이걸 배겨낼 재간이 있나?

하루는 아들이 산에 나무하러 가고 두 내외가 집을 보는데, 마침 길손이 지나다가 날이 저무니까 하룻밤 묵어가려고 왔어.

"이 댁에 하룻밤 재워주시오."

하는데, 내외가 가만히 생각해보니 참 난처하게 됐어. 아, 저희 식구끼리 있을 때야 얻어맞거나 말거나 그만이지만 손님이 보면 우세스러운 일 아니야, 그게? 다 큰 아들 녀석이 어머니 아버지를 복날 개 패듯이 패대는 걸 남이 보면 뭐라고 하겠나 말이야. 그래서 선뜻 대답을 못 하고 있으니까,

"날은 저물고 근처에 인가는 없고 해서 그러니 하룻밤 재워주시오."

하는데, 이걸 무슨 수로 거절해? 황혼축객이라고, 옛날에는 날 저물어 든 손님을 내치는 걸 제일 고약한 일로 여겼거든. 사람이 할 짓이 아니라는 거지. 그래서 할 수 없이 손님을 맞아들였어.

조금 있으니까 아들 녀석이 나무를 한 짐 지고 와서 마당에 '쿵' 하고 부려놓는데, 그 소리를 듣고 내외가 사색이 되어서 벌벌 떠는 거야. 곧 얻어맞게 되었으니 겁이 나서 그러는 거지.

이놈이 나뭇짐을 부려놓고 방에 턱 들어오더니 다짜고짜 저희 어머니 아버지를 사정없이 후려갈기거든. 손님이 그 꼴을 보니 참기가 막힐 것 아니야? 세상에 뭐 저런 놈이 다 있느냐 말이야. 그래서 대체 이게 무슨 일이냐고 물어봤지. 그랬더니 어머니 아버지가 한숨을 내쉬면서 하는 말이,

"저 아이가 어렸을 때 귀엽다고 '아버지 때려라, 어머니 때려라.' 했더니 그게 버릇이 되어서 저런다오."

하거든. 이 손님이 다른 사람이 아니라 강효자라는 사람인데, 근방에서 소문난 효자야. 가만히 이야기를 듣고 있다가,

"저 아이를 내가 데려가게 해주시오. 한 사나흘 있다가 보내겠소이다."

효자가 된 불효자

한단 말이야. 어머니 아버지는 당장 며칠이라도 아들 녀석한테 안 맞고 살아보았으면 해서 그러라고 했지.

그래서 이튿날 아들이 손님을 따라가게 됐어. 따라가 보니 그 집에 늙은 홀어머니가 있는데, 강효자가 하는 짓이 저하고는 딴판이거든. 저 같으면 먼 길 다녀와서 당장 부모 두들겨 패는 게 첫일일 텐데, 이 사람은 뵙고 절하고 아주 공손하게 한단 말이야. 밥먹을 때는 음식 공대, 잠잘 때는 이부자리 시중, 자고 일어나면 문안 인사, 이거 뭐 여태 들도 보도 못한 일을 하니까 이놈이 어리둥절한 거야.

하룻밤 자고 이튿날 강효자는 들일을 나가고 이놈은 다른 식구하고 집에 있었어. 강효자는 들일을 나가면서 아내더러 이따가 점심을 해 오라고 이르고 갔지. 그런 뒤에 아내는 보리방아 찧으러 가고, 집에는 늙은 어머니하고 어린 손녀딸하고 저하고, 이렇게 셋이 있었어.

늙은 어머니가 놀기 심심하니까 울타리 밑에 호박 심어논 데다가 거름을 주려고 나가는데, 아 이 늙은이가 눈도 어둡고 코도 막혀서 참기름 짜놓은 걸 들고 나가네. 참기름 단지를 요강 단지인 줄 알고, 그걸 거름으로 호박밭에 주려고 그러거든. 이놈이 그 꼴을 내다보고서는,

'하, 저 늙은이가 얻어맞을 짓을 하는군. 호박 포기에다 참기름을 갖다 주다니, 이제 아들이 돌아오면 흠씬 얻어맞을 거야.'
하고 생각하는 거지.

그런데 어린 손녀딸이 그걸 봤어. 저희 할머니가 참기름 단지를

들고 호박밭에 가는 걸 보고 쫓아간단 말이야.

'응, 이제 저 할망구가 손녀딸한테 두들겨 맞겠구나.'

했는데, 웬걸. 손녀딸이 쫓아가서 '할머니, 그거 오줌 요강이 아니고 참기름이에요.' 하는 게 아니라 뭐라고 하는고 하니,

"할머니, 그거 이리 주세요. 제가 갖다 부을게요."

하거든. 그러더니 단지를 받아가지고 호박밭에 들이붓는 거야.

'엥? 이제 큰일 났다. 저 늙은이랑 딸이 둘 다 얻어맞겠는걸.'

그런데 조금 있다가 며느리가 보리방아를 찧고 와서 호박밭에 참기름을 잔뜩 부어놓은 걸 봤어.

"얘, 여기 누가 참기름을 갖다 부었니?"

그러니까 딸아이가 조그만 소리로,

"할머니가 오줌인 줄 알고 주시려는 걸, 참기름이라고 하면 무안하실까 봐 제가 대신 줬어요."

이러거든. 그러니까 며느리가 딸아이를 꾸중하기는커녕,

"참 잘했다, 참 잘했어."

하고 칭찬을 하면서 딸아이를 업고 둥둥이를 쳐준단 말이야. 그러고는 시어머니가 참기름 단지 들고 다니느라고 고생했다고 씨암탉을 잡는 거야. 씨암탉을 잡아다 푹 고아서 시어머니 대접을 하는 거지.

그러느라고 점심때가 훨씬 지났어. 그러니까 들에 갔던 강효자가 점심을 기다리다 기다리다 못해 집으로 왔어. 와 보니 아내가 씨암탉 잡아 상을 차리고 있거든.

"무슨 일이오?"

"아, 어머니가 아침나절에 참기름 단지를 요강 단진 줄 아시고서 호박밭에 주시려는 걸 저애가 받아주었답니다. 단지 들고 다니시느라 고생하신 것 같아서 몸보신해드리려고 그럽니다."

그걸 보고 이놈이 혼자 생각으로,

'이제 매타작이 벌어지겠구나.'

했지. 그런데 아, 이게 웬일이야? 강효자가 다락에서 돗자리를 꺼내 오더니 마당에 턱 펴놓고 자기 아내더러 절을 구부정구부정 하는 거야. 어머니한테 잘해줘서 고맙다고 말이야.

이 집 식구들이 하는 걸 보고 그제야 이놈이 정신을 차렸어. 아, 효도라는 것은 저렇게 하는 거구나 하고 깨달은 거지. 그렇게 알고 나니 저도 효도해보고 싶거든. 아주 효도하고 싶어서 못 살겠단 말이야. 그래서 그길로 그냥 집으로 달려왔어. 달려와서

"어머니, 아버지. 저 왔어요."

하니 어머니 아버지는 한 이틀 매 안 맞고 살았는데 저놈이 와서 또 매를 맞겠구나 하고 벌벌 떨지. 그런데 이놈 하는 짓이 딴판이 됐어. 영 다른 사람이 돼가지고 왔단 말이야. 절하고 음식 공대하고, 잠자리 시중들고, 이렇게 효자가 돼가지고 잘 살았단다. 그저께까지 잘 살다가 어저께 죽었더란다.

세 딸과 양아들

옛날에 한 사람이 딸 삼형제를 뒀어. 아들은 없고 딸만 셋을 뒀는데, 그걸 애지중지 잘 키워 혼기가 차서 시집을 보냈어. 맏딸 보내고 둘째딸 보내고 막내딸 보내고, 이렇게 다 보냈어. 천석꾼 만석꾼 소리는 못 들어도 제법 먹고살 만했던지, 딸들을 다 번듯하게 갖추어가지고 남부럽잖게 사는 집으로 보냈단 말이야.

그렇게 세 딸을 다 시집보내고 나니 마나님이 덜컥 먼저 가버리네. 영감이 혼자 남은 거야. 그러니 어디 쓸쓸해서 살 수가 있나. 양아들을 하나 들였지. 부모형제도 없이 혼자 사는 아이를 데려다가 아들 삼았단 말이지. 그렇게 양아들 들인 걸 키워 장가보내서 양며느리 보고, 그러고는 살림을 죄다 양아들 내외한테 맡기고 살았어.

이렇게 되니까 시집간 딸들이 끙끙 앓네. 친정아버지가 죽으면 그 재산이 다 양아들한테로 가고 저희들한테는 자갈밭 한 뙈기도 안 돌아올 것 같으니까 배가 슬슬 아프단 말이야. 저걸 어떻게 내치고 재산을 좀 빼앗아 볼꼬, 이런 궁리 저런 궁리를 하다가 친정아버지를 찾아갔어. 맏딸이 먼저 찾아가서,

"아버님, 딸자식은 자식이 아니랍니까? 어찌 딸네 집에는 한 번도 오시지를 않으세요? 그러지 마시고 꼭 한번 다녀가십시오."
하고 잔뜩 졸라놨어. 아버지야 그런 말 듣기가 싫지는 않지. 늘그막에 혼자되어 적적하게 지내고 있는 차에 딸자식이 와서 청하니 안 갈 수가 있나. 갔지.

맏딸네 집에를 턱 가니까, 아 이건 뭐 임금 대접이 안 부러워. 끼니마다 진수성찬에다가 옷도 사흘이 멀다 하고 새 옷으로 갈아입히고, 딸 사위가 번갈아 드나들며 팔다리를 주물러준다, 부채질을 해준다, 세상에 그런 대접이 없거든. 참말로 입안의 혀처럼 나긋나긋, 극진하게 대접을 해. 이러니 이 영감이 그만 마음이 푹 쏠려서 하룻밤 자고 온다는 게 이틀, 사흘, 이렇게 내리 한 달을 묵었어.

'야, 내가 딸자식 한번 잘 뒀구나. 이렇게 잘할 줄 알았으면 진작 딸네 집에나 오는 건데.'

이렇게 마음이 흡족해서 한 달을 묵었단 말이지. 그러고 나서 이제 그만 양아들네 집에 가볼까나 하고 나섰어. 마음 같아서는 더 오래 묵고 싶지만 아무리 자식이라도 남의 집에 두 달이고 석 달이고 묵을 수는 없잖아. 그래서 더 묵고 가라고 붙잡는 걸 뿌리

치고 막 맏딸네 집을 나서는데, 언제 저희들끼리 기별을 주고받았는지 둘째 딸이 왔어. 둘째 딸이 와서 이번에는 저희 집에 가자고 조르네.

"아버님, 둘째 딸은 자식도 아니랍니까? 이번에는 저희 집으로 가세요."

아, 이러는데 안 갈 수가 있나. 따라갔지.

가보니 둘째 딸도 맏딸 하는 것하고 한 치도 다르지 않게 잘해주더래. 진수성찬이 끼니마다 나오고 좋은 옷이 사흘돌이로 나오는 거지. 게다가 딸 사위가 번갈아 드나들며 어디 불편한 데는 없으시냐, 심심하지는 않으시냐, 이러며 임금 부럽잖게 대접이 극진하거든. 이 영감이 거기서 또 잔뜩 기분이 좋아서 한 달을 묵었어. 그러고 나서 떠나려고 하니, 이번에는 막내딸이 문간에서 붙잡네. 저희들끼리 기별을 다 해놨던 모양이야.

"아버님, 언니들 집에만 있다가 그냥 가시렵니까? 저희 집에도 한번 들르셔야지요."

이러고 졸라대니 안 갈 수가 있나. 따라갔지.

막내딸도 언니들과 똑같이 잘해. 입안에 든 혀같이 잘해주더란 말이지. 영감이 거기서 또 한 달 묵고, 이제는 정말 양아들네 집에를 가봐야 되겠다 하고 나서니까, 또 맏딸이 찾아와서 저희 집에 가자고 하는 거야.

"아버님, 양아들한테 가시면 어디 이만큼 편할 것 같으세요? 거기 가서 괜히 고생하지 마시고 저희 집으로 가세요. 저희 집에 계시다가 심심하시면 둘째네 가시고, 또 막내네 가시고, 이렇게 다니시면 얼마나 좋아요?"

아, 영감이 가만히 들어보니 귀가 솔깃하거든. 양아들네 집에 가야 그 내외 일하는데 멀쩡한 몸으로 구경만 할 수도 없고, 하다 못해 쇠죽을 끓이든지 마당을 쓸든지 해야 할 텐데 그보다는 딸네 집에 돌아다니면서 잘 얻어먹고 편히 쉬면 좀 좋아? 그래서 또 맏딸을 따라갔어.

맏딸네 집에 가서 한 달 묵고 나니 또 둘째 딸이 와서 모셔 가겠지. 둘째 딸네 집에서 한 달 묵고 나니 막내가 와서 모셔 간단 말이야. 이렇게 해서 영감이 아주 딸네 집에를 번갈아 돌아다니며 지내게 됐어. 딸들이 다 잘해주니까 몸 편하고 마음 편하고, 뭐 이보다 더 좋을 수는 없는 거야. 그렇게 지내다 보니 얼추 일 년이 지났는데, 양아들 둔 것이 자꾸 뉘우쳐지거든.

'아, 이럴 줄 알았으면 양아들을 들이지 말걸. 내가 낳은 자식이 옳은 자식이지, 그까짓 피도 안 섞인 자식이 다 무어야.'

생각할수록 후회가 된단 말이야.

'딸자식이 이렇게 잘해주는데 가만히 있을 수는 없지. 논마지기라도 떼줘야 할 텐데 그놈의 양아들이 거치적거리네.'

생각다 못해 양아들한테 갔어.

"내 잠깐 잘못 생각해서 너를 우리 집에 들였는데, 아무래도 나는 딸한테 몸을 의탁해야겠으니 그만 인연을 끊어야겠다. 오늘로 너희 내외는 우리 집에서 나가거라."

아, 이렇게 야박한 말이 어디 있나. 양아들이 듣기에 얼마나 야속하겠나. 그래도 양아들 내외는 섭섭한 기색도 없이,

"아버님이 정 그러시다면 분부대로 하겠습니다."

하고 고분고분 짐을 싸서 집을 나가네. 돈 한 푼 안 주고 쫓아냈으니까 그 뭐 비렁뱅이나 다를 게 있나. 이불 보따리 싸 짊어지고 그냥 정처 없이 떠난 거지.

이놈의 영감은 그제야 옳다구나 하고 집문서 논문서 할 것 없이 재산을 있는 대로 뚝딱 갈라서 세 딸한테 골고루 나눠줬어.

그러고 나니까 아, 맏딸이 친정아버지 대하는 품이 하루아침에 싹 달라진단 말이야. 전에는 임금 대접하듯이 극진했는데, 이건 뭐 종일 있어도 내외간에 얼굴 한 번 들이미는 법이 없어. 진수성찬도 싹 사라지고 나물밥에 된장 한 접시 주는데, 그것도 날이 갈수록 양이 적어져. 아, 이놈의 것 안 되겠다 하고 둘째네 집에 갔지. 둘째도 똑같아. 전에는 사흘이 멀다 하고 새 옷을 지어주더니, 이번에는 옷이 해어져 너덜너덜해져도 거들떠보지를 않아. 막내네 집에 가도 마찬가지야. 친정아버지 대하는 건지 이웃집 개를 대하는 건지 모르겠단 말이거든. 하, 이거 이런 변이 있나. 뒤늦게 뉘우쳐봤자 소용도 없고, 영감이 그만 역정도 나고 서글프기도 해서,

"에잇, 까짓것 내가 빌어먹는 한이 있어도 너희한테 얻어먹으랴."

하고서 그냥 집을 나왔어. 재산 있는 것 뚝딱 떼서 다 나눠줬으니 뭐가 있어? 집도 절도 없는 비렁뱅이 신세가 됐잖아. 발길 닿는 대로 돌아다니면서 빌어먹는 거지.

그렇게 거지꼴이 되어서 흘러흘러 다니다 보니 한 일 년이나 지

281

세 딸과 양아들

났나 봐. 하루는 어느 곳을 지나다 보니 웬 아낙이 우물에서 물을 긷고 있더래. 마침 목이 잔뜩 마른 참이라 물 한 바가지를 청해 마셨지. 물 한 바가지를 그 자리에서 꿀꺽꿀꺽 마시고 빈 바가지를 돌려주는데, 그 아낙이 그 꼴을 물끄러미 쳐다보고 있더니,

"아이고, 아버님이 여기에 웬일이세요?"

하고 반기는데, 가만히 보니까 그게 양며느리더라는 거야. 일 년 전에 쫓아낸 양며느리를 거기서 만났어. 아, 반가운 것보다도 죄스러워서 얼굴을 들 수가 있어야지. 얼굴을 들 수가 없어서 그냥 멈칫멈칫 내빼니까 며느리가 뒤따라오면서 저희 집으로 가자고 자꾸 권하더래. 못 이기는 척하고 갔지. 비렁뱅이 처지에 밥이나 한술 얻어먹으려면 염치가 있으나 없으나 모르는 집보다는 아는 집이 나을 것 아니야? 그래서 따라갔더니, 참 다 쓰러져가는 오막살이로 들어가더래. 양아들로 들어갔다가 쫓겨난 판이니 집인들 번듯하게 지어놓고 살까? 그게 다 이놈의 영감이 지은 죄지.

어쨌거나 방에 들어가니 며느리가 공손하게 절을 하는데, 절을 받고 가만히 보니까 아랫목에 어린애를 하나 뉘어놨어. 그사이에 자식을 하나 낳았던 모양이야. 그렇게 사는 걸 보니 마음이 아파서 혀만 끌끌 차고 있으니 며느리가 부엌으로 나가더니 술상을 깔끔하게 봐 가지고 들어오더래.

"아버님, 잠깐 이 술 한잔 드시고 계십시오. 곧 진짓상 봐 올리겠습니다."

그래서 영감이 술을 한 잔 두 잔 하다 보니 그만 깜빡 취했어. 그놈의 것 밤낮 보리밥덩이나 빌어먹던 속에 술 몇 잔 들어가니

취할 것 아니야? 취해서 픽 쓰러졌는데 하필이면 아랫목에 뉘어놓은 어린애를 깔고 쓰러졌어.

며느리가 저녁상을 차려 가지고 방에 들어와 보니, 시아버지가 술에 취해서 쓰러져 있거든. 그런데 아기를 깔고 쓰러진 거야. 아기가 어른 몸에 깔리니까 어떻게 되겠어? 숨이 막혀 죽지. 아 이놈의 영감이 아기를 죽여놨네. 며느리가 그걸 보니 그만 하늘이 무너지는 것 같지. 그래도 며느리는 아무 말 없이 아기를 안고 밖으로 나왔어.

아기를 안고 나오니까 마침 일 나갔던 남편이 들어오는 거야. 남편한테 죄다 이야기를 했지. 우물에 물 길으러 갔다가 거지꼴이 된 시아버지를 만난 일이며, 집에 모셔다가 술대접을 했더니 아기를 깔고 쓰러져서 아기가 죽은 것까지 다 이야기했어. 아이 잃은 내외 심정이 오죽하겠나. 양아들 며느리로 들어가 살다가 하루아침에 쫓겨났는데, 이제는 거지꼴이 돼가지고 온 것을 대접하노라고 했더니 아기까지 죽여놨단 말이야. 이쯤 되면 누구든지 양아버지고 뭐고 원수같이 보일 게 아니야? 그런데도 이 내외 의논하는 것 좀 들어보소.

"아버지는 깨나셨소?"

"웬걸요. 아직 세상모르고 주무시는걸요."

"아버지가 이 일을 아시면 무척 상심하실 터이니 아버지 모르게 아이를 갖다 묻읍시다."

이렇게 의논을 하고는 아기를 안고 뒷산으로 올라갔어. 뒷산 높은 곳에 올라가서 아기를 묻으려고 구덩이를 팠지. 구덩이를 파고

서 아기를 막 묻으려고 하는데, 아기가 꿈틀꿈틀하더니 '응애' 하고 운단 말이야. 숨이 막혀서 기절했다가 막 깨어난 거야. 얼마나 좋아? 그래서 아기를 도로 꺼내서 안고 보니, 아기 묻으려고 팠던 구덩이 속에 뭐가 번쩍번쩍하고 빛이 나더래. 가만히 들여다보니 그게 금덩어리야. 금덩어리가 하나 둘도 아니고 아주 지천으로 깔렸어.

이 사람들이 금덩어리를 죄다 파내어 짊어지고 내려와서 팔아 가지고 부자가 됐지. 부자가 돼서 잘 살다가 어저께 죽었다는 말도 있고 아직까지 산다는 말도 있어.

십 년 보리죽

옛날 옛적에 참 가랑이가 찢어지게
가난한 사람이 있었어. 하도 가난해서
살기 어려우니까 처가에라도 가서 뭣 좀 얻
어 올까 하는 생각으로 처가엘 갔지. 가서,

"장인어른, 장모님. 아무개 서방 왔습니다."
했지.

"응, 왔어?"

장인 장모는 건성으로 그러고는 부엌에다 대고,

"거기 찬밥 남은 것 한 그릇 갖다 줘라."
하거든. 찬밥 남은 것 한 그릇하고 소금 한 접시를 갖다 준단 말이
야. 찬밥이나 더운밥이나 며칠 굶은 배가 뭘 가리겠나. 막 먹으려
고 하는데, 마침 다른 사위가 왔어. 이 사람은 둘째 사위고 새로

온 사람은 맏사윈데, 맏사위는 쌀섬깨나 쌓아두고 사는 부자거든. 그 부자 사위가 와서,

"장인어른, 장모님. 아무개 서방 왔습니다."

하니까,

"아이고, 자네 왔구먼. 게 어찌 이제야 오나? 자주 들르지 않고."

반색을 하고는 부엌에다 대고,

"맏사위 왔다. 어서 닭 잡고 떡 해라. 밥도 새로 짓고."

한단 말이야. 하, 이 사람이 그만 밥맛이 뚝 떨어져 상을 물렸어. 아무리 배가 고파도 이런 밥은 못 먹겠다 싶어 상을 탁 물리고,

"아무개 서방 그만 갑니다."

하고 그냥 나와버렸어. 나와서 휘적휘적 집으로 가면서 생각해보니, 이것 참 사람이 이렇게 살 것이 아니라는 생각이 들거든. 가난한 것도 서러운데 장인 장모한테 이렇게나 수모를 당하고서도 그냥 속없이 살 일이 아니더란 말이지. 이게 다 가난한 탓이니 딱 십 년만 작정을 해보자, 십 년 동안 작정을 하고 대들면 안 될 일이 무어 있으랴, 이렇게 마음을 먹고 집에 돌아가서 아내한테 말을 했어.

"여보, 이렇게 살 것이 아니라 우리 아주 딴 데로 갑시다."

그랬더니 아내도 그러자고 해. 아, 어디를 가든 이보다 더 못살기야 하겠나 싶은 거지. 그래서 내외가 보따리 싸서 이고 지고 아이들 데리고 아주 먼 데로, 산속으로 들어갔어. 사람이 얼씬도 안 하는 산속으로 들어가서 움막을 지어놓고, 그때부터 딱 마음을 먹고 시작하는 거지. 뭘 시작하느냐 하면,

"우리 오늘부터 십 년 동안 온 식구가 하루 세 끼 보리죽만 먹고

삽시다."

"그럽시다. 앞으로 십 년 동안 어떤 일이 있어도 하루 보리죽 세 사발, 더는 먹지 맙시다."

"내 손님이 오면 내가 굶고 내 몫을 대접하겠소."

"친정에서 누가 날 보러 와도 내가 굶고 내 몫을 대접하지요."

이렇게 결심하고 시작하는 거야. 작정을 하고 시작하는데 안 될 리가 있나. 그날부터 어른 아이 할 것 없이 온 식구가 하루 보리죽 세 사발만 먹고 죽도록 일을 했어.

산 파서 논밭 일구고, 곡식 심고 모 심고, 거름 주고 김매고, 하루 종일 부지런히 일하고도 보리죽 세 사발만 먹고 견뎠어. 한해를 그렇게 마음먹고 농사를 지으니까 곡식이 제법 모이거든. 하루 세끼 먹을 보리죽거리만 남기고 죄다 싸서 곳간에 넣어두고 또 일을 했지.

그 이듬해에는 곡식 조금 팔아서 닭 사고 돼지 사서 기르니까 이것들이 새끼를 쳐서 제법 수가 많아지고, 그 이듬해는 돈이 모이니까 그 돈으로 땅을 사는 거야. 논 사고 밭 사고 해서 점점 농사를 불려나가니 살림이 꽤나 모이더란 말이야.

그렇게 대여섯 해 지나고 일여덟 해 지나니까 부자가 됐어. 그래도 하루 보리죽 세 사발 먹고 살았어. 아이들은 밥이 어떻게 생겼는지도 몰라. 그만하면 쌀밥 짓고 고깃국 끓여 먹어도 되련마는 그러지를 않아. 어쨌거나 십 년 동안 보리죽만 먹기로 했으니 한 번 먹은 마음 고치지 말자는 게야.

그런데 이런 일이 소문이 났어. 아무개가 산속으로 들어가서 부자 되어 잘살더란 소문이 난 게지. 그 소문을 듣고 장인이 찾아왔어. 맨날 가랑이가 찢어지도록 가난하게 살더니 웬일인가 하고 찾아온 거지. 와 보니 아닌 게 아니라 장인 보기에도 부자로 살거든. 곳간에 곡식이 그득하고 마당에 집짐승이 수를 못 셀 만큼 많으니 그만하면 부자지 뭐야.

그런데 저녁상이 턱 들어오는 걸 보니까 달랑 보리죽 한 사발일세. 그것 먹을 동안에 딸은 방에 얼씬 않고 밖에만 돌아다닌단 말이지. 보리죽 한 사발 비우고 나니까 달려들어 싹 치워버리고 그만이야. 딸더러,

"너는 어째 저녁을 안 먹느냐?"

하니,

"아, 저는 벌써 먹었습니다."

이러고 말지.

그 이튿날 아침상이 들어오는데 또 달랑 보리죽 한 사발뿐이야. 그것 한 사발 먹을 동안에 딸은 또 밖에서 빙빙 돌고, 이 모양이야. 장인이 가만히 보니 이것 참 괘씸하기 이를 데 없거든. 보아하니 제법 살림깨나 일구고 사는 것 같은데, 오랜만에 온 장인한테 한 끼에 보리죽 한 사발 갖다 주고 딸이라고 하는 것은 밖에서 빙빙 돌고 있으니 뭐 이런 인간들이 다 있느냐 말이야. 그래서 며칠 묵고 가려고 했던 마음을 싹 돌려서 그길로 집에 가버렸어.

이래놓으니 이번에는 부모도 몰라보는 후레자식이라고 소문이 났네. 부자로 소문난 집에서 오랜만에 찾아간 장인한테 보리죽 한 사발밖에 내놓는 게 없더라, 게다가 딸이라고 하는 것은 밥 먹을

때마다 밖으로만 돌더라, 이렇게 소문이 난 거야.

그러거나 말거나 이 사람들은 그 뒤로도 보리죽만 먹고 살았어. 그렇게 살다가 하루는 남편이 어둡도록 들에서 일을 하고 돌아오니까 아내가 죽은 닭을 딱 쳐들고 울상이 되어 있어.

"왜 그러고 있소?"

"아 글쎄 족제비란 놈이 우리 닭을 채 가는 걸 쫓아가 빼앗았는데, 이걸 먹지도 못하겠고 버리지도 못하겠고, 이럴 수도 저럴 수도 없어서 이런다오."

"그것 당장 삶으시오."

"아, 우리가 십 년 동안 보리죽만 먹겠다고 한 약속은 어찌하고 이걸 먹어요?"

"걱정 마오. 오늘이 딱 십 년 되는 날이오."

가만히 따져보니 그날이 바로 십 년 되는 날이야. 그래서 닭 잡고 흰밥 짓고 떡까지 해서, 그놈을 온 식구가 달려들어 먹는 게 아니라 짊어지고 처가엘 갔어. 가서 죽 퍼놓고,

"장인어른, 장모님. 사실은 여차여차해서 십 년 동안 작정하고 보리죽만 먹었습니다. 장인어른 오셨을 때 보리죽 한 사발밖에 대접 못 한 것이 마음에 걸려 음식을 좀 장만해 가지고 왔으니 드십시오."

하니까, 사정을 다 알게 된 장인이 하는 말이,

"아, 그때 내가 일찍 오기 잘했지, 며칠 더 있었으면 우리 딸 굶어 죽을 뻔했구나."

하더래. 그리고 나서 그 뒤로도 잘 살았대.

어떤 해몽

옛날 어느 곳에 꿈풀이를 아주 잘 하는 사람이 살았어. 말하자면 해몽 을 잘하는 점쟁이지. 또 그 옆집에는 노총각이 한 사람 살았어. 이 노총각은 고집 이 세고 남의 말을 잘 안 들어. 남들이 모두 옆집 점쟁이를 용하다 해도,

"쳇, 꿈풀이라는 건 다 엉터리고 거짓부렁이야. 그걸 믿는 사람 이 바보지."

하고 도통 믿으려고 들지를 않아.

어느 날 밤 노총각이 꿈을 꿨는데, 딴 일은 없고 그저 밤새 엉엉 우는 꿈을 꿨어. 꿈속에서 밤새도록 엉엉 울다가 깨난 거야. 깨나 고 보니 꿈이 참 이상하거든. 그런 꿈을 꾸고 그냥 있기가 찜찜하

단 말이야. 그렇거든 옆집에 가서 곱게 해몽이나 해달라면 될 것을, 이 고집쟁이는 제 고집을 못 꺾고,

'에잇, 옆집 점쟁이 영감을 시험해볼 일이로구나. 시험해보나 마나 해몽이 맞을 일은 없을 테니, 틀리면 동네방네 떠들고 다니며 망신이나 줘야지.'

하면서 옆집에 갔어. 가니까 점쟁이가 막 일어나서 세수하고 마루에 앉아 있더래.

"자네가 무슨 일로 우리 집에를 다 왔는가?"

"간밤에 이상한 꿈을 꿔서 해몽 좀 해달라고 왔소."

"그래, 무슨 꿈을 꿨나?"

"딴 일은 없고 밤새도록 울기만 했소."

"그럼 공짜로 먹을 것이 생기겠군."

그러거든. 노총각은 속으로,

'흥, 먹을 것이 다 뭐야, 이 흉년에. 다 거짓부렁이지.'

하면서 그 집을 나왔어. 그런데 참 신통하게도 그날 낮에 먼 데 사는 친구가 닭을 잡고 술을 받아 가지고 찾아왔더래. 그래서 공짜로 잘 얻어먹었어. 해몽이 딱 맞아떨어졌거든. 그래도 이 총각은,

'쳇, 어쩌다 보니 그렇게 된 거겠지. 제가 앞일을 어찌 알아?'

하고 말았어.

며칠 뒤에 이 총각이 또 꿈을 꿨는데, 이번에도 그냥 밤새 엉엉 울다가 깨났어. 똑같은 꿈을 두 번 꾸고 나니까 아무래도 가만히 있을 수가 없단 말야. 그래서 또 점쟁이를 찾아갔어.

"오늘은 또 무슨 일인가?"

"전에처럼 밤새 우는 꿈을 꿨지 뭐요?"

"그런가? 그럼 새 옷 한 벌 얻어 입겠군."

똑같은 꿈인데, 전에는 공짜로 먹을 것이 생기겠다더니 이번에는 공짜로 새 옷이 생기겠다고 그러거든. 총각은 이번에도 믿지를 않았는데, 아 그날 낮에 먼 데 사는 조카가 새 옷을 한 벌 지어 가지고 왔지 뭐야. 올해 무명 농사가 잘되어서 친척들 옷을 한 벌씩 지었다고 하면서 가지고 왔지. 그래서 새 옷을 얻어 입고 보니 그 참 신통한 일도 다 있다 싶었어. 그래도 이 총각, 애써 해몽을 안 믿으려고 해.

'어쩌다 보면 거짓부렁이도 들어맞는 수가 있지.'

이러고 말지.

며칠 뒤에 총각이 또 밤새 엉엉 우는 꿈을 꿨어. 똑같은 꿈을 세 번째로 꾼 거야. 이번에는 뭐랄까 하고 점쟁이를 찾아갔지.

"오늘은 무슨 꿈을 꿨나?"

"또 밤새 우는 꿈을 꿨소."

"오, 그래? 오늘은 조심해야겠군. 그게 두들겨 맞을 꿈일세."

똑같은 꿈인데, 처음에는 공짜로 먹을 것을 얻어먹겠다 하고 두 번째는 새 옷 한 벌 얻어 입겠다더니 이번에는 두들겨 맞겠다고 하거든. 총각이 이번에도 믿지를 않았는데, 그날 낮에 들에 갔다 오다가 동구 밖 느티나무 아래 동네 사람 장기 두는 데서 잠깐 쉬었어. 쉬면서 장기 두는 걸 보고 차 놔라 포 놔라 훈수를 했지. 그랬더니 장기에 진 사람이 화가 나서 장기판을 들어엎고 싸움을 걸어서 흠씬 두들겨 맞았네. 집에 와서 끙끙 앓다가 생각해보니, 아

세상에 해몽이 어쩌면 이렇게 잘 들어맞는가 싶어. 이쯤 되니 총각도 해몽을 안 믿을 수가 없게 됐단 말이지. 하도 신통해서 그 이튿날 옆집 점쟁이를 찾아가 물어봤어.

"영감님은 무슨 재주로 꿈을 그렇게 잘 푸십니까?"

했더니 점쟁이가 하는 말이,

"해몽이라고 별것은 아니라네. 세상 사는 이치와 똑같은 게지. 밤새 엉엉 우는 건 어린아이밖에 더 있나? 어린아이가 처음에 울면 배가 고파 우나 보다 하고 먹을 것을 주지. 먹을 것을 줬는데도 울면 옷이 젖어서 그러나 보다 하고 새 옷을 갈아입혀 주지 않나? 그런데도 또 울면 괘씸하다고 엉덩이 한 차례 얻어맞기 십상이지. 그래서 그렇게 푼 거라네."

하더래.

송장 치고 부자 된 사람

그리 오래지
않은 옛날 이야기야. 저 충청도 어느 곳에 부잣집
종으로 사는 사람이 있었어. 주인집으로 말할 것 같으면 권
세 있는 양반인 데다가 농사도 한 천 석이나 했던 모양이야. 그런
집에서 종노릇하면서 살았는데, 한번은 주인 심부름으로 서울엘
가게 됐어. 서울에 주인 양반의 친척 되는 이가 사는데 벼슬이 참
판이나 돼서 아주 떵떵거리고 살아. 그 집에 쌀을 두어 가마 져다
주는 심부름을 하게 됐거든.

그래서 이 사람이 쌀을 두어 가마 짊어지고 서울에 가서 참판댁
에 갖다 주니까 그 집에서 내려갈 때 노자나 하라고 돈 석 냥을 주
었지. 이 사람이 돈 석 냥을 받고 보니 집에 있는 아내와 자식 생
각이 난단 말이야. 때는 엄동설한인데 옷이라고 홑옷을 걸치고 벌

벌 떨고 있을 식구들 생각하니 그 석 냥을 그냥 가지고 갈 수가 있나. 저잣거리에 가서 식구들 옷을 샀지. 옷을 사고 나니 돈이 한 푼도 없어. 그래서 빈손으로 내려오는 거야.

집에까지 가자면 한 며칠은 걸리는데 수중에 돈이 한 푼도 없으니 딱하게 됐지. 어느 집에고 가서 염치 불구하고 하룻밤 쉬어 가자고 해도 어디 한 군데 받아주는 데가 없어. 옛날에는 황혼에 과객을 내쫓는 법이 없었다지만, 그것도 글깨나 읽는 선비들 말이지 남의 집 종살이하는 사람은 어디 가나 괄시받게 마련이었거든. 날은 저물고 갈 곳은 없고 해서 여기저기 헤매다가 어느 곳에 가니까 번듯한 집이 있더래. 쫓겨날 때 쫓겨나더라도 사정해보는 수밖에 없다 하고 문밖에서,

"지나가는 사람인데 헛간이라도 좋으니 하룻밤 쉬어 갑시다."
하니까, 천만뜻밖에도 아주 반가워하면서 들어오라고 그러더란 말이지. 다른 식구는 없고 나이 지긋한 아낙이 혼자 있는데, 들어가니까 더운 밥 짓고 술도 한잔 곁들여서 아주 대접을 잘해주더래. 그러고 나서,

"손님께 한 가지 청이 있는데 들어주시겠습니까?"
이러거든. 무슨 청인지는 모르지만 거절을 할 수가 있나.

"이렇게나 신세를 지고서 무슨 일인들 못하겠습니까? 말씀만 하십시오."
했더니, 건넌방으로 데려가서 윗목에 덮어놓은 거적을 탁 들추는데, 아 거기 송장이 하나 있더래. 웬 선비가 죽어서 거적을 덮어놓았더란 말이야.

송장 치고 부자 된 사람

"그저께 저녁에 지나가던 선비가 우리 집에 와서 잤는데, 자다 말고 갑작스럽게 죽었습니다. 아무래도 염병에 걸려 죽은 듯하여 가장과 다른 식구가 모두 몸을 피하고 저 혼자 이 너른 집을 비울 수 없어 지키고 있었습니다. 청이라는 건 다른 게 아니고 이 송장을 좀 치워주십시오."

하는데, 듣고 보니 참 딱해. 염병이라고 하면 돌림병이니 잘못 건드렸다가는 다 죽거든. 그게 무서워서 이 집 식구들도 다 몸을 피했단 말이야. 이 사람이 가만히 생각해보니 좀 무섭기는 하지만 신세를 지고서 나 몰라라 할 수는 없겠어. 까짓것, 사람 목숨이야 하늘에 달린 건데 어쩌랴 하고 기꺼이 송장 치는 일을 맡았지.

쑥을 태워 연기를 피워놓고 염을 해서 송장을 깨끗하게 닦고 거적에 둘둘 말았지. 그걸 지게에 짊어지고 횃불을 피워 들고 먼 산에 올라가 구덩이를 파고 잘 묻어줬어. 그렇게 밤새 장사를 치르고 나니까 날이 환하게 새더래.

주인 아낙이 고맙다고 아침을 잘 차려주는 걸 먹고 나니 노자까지 듬뿍 주겠지. 노자를 받아 들고 지게를 지고 막 나서려는데 주인이 따라 나와 보자기에 싸인 길쭉한 통을 하나 주면서,

"이것은 죽은 선비가 지니고 있던 것인데, 아무래도 송장 친 사람이 가지는 게 옳겠습니다."

하는데, 가만히 보니 비단 보자기로 둘둘 말아 싼 것이 예사 물건은 아닌 것 같더래. 그걸 받아 가지고 가다가 쉴 참에 궁금증이 나서 보자기를 끌러봤지. 통은 사방을 종이로 바르고 벌건 도장을 찍어놨는데, 종이에 글자가 적혀 있지만 이 사람이 까막눈이라 읽

을 수가 있어야지. 바로 들고 보고 거꾸로 들고 보고 이러는데, 그
때 마침 선비 한 사람이 지나다가 그걸 이렇게 들여다보더니 깜짝
놀라면서,

"여보, 이게 어디서 났소?"

하고 묻거든.

"아, 나도 얼떨결에 얻었습니다. 대체 이게 무엇입니까?"

"그게 충청감사가 임금님한테 보내는 편지통이오."

아, 이런단 말이야. 듣고 보니 일이 참 복잡하게 됐어. 그 선비
가 임금님한테 가는 편지를 들고 가다가 변을 당했나 본데, 그걸
이 사람이 가지게 됐으니 어떻게 해. 이 궁리 저 궁리 하다가,

"에라, 이왕에 이게 내 손에 들어왔으니 내 손으로 임금님께 편
지를 전하는 수밖에 없다."

하고 그길로 도로 서울로 올라갔어.

서울에 가서 대궐을 찾아갔지. 문지기가 못 들어가게 막는 것
을, 편지통을 내보이니 당장 안으로 들여보내 주더래. 그래서 이
사람이 임금님 앞에까지 불려갔어.

"너는 어떤 백성인데 이런 중한 편지를 가지고 왔느냐?"

그래서 그동안 있었던 일을 임금님께 다 고했지. 서울 사는 참
판댁에 심부름 왔다가 노자를 다 쓰고 내려가는 길에 잘 곳이 없
어 어느 집에 들어갔는데 거기서 송장을 치게 됐다, 송장 된 사람
이 갖고 있던 물건을 얻었는데 뒤늦게 중한 편지인 줄 알고 가져
왔노라, 이렇게 말이야. 임금님이 그 말을 다 듣더니 고개를 끄덕
끄덕하고는,

송장 치고 부자 된 사람

"네가 큰일을 했구나. 듣고 보니 네 주인이 큰 부자인 모양인데 그 재산을 네가 좀 나눠 가져도 되겠구나."

하더니 사람을 시켜 의관을 가져오라 해서 그걸 주면서,

"이것은 내 명령이니 반드시 지켜야 하느니라. 이 옷을 입고 관을 쓰되, 절대로 벗어서는 안 된다."

이러거든. 임금의 명이니 어길 수가 있나. 이 사람이 도포를 입고 관을 쓰고 지게를 지고서 집으로 갔어.

그 꼴을 해가지고 집에 가니 주인이 가만히 있을 리 있나.

"이놈이 서울 가더니 미쳐서 왔구나. 종놈 주제에 감히 도포를 입고 관을 써?"

하고 야단을 하면서 달려들어 옷을 벗기고 관을 벗겨 발기발기 찢어버리는 거야. 그러고는 괘씸한 놈이라고 볼기를 쳐. 그래 실컷 얻어맞고 드러누워 있는 거지.

이때 대궐에서는 임금이 주인의 친척 되는 참판을 불러서 명을 내리기를,

"경은 지체 없이 친척 되는 충청도 아무개네 집에 가서 그 집 종 아무개가 아직 내가 준 의관을 잘 입고 쓰고 있는지 알아보라. 만약에 그 의관에 손을 댄 자가 있으면 중벌을 면키 어려우리라."

이랬거든. 참판이 부랴부랴 충청도로 내려가 보니 아니나 다를까 친척 되는 부자가 일을 내놨어. 도포고 관이고 발기발기 찢어놨거든. 임금이 내린 물건을 그 꼴로 만들어놨으니 모가지가 열 개인들 살아나겠나?

"아이고, 이 사람아. 자네가 큰일을 저질렀네. 이 일이 상감께

알려지면 자네도 죽고 나도 죽네."

주인이 내막을 들어보니 이것 참 목숨이 왔다 갔다 하는 일이란 말이야.

"이 일을 어찌하면 좋습니까?"

"하는 수 없네. 그 종놈을 잘 구슬려서 이 일을 입 밖에 내지 못하도록 해야겠네. 아예 그놈 종문서를 태우고 땅마지기나 좋이 나눠주는 게 상책일세."

"그렇게 해서 무사하다면야 그러고말고요."

이래서 종문서를 태우고 천 석 농사 중에 오백 석을 뚝 떼어주니까 이 사람은 하루아침에 부자가 됐지. 그렇게 부자가 돼서 잘 살았대. 그나저나 이게 다 임금님이 이렇게 될 줄 미리 알고 꾸민 일이 아니면 뭐겠어?

저승사자도 놀란 가난

　　한 삼백 년 거슬러 올라가서, 그 옛날 어떤 시골에 참 가난한 노총각이 하나 살았어. 어려서 부모를 다 여의고 정강이가 빨갈 때부터 남의 집 머슴살이를 하다 보니 뭐 가진 게 있어야지. 몸뚱이 하나만 믿고 사는 거야. 그러다가 나이 서른이 넘었는데 장가를 갈수가 없네. 집도 한 칸 없이 맨몸으로 사는 처지에 무슨 색시를 얻겠나 말이야. 다른 사람이 보다 못해 어디서 과부를 하나 업어다가 장가를 들여줬어.

　　자, 과부를 하나 업어다가 장가를 들긴 했는데 먹고살 일이 태산이거든. 뒷산 기슭에 얼기설기 움막을 하나 짓고 솥단지 하나 걸어놓고 그냥 사는 거야. 종일 남의 집일 해주고 보리고 콩이고 닥치는 대로 한 줌 얻어다가 끓여 먹고 사는 거지. 있으면 먹고 없으면 굶고, 이렇게 살아.

살다가 첫아이를 턱 낳았는데 하필 보릿고개에 낳았어. 옛날에는 보릿고개에 딸네 집에도 안 간다는 말이 있거든. 그만큼 먹고 살기 어렵다는 얘기지. 그럴 때 아이를 턱 낳아놨으니 참 기막힐 것 아니야? 아내는 아이를 낳고 기진맥진해서 누웠는데, 미역국은 고사하고 보리죽 한 사발도 끓여줄 것이 없거든. 게다가 남들 다 자는 한밤중에 아이를 낳았어. 밝을 때 같으면야 이웃에 다니면서 보리든 기장이든 얻어다 끓여 먹일 텐데, 이건 한밤중이라 그럴 수도 없네.

행여 먹다 남은 곡식이 한 줌이라도 붙어 있을까 하고 독마다 뒤지고 다니는데, 그게 죄다 텅텅 비었어. 그러다가 어느 독을 들여다보니까 밀가루가 바닥에 조금 붙어 있단 말이야. 독을 거꾸로 들고 밀가루를 탁탁 털어내니까 반 줌이나 나오는데, 그걸 솥에 넣고 물을 부어 끓이는 거야. 멀건 수제비를 끓여서 아내한테 갖다 주었는데 그게 어디 입에 들어가나. 그 따위 걸 먹은들 산모가 기운을 차릴 수가 있나. 먹은 둥 마는 둥 그냥 탈진해서 쓰러져 있어.

남편은 저도 며칠 굶은 판에 멀건 수제비 한 숟갈 못 먹고 밤새 그 난리를 쳐놨으니 뭐 배길 도리가 없는 거지. 밀가루 독을 안고 그대로 나자빠져서 그냥 잠이 들었어. 그 몰골이 참 흉하지. 머리는 쑥대밭이요 옷은 갈기갈기 찢어졌는데 얼굴은 며칠 굶어 누렇게 뜬 것이 독을 하나 끌어안고 자빠졌으니, 그게 야차 몰골이지 사람 몰골은 아니거든.

이때 아내는 실신을 해서 숨이 오락가락해. 사람의 숨이 오락가락하면 저승사자가 오게 돼 있단 말이야. 저승에서 저승사자가, 그것도 셋씩이나 왔어. 아내가 실신을 해가지고도 어렴풋이 뵈는 게 있었던 모양이야. 가만히 보니 저승사자 셋이 문밖에 와서 어른어른하거든.

'아이고, 이제는 죽었구나. 저승 갈 일만 남았네.'
하고 탄식을 하는데, 저승사자는 저희들끼리 의논을 하는 거야.

"아, 우리가 저런 아낙 하나 잡아가려고 셋씩이나 들어갈 게 뭐 있어? 까짓것 손만 탁 갖다 대면 끌려올 것을. 막내 사자야, 네가 들어가 잡아 오너라."

이렇게 의논을 하더니 막내 사자가 썩 들어왔지. 그런데 문지방을 탁 넘다 말고,

"이키, 이게 뭐야?"
하고 그만 기절초풍을 해서 도로 나가버려.

"아, 난 못 들어가겠소. 내 저승사자 수백 년에 저런 몰골을 처음 보는데, 머리는 쑥대밭 같고 옷은 갈기갈기 찢어지고 얼굴은 누렇게 뜬 것이 독을 끌어안고 자빠져 있소. 저런 놈을 어찌 타넘고 들어가란 말이오?"

남편이 지쳐서 자빠져 자는 걸 보고 그러는 거야. 몰골이 하도 흉측하니까 저승사자도 놀란 거야.

"에잇, 이놈아. 명색이 저승사자라는 놈이 담이 그리 작아서야 뭣에 쓰겠느냐? 저리 비켜라. 내가 가마."

이번에는 둘째 사자가 큰소리를 치면서 들어오는 거야. 그런데

이놈도 문지방을 넘다 말고,

"아이쿠."

하더니 그만 뒤로 발랑 나자빠져 버렸어. 너무 놀라서 말이지. 생전 들도 보도 못한 것이 문지방을 베고 누웠는데, 너무 흉측해서 어떻게 할 수가 없단 말이지.

"대체 뭐가 있기에 그리 소란이냐?"

첫째 사자가 용기를 내어 문지방을 밟았는데, 아 이놈도 못 들어와. 사지를 벌벌 떨다가 그냥 나가버려.

"야, 엄청난 놈이 누웠구나. 얘들아, 안 되겠다. 날 새기 전에 어서 가자. 요 재 너머 송 진사네 과부 며느리가 유복자를 낳았는데, 사주가 저 아낙과 똑같애. 대신 그 과부를 잡아가는 수밖에 없다."

하더니 우르르 몰려가 버렸지. 그래서 아내가 목숨을 건졌어. 간신히 목숨을 붙여가지고 있다가 날이 밝아 남편이 이웃집에서 곡식을 얻어 온 덕분에 정신을 차렸지. 보리죽 한 사발 먹고 겨우 기운을 차렸는데, 아내가 가만히 생각해보니 이것 참 일이 낭패란 말이야. 저 한 목숨 건진 건 좋으나, 저 대신에 아까운 청춘과부 한 사람이 죽게 됐으니 좀 미안한가.

"여보, 얼른 재 너머 송 진사네 가보오. 그 집에 초상이 났거든 딴말 말고 아기 젖은 우리가 먹인다 하고 아기를 데려와요."

남편이 헐레벌떡 재를 넘어가 보니 아니나 다를까, 송 진사네 과부 며느리가 간밤에 유복자를 낳고 죽어서 초상을 치른다고 아이고 대고 난리 났거든. 초상집에서는 죽은 이도 죽은 이지마는 당장 갓난아이 젖을 물릴 데가 없어 곤란을 겪고 있는 거지. 그냥

저승사자도 놀란 가난

두면 아이까지 저승으로 보낼 판이야. 그때 남편이 가서,

"진사님, 이 아이는 우리가 젖을 먹여 키우겠습니다."

하니까, 그건 뭐 감지덕지지. 세상에 그런 고마울 데가 어디 있어?

그래서 아이를 데려와 젖을 먹여 키우는데 참 지극 정성으로 키웠대. 이 머슴 아내가 말이야. 제 아이 젖 한 번 물리면 남의 아이 두 번 물리고, 이렇게 잘 키워줬어. 그래서 그 송 진사네 하고 가깝게 지내면서 나중에는 살림도 제법 일구어 참하게 차려놓고 잘 살았대.

그러니까 워낙 험하게 살면 저승사자도 놀라서 못 데려간다는 거야.

노루왕의 의리

옛날 옛적 갓날 갓적 하늘땅이 열
릴 적에, 호랑이가 담배 피우고 까막까치
말할 적에, 강아지에 뿔날 적에 수탉에 귀날 적에, 헌 누더
기 춤출 적에 부지깽이 날뛸 적에, 한 임금님이 살았더래. 이 임금
님은 노루 사냥을 즐겨 해서 틈만 나면 사람들을 많이 데리고 산
에 노루를 잡으러 갔더래.

노루를 잡아도 한두 마리를 잡는 게 아니라 닥치는 대로 마구
잡았던 모양이야. 얼마나 신명나게 잡는지, 한 번 사냥을 갔다 오
면 노루를 산더미만큼 잡아 왔어. 산더미만큼 잡아서 구워 먹고
삶아 먹고 볶아 먹고, 그러고도 남아서 노루고기가 대궐에 지천으
로 깔렸어. 먹다 남은 노루고기가 사방 깔려서 파리가 꾀고 썩어
나는 지경이야.

이래놓으니 죽어나는 것은 노루 나라 노루들이지. 산에 사는 노루들도 나라가 있었던 모양이지. 어쨌거나 사람 나라 임금이야 재미 삼아 노루를 잡지만 노루 나라 노루들이야 어디 그런가. 목숨이 왔다 갔다 하는 판이지. 게다가 노루 사냥을 나왔다 하면 한꺼번에 몇십 마리고 몇백 마리고 잡아가니, 이러다가는 온 나라에 노루 씨가 마르게 생겼거든.

노루 나라 노루왕이 가만히 생각해보니 이것 참 큰일이 나도 여간 난 게 아니란 말씀이야. 사람이 가만히 두어도 호랑이다 늑대다 해서 노루를 잡는 짐승이 좀 많아? 그런데 사람마저 노루 씨를 말리려 하니 낭패지. 호랑이나 늑대 같은 산짐승은 그나마 딱 저희 먹을 만큼 한두 마리씩만 잡아간다지만, 이 사람이란 짐승은 어찌 생겨먹은 것이 먹든지 남든지 재미 삼아 자꾸 잡아 대니 기가 막히네. 힘만 세다면야 까짓것, 이래 죽으나 저래 죽으나 매일반이니 대판 싸움이라도 붙어본다지만 노루 형편에 감히 꿈을 꿔? 못 꾸지.

생각다 못해 노루왕이 사람 나라 임금님을 찾아갔어. 찾아가서 사정 이야기를 했지.

"임금님, 우리 노루를 이렇게 닥치는 대로 잡아가니 죽을 지경입니다. 이러다가는 얼마 못 가서 노루 씨가 마르고 말 겁니다. 우리가 다 죽고 나면 무슨 수로 노루 사냥을 하겠습니까? 그러니 제발 이제부터 사냥을 그만둬주십시오. 그래만 주시면 임금님 반찬거리로 한 달에 한 마리씩 노루를 보내드리겠습니다."

사람 나라 임금이 들어보니 그도 그럴듯하거든. 노루 씨를 말려버리면 사냥도 못하고 노루 고기도 못 먹을 것 아니야? 그보다는 노루왕이 보내주는 노루를 마르고 닳도록 먹고 사는 게 나을 것 같더란 말이지. 그런데 한 달에 한 마리 가지고는 입에 붙일 것도 없겠어.

"안 된다. 한 달에 한 마리로는 어림없다."

"그러면 보름에 한 마리씩 보내드리지요."

"그것도 안 돼."

"열흘에 한 마리씩이면 어떻겠습니까?"

"그래도 적어."

"할 수 없군요. 닷새마다 한 마리씩 보내드리겠습니다."

"좋아. 그 대신 약속은 꼭 지키도록 해라."

이렇게 흥정을 하고 노루왕이 산으로 돌아왔어. 자기 나라로 돌아와서 노루 백성들을 모아놓고 설득을 했지.

"사실은 사람 나라 임금을 만나 이만저만한 약속을 했는데, 일이 이렇게 됐으니 우리끼리 제비를 뽑아서 닷새마다 한 마리씩 노루를 사람 나라에 보내는 수밖에 없다."

노루 백성들도 듣고 보니 그럴 수밖에 없겠거든. 어차피 사람과 싸워 못 이길 바에야 사냥을 당하는 것보다는 저희 손으로 한 마리씩 바치는 게 낫겠단 말이야. 그래서 닷새마다 한 번씩 제비뽑기를 해서 뽑힌 노루를 사람 나라에 보냈어. 그러니 사람 나라 임금도 사냥을 안 오더래. 사냥을 안 오니까 전처럼 날마다 벌벌 떨면서 사는 일은 없어졌지.

그런데 하루는 제비뽑기를 하니까 한 암노루가 턱 뽑혔는데 이 암노루가 울면서 하는 말이

"임금님, 제가 죽는 건 원통하지 않으나 제 뱃속에 새끼가 들었습니다. 며칠만 있으면 새끼를 낳을 텐데, 부디 새끼를 낳은 뒤에 죽도록 해주십시오."

이러거든. 아, 참 딱하게 됐단 말이야. 이미 제비는 뽑아났지, 암노루 사정은 딱하지, 이러니 어떻게 해? 다른 노루를 보고,

"누가 이 암노루 대신에 죽으러 가겠느냐?"

하니까 아무도 나서는 노루가 없어. 나서면 죽을 판인데 어느 노루가 선뜻 나서려고 하겠어? 그래서 할 수 없이 노루왕이 나섰어. 노루왕이 암노루 대신 죽으러 갔단 말이야.

사람 나라 임금이 턱 보니까 그날은 노루왕이 죽으러 왔거든.

"이번에는 네가 제비에 뽑혔느냐?"

"그게 아니라 새끼 밴 암노루가 뽑혔는데, 그 암노루가 새끼를 낳고 죽도록 해달라고 빌기에 대신 죽으러 왔습니다."

"다른 노루를 보내지 왜 네가 왔느냐? 너는 왕이 아니냐?"

"왕이기 때문에 온 것입니다. 백성들 목숨을 지키는 게 왕의 도리가 아닙니까?"

그 말을 듣고 사람 나라 임금님이 크게 깨달았어. 짐승 나라 왕의 의리가 저렇거늘, 하물며 사람 나라 임금이 되어서 새끼 밴 짐승이고 뭐고 닥치는 대로 잡아먹고 산 것이 부끄럽거든. 아이고 내가 이래서는 안 되겠다 하고 그날부터 마음을 아주 고쳐먹었지. 노루왕을 잘 대접해서 그냥 돌려보내고, 그다음부터는 노루를 절대 안 잡아먹기로 했다는 거야.

그래서 노루 나라 노루들은 걱정 없이 잘 살았대.

돼지가 된 대감

에그, 옛날에는 뇌물로 배 채우는 벼슬아치가 왜 그리 많았던지 몰라. 떵떵거리며 행세깨나 하는 벼슬아치 치고 매관매직 안 하는 이가 드물었다니 참 한심한 일이지. 옛날이라고 청빈한 벼슬아치가 없었겠나만, 그런 사람 이야기보다 토색질하는 벼슬아치 이야기가 더 많으니 난들 어떻게 해. 이 이야기도 그런 이야기니 어디 한번 듣기나 해봐.

옛날 저 시골 어느 고을에 돈깨나 가진 사람이 하나 살았어. 평생 농사짓고 장사하고 할 일 못 할 일 안 가리고 돈을 벌었지. 아니 할 말로 개같이 번 거야. 그렇게 돈을 벌어가지고 한 삼천 석지기를 했는데, 말년이 되니까 생각이 달라지거든.

"에잇, 남들도 다 돈으로 벼슬 산다 하니, 나도 어디 이 돈으로 벼슬이나 하나 사볼까?"

이렇게 작정했단 말이야. 그래서 한 천 석지기 뚝 떼어 팔아서 돈을 마련해 바리바리 싣고 서울로 올라갔어. 서울 가서 세도가 떠르르하다는 대감 댁에 문객으로 들어갔지. 가지고 온 돈바리를 내놓고,

"대감 이거 받으시고 어디 조그만 고을살이 하나 줍시오."

했지. 돈으로 벼슬 사는 놈이나 팔아먹는 놈이나 다 한통속이니 체면이고 뭐고 가릴 게 뭐 있나? 장터에서 물건 흥정하듯 하는 거야.

"내 한번 알아보지."

이렇게 되면 그 집 문객으로 날마다 사랑방에서 먹고 자면서 벼슬 줄 때까지 기다릴 수밖에 없어. 그렇게 벼슬 사러 온 놈이 어디 한둘인가? 하루에도 서너 놈씩 돈을 바리바리 싣고 들어와서 갖다 바치고는 문객으로 그냥 눌러앉는 거야. 문객들끼리 장기나 두면서 한세월 보내는 거지. 그중 돈을 좀 많이 갖다 바친 놈은 일찍 벼슬을 얻어 나가고, 적게 바친 놈은 한 일 년 기다려보고 소식이 없으면 제풀에 욕이나 바가지로 퍼붓고 물러나든가, 아니면 배짱 내밀고 삼 년이고 사 년이고 죽치다가 대감이 그만 지긋지긋해서 한자리 주면 받아 가든가 뭐 그러는 거야.

이 사람도 바친 돈이 적었던지 한 일 년 문객으로 죽치고 있어도 소식이 없네. 당최 쓰다 달다 말 한마디 없어. 이대로 그냥 물러나자니 바친 돈이 아깝고, 세도가 하늘에 닿는 대감한테 왜 벼슬 안 주느냐고 삿대질할 수도 없는 노릇이고 해서 하루는 슬그머니 대감 앞에 가서,

"대감, 그동안 사랑에서 잘 쉬었습니다."

했지.

"왜, 그만 시골로 내려가려고?"

"그게 아니라 그동안 신세를 너무 진 것 같아 이제 그만 거처를 옮길까 합니다."

슬그머니 떠보는 거야. 그게 말하자면,

'네놈한테 돈바리를 그렇게 갖다 바쳤는데도 벼슬 하나 안 줘? 더럽다, 더러워. 차라리 딴 데 가서 벼슬 사고 말지.'

이런 말이거든. 아, 욕심이 디룩디룩한 대감이 그런 말을 듣고 '오냐, 가거라.' 할 것 같나?

"응, 그러지 말고 좀 더 기다려 봐. 자네한테 줄 자리가 하나 있긴 있는데 요새 청하는 사람이 워낙 많아 놔서……."

이건 또 무슨 말이냐 하면,

'네놈이 돈 몇 바리로 벼슬 사려고 한다마는 어림없는 소리. 돈바리가 줄을 섰으니 생각이 있으면 좀 더 가지고 와.'

이런 뜻이야.

그래서 이 사람이 시골집에 기별을 해서 돈을 더 올려 보내라 했어. 삼천 석지기 가운데 천 석 떼어주고 이천 석 남은 것 중에서 또 한 천 석 떼어 팔아 돈을 듬뿍 실어다가 대감 앞에 바쳤지. 그래놓고,

"대감, 이번에는 어떻게 좀 한자리 마련해줍시오."

했지. 욕심이 디룩디룩한 대감이 돈을 보고서야 녹지근해지지 않을 리 있나.

"응, 조금만 기다리면 좋은 소식이 있을 걸세."

말은 사근사근하게 잘하지. 그래서 또 다른 문객과 장기나 두면서 세월을 보냈어. 아무리 기다려도 소식이 있나. 오늘이야 내일이야 하다 보니 일 년이 지났네. 이 사람이 다시 대감 앞에 가서,

"대감, 그동안 잘 쉬었습니다."

했어. 어떻게 나오나 보려고 그랬는데 아닌 게 아니라 또 붙들어.

"그러지 말고 조금만 더 기다려 봐. 자리는 적고 사람은 워낙 많아서 요새는 좀 힘드네."

돈을 더 갖다 달라는 말이거든. 에라, 모르겠다 하고 이 사람이 시골에 기별을 해서 나머지 천 석지기를 다 팔았어. 평생 모은 걸 몽땅 팔아 갖다 바쳤지.

"대감, 이게 제 전 재산입니다. 늙어 죽기 전에 작은 고을이라도 하나 줍시오."

"걱정 말고 기다려 봐."

그래서 또 사랑에 처박혔어. 다른 문객과 장기나 두면서 기다리는 거야. 그렇게 한 달이 가고, 두 달이 가고, 아 일 년이 지나도 감감무소식일세. 이 사람이 그만 슬그머니 부아가 났어. 남의 돈을 먹었으면 갚음을 해야지, 이건 뭐 밑 빠진 독에 물 붓기나 매일반이거든. 대감을 찾아가서,

"대감, 더 못 기다리겠습니다. 이만 시골로 내려갈랍니다."

했지. 그러면 좋은 말로 붙들고 미안하다든지 좀 더 기다려보라든지 할 줄 알았지. 그런데,

"그래? 그럼 잘 가게."

이러고 마는구나. 이제 이 사람한테는 더 얻어먹을 게 없다는 걸 알고 그러는 거야. 이 사람이 하릴없이 그 집을 나왔어. 나와서 가만히 생각해보니 참 분통이 터진단 말이야. 평생 모은 삼천 석지기를 그놈의 대감 입에다 다 털어놓고 빈손으로 내려가자니 억장이 무너지지.

"에그, 내가 벼슬에 환장해서 요 모양 요 꼴이 되고 말았구나."

털레털레 내려오다 보니 노자는 똑 떨어지고 배는 고픈데, 마침 길가 오두막에 웬 허연 노인이 참외를 한 소쿠리 담아놓고 앉았거든. 배는 고프고 목은 마르니 그 참외가 곧 입에 들어오는 것 같단 말이야.

"노인장, 거 참외 하나만 얻어먹읍시다."

"그러시오. 그런데 이 참외는 거저먹을 수는 없고, 한 가지 일을 하고 나서 먹어야 하오."

"무슨 일을 하라는 거요?"

"이 참외망태를 한번 뒤집어써 보시오. 그러면 알게 될 거요."

참외망태 뒤집어쓰는 일이야 뭐 힘들 게 있나. 홀렁 뒤집어썼지. 그랬더니, 아 이게 웬일이야? 망태가 스르르 몸에 달라붙더니 그만 제 몸이 돼지 몸이 돼버렸어. 돼지가 돼서 말을 해도 '꿀꿀 꿀꿀' 소리밖에 안 나와.

"쯧쯧, 이 망태는 보통 사람이 쓰면 아무 일이 없으나 욕심 많은 사람이 쓰면 돼지가 되는 건데, 이녁은 욕심이 좀 많았나 보오."

벼슬자리 하나 얻으려고 삼천 석 살림을 다 팔아치웠으니 벼슬 욕심이 많기는 많았지. 욕심만 많은 게 아니라 속도 시꺼멨지 뭐야. 벼슬을 하고 싶으면 과거를 보든지 해야 할 것을, 대감한테 뇌물이나 먹이고 벼슬을 구했으니 돼지가 돼도 싸지 싸.

이 사람이 가만히 생각해보니 후회가 막심해. 벼슬 욕심 때문에 살림은 거덜 났고 몸은 돼지가 됐으니 이게 무슨 꼴이야. 그래서 부끄러운 것도 모르고 엉엉 울어댔어. 그러니 그게 뭐 사람 울음소리로 들리나? 돼지가 '꿀꿀꿀꿀' 하고 우는 소리로만 들리지. 노인은 혀를 끌끌 차더니,

"이녁 욕심 때문에 돼지가 됐으니 이제부터는 모든 일이 이녁한테 달렸소. 나는 이만 가오."

하고 바람같이 어디론가 가버리네. 이 사람 혼자 오두막에 남아서 밤새도록 '꿀꿀꿀꿀' 하고 울다 보니 하루가 지났어. 에라, 돼지가 됐건 말건 배가 고프니 참외나 실컷 먹고 죽든지 살든지 하자, 이렇게 생각하고 노인이 남겨둔 참외를 실컷 먹었어.

그랬더니 이게 웬일이야? 참외를 한 개 한 개 먹을 때마다 사람 모습이 조금씩 돌아오는 거야. 두어 개 먹었더니 얼굴이 사람이 되고, 서너 개 먹었더니 몸통이 사람이 됐어. 대여섯 개를 먹었더니 팔다리까지 사람이 다 됐네. 사람이 다 되니까 망태가 허불 벗겨지듯이 스르르 벗겨져서 땅에 툭 떨어지는 거야.

"옳거니. 이제 이걸 제대로 씌울 사람을 찾아가자."

이 사람이 그길로 몸을 돌려 서울로 올라갔어. 올라가서 대감집에 떡 갔지.

"대감님, 저 왔습니다."

"아, 시골 내려간다더니 왜 돌아왔어?"

"가다 보니 서운해서 며칠만 더 묵고 가려고 왔습니다."

"그럼 그렇게 해."

며칠 묵으면서 기회만 보다가 하루는 대감이 잠든 틈을 타서 가만히 망태를 뒤집어씌웠지. 욕심 많은 사람이 쓰면 돼지가 되는 망태니까 뭐 볼 것이 있나? 뒤집어씌우자마자 효험이 나타나지. 금방 돼지가 된 거야.

한참 뒤에 대감이 잠에서 깨보니, 아 이런 변고가 있나. 자기가 돼지가 되어 있거든.

"이게 뭐야? 내가 왜 이렇게 됐어?"

하고 소리를 질러도 '꿀꿀꿀꿀' 하는 소리밖에 안 나. 참 기가 막히는 거야. 아, 돼지가 되어서 어딜 나갈 수가 있나. 아프다고 소문을 내고는 그냥 방구석에 틀어박혀서 꿀꿀거리고 있었지.

이때 이 사람이 슬쩍 방에 들어가서,

"대감, 이게 웬일이십니까? 어쩌다가 이 지경이 되셨습니까?"

하니, 대감이 뭐라고 대답을 하는지 '꿀꿀' 소리가 진동을 하거든.

"진정하십시오. 제가 이런 병에 잘 듣는 약을 알고 있사온데 약값이 좀 비쌉니다. 대감께서 아시다시피 저는 이제 무일푼이니 약값을 좀 주시면 구해오겠습니다."

대감이 들으니 이렇게 반가울 데가 없거든. 돼지가 되어서도 돈궤는 잘 챙겨놨던지 돈을 몇 바리 주는데, 그게 자기가 천 석지기 팔아 갖다 바친 돈이더래. 그 돈을 받고 참외를 두어 개 사다가 으깨어 약탕기에 담아 먹였지. 그랬더니 얼굴이 사람으로 돌아오는 거야.

"주신 돈만큼 약을 샀더니 효험이 그것밖에 없군요. 약값을 좀 더 주시면 더 사다 바치겠습니다."

돈 몇 바리를 받아 가지고 참외 두어 개를 먹이니, 이번에는 몸통까지 사람이 됐어. 그런데 아직 네 다리가 돼지 다리거든.

"이제 조금만 더 약을 쓰면 되겠습니다."

나머지 돈도 다 받았어. 자기가 갖다 바친 돈을 도로 다 찾은 거지. 그리고 나서야 참외를 더 먹여서 팔다리까지 사람으로 만들어 줬더래.

그런 뒤에는 이 사람도 두 번 다시 돈으로 벼슬 살 생각을 않고 그냥 농사지으며 잘 살았어. 대감도 한번 돼지가 되고 나서 혼이 다 빠졌는지, 그 뒤로는 매관매직을 않고 살더라지. 그나저나 요새는 이런 일이 없을까? 이런 이야기 들으면 가슴이 뜨끔할 사람이 있지 않을까? 그런 사람 없어야 할 텐데.

저승에 있는 곳간

네 창고야 ~

옛날 어느 곳에 두 사람이 살았는데, 하나는 박 서
방이고 하나는 이 서방이야. 그런데 이 두 사람 성질이
딴판이야. 박 서방은 부자이면서도 인색하기 그지없어서
평생 제 것 하나라도 남을 줘본 적이 없어. 이웃에서 누가 연장이
라도 빌리러 오면,

"아, 사서 써."

이러고 안 빌려주고, 스님이 동냥을 와도,

"아, 딴 데 가봐."

이러고 안 줘. 보리쌀 한 줌도 남을 줘본 적이 없어. 이게 소문이
나니까 그다음부터는 아무도 박 서방네 집 근처에 얼씬도 안 해.
가봤자 좋은 소리 못 들을 테니까 아예 발길을 뚝 끊는 거지.

그런데 이 서방은 가난하게 살면서도 뭐든 남을 곧잘 줘. 누가

양식이라도 꾸러 오면 저 먹을 것이 있건 없건 쌀독 바닥을 박박 긁어서라도 주고 보는 거야. 길 가다가 거지를 보면 입은 옷도 벗어서 주고, 스님이 동냥을 오면 곡식을 있는 대로 퍼내 주고도 더운밥 한 끼씩 꼭 대접을 해서 보내거든. 이게 소문이 나니까 이 서방네 집에는 언제나 사람이 버글버글해. 거지든 과객이든 가기만 하면 대접을 잘해주니까 사람들 발길이 끊일 날이 없지.

이렇게 사는데, 하루는 박 서방이 갑자기 죽었어. 저녁 잘 먹고 자다가 그냥 죽은 거야. 자다가 보니 저승사자 셋이 와서 다짜고짜 가자고 그러더래. 따라갔지. 산을 넘고 물을 건너 한참 동안 가니까 저승이야. 저승에서 제일 큰 집이 염라대왕 사는 대궐인데, 거기에 턱 들어가서 염라대왕 앞에 꿇어앉으니까,

"너는 아직 올 때가 안 됐는데 왜 왔느냐?"

이러거든.

"자다가 저승사자님이 가자고 해서 따라왔습니다."

하니까 염라대왕이 저승사자들에게 불호령을 내리더래.

"너희는 일을 어찌 이따위로 하느냐? 이 사람은 삼십 년 뒤에나 올 사람인데 어쩌사고 잡아 왔느냐? 어서 돌려보내도록 해라."

그래서 저승사자를 따라 대궐을 나왔어.

"우리가 실수로 자네를 데려와서 미안하이. 그런데 이승으로 나가려면 노자가 있어야 한다네."

"노자고 뭣이고 이승에서 올 때 한 푼도 안 가져왔으니 어떡합니까?"

"그것은 걱정 말게. 저승에도 자네 곳간이 있으니 거기에 있는

돈을 좀 쓰면 될 것이야."

"저승에도 제 곳간이 있다고요? 대체 어디에 있습니까?"

"우리를 따라오게."

저승사자를 따라갔더니 아닌 게 아니라 곳간이 즐비하더래. 큰 것도 있고 작은 것도 있는데, 자기 곳간에 가 보니 이건 뭐 손바닥만 한 것이 다 찌그러져가는 곳이야. 들여다보니 더 어처구니가 없어. 아무것도 없고 달랑 짚 한 단뿐이야.

"제 곳간은 왜 이 모양이랍니까?"

"쳇, 자네는 이승에서 어지간히 인색했던 모양이로군. 저승 곳간에는 이승에서 남을 준 것이 그대로 쌓인다네. 자네는 평생 짚 한 단밖에 남을 준 것이 없나 보군."

가만 생각해보니 언젠가 이웃 사람이 삼태기를 빌리러 왔기에,

"아 만들어 써."

하면서 짚 한 단 던져준 일이 있거든. 그것 말고는 남한테 준 게 없어. 그러니 곳간이 그 모양이지.

'이럴 줄 알았으면 적선 좀 하고 살걸.'

뒤늦게 뉘우쳤지만 소용이 있나. 노자를 구해야 이승으로 돌아갈 터인데 저승 곳간에는 찬바람만 횡횡 도니 어떻게 해.

"노자가 한 푼도 없으니 이제 어떻게 합니까?"

"할 수 없지. 남의 곳간에 있는 돈을 좀 빌려 쓰는 수밖에. 마침 자네 이웃에 사는 이 서방네 곳간에는 돈이 많으니 그걸 좀 빌려 쓰게나."

저승사자를 따라 이 서방네 곳간에 가 보니 참 입이 딱 벌어질

만큼 많아. 곳간도 으리으리하게 큰데, 그 안에 돈이고 양식이고 옷이고 자잘한 물건이고 잔뜩 쌓였어. 그게 죄다 남 준 거야. 그게 그렇게나 많더래.

박 서방은 이승에서 부자로 살아도 저승 곳간은 텅텅 비었고, 이 서방은 이승에서 가난하게 살아도 저승 곳간은 꽉 찬 거지. 그래서 이 서방네 곳간에서 돈 삼백 냥을 빌려 가지고 나왔어. 빌린 돈으로 노자 해서 무사히 이승으로 왔지.

박 서방이 눈을 떠보니 방 안에 병풍을 둘러치고 식구들이 '아이고 아이고' 곡을 하는데, 병풍 뒤에 자기가 턱 누워 있겠지. 벌떡 일어나 병풍을 걷고 나오니 식구들이 기절초풍을 하네. 자초지종을 이야기하고 날이 밝기를 기다려 돈 삼백 냥을 들고 이 서방을 찾아갔어.

"아무것도 묻지 말고 이 돈 삼백 냥을 받게나."

"이게 웬 돈인가?"

"글쎄 더 묻지 말고 받아두게. 빚을 갚는 것뿐이니까."

안 받으려는 걸 부득부득 맡겨두고 돌아왔지. 그 뒤로는 박 서방이 아주 딴사람이 됐어. 그럴밖에. 저승 곳간을 채우려면 적선을 해야 하니까. 그때부터 부지런히 적선을 해서 죽을 때가 돼서는 저승 곳간을 어지간히 채웠어. 이 서방도 박 서방한테 받은 돈으로 가난한 사람을 구제해서 저승 곳간을 더 키웠지. 그렇게 해서 둘 다 잘 살다가 죽어서 저승에 가서도 잘 산대.

모두들 새겨서 들었겠다.

살막이 돌담

옛날 어느 곳에 어떤 내외가 살
았는데, 나이 마흔이 넘도록 자식
이 없다가 어찌어찌 공을 드려 늘그
막에 아들을 하나 낳았어. 그러니 얼마나 귀한 아들이야? 금이야
옥이야 하고 키우는데, 말 그대로 불면 꺼질세라 쥐면 터질세라
하고 고이고이 키우는 거야.

그렇게 갖은 정성으로 나이 열맷 살 먹도록 키워놨더니 이게 당
최 약골일세. 고개 너머 감기 왔다는 소문만 나도 재채기부터 하
고, 삽짝 밖에 두어 걸음만 나갔다 와도 골골 앓는단 말이야. 이거
뭐 이래가지고는 사람 구실을 할 것 같지도 않거든. 용하다는 의
원은 다 불러다 보이고, 좋다는 보약은 다 구해다 먹여봤지만 소
용이 없었지. 사시사철 골골 앓는 게 일이야.

이쯤 되니 내외는 슬하에 자식이 없을 때보다 걱정이 더 많아졌어. 자식이 없을 때야 그저 바라는 게 자식 하나 얻을 일뿐이었지만, 이제는 비가 와도 걱정, 바람이 불어도 걱정이란 말이야. 행여 비를 맞고 감기 들라, 바람 쐬고 병들라, 당최 마음을 못 놓고 사는 거야.

그렇게 사는데, 하루는 이 집에 과객이 하나 찾아 들었어. 과객이 찾아오면 마땅히 반갑게 맞아들여 대접해야 할 일이지마는, 아들 하나 있는 것이 밤낮 골골 앓으니 선뜻 마음이 안 내키는 거야. 행여 과객이 묻혀 들어온 바깥바람 때문에 병이 날까 두려워서 그런 거지.

"죄송한 말씀이오나 딴 데 가서 하룻밤 유하시면 안 될까요?"

"왜 그러시오? 이 댁에 무슨 일이라도 있소?"

"딴 일은 없으나 아들 녀석 병치레가 끊일 날 없어 그럽니다."

"그래요? 그렇다면 더더욱 묵어야겠소."

과객이 하는 말을 들으니 병깨나 볼 줄 아는 사람 같거든. 그래서 혹시나 하고 맞아들여 대접을 잘하고 나서 아들의 병을 좀 봐줄 수 있겠느냐고 물어봤어. 그랬더니 대번에 그러자고 하더래. 얼른 보였지.

과객이 아들을 이리 보고 저리 보고 하더니, 그동안 어떻게 키웠으며 어떻게 크더냐고 꼬치꼬치 묻겠지. 그래서 늘그막에 아들 하나 얻어 금이야 옥이야 하고 키운 내력을 소상하게 말해줬어. 그랬더니 이 과객이 대뜸 집 밖에 나가 이리 돌고 저리 돌고 한참을 빙빙 돌더니 들어와서 하는 말이,

"이것은 다른 병이 아니고 집 밖에 살이 끼어 생긴 병이니, 살을 막지 않고는 아드님 목숨이 일 년을 기약할 수 없습니다."

하거든. 아, 일 년을 기약할 수 없다니 가슴이 철렁 내려앉지. 내외가 바짝 매달려 제발 살을 막을 방도를 일러달라고 보챘어.

"그러면 제가 시키는 대로 하겠습니까?"

"여부가 있겠습니까? 아들 목숨을 살리는 일이라면 무엇이든지 하겠습니다."

"그러면 이렇게 하십시오. 이 댁을 둘러싸고 있는 돌담에 살이 끼었으니 돌담을 헐고 새로 쌓되, 이 일은 반드시 병자가 손수 해야 합니다. 돌 하나라도 남의 손이 닿으면 효험이 없을 것이니 명심해야 합니다."

과객이 떠난 뒤에 내외는 아들을 시켜 돌담을 헐게 했어. 밤낮 골골 앓는 놈한테 그 힘든 일을 시키자니 뼈가 다 녹는 것 같지만 별 수가 있나? 살을 막으려면 그것밖에 없다는데 어떻게 해? 날마다 일을 시켰지.

아들놈은 비칠비칠하면서도 제가 살 길이 그것밖에 없다 하니 이를 악물고 돌담을 허는데, 워낙 기운이 없어서 첫날에는 겨우 돌멩이 대여섯 개밖에 못 헐었어. 그런데 날이 갈수록 조금씩 조금씩 힘이 붙는 것 같더란 말이지. 둘째 날에는 여남은 개를 헐고, 셋째 날에는 스무남은 개를 헐어내고, 이러더란 말이야. 밥도 한 끼에 겨우 한 술 먹던 놈이 한 열흘 지나 돌담 한 귀퉁이가 허물어질 때쯤 돼서는 한 그릇을 거뜬히 비웠지.

'아, 살막이가 과연 효험이 있긴 있구나.'

내외가 지켜보니 그 얼마나 좋아? 돌담이 차차 허물어질수록 아들놈 기운도 살아나고 밥그릇도 잘 주니까 말이야. 이러구러 한두어 달 지나 돌담을 다 헐어낼 때쯤 돼서는 아들놈 병이 거지반 다 나았어. 한 서너 달 지나 새로 돌담을 다 쌓고 나니 언제 아팠냐는 듯이 말짱해졌어. 온몸에 살도 피둥피둥 오르고 기운도 제법 실해져서, 아 이만하면 어디에 내놔도 내 아들이야 할 만하거든.

살막이 돌담을 새로 다 쌓고 나서 얼마 안 되어, 살막이 방도를 가르쳐준 과객이 다시 찾아왔어. 얼마나 반갑고 고마워? 아들 목숨을 살려준 은인이라고 극진히 대접을 했지. 그러고 나서,

"손님께서는 어찌 그리 살을 잘 보십니까?"

하고 물었더니,

"아, 그건 제가 좀 허풍을 떤 것뿐입니다. 이 댁 아드님이 워낙 일을 안 하고 커서 병골이 된 듯하여 일을 좀 시키면 나을까 하고 그랬지. 살은 무슨 살이겠습니까?"

하더래.

그러니까 사람은 일을 해야 병도 안 생기는 거지. 일 안 하고 놀면 무슨 병이든 꼭 생긴다니까.

배운 사위와 못 배운 사위

옛날 어느 시골에 가난한 농사꾼 총각이 살았어. 살다가 나이 차서 장가를 갔는데, 가 보니 위로 두 동서가 다 글을 잘해. 글을 많이 알아서 걸핏하면 문자를 쓴다 어쩐다고 난리도 아니야. 그런데 말이야, 저희들끼리만 그러고 말면 좋겠는데, 은근히 남의 비위를 슬슬 거스르거든. 무슨 말인고 하니 저희들 글 좀 잘한다고 막내 동서를 은근히 얕보는 거야. 그러니 눈꼴이 좀 시게 생겼단 말씀이야.

한번은 장인 생일날이 돼서 처가에 갔지. 세 사위가 한자리에서 밥도 먹고 술도 먹고 노는데, 그러다가 맏사위 둘째 사위가 주거니 받거니 요상한 수작을 해.

"오늘은 좋은 날이니 우리 삼동서가 시를 한 수씩 지어보는 게 어떤가?"

"야, 그것 참 좋은 생각입니다."

가만히 들어보니, 이게 아주 막내 동서 욕보이려고 작정을 하고 그러는 거지 뭐야. 아, 저희들이야 글을 많이 배웠으니 시 한 수 짓는 것쯤 누워 떡먹기겠지마는, 시골에서 농사만 짓다 온 사람이 무슨 수로 시를 지어? 죽었다 깨도 못 짓지.

기가 죽어 슬슬 눈치만 살피고 있는데, 두 동서는 벌써 어쩌고 저쩌고하면서 한문 글자로 시를 읊느라고 난리가 났어. 가만히 앉아 있다가 차례가 돌아오면 더 거북해지겠다 싶어, 막내 사위가 그만 슬그머니 자리를 피했지. 그러면 그런가 보다 하고 놔두면 좀 좋아?

"아, 자네는 어딜 그리 급히 가나?"

"설마 뒷간에 가서 한 수 지어 오려는 건 아닐 테지?"

이러고 낄낄 웃으면서 무안을 주니, 이게 참 쥐구멍을 찾을 노릇이거든.

그렇게 무안을 당하고 집에 돌아갔는데, 얼마 안 있어 장모 생일날이 다가왔어. 그래서 처가에 가려고 채비를 하니까 아내가 말려.

"당신은 그냥 집에 있어요. 이번엔 나 혼자 갔다 올 테니."

"아, 나도 어엿한 자식인데 가야지."

"갔다가 또 지난번처럼 무안이나 당하면 어쩌려고 그러오?"

"이번에는 당하고 가만히 안 있을 테니 두고 봐요."

이렇게 해서 처가엘 갔지. 가서 전에처럼 세 사위가 한자리에서 밥도 먹고 술도 먹고 노는데, 아닌 게 아니라 맏사위 둘째 사위가 또 슬슬 수작을 해.

"오늘은 좋은 날이니 우리 삼동서가 시를 한 수씩 지어보는 게 어떤가?"

"야, 그것 참 좋은 생각입니다."

이러고 나서 시를 읊거든. 어쩌고저쩌고하면서 한문 글자로 줄줄 시를 읊는데, 이번에는 막내 사위가 자리를 안 뜨고 그냥 가만히 앉아 있었어. 맏사위가 시를 다 읊고, 둘째 사위가 시를 다 읊을 때까지 앉아 있었단 말이야. 그러니 두 동서가 재촉을 하지.

"자, 이제 자네 차례일세. 어서 읊어보게."

"설마 이제 와서 못한다는 말은 안 할 테지."

그제야 막내가 입을 떼는데, 시를 읊는 게 아니라 두 동서에게 은근히 물었어.

"형님들은 글을 그만큼 많이 배웠으니 모르는 자는 없겠소그려?"

그 말을 듣고 두 동서가 발끈하지.

"아, 이 사람이 싱거운 소릴 하는군. 모르는 글자가 있을 게 뭔가?"

그 대답을 기다려 막내 사위가 수수께끼를 냈지.

"그러면 한번 맞혀보시오. 비 오는 날 논두렁으로 종가래 끌고 가는 자가 무슨 자요?"

비 오는 날 논두렁으로 종가래 끌고 가는 자? 그런 글자는 당최 듣도 보도 못했거든. 여태 책을 몇십 권 읽었어도 그런 글자는 못 봤단 말이야. 두 동서가 그만 입이 꽉 막혀 말을 못해.

"아이 참, 형님들은 그것도 모르면서 글을 읽었다고 하시오? 그

거야 논임자 아니오?"

들고 보니 할 말이 없어. 논임자가 비 오는 날 논두렁으로 종가래를 끌고 가지 누가 끌고 가? 할 말이 없으니까 입맛만 쩍쩍 다시고 있지.

"그러면 하나 더 맞혀보시오. 참깨 밭 가장자리로 우뚝우뚝 솟은 자는 무슨 자요?"

참깨 밭 가장자리로 우뚝우뚝 솟은 자? 그런 자를 알 게 뭐야? 도무지 들어봤어야지. 이번에도 말문이 꽉 막혀 머리만 긁적긁적하고 있는 판이야.

"아이 참, 형님들은 그것도 모르면서 시를 쓴다고 하시오? 그거야 피마자 아니오?"

피마자가 키가 크니까 참깨 밭 가장자리로 우뚝우뚝 솟지, 딴게 솟을 게 뭐 있어? 이번에도 두 동서는 꿀 먹은 벙어리가 돼서 코만 벌름벌름하고 있지, 뭐 다른 수가 없어.

"그러면 하나 더 맞혀보시오. 다리 사이로 이웃집 강아지 지나다니는 자는 무슨 자요?"

다리 사이로 이웃집 강아지 지나다니는 자? 이건 또 무슨 말이야? 이번에도 두 동서는 할 말이 없어서 서로 눈만 멀뚱멀뚱 쳐다보고 있어.

"아이 참, 형님들은 모르는 자도 많소그려. 그거야 울바자 아니오?"

이웃집 강아지가 울바자 밑으로 지나다니지 어디로 지나다녀? 다 옳은 말이니까 대꾸할 말도 없지 뭐.

이렇게 해서 글 못 배운 막내 사위가 글 많이 배운 두 사위한테 받은 설움을 고스란히 돌려주더라는 얘기.

시어머니와 며느리

옛날 어느 곳에 홀시어머니가 외동 며느리 하나를 데리고 살았는데, 둘이 사이가 참 나빴어. 눈만 마주치면 으르렁대는 거야. 시어머니는 시어머니대로, 며느리 하나 있는 것이 머리끝부터 발끝까지 안 미운 데가 없어. 옛말에 며느리가 미우면 발뒤축 둥근 것도 밉다더니 딱 그 꼴이야. 며느리는 며느리대로 시어머니가 어른으로 안 보여. 그냥 원수 중에 상원수야. 그러니 둘이 만났다 하면 힐끔할끔 실쭉샐쭉 티격태격 옥신각신, 하루도 잠잠한 날이 없지.

이를테면 시어머니가 나들이라도 갔다가 조금 일찍 집에 돌아오면 이렇게 돼.

"아이 어머님, 저녁에 오시겠다더니 벌써 오셨어요?"

며느리는 그냥 인사치레로 하는 말인데,

"그래 이것아, 내가 일찍 들어오니 꼴 보기 싫지?"

시어머니가 짐짓 어깃장을 놓고, 그러면 며느리도 지지 않지.

"아이 참, 어머님도 무슨 애먼 소리를 그렇게 하세요?"

"애먼 소리라니, 너 어른한테 말대꾸하는 버르장머린 어디서 배웠니?"

"말대꾸라니요. 억지 말씀은 어머님이 먼저 시작하셨잖아요."

"저것이 어른한테 눈을 똑바로 뜨고 대드는 것 좀 봐. 네 친정에 선 어른한테 그렇게 바락바락 기어오르라고 가르치디?"

"왜 애꿎은 친정은 들추고 그러세요? 정말 너무하세요. 제가 그 렇게 미우세요?"

"그래, 밉다 미워. 아주 지긋지긋하다, 이것아. 꼴도 보기 싫으 니 썩 나가거라."

"흥, 제가 왜 나가요? 제가 제 집을 두고 어딜 나가요?"

"얼씨구, 이게 왜 네 집이냐? 내 집이지. 저것이 이제는 아주 집 까지 빼앗으려 드네."

이렇게 시끌벅적 싸움이 벌어지니, 이게 참 어디 예삿일인가. 그런데 이 두 사람이 처음부터 이랬던 게 아니라 처음에는 사이가 좋았거든. 어머님 이거 잡수세요, 오냐 너도 먹어라, 이러고 오순 도순 사근사근 잘도 지냈는데, 아 어쩌다 그만 한번 사이가 틀어 지더니 내처 배배꼬이더란 말이지.

그래서 시어머니는 시어머니대로, 며느리는 며느리대로 정화수 떠다 놓고 신령님께 빈다는 것이 서로 없어지기를 비는 거야.

"비나이다 비나이다, 신령님 전 비나이다, 저 못된 며느린지 개떡인지 범에게 물려가든 도적에게 잡혀가든 하루빨리 내 눈앞에서 사라지게 하옵소서."

"비나이다 비나이다, 신령님 전 비나이다, 저 사나운 시어머니 명줄까지 길어지면 그 등쌀에 내 명대로 못 살 테니 하루빨리 저승으로 데려가 주옵소서."

이렇게 모진 소리를 해댔단 말이야.

하루는 한 스님이 이 집에 동냥을 왔다가, 시어머니와 며느리가 서로 방자질하는 걸 엿들었어. 시어머니는 앞마당에서, 며느리는 뒤꼍에서 정화수 떠다 놓고 빈다는 것이 서로 없어지기를 빌고 있단 말이야. 그걸 보고 스님이 꾀를 하나 냈어.

먼저 시어머니한테 가서 은근히 수작을 걸었지.

"소승이 보아하니 늙은 보살님은 못된 며느리를 만나 고생이 많은 듯합니다. 못된 며느리를 내치는 방도가 하나 있긴 한데, 어디 들어보시렵니까?"

"아이고 스님, 제발 그 방도 좀 일러주시오."

"이제부터 며느리를 만나면 반드시 앞니를 보이십시오. 앞니를 천 번만 보이면 며느리는 쥐도 새도 모르게 없어져버릴 것입니다."

"정말 그렇게만 하면 된단 말이오?"

"그렇다마다요."

그다음에는 며느리한테 가서 또 수작을 걸었지.

"소승이 보아하니 젊은 보살님은 나쁜 시어머니를 만나 고생이 많은 듯합니다. 나쁜 시어머니 저세상으로 보내는 방도가 하나 있긴 한데, 어디 들어보시렵니까?"

"아이고 스님, 제발 그 방도 좀 일러주시오."

"이제부터 시어머니를 만나면 반드시 정수리를 보이십시오. 정수리를 천 번만 보이면 시어머니는 잠자다가 저세상으로 가버릴 것입니다."

"정말 그렇게만 하면 된단 말이오?"

"그렇다마다요."

그날부터 시어머니는 시어머니대로 며느리한테 방자질(남이 못 되도록 귀신에게 빌어 저주하는 일)하느라고 야단이 났어. 며느리를 만나기만 하면 히 하고 입을 벌려 웃는 거지. 앞니를 보이자니 입을 히 안 벌릴 수가 있나? 그것도 천 번씩이나. 만나기만 하면 히, 눈만 마주치면 히, 이래도 히, 저래도 히, 며느리만 보면 히 하고 웃는단 말이야. 며느리가 가만히 보니 이건 뭐 우습기도 하고 같잖기도 하고, 그런데 그게 참 웃으면 웃었지 성낼 일은 아니거든. 날이 가고 달이 가니까 시어머니가 슬슬 귀여워도 보이고 그렇지.

또 며느리는 며느리대로 시어머니한테 방자질하느라고 야단이 났네. 시어머니를 만나기만 하면 시도 때도 없이 까딱 하고 고개를 숙여 절을 하는 거지. 정수리를 보이자니 절을 까딱 안 할 수 있나? 그것도 천 번씩이나. 만나기만 하면 까딱, 눈만 마주치면 까딱, 이래도 까딱, 저래도 까딱, 시어머니만 보면 까딱하고 절을 한단 말이야. 시어머니가 가만히 보니 이건 뭐 겸연쩍기도 하고 무안하기도 하고, 그런데 그게 참 고마우면 고마웠지 기분 상할 일은 아니거든. 날이 가고 달이 가니까 며느리가 슬슬 곱게도 보이고 그렇지.

그래서 어떻게 됐느냐고? 석 달 지난 뒤에는 둘이 그만 정이 담뿍 들어서, 어머님 이거 잡수세요, 오냐 너도 먹어라, 아 이러고 오순도순 사근사근 잘도 지내게 됐다네.

제5부

슬기와 재치

닭값과 모이값

옛날 옛날 어느 마을에 욕심 많은 부자 영감이 살고 있었어. 이 영감은 땅을 많이 가지고서, 가난한 농사꾼들에게 땅을 빌려주고 추수를 하면 반 넘어 거두어 갔지. 그러니까 농부들은 허리가 휘도록 일을 하고도 남는 게 별로 없었어.

한 해 가을에는 농사꾼들이 부자 영감네 집 앞마당에서 콩 타작을 했어. 다른 집은 마당이 좁아서 타작하기에 힘이 드니까 마당이 넓은 부자 영감네 집에서 타작을 한 거지. 도리깨로 콩을 두드려 콩 껍질을 벗기는데, 마침 마당에서 병아리 한 마리가 놀고 있었던 모양이야. 병아리가 아장거리며 놀고 있다가 아뿔싸, 그만 한 농사꾼의 도리깨에 맞아 죽어버렸네. 농사꾼이야 실수로 그런 거지만 참 안된 일이지. 어쨌거나 욕심쟁이 영감이 그걸 보고 가만있을 리 있나.

"이 사람아, 자네 때문에 우리 병아리가 죽었으니 당장 병아리 값을 물어내게."

"그야 당연히 물어드려야지요. 그래, 얼마면 되겠습니까?"

"열닷 냥은 받아야겠네."

"뭐라고요? 조그마한 병아리 값으로 열닷 냥을 내라고요?"

"저게 지금은 조그마한 병아리지만 내년 봄에는 큰 닭이 될 터이니, 큰 닭 값으로 열닷 냥을 받아야겠네."

농사꾼이 영감 말을 듣고 보니 그만 기가 탁 막혀. 조막만 한 병아리 값으로 한두 냥이면 너끈할 것을, 내년 봄에 큰 닭이 될 것을 미리 셈 놓아 가지고 큰 닭 한 마리 사고도 남을 돈을 달라니 기가 막히지 안 막혀? 이건 억지로 남의 돈을 빼앗으려는 수작이 아니고 뭐야. 그래서 그렇게는 못 하겠다고 했지. 내놓으라고 하고, 못 내놓겠다고 하고, 이렇게 옥신각신하다가 둘이서 그 고을 원님을 찾아갔어. 원님에게 판결을 내려달라고 했지.

"이 사람이 우리 병아리를 죽여놓고도 그 값을 안 물겠다고 하니 이런 경우가 어디 있습니까?"

"조막만 한 병아리 값으로 열닷 냥을 내놓으라니 이런 억지가 어디에 있습니까?"

이렇게 고해 바치니, 잠자코 듣고 있던 원님이 부자 영감에게 물어.

"웬 병아리 값이 그렇게나 비싼가?"

"우리 병아리는 여느 가난뱅이네 병아리하고는 달라서 날마다 줍쌀을 한 홉씩이나 먹여 키우니, 내년 봄이면 거위만큼이나 큰 닭이 되지 않겠습니까? 당연히 큰 닭 값을 받아야지요."

원님이 그 말을 듣고서 무릎을 탁 치더니,

"듣고 본즉 영감 말이 백 번 옳으니 농사꾼은 당장 열닷 냥을 물도록 하라"

하는구나. 농사꾼은 억울하기 짝이 없었지만 원님의 판결이니 어쩔 수 있나? 울며 겨자 먹기로 열닷 냥을 영감에게 줬지. 영감은 돈을 받고 금세 입이 헤벌어졌어.

그것을 지켜보고 있던 원님이 영감더러 또 물어.

"병아리에게 날마다 줍쌀 한 홉씩을 먹인다면, 내년 봄까지는 얼마나 많은 줍쌀을 먹이겠는가?"

"그야 줄잡아도 한 섬가웃은 되겠지요."

원님이 그 말을 듣더니 또 무릎을 탁 치면서,

"옳거니. 영감은 병아리가 죽어서 줍쌀 한 섬가웃 값을 번 셈이 아닌가? 그게 다 병아리를 죽인 농사꾼 덕이니, 그 값으로 열닷 냥을 농사꾼에게 주도록 하여라."

이렇게 판결을 내리는구나. 이치에 맞는 말이니 별수가 있나? 영감은 농사꾼한테서 받은 열닷 냥을 고스란히 되돌려줬다네. 욕심을 부리다가 한 푼도 못 받게 된 셈이지. 그러나저러나 그 원님 판결이 참 재미있지 않나?

장님의 꾀

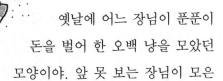

옛날에 어느 장님이 푼푼이
돈을 벌어 한 오백 냥을 모았던
모양이야. 앞 못 보는 장님이 모은
돈 치고는 꽤 많은 돈이 아닌가? 이걸 어떻게
하면 잘 간수할꼬 궁리하다가 뒷마당에 묻어두기로 했어. 집 안에
두었다가 도둑이라도 들면 큰일이잖아. 아, 앞을 못 보니 도둑이
훔쳐 간대도 손을 못 쓸 것 아니야? 그래서 아예 항아리에 넣어서
땅속에 묻어두기로 한 거지.

그래서 뒷마당을 파고 돈 항아리를 묻는데, 하필 그때 이웃집
영감이 담 너머로 그걸 죄다 봤네. 이웃집 영감이 본래 엉큼한 욕
심쟁이라 그걸 보고 가만히 있지를 못해. 그날 밤에 몰래 땅을 파
고 돈을 몽땅 훔쳐 갔어. 빈 항아리만 두고 돈은 다 훔쳐 가버렸단

말이야.

장님이 그 이튿날 돈 묻은 데를 더듬어보니, 이건 뭐 일 났지. 땅이 파헤쳐져 있고 빈 항아리뿐이거든.

'아이고, 평생 모은 돈을 하루아침에 잃어버렸구나. 이 일을 어쩐다?'

장님이 가만히 생각해보니, 저 돈 묻는 것을 누군가 보지 않고서야 그렇게 감쪽같이 훔쳐 갈 리 없거든. 어떻게 하면 돈을 도로 찾을꼬, 이 궁리 저 궁리 하다가 참 좋은 꾀를 하나 냈어. 그길로 동네방네 다니면서 소문을 퍼뜨리는 거야.

"돈 천 냥이 생겼는데 이걸 간수할 일이 걱정이야. 아무래도 어제 오백 냥 묻은 곳에 같이 넣어둬야 할 것 같아."

이렇게 소문을 내니까, 돈 훔쳐 간 영감도 그 소문을 들을 게 아니야? 듣고 보니 돈 천 냥이 탐나는데, 가만히 생각해보니 이러고 있을 일이 아니란 말이야. 장님이 어제 돈 묻은 곳을 파보고 돈이 없어진 걸 알면 틀림없이 딴 데다 돈 천 냥을 감출 게 뻔하거든. 아 어느 바보가 돈 잃은 곳에 또 돈을 묻어둘까. 그러니 장님이 알기 전에 훔친 돈 오백 냥을 도로 묻어두는 게 옳다고 생각했지. 그렇게만 해놓으면 장님이 멋모르고 그 자리에 천 냥을 또 묻어둘 터이니, 그때 가서 천오백 냥을 한꺼번에 훔치면 오죽이나 좋아. 영감이 이렇게 엉큼한 마음을 먹고서, 훔친 돈 오백 냥을 그 자리에 도로 갖다 묻어놨어.

장님은 도둑이 바로 그렇게 돈을 도로 묻어놓기를 바라고 헛소문을 퍼뜨린 거지. 그날 저녁에 가만히 뒷마당을 파보니, 아닌 게 아니라 항아리 안에 오백 냥이 고스란히 되돌아와 있지 뭐야.

'옳거니. 도둑이 제 손으로 돈을 도로 갖다놨구나.'

장님은 그 돈을 꺼내어 정말로 혼자만 아는 곳에 숨겨뒀지. 어디에 숨겼는지는 아무도 몰라. 나도 몰라.

말 내기 장기

옛날 서울에 장기를 잘 두는 정승이 살았어. 이 정승은 장기를 잘 두기만 한 게 아니라 장기 두는 걸 엄청 좋아했어. 누구든지 장기 두자면 자다가도 벌떡 일어날 만큼 좋아했단 말이지. 그러니까 다른 벼슬아치 같으면 가난한 백성하고는 상대도 안 했을 텐데, 이 사람은 안 그래. 가난한 백성이고 농사꾼이고 장사꾼이고 간에 장기 두자면 얼마든지 청해다 두었지.

하루는 시골 백성이 말을 한 필 몰고 와서 정승더러 장기를 두자고 그러거든.

"대감, 저와 장기 한 판 두시지요."

"그래, 좋다. 어서 두자꾸나."

"그냥 두면 재미가 없을 것이니 내기를 하심이 어떤지요?"

"그것도 좋지. 어떤 내기를 할까?"

"대감이 이기시면 제가 끌고 온 말을 바치겠습니다. 제가 이기거든 그저 쌀이나 한 말 주시지요."

"좋아, 좋아."

이렇게 해서 내기 장기를 두게 됐어. 그런데 이건 뭐 애당초 상대가 안 돼. 시골 백성이 장기를 너무 못 두더란 말이지. 정승이 금방 이겼어. 식은 죽 먹기로 말이야.

"대감, 제가 졌습니다. 약속대로 이 말을 바치겠습니다."

"그거야 지나가는 말이었지, 내 어찌 가난한 백성의 말을 빼앗겠는가?"

"그렇지 않습니다. 내기는 어디까지나 내기이니 어서 이 말을 거두어주십시오."

하고 부득부득 말을 두고 가는데야 더 마다할 수도 없지. 그래서 정승은 말을 한 필 얻게 됐어. 정승의 집이니까 뭐 말이 여러 필 있었을 게 아니야? 백성이 두고 간 말을 다른 말과 함께 마구간에 넣어두고 먹였지.

그러고 나서 몇 달이 지났는데, 전에 그 시골 백성이 또 찾아왔어.

"대감, 안녕하셨습니까? 이번에도 장기를 두려고 왔습니다."

"그래, 어서 오게. 이번에는 뭘 걸고 둘까?"

"제가 이기면 그때 드린 말을 도로 주십시오. 제가 지면 다른 말을 또 한 필 바치겠습니다."

"그거 좋지."

이렇게 해서 장기를 뒀는데, 아 이번에는 지난번과 영 딴판이야. 백성이 장기를 너무 잘 둬서 정승이 당해낼 재간이 없어. 꼼짝없이 졌지.

"허허, 그새 장기가 많이 늘었군 그래. 약속대로 말을 도로 데려가게나."

"고맙습니다. 그런데 대감, 용서하여주십시오. 지난번에는 제가 일부러 대감께 졌습니다."

"그래? 무슨 까닭으로?"

"사실은 제가 서울에 볼일이 있어 왔는데, 가진 돈도 넉넉지 못한 데다 당장은 말이 소용에 닿지도 않았습니다. 말을 끌고 다니다가는 거추장스럽기만 하고 여물 먹일 돈만 축날 것 같아 생각 끝에 대감 댁에 잠시 말을 맡겨두고자 그런 일을 꾸몄습니다. 이제 볼일이 끝나 시골로 내려갈 때가 돼서 말을 찾아가려고 그럽니다."

그 말을 듣고 정승이 무릎을 탁 치지.

"옳아, 그랬군. 참 지혜로운 백성이로고."

마음이 넓은 정승은 조금도 언짢게 생각지 않고 백성을 칭찬하여 보냈다는 이야기야. 정승도 마음이 넓지만 시골 백성도 어지간히 슬기로운 사람 아닌가.

인삼과 도라지

옛날에는 중국에 인삼을 팔러 가는 장사꾼들이 있었어. 그런데 이 사람들이 하나같이 인삼을 헐값에 팔고 어깨가 축 처져서 돌아와. 왜 그런고 하니 중국 장사꾼들이 약아빠져서 도통 인삼을 제값에 사주지 않아서 그래. 우리나라 장사꾼들은 배에 인삼을 가득 싣고 가서 안 팔고 그냥 돌아올 수는 없으니까 하는 수 없이 중국 장사꾼들이 부르는 값에 인삼을 팔게 되는 거지. 중국 장사꾼들은 이걸 노리고 당치도 않은 헐값을 부르고는 팔짱을 끼고 기다리는 거야.

이 소문을 들은 우리나라 장사꾼 한 사람이 아주 좋은 꾀를 하나 마련해서, 인삼을 팔러 중국에 갔어. 배를 두 척 가지고 가는데, 한 배에는 인삼을 가득 싣고, 다른 배에는 도라지를 가득 실었어. 그러고는 중국에 턱 가서 인삼을 내놓고 딱 제값의 반밖에 안되는 두 냥에 팔겠다고 그랬어. 인삼 한 뿌리에 넉 냥은 받아야 제값인데 말이야. 그런데 약아빠진 중국 장사꾼들은 그 두 냥도 아까워서 한 냥에 사겠다고 그러거든.

'이 사람들이 소문대로 해도 너무 하는군. 어디 두고 보라지.'

이 사람이 인삼을 주섬주섬 도로 배에 싣더니,

"그런 헐값에 인삼을 파느니 차라리 이걸 죄다 바다에 처넣어버리겠소."

하고는 바다에 나가 배에서 도라지를 꺼내다 바다에 마구 처넣었어. 중국 장사꾼들은 설마 그렇게까지야 하겠는가 하고 구경만 하고 있다가, 정말로 인삼을 바다에 처넣는 걸 보고는 깜짝 놀랐지. 사실은 그게 인삼이 아니고 도라진데 말이야.

'아이쿠, 저러다가는 우리가 인삼을 한 뿌리도 못 사게 생겼구나.'

중국 장사꾼들이 우르르 몰려와서 그러지 말라고 말리지.

"아, 그러지 말고 그 인삼을 우리에게 파시오. 한 뿌리에 두 냥쳐드리리다."

그런데 이 사람은 그 말을 듣고도 고개를 절레절레 흔들어.

"이제 가지고 온 인삼 절반을 바다에 처넣었으니 한 뿌리에 넉냥은 받아야 수지를 맞추겠소. 넉 냥에 못 팔 바에는 남은 인삼도바다에 처넣는 수밖에 없소."

한번 한다면 하는 꼴을 본 뒤라 중국 장사꾼들이 다 그 말을 믿지. 그 많은 인삼이 바다에 버려지느니 넉 냥을 주고 사는 편이 낫

젰거든. 그래서 중국 장사꾼들이 너도 나도 돈을 들고 와서 인삼을 넉 냥에 사 갔단다. 그러니까 그게 제값이지. 그렇게 해서 인삼을 다 제값에 팔았다는 이야기가 있어.

약은 상대를 대할 때는 이쪽도 그만큼은 약아야 속지를 않지. 안 그래?

시부모 길들이기

거, 옛날에 행세하기 좋아하는
양반들 있지 않아. 그 사람들 밤낮
하는 일이라는 게 체면 차리고 격식
따지고 법도 찾고 예의범절 지키고, 뭐 이런 일이거든. 그거 다 해
도 살고 안 해도 사는 건데 말이야.

그 옛날 어느 고을에 참 어지간히 깐깐한 양반이 하나 살았던
모양이야. 어찌나 깐깐하게 굴었는지 아들 하나 있는 것 장가를
못 보내. 당최 딸 가진 집에서 혼인을 허락해줘야 말이지. 그 집으
로 딸을 시집보냈다가는 이거 뭐 숨도 크게 한번 못 쉬어보고 소
박데기 되기 십상일 테니 누가 딸을 주려고 하겠어? 옛날에는 말
이야, 여자는 문밖출입도 못 하게 하고 바깥 구경도 못 하게 하고
그랬잖아. 그런 세상인데, 이건 뭐 깐깐하기로 둘째 못 가는 집구

석에 딸을 들여보냈다가 무슨 험한 꼴을 보려고? 아, 걸음걸이 앉음앞이 한 번 실수에 무슨 까탈이 날지 모르고, 말 한마디 잘못하는 날에는 쫓겨나기 전에 제 발로 걸어 나와야 할 판이니 말이야.

하여간 이래서 아들 하나 있는 거 장가도 못 보내고 있었어. 그래 안달이 나니까 며느릿감 구하노라고 동네방네 소문을 냈어. 살림이고 가문이고 안 따질 테니 그저 예의범절 잘 지키고 법도 잘 아는 규수가 있으면 몸만 오너라, 혼수고 뭐고 다 필요 없다, 이렇게 소문을 내봤지.

그런데 그 이웃 동네에 참 가랑이가 찢어지게 가난한 사람이 하나 살았던 모양이야. 이 사람도 명색 선비는 선비인데, 이거 뭐 어찌나 궁한지 밥 구경을 못 하고 살아. 그런 판국에 체면이고 격식이고가 어디 있겠어? 그냥 닥치는 대로 사는 거지. 봉제사를 하려니 돈이 있나, 접빈객을 하려니 밥이 있나. 아 체면치레도 내 입에 밥술이나 들어간 뒤에 하는 거지, 당장 내 코가 열댓 잔데 무슨 얼어죽을 체면은 체면이야? 하여간 이래서 목구멍을 포도청으로 알고 그냥 되는 대로 산단 말이야.

이 집에 나이 찬 딸이 하나 있었어. 이 딸이 하루는 부엌에서 죽을 쑤는데, 밥 지을 양식이 없으니까 나물죽을 쑤는 거야. 제 어머니 아버지가 방에서 뭘 두런두런하거든. 그걸 가만히 들어봤어. 들어보니 남도 아니고 제 일로 걱정 반 의논 반을 하고 있더란 말이지.

"여보, 저 애가 나이 저만하니 인제 시집을 보내야 하잖겠어요?"

"그걸 누가 몰라? 쥐뿔이나 있어야 시집을 보내든 말든 하지."

"건넛마을 참봉댁에서 며느릿감을 구한다는데, 숟가락 하나 소용없대요. 몸만 와달라는 거예요."

"아서요 아서. 그 집이 어떤 집인지 모르고 하는 소리요? 밤낮 예의범절 찾고 법도 지키느라고 편할 날이 없는 집 아니오? 저 아일 그 집에 보냈다가는 사흘도 못 가 쫓겨날 거요."

이렇게 의논하는 소리를 딱 들었겠다. 딸이 그길로 방에 들어가서 다짜고짜 졸라대네.

"어머니 아버지, 저를 그 참봉댁에 보내주세요."

"얘, 너 그게 무슨 말이냐? 변변하게 배운 것도 없는 네가 그 별난 집에 가서 당할 성싶으냐?"

"그런 걱정 마시고 보내주기나 하세요."

"허, 그것 참 맹랑하구나."

제가 부득부득 가겠다는 걸 어찌 말려? 보내기로 했지. 중신아비를 시켜서 말을 넣으니, 저쪽에서는 감지덕지지. 안 그래도 당최 말 들어오는 데가 없어서 아들 하나 있는 걸 몽달귀신 만들게 생겼다고 걱정이 늘어진 판국 아닌가? 그러던 차에 살림이야 있건 없건 그래도 명색 선비 가문에서 딸을 주겠다니 참 황감한 일이지 뭐야. 그래 날을 받고 혼례를 올리는데, 이 집 딸은 혼수라고 아무것도 안 가져가고 달랑 칼 도마에 베보자기 하나만 들고 시집을 갔어. 아, 쥐뿔이나 있어야 가져가지. 무 배추 써는 칼, 그 칼질하는 도마, 그리고 베보자기. 그게 다야.

자, 이렇게 해서 그놈의 집 며느리가 됐겠다. 옛날에는 말이야, 새 며느리가 들어오면 아침 일찍 시어른께 문안을 드리는 법이 있었어. 그것도 꼭두새벽에 온갖 몸단장 다 하고 큰절을 올리는 거지. 그게 말이 쉽지 참 힘든 일이거든.

이 시아버지 되는 사람이 인제 그 문안을 받겠다고 식전 댓바람에 일어나 의관을 다 갖추고 보료 위에 떡 앉아서 기다린단 말이야. 예의범절에다 법도 좋아하는 양반이니 그럴밖에. 아, 그런데 아무리 기다려도 며느리가 안 와. 무슨 배짱인지 첫날부터 코빼기를 안 뵈. 아주 제 방에 틀어박혀 꼼짝 않는 거지. 아예 쫓겨나려고 작정을 했는지 원.

이러니 시아버지가 역정이 안 나게 생겼어? 선비 댁 참한 규수를 며느리로 들였다고 좋아했더니, 이제 보니 막돼먹은 집구석의 망나니를 들여놨구나 싶어서 속이 뒤집어져. 당장 하인을 시켜 불호령을 내렸겠다.

"어서 가서 새아씨한테 일러라. 우리 집 법도로는 날이 훤하게 밝을 때까지 어른께 문안드리지 않는 법은 없다고 일러라."

하인이 댓바람에 달려가서 득달같이 재촉을 했어. 여태 새벽 문안 안 드리고 뭘 하고 있느냐고 말이야. 그랬더니 이 며느리가 한다는 말이,

"아버님께 내 친정 집안 법도로는 어른께 문안드리기 전에 아랫사람한테 예를 받는 법은 없다고 여쭈시게."

하는구나. 하인이 돌아와서 들은 대로 고해 바쳤지. 시아버지가 그 말을 전해 듣고 보니 그만 가슴이 덜컥해. 아, 말이야 백 번 옳은 말이거든. 시아버지가 먼저 웃어른께 문안을 드리고 나서 며느리한테 인사를 받아야 한다는 건데, 법도로 따지자면 백 번 아니

라 천 번 만 번 옳은 거지. 거기에 또 무슨 토를 달아? 그런데 이게 참 일 났어. 시아버지한테 어른이라면 누구야? 죽은 부모가 어른 인데, 아 그 사당이 뒷산 중턱에 있으니 일 났지 안 나? 옛날에는 사당을 다 그렇게 먼 데다 지었거든. 며느리한테 문안 인사 받으 려면 아침마다 뒷산에 올라가 사당에 모신 조상을 뵙고 내려와야 할 판이니 원.

그래도 며느리 말이 옳은데야 어째? 이놈의 시아버지가 조상을 뵙는다고 미끄러지고 자빠지며 산을 기어 올라가서 사당 문을 열 어놓고 절을 하고 나서는, 또 미끄러지고 자빠지며 산을 내려오니 참 안 할 말로 죽을 맛이거든. 그렇게 기진맥진해서 돌아와 보료 위에 푹 처박혀 있으면, 그제야 며느리가 꽃같이 단장해 가지고 들어와서 절을 하는구나.

이러기를 한 사나흘 하고 나니 그만 기가 다 질려. 이러다가는 제 명에 죽을 것 같지도 않단 말이지. 그래 하루는 며느리가 와서 문안 인사 드리는 것을 붙잡아놓고,

"애, 내가 네 절 받으려다가 지레 죽겠다. 이제 그 문안이고 뭐 고 그만두는 게 어떠냐?"

하고 사정사정했어. 그랬더니 이 며느리 하는 말 좀 들어보소.

"아니, 법도를 아시는 아버님께서 그 무슨 말씀이십니까? 제 친정 집안 법도로는 새사람이 들어오면 적게 잡아 삼 년 문안입니다."

가만히 들어보니 이게 사람 잡을 말이거든. 앞으로 삼 년 동안 제가 문안을 들겠다는 말이고, 그 말이 삼 년 동안 눈이 오나 비가 오나 꼭두새벽에 뒷산 사당을 오르내리라는 말이니, 이게 사람 잡

을 일 아니고 뭐야?

"아이고 애야, 그런 말 말아라. 예의범절도 좋고 법도도 좋지만 사람이 살고 봐야지. 그놈의 문안인지 문밖인지 내일부터 당장 그만두어라."

"정 그러시다면 아버님 뜻대로 하겠습니다."

이렇게 해서 아침 문안을 안 하게 됐어. 그 깐깐하니 법도 찾는 집에서 며느리 아침 문안을 사나흘 만에 그만뒀단 말이지.

그러고 나서 얼마간 탈 없이 지냈는데, 조상 제사 모실 날이 다가왔어. 며느리 재간으로 어찌어찌해서 아침 문안이야 그만뒀다지만, 그놈의 체면 차리는 데 코가 꿴 집에서 제사를 그냥 편하게 모실 리 있나. 며칠 전부터 격식 따지고 법도 찾느라고 아주 난리가 났어. 마당에 지푸라기 하나만 얼씬해도 부정 탄다고 고래고래 고함이요, 부엌 아궁이에 타다 남은 잔솔가지 하나만 남아 있어도 정갈치 못하다고 타래타래 타박일세.

며느리가 그걸 죄다 못 본 체하고 있더니, 제삿날 아침에 제수를 장만할 때가 되니 시어머니더러 새 칼과 도마를 달라고 그러거든.

"얘, 우리 부엌에 칼 도마가 아직 멀쩡한데 왜 그러느냐?

"아이 참 어머님도. 저희 친정 집안 법도로는 제사 때마다 새 칼 도마를 씁니다. 단 것 쓴 것 다 썰던 칼 도마로 어찌 정갈한 제수를 장만하겠습니까?"

듣고 보니 그도 그럴듯하거든. 제사에 정성 들이자는데 무슨 토를 달겠어? 하지만 제아무리 법도 있는 집이라도 칼 도마를 쌓아두고 지낼까? 당장 내줄 게 없어서 머뭇거리고 있으니, 며느리가 여봐란 듯이 제가 시집올 때 가지고 온 칼도마를 썩 꺼내 오는 거야.

"이럴 줄 알고 친정어머니 아버지가 이걸 넣어주셨습니다. 우선은 이걸 쓰지요."

이쯤 되니 시어머니가 탄복을 하고 혀를 내두를 밖에. 그래 며느리가 그 칼 도마로 벼락같이 생선 산적을 장만해놓고 나서,

"이제 채소 썰자면 새 칼도마가 있어야겠습니다."

하는구나.

"얘, 그걸 그만큼만 쓰고 또 새 걸로 바꾼단 말이냐?"

"그렇잖고요. 생선 썰던 칼 도마로 어찌 채소를 썬단 말입니까?"

"그렇긴 하다마는……."

"저희 친정에서 새 칼 도마를 가져올 수도 있겠습니다만, 매번 그렇게 하면 조상님이 노하실까 두렵습니다."

이쯤 말을 내놓으니 뭐 어쩔 도리가 있나. 부랴부랴 새 칼 도마를 한 벌 사다가 며느리 앞에 대령했지. 그리고 나서 이제 다 됐나 보다 했더니 그게 아니야. 채소를 다 썰고 나서는 떡 썰 칼 도마를 또 내놓으라지. 시어머니가 가만히 생각해보니 떡을 다 썰고 나면 또 과일 썰 칼 도마를 내놓으라 할 것이고, 이러다가는 한도 끝도 없을 것 같단 말이지.

"얘야, 그럴 게 아니라 떡이고 과일이고 그냥 그걸로 썰면 안 되겠느냐?"

"아니, 법도를 아시는 어머님께서 그 무슨 말씀이십니까? 저희 친정 집안 법도로는 제사 한 번에 적게 잡아 칼 도마 열 벌은 씁니다."

그러면 뭐야? 오대봉사하는 집에서 한 해에 여남은 번 치를 제

사 때마다 열 벌씩 쓰자면 칼 도마 사대느라 집안 살림이 거덜날 것 아니야? 시어머니가 그만 손을 휘휘 내젓는구나.

"아이고 얘야 예의범절이고 법도고 다 귀찮다. 내 아무 말 안 할 테니 제발 그냥 썰어라."

"어머님께서 그렇게까지 말씀하시니 그냥 썰지요."

이렇게 해서 시어머니 잔소리가 아주 쑥 들어갔어. 그러니 집안이 조용하지. 아무 탈 없이 제사를 잘 지내고, 몇 달이 지나 그해 가을이 됐어.

가을이 됐으니 벼를 벨 게 아니야? 첫 벼를 베서 떨어가지고 멍석에 말린다고 온 식구가 분주한데, 이때 며느리가 썩 나서네.

"아버님 어머님, 이 벼를 이렇게 마구 떨어 말릴 게 아니라 제사에 쓸 제미를 따로 장만해놔야 합니다."

"그걸 꼭 그렇게 해야 하느냐?"

"그렇고말고요. 제미라고 하는 것은 신성한 것이니 여느 쌀과 섞어서는 안 됩니다."

듣고 보니 틀린 말은 아니거든. 제사에 쓸 쌀을 따로 장만하자는데 누가 말려? 법도 따지기 좋아하는 집에서 말이야.

"그도 그럴듯하구나. 그럼 어떻게 해야 하느냐?"

"저희 친정 집안 법도로는 한 상에 한 말씩 미리 떨어서 베보자기에다 말리는데, 초헌관 아헌관이 맞잡고 흔들어 말립니다."

초헌관이면 시아버지요 아헌관이면 시어머니거든. 그러니까 시아버지 시어머니가 베보자기에다가 벼를 한 말씩 올려놓고, 그걸 들고 서서 흔들어가며 죄다 말려야 한다는 말이야, 그게. 시아버지 시어머니가 이걸 어쩌나 하고 울상이 되었는데, 며느리는 한술 더 떠서 제 시집올 때 가지고 온 베보자기를 떡 펼쳐놓고,

"자, 아버님 어머님. 어서 말리시지요."

하고 재촉을 하네.

아, 제사가 열 상이면 쌀이 열 말인데, 그놈의 것을 이틀씩 사흘씩 베보자기에 올려놓고 흔들어 말리라니 배겨날 재간이 있나. 그 뭐 한 말도 채 못 말리고,

"얘, 이것 그냥 다른 쌀과 섞어 멍석에다 말리면 안 되겠니?"

하고 애원을 해도,

"아니, 법도를 아시는 아버님 어머님께서 그 무슨 말씀이십니까? 저희 친정 집안 법도로는 보통 두 분이 밤잠 안 주무시고 한 달을 말립니다."

하고 아주 딴청이야. 이쯤 되니 시아버지 시어머니가 그만 두 손을 바짝 들지.

"아이고 얘야. 다 집어치워라. 그놈의 법도인지 날강도인지 인제는 아주 신물이 난다. 신물이 나. 제미고 제애비고 다 때려치우고, 우리는 이제 법도의 법 자도 안 꺼낼 테니 네 마음대로 해라."

하고 아주 나가떨어졌다는 거야. 그다음부터는 참말로 법도의 법 자도 안 꺼내고 잠잠하게 지내더래. 그러니 좀 좋아? 온 식구가 편안하게 잘 지냈지. 며느리는 살림 잘하고 시부모 잘 모시고 오래오래 살아서 그저께까지 살았더란다. 그저께까지 살다가 어저께 죽었다는데, 오늘은 장사가 든다니 그 집에 장사 떡이나 얻어먹으러 가볼까.

저승빚

옛날 어느 곳에 벼슬하다 물러
난 대감이 하나 살았어. 그런데 이
대감이라는 사람, 욕심 사납기가 놀부 뺨
칠 만해. 자기 곳간에 볏섬이 넘쳐나도 남의 씻
나락 됫박을 탐내는 위인이니 할 말도 없지. 욕심만 많은 게 아니
라 잉큼하기로도 둘째가라면 서러워할 사람이야. 벼슬할 때 백성
들 등쳐먹는 데 이골이 나서 얼렁뚱땅 어르고 속여서 남의 것 빼
앗기를 밥 먹듯 한단 말이지.

이 대감 사는 마을에 가난한 농사꾼이 하나 살았는데, 한 해는
흉년이 들어 집에 곡식이 아주 씨가 말랐어. 봄이 돼서 밭에 씨를
뿌려야겠는데 당최 뭐가 있어야지. 사람 먹는 곡식은 둘째 치고
씨 뿌릴 곡식도 없는 판이야. 할 수 없이 대감 집에 찾아갔지.

"대감님, 밭에 뿌릴 씨앗이 없어서 그러니 수수 한 말만 꾸어주십시오. 가을에 거두면 이자를 쳐서 갚아드리겠습니다."

그랬더니 웬일로 대감이 선선히 수수 한 말을 꾸어주더래. 꾸어주면서,

"무슨 일이든 분명하게 하는 게 좋지 않겠나. 내 증서를 쓸 터이니 도장을 찍게나."

하고서 증서를 한 장 쓰더란 말이지. 그까짓 수수 한 말 꾸어주면서 증서는 무슨 증선가 싶었지만 형편이 형편이라 도장을 찍어 줬어.

그래놓고 수수 농사를 지었거든. 마침 그해는 농사가 잘돼서 수수 한 말 뿌린 것이 가을에 거둘 때는 두어 섬이나 됐나 봐. 그래 이자까지 쳐서 수수 두 말을 짊어지고 대감을 찾아갔지.

"대감님 덕분에 올해 수수 농사를 잘 지었습니다. 꾸어 쓴 수수 한 말에 이자 한 말 쳐서 두 말을 가지고 왔으니 받으십시오."

그랬더니 대감이 펄쩍 뛰면서 하는 말이,

"이 사람아, 내가 언제 수수 한 말을 꾸어줬단 말인가?"

아, 이런단 말이야. 농사꾼이 어안이 벙벙해져서,

"아니, 지난봄에 제가 대감께 수수 한 말을 꾸지 않았습니까? 그때 대감께서 증서까지 쓰셨는데요."

했지. 그랬더니,

"그때 자네가 꾼 것은 수수 한 말이 아니라 황소 한 마리일세. 여기 증서가 있으니 다른 말은 못 할 테지."

하면서 증서를 꺼내놓는데, 가만히 보니 '수수 한 말'이라고 써야

할 곳에 '수소 한 마리'라고 떠억 써놨거든. 암소도 아니고 수소이니 영락없는 황소 아닌가. 그때는 경황도 없고 설마 증서를 속이랴 싶어서 제대로 읽어보지도 않고 도장을 찍어줬는데, 이놈의 대감인지 땡감인지가 그 짓을 해놨을 줄 누가 알았겠나. '수수 한 말'을 '수소 한 마리'로 스리슬쩍 비틀어 써놨으니, 누가 봐도 황소 한 마리를 빌려 간 걸로 알 게 아닌가.

"아이고 대감, 하늘이 알고 땅이 아는 일인데 왜 이러십니까? 우리 집에 있는 재산이라고는 황소 한 마리뿐인데, 그걸 빼앗으려고 이런 수작을 부리십니까? 제발 그러지 마십시오."

"아, 정 억울하면 관가에다 송사를 내면 될 것 아닌가."

관가에 가봤자 원님이 증서를 믿지 저 말을 믿겠나. 게다가 저쪽은 날고 기는 대감이고 이쪽은 무지렁이 농투성인데 무슨 수로 송사를 이겨? 하릴없이 황소 한 마리를 고스란히 빼앗겼어. 그러고 나니 참 억장이 무너져. 농사꾼한테 소가 어디 보통 짐승인가. 소가 없으면 당장 농사를 못 짓는데.

마른하늘에 날벼락이라더니, 두 눈 멀쩡하게 뜨고 황소 한 마리를 빼앗기고 나니 참 살고 싶은 마음도 없어. 그래서 이불을 둘러쓰고 끙끙 앓고 있으니 이웃에 사는 사람이 와서 보고는,

"아, 자네 무슨 일로 다 죽어가는 꼴이 되었나?"

하고 물어. 그래 이러이러해서 소를 빼앗기고 나니 살고 싶은 마음도 없어서 이러고 있노라 했지. 이웃 사람이 그 말을 다 듣더니,

"속임수는 속임수로 당해야지 다른 방도가 없네. 내가 시키는 대로만 하게나."

하고 기막힌 속임수를 하나 가르쳐줘.

농사꾼이 당장 식구들을 불러 모아서 머리 풀고 곡을 하라 이르고는, 방에 병풍을 둘러치고 그 뒤에 가만히 누워 있었지. 갑자기 곡소리가 진동을 하니 온 동네 사람들이 모여들 것 아닌가. 모여들어서 대체 무슨 일이냐고 묻겠지. 식구들은 가장이 시킨 대로 지어낸 말을 술술 주워섬기기를,

"아이고, 남편이 갑자기 목을 매 죽고 말았답니다."

"아이고, 우리 아버지가 무슨 억울한 일을 당했는지."

하고 능청스럽게 울어대니 모두 그 말을 믿지. 마을 사람들이 장례 치를 준비를 하느라고 법석을 떠는데, 하룻밤이 지나서 날이 밝으니까 농사꾼이 병풍 뒤에서 슬금슬금 기어 나오는 거야. 죽었다던 사람이 되살아났으니 마을 사람들이 죄다 기절초풍할 것 아닌가. 이 사람이 병풍 뒤에서 기어 나와 대뜸 한다는 말이,

"이러고 있을 때가 아니오. 어서 가서 대감님 좀 모셔 오오. 한시바삐 저승 기별을 전해야 하오."

하거든. 마을 사람들이 대감한테 달려가서 그대로 고해 바쳤지. 대감이 기별을 받고 보니 가슴이 뜨끔해. 안 그래도 농사꾼이 목매 죽었다는 소문을 듣고 뒤가 켕겼는데, 죽었다던 사람이 살아나서 저승 기별을 전한다니 마음이 편할 리 있나. 슬슬 겁이 난단 말이야. 도둑이 제 발 저리다고, 평생 남 못 할 짓만 하고 살았으니 그럴 만도 하지.

대감이 농사꾼을 찾아가서,

"자네는 무슨 일로 나를 오라 가라 하는가? 저승 기별이라는 건

또 뭔가?"

하고 짐짓 점잖게 물었겠다. 농사꾼이 하는 말이,

"제가 죽어서 저승에 가지 않았겠습니까? 그런데 염라대왕님이 아직 올 때가 안 됐다고 하시면서 도로 돌려보내더이다. 그런데 조용히 여쭐 말씀이 있습니다."

하면서 대뜸 대감을 방으로 끌고 들어가는 거야. 그러고 나서 능청을 떨기 시작하는데, 저승에 가서 대감의 아버지를 만나고 왔다고 그러거든.

"뭐라고? 우리 아버지를 만나고 왔단 말이지?"

"예, 노대감께서는 아직 저승에 들지 못하고 저승문 밖에서 짚신을 삼아 팔고 계십디다."

"우리 아버지가 짚신 장사를?"

"글쎄 그렇다니까요. 저더러 돈을 좀 빌려달라기에 하도 딱해서 빌려드리고 왔지요."

"아니, 자네가 무슨 돈이 있어서?"

"대감께서는 잘 모르시겠지만 저승에는 사람마다 곳간이 하나씩 있어서 거기에 돈이고 곡식이고 다 들어 있거든요."

"자네 저승 곳간에 있는 돈을 빌려드렸던 말이지? 그래, 얼마나 빌려드렸나?"

"오백 냥을 빌려드렸지요. 노대감 말씀이, 그 빚은 이승 가서 대감께 받으라고 그러십디다."

"뭐라고? 우리 아버지 저승빚을 내가 갚으라고?"

"그리 안 하시면 가만 안 두겠다고 그러시던데요."

대감이 들어보니 돈을 안 갚았다가는 무슨 화가 미칠지 모르겠거든. 그래도 이 욕심 사나운 사람이 선뜻 돈을 내놓으려고 하겠나. 돈 안 갚으려고 슬슬 물러앉지.

"에이 이 사람아. 거짓말 말게. 그런 엉터리 같은 말을 내가 믿을 줄 알고?"

그 말에 농사꾼이 눈도 꿈쩍 않고 받아치기를,

"그러시겠지요. 그럴 줄 알고 노대감께서 말씀하시기를, 대감께서 안 믿으시거든 당장 모셔 오라고 하셨답니다."

하거든. 모셔 오라면 그게 저승에 모셔 오라는 말 아닌가? 대감이 기가 막혀 눈만 멀뚱거리고 있는데, 농사꾼은 태연하게 상여 매려고 잘라둔 광목 끈 두 개를 가져다가 당장 목을 매자고 하네.

"자, 어서 저승에 가봅시다. 어서 목을 매시지요."

대감이 그만 기겁을 하고 손을 내저으며 물러앉지.

"아닐세, 아니야. 내 그 말을 믿겠네."

"그러면 저승빚을 갚으시는 거지요?"

"그러지. 오백 냥이라고 했나?"

"예. 딱 황소 한 마리 값이니 더도 말고 덜도 말고 그저께 가져가신 소를 돌려주시겠습니까?"

"그러지. 암, 그러고말고."

그래서 빼앗긴 황소를 도로 찾았다는 이야기야.

닭 잡은 매

옛날 옛날에 가난한 과부가 혼자서 참 어렵게 살았어. 젊어서 남편을 잃고 시부모 다 여의고 피붙이 하나 없는 혈혈단신으로, 다 쓰러져가는 초가삼간 집 한 채 물려받아 남의 집 궂은일이나 봐주고 겨우 입에 풀칠이나 하면서 살았지.

그런데 하루는 종일 남의 집에서 품을 팔고 집에 들어와 보니까, 아 이런 변고가 있나. 키우던 닭이 죄다 죽었어. 어찌 된 일인가 하고 가만히 살펴보니, 어디서 매가 한 마리 날아와서 닭을 다 물어 죽였지 뭐야. 그걸 보고 이 과부, 그만 눈이 뒤집혔어. 식구도 없이 외로운 몸으로 그 닭 몇 마리 키우는 걸 낙으로 알고 살았는데, 애지중지하던 닭을 매란 놈이 다 죽여놨으니 그럴 만도 하지. 화가 머리끝까지 뻗쳐서 댓바람에 매란 놈을 빗자루로 때려죽여 버렸어.

그러고 나서 좀 있으니까 매 사냥꾼이 들이닥치는 거야. 매 사냥꾼이란 게 본래 건달 중에 상건달이라 하는 짓이 험하거든. 들이닥쳐서 죽은 매를 보더니 다짜고짜 매값을 물어내라고 야단이 났어. 알고 보니 매 사냥꾼이 꿩 잡느라고 매를 풀어놨는데, 꿩이란 놈이 마을로 들어와 숨어버렸나 봐. 이놈의 매가 꿩은 못 찾고 닭이 눈에 띄니까 닭을 물어 죽여버린 거지. 꿩 대신 닭이라고 하더니 바로 그 짝이야. 그런데 매 사냥꾼은 제 매가 남의 닭 물어 죽인 건 안중에도 없고, 매 죽은 것만 가지고 길길이 뛰네.

과부도 호락호락 당하고만 있을 수는 없는 노릇이라, 닭값을 물어주면 매값도 물어주겠노라고 버텼지. 그게 이치에 맞는 말이지마는 험상궂은 매 사냥꾼이 그 말을 들어야 말이지. 서로 매값 물어내라, 닭값 물어내라고 옥신각신하다가 기어이 관가에까지 가게 됐어. 그 고을 원님한테 가서 송사를 벌이게 됐단 말이지.

원님이 자초지종을 다 듣고 보니 아무래도 과부 쪽에 마음이 기울거든. 남의 매를 죽이긴 했으되 닭 죽은 걸 보고 분이 나서 저지른 일이고, 따지고 보면 매를 제대로 길들이지 못한 매 사냥꾼 잘못이 아닌가. 더군다나 과부는 가난해서 매값 물어줄 형편도 못 되니 딱하단 말이야. 그래서 은근슬쩍 일을 꾸몄어. 매 사냥꾼이 제 꾀에 제가 넘어가도록 슬슬 말을 끌고 가는 거야.

"매라고 하는 것은 대개 무엇을 잡느냐?"

"그야 꿩을 잡지요."

"꿩을 잘 잡느냐?"

"그렇다마다요. 꿩 잡는 게 매라는 말도 있지 않습니까?"

"그러면 값도 많이 나가겠구나."

"예, 아무리 둔한 매도 오백 냥은 됩니다."

매 사냥꾼이야 그저 매값을 잔뜩 올려 받을 욕심뿐이지.

"그런가? 만약에 매를 솔개에 견준다면 어떤가? 솔개보다는 나을 테지."

"그렇고말고요. 그까짓 솔개를 어찌 매에 견주겠습니까?"

"솔개는 대개 무엇을 잡느냐?"

"그 뭐, 닭도 잡고 개구리도 잡고 그러지요."

"솔개도 값이 많이 나갈까?"

"그까짓 솔개야 무슨 값이 있겠습니까? 값도 없죠."

이쯤 제 입으로 술술 주워섬기니까 원님이 뭐 더 힘들일 일도 없어.

"그럼 됐다. 매는 꿩을 잡고 솔개는 닭을 잡는다고 했으니, 네 매가 닭을 잡고서야 어찌 매라고 하겠느냐? 그것은 매라 할 수 없고 솔개라 해야 할 것인즉, 솔개는 값이 없다고 했겠다? 그러니 다 그만두고 저 불쌍한 과부 닭값이나 물어주도록 해라."

뭐 한 치 빈틈이나 있나? 매 사냥꾼이 제 입으로 말한 걸 딱 갖다 대고 판결을 내리는데 무슨 빈틈이 있어? 매 사냥꾼은 입도 뻥긋 못 하고 닭값만 물어줬지.

이렇게 되니 가난한 과부는 참말로 은인을 만난 셈 아닌가? 고맙긴 말로 다 못 할 만큼 고마운데, 공갚음을 하려니 뭐 쥐뿔이나 있어야 하지. 그래 생각다 못해 남의 집에서 수수 좀 얻어다 찧어 가지고 수수떡을 만들어, 그놈을 함지에 담아 이고 원님한테 갔어.

"사또, 명철하신 판결 덕분에 큰 탈을 면했습니다. 고마운 마음에 수수떡을 좀 만들어 가지고 왔으니 맛이나 보십시오."

그러니까 원님이 함지에 가득 든 수수떡 중에서 딱 한 개를 꺼내 우물우물 맛을 보더니,

"그것 참 푸짐하게 크고 맛난 떡이로다. 나는 이만하면 배부르게 먹었으니 남은 것은 저기 줄지어 서 있는 아전들한테나 나누어 주게. 그리고 이건 떡값일세."

이러면서 돈 닷 푼을 턱 내놓거든. 과부가 황송하여 아무리 안 받으려고 해도 부득부득 돈 닷 푼을 건네주더라네. 과부는 마지못해 돈을 받고, 남은 떡은 원님 말대로 아전들한테 다 나누어줬어. 그러고 나서 빈 함지를 이고 집에 돌아갔지.

과부가 떠난 다음에 원님이 아전들을 불러놓고 묻기를,

"이방, 자네는 수수떡을 몇 개나 얻어먹었는고?"

"예, 여남은 개 되는 것 같습니다."

"호방, 자네는?"

"열댓 개쯤 됩니다."

이렇게 육방 관속 대답을 다 듣고 나서는,

"자네들 설마 그 가난한 과부의 떡을 공짜로 얻어먹을 요량은 아닐 테지. 내가 떡 한 개에 닷 푼 냈으니 자네들은 못 내도 서 푼씩은 내야 할 것 아닌가? 어서 떡값을 모아 과부에게 갖다 주도록 하게나."

이렇게 딱 부러지게 명을 내리니 아전들이 뭐 할 말이 있나? 평소에 백성들한테서 공것 얻어먹는 데 이골이 나서 그까짓 수수떡 몇 개 얻어먹고 그만큼 비싼 값을 치르리라고는 꿈에도 생각을 못했지마는, 원님 말이 한 치 어긋남이 없는데야 뭘 어쩌겠나? 모두들 주섬주섬 돈을 모아 사령을 시켜 과부한테 갖다 줬지.

　'이 돈으로 손바닥만 한 밭이라도 사서 농사지어 잘 살라.'

　이렇게 원님 전갈을 함께 보내니, 과부는 감격해서 원님 말대로 손바닥만 한 밭 한 뙈기 사서 부지런히 농사를 지었어. 나중에는 손바닥만 한 밭이 열 마지기 논이 되어 잘 먹고 잘 살았더란다.

수수께끼를 푼 주막집 딸

　옛날, 왜란이 일어나기 한참 전 이
야기야. 그때 일본에서 우리나라에
사신을 보냈는데, 이 사신이 수수께끼
를 두 가지 가지고 왔어. 어떤 수수께끼인고 하니, 하나는 글이요
다른 하나는 그림인데 그게 참 묘해. 글은 '죽은 나무에 꽃은 스
무 송이요 열매는 백 개라'는 것이고, 그림은 비둘기를 데리고 꽃
앞에 선 노인 뒤에 개가 따르는 모양이었거든. 그게 다 무슨 뜻인
지 풀어보라는 게지.

　나라에서 내로라하는 선비들을 불러 수수께끼를 풀어보라고 했
는데 아무도 못 풀어. 당최 무슨 뜻인지 알아야 말이지. 날고 긴다
는 선비들이 몇 날 며칠 밤을 새워도 풀 수가 없단 말이야. 그래서
할 수 없이 선비들이 조선팔도에 흩어져 다니면서 수수께끼를 풀

인재를 찾기로 했어. 예나 지금이나 나라에서는 꼭 급한 일이 생겨야 인재를 찾지.

그중에 한 선비가 인재를 찾으러 이 고을 저 고을 다니다가 하루는 점심참에 길가 주막에 들게 됐어. 다리쉼도 하고 허기도 면하려고 들어간 게지. 들어가니 어른은 없고 그저 열 살이 될까 말까 한 계집아이가 집을 보고 있더란 말이야.

"밥 한 그릇 청해 먹을 수 있겠느냐?"

"예, 잠깐만 기다려주십시오."

계집아이가 부엌에 가서 점심상을 차려 오기에 한 상 달게 먹고 나서, 잠깐 쉬었다 가려고 마루에 걸터앉아 있었지. 조금 있다가 손님 셋이 와서 또 점심을 청해 먹고 담배를 한 대씩 피우더란 말이지. 옛날에는 집집마다 화로가 있었잖아. 화로에 불잉걸을 담고 재를 덮어놓는 게 있거든. 손님들이 그 화로에 재를 헤치고 불을 당겨 담배를 한 대씩 피우고 갔어.

그러고 나서 조금 있으니 주모가 장을 봐 왔지.

"얘, 그동안 손님 들었니?"

"예, 아까 손님 세 분이 점심 드시고 갔습니다. 산중 손님 한 분, 평지 사는 손님 한 분, 서울 손님 한 분이 다녀갔습니다. 손님 한 분은 아직 쉬고 계시고요."

아직 쉬고 있는 손님은 자기를 가리키는 건데, 아까 다녀간 손님을 산중 손님 어쩌고 하는 걸 보니 참 신기하거든. 그냥 밥만 먹고 담배 한 대씩 피우고 갔지, 어디에 산다는 말 한마디 없었는데 그걸 어찌 아느냐 말이야. 하도 신통해서 딸아이를 불러다 물어봤어.

"얘, 아가야. 아까 왔다 간 손님들이 어디 사는 사람인지 어찌 알고 그런 말을 하느냐?"

"예, 담배 피우시는 걸 보면 압니다."

"어떻게?"

"첫째 손님은 담뱃불을 당기실 때 화롯불을 험하게 헤쳐놓고 재를 다시 모으지 않았습니다. 나무가 흔한 곳에 살지 않고는 그러지 못하지요. 그래서 산중에 산다는 걸 알았습니다."

그럴듯하거든.

"둘째 손님은?"

"둘째 손님은 화롯불을 모아 다독다독 두드렸지요. 그걸 보면 나무가 귀한 곳에 사는 분이라는 걸 알 수 있습니다. 평지 마을에는 나무가 귀하지 않습니까?"

점점 더 그럴듯하단 말이야.

"옳거니. 그럼 셋째 손님은?"

"셋째 손님은 화롯불을 흐트러뜨리지 않고 점잖게 살짝 헤치고 불을 당겼습니다. 서울 손님들이 다들 그러지요."

선비가 고개를 끄덕끄덕, 감탄을 하고 또 물어봤어.

"그럼 나는 어디 사는지 알겠느냐?"

"어디 사시는지는 모르겠으나 선비인 줄은 알겠습니다."

"어떻게?"

이 선비가 조선팔도 돌아다니느라고 차림새는 영락없는 거지꼴이거든.

"비록 차림이 남루하나 소매 끝에 먹물 때가 묻은 것을 보면 압니다."

선비가 무릎을 탁 치고 아주 크게 감탄했어. 뭐 인재가 따로 있
나? 이만하면 인재라 할 만하지. 이만한 아이라면 혹 수수께끼를
풀지도 모르겠다 싶어서, 가지고 온 글과 그림을 꺼내 턱 펴놓고
물어봤겠다.

"얘, 이것 좀 봐다오. 이게 무슨 뜻인지 알겠느냐?"

아이가 가만히 글을 들여다보더니 뭐 오래 생각할 것도 없이,

"이건 곶감입니다."

하거든. 듣고 보니 그렇지 뭐야. '죽은 나무에 꽃은 스무 송이요
열매는 백 개라.' 곶감은 꼬치에 꿰어 말리니 곧 죽은 나무에 열린
열매요, 곶감 열 개를 한 줄로 꿰면 앞뒤에 꽃무늬를 하나씩 새겨
넣으니 열 줄이면 꽃이 스무 송이 아닌가? 곶감 열 줄이면 열매가
백 개인 것은 삼척동자도 알 테고.

이번에는 그림을 가만히 들여다보더니,

"여든한 살 노인이 새봄에 꽃이 피는 걸 보고 죽은 아내를 생각
하며 한탄하고 있군요."

하거든.

"그건 어째서 그러냐?"

"비둘기는 '구구' 하고 우니까 구구는 팔십일, 여든한 살인 걸
알겠습니다. 뒤에 개가 따르는 걸 보니 노인이 혀를 찼음을 알겠
습니다. 개는 혀를 끌끌 차서 부르지 않습니까? 혀를 찬다 함은 곧
한탄하는 것인데, 꽃을 보고 한탄했으니 새봄에 다시 피는 꽃을
보고 한탄한 것입니다. '꽃은 죽었다가도 다시 살아나는데 사람

은 어찌 한번 가면 다시 올 줄 모르는고? 하는 뜻이니, 그림 속의 노인이 아내를 여의었음을 알겠습니다."

이래서 수수께끼를 다 풀었어. 이 선비가 좋아라 하고 서울로 올라와서 나라에 고하니, 나라에서는 수수께끼 답을 적어 일본 사신에게 주어 보냈지. 일본에서는 그 답을 턱 받아 보고,

"조선에 이런 인재가 있는 동안에는 함부로 칠 수 없다."

하고, 본래 조선을 치려던 마음을 바꿨다는 거야. 그래서 못 처들어왔어.

그런데 그 뒤에 한 번 더 일본에서 어려운 수수께끼를 보내온 걸 못 맞혀서 왜란이 일어났대. 그때는 수수께끼를 풀려고 주막을 찾아가니까 주막이고 사람이고 온데간데없더라지 뭐야. 수수께끼를 못 풀자 일본이 얕잡아 보고 쳐들어왔다는 말이지. 그런 이야기도 있어.

수수께끼를 푼 주막집 딸

원인지 껍데긴지

원인지 껍데긴지

요새도 그 비슷한 일이 있는지 모르겠는데, 옛날에는 벼슬아치 행차가 백성들한테는 무척 귀찮은 짐이 됐거든. 신관 사또가 새로 갈려 오면 백성들이 가장 먼저 하는 일이 길을 닦는 거였어. 말하자면 신관을 맞이하는 인사치레인데, 그런 일을 백성들이 즐겨서 했겠나. 관에서 시키니까 마지못해 했지.

어느 고을에 원이 새로 갈려 오게 돼서 그 고을 백성들이 길을 닦았어. 그런데 그때가 하필 오뉴월이야. 오뉴월이면 한창 바쁜 농사철이 아닌가. 한나절 해가 아쉬운 땐데, 이때 신관이 갈려 온다고 불려 나가 길을 닦자니 그 뭐 기분이 좋을 리 있나. 모두들 투덜투덜하면서 길을 닦는데, 웬 낯선 사람이 와서 기웃기웃하더니,

"여보시오들, 무슨 일로 길을 닦소?"

하고 묻거든. 안 그래도 기분이 언짢은 판국에 그러니 좋은 대답
이 나올 리 없지. 백성 중에 한 사람이 냉큼 그 말을 받아,

"이 고을에 원인지 껍데긴지가 새로 갈려 온다고 이런 다오. 원
인지 껍데긴지 원, 오려거든 동지섣달 한가할 때나 오지 왜 하필
이면 이 바쁜데 온담. 원인지 껍데긴지."

이랬어. 그런데 그게 제 모가지 치는 말이야. 물은 사람이 누군고
하니 바로 그 고을에 새로 갈려 오는 원이란 말씀이야. 원이 일부
러 허름하게 차려입고 고을 사정을 살피노라고 하인 하나 데리고
와서 기웃거리는 중이란 말이지. 그 원의 코앞에서 '원인지 껍데
긴지' 해놨으니 이제 모가지가 달아날 일만 남은 거야.

그런데 이 백성은 그것도 모르고 연신 '원인지 껍데긴지' 하면
서 투덜투덜했어. 그러는 걸 듣고 하인이 원에게 가만히 귀엣말로,

"사또, 아 저런 놈의 입을 찢어놔야 하지 않겠습니까?"

하거든. 그걸 이 백성이 들었어. 귀가 밝아서 귀엣말하는 걸 다 들
었단 말이지. 듣고 보니 아 이거 일을 저질러도 보통으로 저질러
놓은 게 아니거든. 여태 '원인지 껍데긴지' 하며 욕을 해댄 원이
바로 코앞에 서 있으니 이게 보통 일이야? 옛날에 고을 원이라면
백성들한테야 하늘 같은 벼슬아치 아닌가. 원 밑에서 일하는 아전
이나 사령 앞에서도 벌벌 떠는 게 힘없는 백성인데, 하물며 지엄
한 목민관이야 더 말할 것도 없지.

'아이쿠, 이제는 죽었구나.'

이 사람이 그만 눈앞이 깜깜해지는데, 하늘이 무너져도 솟아날
구멍이 있더라고 번개같이 좋은 생각이 탁 떠오르더란 말이야. 서

리 맞은 호박잎 따듯이 시치미를 뚝 떼고서 원한테,

"보아하니 과객인지 껍데긴지 같소만 잘 곳이 없거든 우리 집에나 갑시다. 우리 집인지 껍데긴지."

했어. 그것도 원의 코앞에 낯을 바짝 들이대고 그랬지. 원이 들어 보니 갈수록 태산이지만, 자기가 폐포파립(해진 옷과 부서진 갓. 초라한 차림새를 이름)을 해가지고 나설 적에는 신분을 감추노라고 그런 건데 갑자기 '이놈, 내가 원이니라.' 할 수도 없는 노릇이라 어정쩡하게,

"그래, 당신 집은 어디오?"

하고 물었지.

"저기 보이는 저 집이 우리 집이오. 우리 집인지 껍데긴지."

가리키는 곳을 보니 삽짝이 너덜너덜한 움막집이거든.

"손님 치를 만한 집으로 뵈지는 않는데."

"잠자리야 오죽하겠소만 먹을 것인지 껍데긴지는 남아돌 거요. 먹을 것인지 껍데긴지."

"왜 그렇소?"

"아, 오늘 저녁 우리 집에서 제산지 껍데긴지를 지낸다오. 우리 아버진지 껍데긴지 제사를 지내는데, 그만하면 먹을 거야 많지 않겠소?"

이쯤 되니 원도 두 손을 들고 말지. 아, 자기 아버지더러 '아버진지 껍데긴지' 하고 욕을 해대는 놈한테 더 뭘 말하겠어? 아하, 저놈은 본래 말버릇이 저렇게 고약한 놈이로구나. 일부러 나를 두고 욕을 한 건 아니로구나. 그렇다면 공연히 긁어 부스럼 만들 일

이 무어 있겠나. 못 들은 척하고 가버리면 그만이지. 이렇게 생각하고 슬그머니 가버렸어.

그래서 화를 면하고 잘 살았대. 그러나저러나 벼슬아치 행차에 애매한 백성들 욕보는 건 참 못된 일인데, 요새도 혹 그런 일이 없나 몰라. 없어야 할 텐데.

양반집에 장가들기

옛날 옛날에 한 총각이 살았는
데, 이 총각 집안이 가랑이가 찢어
지게 가난한 데다가 이렇다 할 뼈
다귀도 없는 집이야. 그러니까 대대
로 남의 땅이나 부쳐 먹고 사는 상민의 집이란 말이지. 그런데 이
총각네 집 이웃에 아주 번듯한 양반집이 있었어. 대대로 벼슬깨나
하고 땅마지기나 좋이 가진 집이니까 번듯하기는 번듯하지. 그쯤
되니 콧대는 좀 높은가. 이웃에 사는 농사꾼 보기를 뭐 제 집 개나
닭 보듯 한단 말이거든.

이런 형편인데 이 총각이 나이 한 스물이 넘어서 장가를 갈 때
가 됐지. 그런데 이웃에 사는 양반집 딸을 마음에 두고 있었단 말
이야. 지게 지고 양반 집 앞을 다니다 보면 담 너머로 그 집 딸이

보일 게 아닌가? 집안일도 하고 심부름도 하노라고 딸이 왔다 갔다 하는 게 보이는데 참 곱고 참한 규수여서, 아 이놈이 그만 마음에 쏙 들었단 말이야. 마음에 들어서 담 너머로 넘겨다보고 넘겨다보고 하니까, 딸도 그러는 걸 알고 서로 말은 못 건넸으되 은근히 눈치가 다르지. 그 집 딸도 마음속으로는 비록 농사꾼의 자식이지마는 허우대 훤칠하고 씩씩해 보이는 게 저만한 총각이면 신랑감으로도 어떠랴 했던 게지. 서로 마음에 두고 있었단 얘기야.

아, 그런데 지체가 다르고 살림이 다르니 뭐 어떻게 할 수가 있어야지. 밤낮 끙끙 앓다가 총각이 생각하기를, 이럴 게 아니라 말이라도 해보는 수밖에 없다 하고 하루는 어머니를 졸랐어.

"어머니. 저 양반네 집에 참한 규수가 하나 있지 않나요?"

"그래, 있지."

"가서 우리 집하고 사돈하자고 말을 한번 넣어보세요."

"애, 너 그게 무슨 말이냐? 그 집은 번듯한 부자요 양반댁이고 우리는 농사짓는 무지렁이 집인데 그게 가당키나 한 말이냐? 하늘에서 천도를 땄으면 땄지 그건 안 될 게다."

"그래도 말이나 한번 해보세요."

"큰일 날 소리. 그런 말 꺼냈다간 너도 죽고 나도 죽어."

"그런 말했다고 설마 죽기야 하겠어요?"

부득부득 졸라대니 어머니가 뭐 어쩔 도리가 있나? 아들이 저리 바라는 걸 까짓것 원이나 들어주고 죽든지 살든지 하자 싶어서 그 길로 양반 집에를 턱 갔어. 문간에 들어서니 벌써 주눅이 팍 드는데, 미리 작정을 하고 온 일이니 물러설 수도 없고 해서 그 집 마나님을 뵙자고 했지.

"뒷집 아낙이 아닌가? 그래, 무슨 일로 왔나?"

"말씀드리기 송구스러우나 우리 아들놈이 이 댁 따님께 장가들고 싶다 해서 찾아왔습니다."

"뭐라고? 이놈의 여편네가 그걸 말이라고 하나? 얘들아, 다시는 그런 소리 입 밖에 못 내도록 입에다 똥을 처넣어라."

하인들이 우르르 달려들어 똥바가지로 똥을 퍼다가 입에 처넣는구나. 말 한마디 했다가 그런 몹쓸 수모를 겪고 하릴없이 털털 집으로 돌아왔네.

"어머니, 어찌 됐나요?"

"아이고 얘야, 말도 마라. 말 한번 잘못했다고 똥만 실컷 얻어먹고 왔다."

아, 아들이 가만히 생각해보니 참 분하거든. 안 되면 그냥 안 된다고 할 일이지 남의 입에다 더러운 똥을 처넣는 건 무슨 심보냐 이 말이야. 예끼, 이번에는 내가 직접 가보는 수밖에 없다 하고, 그길로 총각이 양반 집을 찾아갔어. 가서 다짜고짜 대감을 뵙자고 했지.

"너는 뒷집 총각 녀석이 아니냐? 그래, 무슨 일로 왔느냐?"

"염치없지만 이 댁 따님을 저한테로 시집보내주십사 하고 왔습니다."

"뭐라고? 이놈이 미쳤구나. 여봐라, 저놈이 다시는 그런 말 못 하도록 매우 쳐서 내쫓아라."

하인들이 우르르 달려들어 몽둥이찜질을 해서 내쫓는구나. 온

몸에 멍이 시퍼렇게 들어 하릴없이 집에 돌아왔지. 집에 돌아와서 가만히 생각해보니 원통하고 억울해서 잠이 안 오거든. 이럴수록 정신을 차려야 한다, 여기서 물러나면 안 된다, 이렇게 생각하고 꾀를 하나 냈어. 저쪽에서 권세만 믿고 우격다짐으로 나올 적에는 갖다 들이댈 것이 꾀밖에 더 있느냐 말이야.

그 이튿날 이놈의 총각이 산에 가서 솔개 한 마리를 잡았어. 솔개를 산 채로 잡아 가지고 집에 와서, 그놈의 발에다가 초롱을 매달아놨어. 그래놓고 밤이 되기를 기다리는 거야. 밤이 이슥해지니까 달도 없이 캄캄한데, 이때 총각이 솔개에다 매단 초롱에 불을 붙여서 슬그머니 양반 집 앞에 있는 감나무에 올라갔어. 저 위 꼭대기까지 올라가서 이렇게 내려다보니 양반 집에 불이 다 꺼지고 조용해. 그때 그만 목청을 있는 대로 빼어서 벼락같이 호령을 하는 거야.

"아무개 양반은 듣거라."

양반 내외가 자다 말고 호령 소리에 벌떡 일어났지.

"어서 나와 옥황상제의 명을 받으라."

양반 내외가 놀라 엉거주춤 마당에 나와보니 저 나무 꼭대기에서 불빛이 반짝반짝하는데, 소리가 틀림없이 거기서 들리거든. 혼이 반쯤 달아났는데 호령 소리가 이어지네.

"내가 너희 집 딸과 뒷집 총각을 배필로 맺어놓았건만, 너희는 하늘의 뜻을 어기고 장차 사돈 될 사람의 입에 똥을 처넣고, 장차 사위될 사람한테 몽둥이질을 하니 그런 고얀 일이 어디에 있느냐? 너희가 그러고도 살아날 줄 알았더냐?"

천둥같이 호령을 하니 반쯤 남아 있던 혼까지 다 달아나네. 양반 내외가 그만 땅에 넙죽 엎드려 손이 발이 되도록 비는구나.

"옥황상제님, 죽을죄를 졌습니다. 그저 목숨만 살려줍시오."

"그러면 뒷집과 사돈을 맺을 터이냐?"

"상제님 명이라면 그리하겠습니다."

"내일로 당장 시행하렷다."

"여부가 있겠습니까?"

"너희가 뉘우치고 내 명을 받드니 이만 용서하고 가겠다. 그러나 만일 명을 어길 때는 너희 집이 폭삭 망할 터이니 그리 알라. 그럼 이만 간다."

하고 나서 솔개를 가만히 놓아주니 솔개가 하늘로 높이 날아가거든. 솔개 발에다 초롱을 매달아놨으니 불이 번쩍번쩍하면서 올라갈 것 아니야? 솔개란 놈을 딱 붙들고 있다가 놓아주니까 그 뭐 오죽 잘 올라갈까. 땅에서 올려다보면 불이 환한 게 하늘로 그냥 막 올라간단 말이야.

'아, 저건 영락없는 옥황상제님이로구나. 말을 안 들었다가는 큰코다치겠다.'

제 눈으로 하늘로 올라가는 걸 봤으니 안 속을 수가 없지. 그날 밤에는 곱게 자고, 그 이튿날 아침에 날이 밝자마자 양반 내외가 헐레벌떡 총각네 집에 찾아왔겠다.

"여보게, 아무개 안에 있는가?"

"대감댁 내외분이 무슨 일이십니까?"

"어제는 우리가 뭣에 씌웠는지 자네 모자한테 못할 짓을 저질렀네. 부디 용서하고 우리 사돈을 맺세나."

"그럼 그러지요."

이렇게 해서 가난뱅이 총각이 양반집 딸과 혼인을 하게 됐다는 이야기야. 그래서 아들딸 열두 남매를 낳고, 더 낳으려다가 말고, 잘 먹고 잘 살았다네.

배짱 좋은 형제

예나 지금이나 가난한 사람
은 그저 배짱이 두둑하고 넉살
이 좋아야 먹고살지, 이것저것 체
면 다 차리다가는 빌어먹지도 못해. 옛날에 웬 총각 형제가 있었
는데 워낙 가난하게 살다 보니 어지간히 낯가죽이 두꺼웠나 봐.
둘 다 가난해서 나이 서른이 넘도록 장가를 못 갔는데, 서른 해가
넘도록 는 거라고는 배짱이요 넉살이야. 그저 밤낮 궁리하는 것이
장가갈 궁리거든.

한번은 이웃 마을에서 한 사람이 사윗감을 구한다는 소문을 들
었어. 그런데 딴 건 아무것도 안 보고 그저 술 안 먹는 사위를 구
한다는 거야. 가문이고 살림이고 나이고 다 접어두고 그저 술만
안 먹으면 된다 이런 말이야. 그런 소문을 듣고 이 총각 형제가 가

만히 있을 수 있나.

"내가 갈까? 아우가 가려나?"

"아, 나이 많은 형님이 먼저지요. 형님이 가세요."

그래서 형이 그 집에 찾아갔어. 가 보니 장가 못 간 노총각이 엄청나게 몰려와 있는데, 저마다 술 못 먹는 자랑하느라고 입이 벌개.

"저는 이날 이때까지 술이라고는 입에 대본 적도 없습니다."

"입에 대기는커녕 구경해본 적도 없습니다."

"술이라니, 그게 뭐요? 나는 처음 들어보오."

이렇게 떠들어대는데, 그게 다 허풍이요 넉살이지. 그러는 걸 가만히 듣고 있던 형이 그만 자빠져 떼굴떼굴 구르거든. "아이고, 아이고" 하면서 눈꺼풀을 허옇게 뒤집고 떼굴떼굴 구르니까 모여 있던 사람들이 다 놀랄 것 아니야?"

"이 사람이 왜 이러나?"

하고 달려들어 형을 붙잡아 팔다리를 주무르고 따귀를 때리고 해서 제정신이 들게 해놨어. 그제야 정신이 드는 듯이 눈을 멀뚱거리고 누워 있으니까 죄다 왜 그러느냐고 묻겠지.

"아, 말도 마시오. 나는 술이라는 말만 들어도 이렇게 발작을 한다우. 그러니 내 앞에서 절대로 술이라는 말은 입 밖에 꺼내지도 마시우."

하니까 장인 될 사람이 아무리 생각해도 저것보다 술을 못 먹는 사람은 없을 것 같단 말이지. 술이라는 말 몇 마디에 저렇게 정신을 잃고 발작을 하는데 뭘 더 바라? 당장 사위 삼자 하고 바로 날을 받아 혼례를 치렀지.

혼례 날 신랑 신부가 나눠 먹는 합환주라고 있지 않아? 신부 집에서는 신랑이 술을 못 먹으니 합환주에 술 대신 쌀뜨물을 쓰자 하고 쌀뜨물을 술잔에 따라줬어. 그랬더니 신랑이 또 발작을 해. 사모관대 쓴 신랑이 대례상 앞에서 "아이고, 아이고" 하면서 떼굴떼굴 구르니 일 났지. 팔다리를 주무르고 미음을 쒀 먹여서 억지로 정신을 들게 해놓으니 신랑이 하는 말이,

"내가 예전에는 술만 보면 발작을 했는데, 이제는 멀건 물만 보면 발작을 합니다."

하지. 할 수 없이 술을 따라주니까 벌컥벌컥 잘 먹더래. 본래 술이 없어서 못 먹는 놈이거든. 장가 간 뒤로 술을 잘만 먹지. 그래도 한번 본 사위를 술 먹는다고 도로 무를 수 있나. 술 먹고도 잘 살았어.

그 뒤에 아우가 들으니, 어느 마을에서 웬 사람이 사윗감을 구하는데 부자 사위를 구한다고 그래. 그 사람도 제법 살 만하지마는 저보다 더 큰 부자 사위를 찾는다는 거야. 아무리 가랑이가 찢어지는 놈이지만 사윗감 구한다는 말을 듣고 가만히 있을 수가 있나. 제 형더러,

"형님, 이제는 내 차례요."

하고는 지게를 턱 걸머지고 산에 가. 산에 가서 고만고만한 회초리만 한 짐 해다가 짊어지고 사윗감 구한다는 집 앞에 가서 지게를 내려놓고 쉰단 말이야. 그러고 있으니 주인이 나와서 보고는,

"아, 자네는 그 회초리를 어디에 쓰려고 그렇게 해 가나?"

하고 물을 게 아니야? 땔나무도 아니고 회초리만 잔뜩 해놨으니 말이야.

"아, 이거 다 쓸데가 있어서 그럽니다."

안 가르쳐주면 점점 더 궁금해지거든.

"대체 뭣에 쓰려고 그러나?"

그제야 마지못해 가르쳐주는데,

"이거 다 쇠코뚜레로 쓸 겁니다."

하거든. 쇠코뚜레로 쓸 것이면 고만고만한 회초리 하나면 족할 것
을 한 짐씩이나 지고 가면서 그걸 다 쓸 거라니 이상하잖아.

"쇠코뚜레를 그렇게나 많이 만들어?"

"이것 가지고 모자라면 한 짐 더 해 가야지요."

주인이 가만히 들어보니 참 웬만큼 부자가 아니고서는 소를 저렇
게나 많이 먹일 수는 없단 말이야. 응? 옛날에는 소 한 마리면 그게
장가 밑천인데, 쇠코뚜레를 수도 없이 해 갈 만큼 소가 많으면 뭐
그만한 부자가 없는 거지. 당장 욕심이 생겨서 사위 삼자고 달려드
네. 그래서 날을 받고 혼례를 치렀는데, 혼례를 다 치르고 보니 이
건 송아지 한 마리도 없는 알거지거든. 장인 영감이 화가 잔뜩 나서,

"아, 자네는 소가 그리 많다더니 한 마리도 없잖나?"

하니,

"내가 언제 소가 많다고 했나요? 다 쇠코뚜레로 쓸 거라고 했지
요. 앞으로 소를 많이 사면 쇠코뚜레가 많이 쓰일 테니 미리 장만
해놓은 거지요."

하고 말지. 아, 장인이 제 꾀에 제가 속았으니 누굴 탓하겠나? 한
번 본 사위를 도로 무를 수는 없는 노릇이거든. 그러나저러나 소
한 마리 없이도 아들딸 낳고 잘 살더래.

시르릉 비쭉 할라뽕

얼토당토않은 얘기지만 이런 얘기도 있어. 옛날에 옛날에 어떤 사람이 아들을 하나 낳았는데, 이놈이 커가면서 하라는 글공부는 안 하고 밤낮 활만 쏘거든. 서너 살 먹어서 아장아장 걸을 때부터 활을 쏘던 것이 나이 스무 살이 되도록 그 짓만 해. 아주 어릴 적에는 싸리나무로 활대를 만들고 삼 껍질로 시위를 만들고 겨릅대로 살을 만들어 가지고 놀던 것이, 차차 나이를 먹어 힘이 생기니까 참대로 활대를 만들고 명주 타래로 시위를 만들고 쇠로 활촉을 만들어서 밤낮 쏘는 거야. 나이 스무 살이 되도록 배운 거라고는 활 쏘는 것밖에 없어. 글이라고는 낫 놓고 기역 자도 모르고 농사짓는 법도 못 배웠으니 그놈을 언다 쓰겠나? 아버지가 보다 못해 역정을 내어,

"에잇, 이놈. 너 먹여 살리는 것도 이제 지겨우니 당장 나가거라. 나가서 정승 사위나 되기 전에는 집에 올 생각도 마라."

하고 아들을 쫓아냈어. 정승 사위나 되기 전에 집에 돌아오지 말라는 것은, 꼴을 봐서는 정승 사위 아니라 정승네 종노릇도 못 할 것 같으니 정신이나 차리거든 돌아오라는 뜻이지 뭐 다른 뜻이 있겠나. 그런데 이놈은 그 말을 곧이듣고,

'집에서 쫓겨난 신세가 됐으니, 이제는 아버지 말대로 정승 사위가 되어 돌아가는 수밖에 없다.'

그리 생각하고 길을 떠났어. 정승 사위가 되려 가는 거지.

한참 가다가 보니 산길을 가게 됐는데, 난생처음 보는 새 한 마리가 포르르 날아간단 말이야. 그런데 그 우는 소리가,

'시르룽 시르룽'

이래. 세상에 '시르룽 시르룽' 하고 우는 새도 다 있더란 말이지. 그걸 한 마리 잡았어. 활 쏘는 놈이니까 길 떠날 때 다른 건 안 가지고 와도 활은 둘러메고 나왔거든. 활을 쏘아서 시르룽새를 한 마리 잡았지. 마침 배가 고프던 참이라 새를 구워 먹고 다시 길을 가는데, 아 한 걸음 떼놓을 때마다 제 몸에서,

'시르룽 시르룽'

하고 소리가 난단 말이야. 가만히 서 있으면 아무 소리도 안 나고, 걷기만 하면 걸음에 맞춰,

'시르룽 시르룽, 시르룽 시르룽'

하니 참 기가 막히거든. 대체 왜 이러나 하고 온몸을 샅샅이 뒤졌더니, 저고리 섶에 그놈의 시르룽새 깃털이 하나 묻어 있더래. 그

걸 떼어내니까 걸음을 걸어도 아무 소리가 안 나. 깃털 때문에 그런 소리가 난 거야. 참 이상도 하다 싶어서 그 깃털을 끈으로 잘 묶어서 활대에 매달고 갔어.

그러고 나서 또 가는데, 다른 산을 넘다 보니 난생처음 보는 새 한 마리가,

'비쭉 비쭉'

하고 울면서 날아가더래. '비쭉 비쭉' 하고 우는 새도 다 있어. 마침 배가 고프던 참이라 그놈도 활을 쏘아 잡았지. 구워 먹고 가는데, 이번에는 걸을 때마다 제 몸에서,

'비쭉 비쭉'

하고 소리가 나거든. 또 깃털이 묻어서 그런 게야. 그래서 비쭉 깃털도 활대에 묶어 가지고 갔지.

또 가다 보니까 이번에는 난생처음 보는 새가,

'할라뽕 할라뽕'

하고 날아가기에 그놈도 한 마리 잡았어. 구워 먹고 가는데 또 걸을 때마다 제 몸에서,

'할라뽕 할라뽕'

하겠지. 그것도 깃털이 내는 소리야. 할라뽕 깃털도 활대에 묶어 가지고 갔지.

이렇게 시르릉새 깃털, 비쭉새 깃털, 할라뽕새 깃털을 가지고 가다 보니 서울까지 가게 됐어. 서울에 다 갔으니 정승 집을 찾아간단 말이야. 이놈이 정승 집에를 턱 들어가서,

"시골에서 쓸 만한 놈이 왔다고 어서 대감께 여쭈어라."

하고 제법 하인들에게 호령을 했어. 하인들이 보니까 뭐 행색도 꾀죄죄한 떠꺼머리가 하나 와서 큰소리를 치거든. 시답잖은 놈이니까 그냥 쫓아내려고 한단 말이야. 그러니까 이놈이 활을 딱 겨누어서 하인들 중 힘깨나 쓰는 걸로 보이는 놈의 상투 끝을 화살로 꿰버렸어. 막 쫓아내려고 하는데 난데없는 화살이 날아와서 상투를 꿰니까 질겁을 할 것 아니야? 하인들이 다들 슬슬 꽁무니를 빼니까 이놈이 활개를 치며 들어갔어. 정승이 내다보니까 시골 놈이 하나 왔는데 활솜씨는 그만하면 쓸 만하겠거든.

"무슨 일로 날 찾아왔느냐?"

"갈 데 없는 떠돌이온데 대감 댁에서 머슴이라도 살려고 찾아왔습니다."

"그래, 무슨 일을 잘하느냐?"

"다른 재주는 없으나 활은 그런대로 쏩니다."

그래서 정승이 제 집에 두고 마당이나 쓸게 했어. 이놈이 그때부터 정승 집 머슴이 되어서 마당이나 쓸다가 가끔 정승이 사냥을 나가면 따라가서 활이나 쏘며 지냈지. 정승 집 머슴이 됐으니까 이제는 정승 사위 될 일만 남았는데, 머슴 되기야 쉽지마는 사위 되기가 어디 쉬운가. 자기는 보잘것없는 시골뜨기 망나니요 상대는 서슬이 퍼런 정승인데 말이야. 그러니까 마당이나 부지런히 쓸면서 기회만 보고 있는 거야.

그러다가 하루는 정승 딸이 가마를 타고 나들이를 가게 됐어. 이놈이 옳다구나 하고 가마꾼 하나를 슬슬 구슬려서 제가 가마를 멨거든. 가마를 메고 가다가 쉴 참에 정승 딸이 가마에서 내리는 틈을 타서, 슬그머니 깃털 세 개를 정승 딸 저고리 안주머니에 슬쩍 집어넣어 놨어. 그러니 어떻게 되겠나. 정승 딸이 걸음을 걸을 때마다,

  '시르릉 비쭉 할라뽕'

하고 새소리가 진동을 한단 말이야. 깜짝 놀라 가만히 서 있으면 아무 소리도 안 나고 걷기만 하면,

  '시르릉 비쭉 할라뽕, 시르릉 비쭉 할라뽕'

하니 참 야단이 났지. 듣는 사람이 모두 우스워서 배를 잡고 떼굴떼굴 구르는 판이야.

  정승 딸은 그만 얼굴이 노래서 그길로 집에 돌아와 드러누워버렸네. 딱 드러누워서 당최 한 걸음도 못 움직이는 거야. 아, 얌전한 정승 댁 따님이 행차를 할 때마다 '시르릉 비쭉 할라뽕, 시르릉 비쭉 할라뽕' 이러고 다닌대서야 말이 되나. 하, 이것 참.

  일이 이쯤 되니까 정승 집에서는 난리가 났어. 용하다는 의원, 점쟁이, 무당을 다 불러다가 약을 쓰고 침을 놓고 굿을 하고 푸닥거리를 하느라고 조용한 날이 없어. 아무리 그래도 그게 차도가 있을 리 있나. 제아무리 용하다는 의원, 점쟁이, 무당도 다 두 손 들고 내빼버리는 거야. 일이 이렇게 되니 몸이 다는 건 정승이지. 하다 하다 안 되니까,

  '누구든지 우리 딸 병을 고쳐주는 사람을 사위 삼겠노라.'

하고 방을 내다 걸었단 말이야. 총각 놈이 그때를 기다려 정승을 뵙고는 하는 말이,

  "대감마님, 요새 무슨 일로 그리 상심하십니까?"

하고 능청스럽게 물었겠다.

"이놈, 너는 알 일이 아니야."

"굼벵이도 구르는 재주가 있다고, 혹시 제가 도움이 될지 누가 알겠습니까?"

정승이 들어보니 아, 지경이 지경이니만큼 머슴 놈이라고 괄시할 일이 아니겠거든. 그래서 일이 이만저만하게 됐노라고 말을 했어.

"아, 제가 전에 그런 병을 고친 적이 있습니다. 한번 맡겨주십시오."

물에 빠진 사람 지푸라기 잡는 격으로, 세상에 용하다는 의원이고 무당이고 다 나자빠지는 판국에 머슴 놈이 큰소리를 치고 나서니 안 맡길 도리가 있나. 어디 한번 고쳐보라고 했지. 그러니까 이놈이 그냥 고치지 않고 다짐을 받아놓기를,

"송구스러운 말씀이오나 제가 따님의 병을 고치면 약속대로 사위 삼으시는 겁니까?

하거든.

"명색 정승인 내가 한 입으로 두말하겠느냐? 어서 고치기나 해라. 그 대신 못 고치면 혼찌검이 날 줄 알아."

이렇게 해서 이놈이 정승 딸의 병을 고치는데, 이것저것 살피고 진맥을 하는 척하다가 저고리 안주머니에서 할라뽕새 깃털 하나만 슬쩍 빼냈어. 그러고 나서 어디 한번 걸어보라고 했지. 딸이 일어나 걸어보니 아닌 게 아니라 한 가지는 고쳐졌지 뭐야. 전에는 '시르룽 비쭉 할라뽕' 하던 것이 이제는 '시르룽 비쭉' 소리만 나

거든.

'시르릉 비쭉, 시르릉 비쭉'

하니까 이만해도 한 가지는 줄어들었으니 그게 어디야? 정승 집 식구들이 좋아서 어쩔 줄을 모르지. 세상에 이렇게 용한 사람이 어디 있느냐, 이 사람 대접을 잘해서 나머지 둘도 고쳐놔야지 다른 도리가 없다, 이러면서 대접이 극진하단 말씀이야.

며칠 대접을 잘 받고 나서, 그다음에는 비쭉새 깃털을 슬쩍 빼놨어. 그러고 나서 걸어보라고 하니 두 가지가 줄어서 '시르릉 시르릉' 소리만 나거든.

'시르릉 시르릉, 시르릉 시르릉'

하니까 얼마나 좋아? 대접이 더 극진해지고 어서 빨리 나머지 하나도 고쳐달라고 성화일세. 이놈이 며칠 더 뜸을 들이다가 시르릉새 깃털도 마저 빼줬어. 그러고 나서 걸어보라고 하니 아무 소리도 안 나거든.

이렇게 병을 다 고쳐놨으니 약속대로 장가를 들여줘야지 별수가 있나. 안 그래도 정승 딸이 걸음을 걸으면 '시르릉 비쭉 할라뿡' 한다고 장안에 소문이 다 퍼져서 번듯한 사위 보기는 글러먹은 판국이니 더 말할 것도 없지 뭐야. 시골뜨기 무지렁이거나 말거나 사지 멀쩡하고 좋은 재주 가진 놈 사위 삼는 게 그나마 잘된 일이지 뭐.

이렇게 해서 이놈이 정승 사위가 돼서 색시를 가마에 태우고 저는 말을 타고 집에 돌아왔어. 집에서는 아버지가 아들 내쫓고 나서 이놈이 어디 가서 죽지나 않았는지 근심하고 있던 차에, 아들이 정승 사위가 돼 가지고 돌아오니까 그 얼마나 좋아? 그사이에 철이 들어서 농사도 잘 짓고 글도 배우고, 아들딸 많이 낳고 효도 하면서 잘 살았더란다. 얼토당토않은 얘기지만 이런 얘기도 있어.

눈 뜬 사람을 속인 장님

옛날에 눈먼 장님하고 눈 뜬 사람하고 이웃해서 살았어. 그런데 눈 뜬 사람 성질이 좀 고약했던 모양이야. 눈멀었다고 괄시가 이만저만이 아니거든. 앞이 안 보이니까 제 마음대로 골려먹는단 말이지.

두 집 논이 서로 딱 붙어 있어서 도랑 하나로 두 집 논에 물을 댔거든. 그러니까 한쪽 물꼬를 막아버리면 다른 쪽 논에 물이 들지. 그런데 눈 뜬 사람이 당최 눈먼 사람네 논에 물을 안 줘. 장님이 애써 제 논에 물길을 만들어놓으면 눈 뜬 사람이 가만히 물꼬를 싹 막고 제 논에 물을 끌어댄단 말이야. 그 뭐 장님이란 게 앞이 안 보이니까 손으로 더듬더듬하는 판인데, 천신만고로 물을 대놓으면 빼내 가고 빼내 가고, 이러니 참 환장할 노릇이지. 앞이 안 보이니까 뻔히 알면서도 당할 수밖에 없어.

그뿐이 아니지. 장님네 집에 놀러오는 척하고 와서, 갈 때는 꼭 무슨 물건이든지 하나씩 집어 가는 거야. 괭이도 집어 가고 낫도 집어 가고 부엌세간에다 곡식 자루까지 슬슬 집어 가니까, 아 그 사람이 왔다 가면 꼭 물건이 하나씩 없어지거든. 그래도 뭐 어쩔 도리가 없어. 도둑질을 해도 눈으로 봐야 잡든지 말든지 하지, 당최 안 뵈니까 어쩔 도리가 있나.

이렇게 내리 몇 해를 당하고 나니까 도저히 안 되겠어. 장님이 어떻게 하면 저놈의 버릇을 고쳐 줄꼬 가만히 궁리를 했지. 궁리를 하다가 묘한 꾀를 하나 냈어.

이제 종이 한 장을, 아무것도 안 쓴 하얀 종이를 구해다가 그걸 다른 종이로 싸는 거야. 정성스럽게 싸서 노끈으로 가로세로 묶고, 그걸 또 다른 종이로 싸서 묶어. 그렇게 싸서 묶고, 한도 끝도 없어. 스무 겹이고 서른 겹이고 싸서 묶어서는, 그걸 또 보자기로 싸는 거야. 보자기로 싸서 묶고 또 싸서 묶고, 이렇게 스무 겹이고 서른 겹이고 싸 묶어놓으니 이불보만 하게 되었지. 그걸 또 새끼 줄로 이리 묶고 저리 묶고 사방팔방 묶어놨어. 누가 봐도 그건 보물 보따리지.

이래놓고 눈 뜬 사람네 집에를 턱 찾아갔어.

"이 사람, 집에 있는가?"

"눈먼 사람이 무슨 일로 예까지 왔나?"

"다름이 아니고 자네가 전에 빌려 간 돈 받으러 왔네."

눈 뜬 사람이 들어보니 기가 막히거든.

"이 사람이 무슨 소리를 하는 게야? 언제 자네 돈을 빌렸어?"

"자네가 돈 백 냥이나 빌려 쓰고 증서까지 만들어줬잖은가?"

하, 이거 갈수록 태산이란 말이야. 물꼬를 막고 세간 훔친 일은 있어도 돈 빌린 적은 없는데, 아닌 밤중에 홍두깨 격으로 증서까지 들먹이니 환장할 노릇이지. 서로 빌려 갔네 아니네 하다가,

"아, 그러면 송사를 하러 가세. 누구 말이 옳은지."

하고 그 고을 원님한테 갔어. 갈 때 장님은 그 종이 한 장 싼 것, 그 이불보따리만 한 것을 짊어지고 가는 거야. 짊어지고 원님한테 턱 가서,

"사또, 이 사람이 내 돈 백 냥을 빌려 쓰고 이제 와서 못 주겠다 합니다."

했지. 눈 뜬 사람은 가만히 있겠나. 절대로 그런 일이 없다고 길길이 뛸 것 아니야? 그러거나 말거나,

"여기 증서까지 있으니 잘 살펴주십시오."

하고 보따리를 턱 내놨겠다. 원님이 그놈의 보따리를 푸는데, 이건 뭐 한도 끝도 없거든. 새끼줄 다 풀고 나면 보자기요, 보자기 끄르고 나면 또 보자길세. 한 꺼풀 벗기면 또 한 꺼풀 나오고, 또 벗기면 또 나오고……, 아 그놈의 걸 다 벗기는 데 한나절이 걸렸어. 다 벗기고 보니 달랑 빈 종이 한 장 들었단 말이야.

"이건 아무것도 안 쓴 백지가 아니냐?"

그 말을 듣고 장님이 그만 땅바닥에 엎어져서 떼굴떼굴 구르며 엉엉 울어대네.

"아이고, 속았구나. 저 사람이 이 증서를 줄 때 돈 백 냥 빌린 것

다 적고 도장까지 벌겋게 찍었다고 하더니 백지를 줄 줄이야. 아이고, 이제 나는 망했다."

하고 땅을 치며 통곡을 해.

일이 이쯤 되니 누군들 장님이 부러 그런다고 믿겠나 말이야. 증서가 얼마나 중했으면 종이에 싸고 보자기에 싸고, 신주단지 모시듯 스무 겹이고 서른 겹이고 싸두었겠나. 돈을 빌려주지 않고서야 증서를 받을 리 없고, 증서를 받았으니 저리 중하게 간수를 해뒀지. 원님이 가만히 생각해보니, 이건 저 눈 뜬 사람이 장님을 속인 게 틀림없다 싶거든. 냅다 눈 뜬 사람한테 불호령을 내리네.

"네 이놈, 고얀 놈. 어디 속일 데가 없어 앞 못 보는 사람을 속였더냐? 당장 장님에게 돈을 갚되, 이자까지 쳐서 백오십 냥을 갚으렷다. 또한 앞으로는 두 번 다시 불쌍한 사람을 속이지 마라."

원님의 호령이 추상 같으니 어쩔 도리가 있나. 억울해도 할 수 없지. 게다가 제가 저질러놓은 잘못도 있으니, 도둑이 제 발 저린 격으로 꿀 먹은 벙어리가 되어서 그냥 물러날 수밖에 없어. 장님의 꾀에 원님도 속고 눈 뜬 사람도 속은 거야.

이렇게 해서 눈 뜬 사람이 생돈 백오십 냥을 물어주게 생겼는데, 장님이 눈 뜬 사람을 가만히 찾아가서 하는 말이,

"자네가 그동안 몰래 가져간 물건이나 되돌려주고, 우리 논에 물꼬만 가만히 놔둔다면 내 그 빚을 몽땅 탕감해줌세. 그러니 딴 말 말게."

이러더래. 눈 뜬 사람이야 그 말이 그저 감지덕지.

그래서 잃은 물건 도로 찾고 농사도 잘 짓고, 눈 뜬 사람 버릇도

고쳐서 잘 살았대. 작년까지 잘 사는 걸 봤는데 아직까지 사는지
는 몰라.

엉터리 풍수 노릇

옛날 어느 곳에 참 가난하게 사는 사
람이 있었어. 봄이 돼서 양식은 똑 떨어
지고 먹고살 일이 아득한데, 마침 저희 친척 되는 이가
멀잖은 고을에 원님으로 왔다는 소문이 들리거든. 아, 그
렇다면 거기 찾아가서 염치 따지지 말고 사정 이야기를 하여 돈푼
이나 얻어 오리라고 생각했어. 그런데 찾아가려야 노자 한 푼이
있어야지. 주머니가 텅텅 비었으니 원. 그래서 '후유 후유' 한숨
이나 쉬고 있으니 아내가 물어.

"무슨 일로 그러시오?"

"봄을 나기는 나야 할 텐데 양식이 없어 큰일 아니오? 멀잖은
고을에 당숙이 원으로 도임을 했다 하니 거기 가서 돈푼이든 양식
이든 좀 얻어 오려는데 노자가 없어 그러오."

했더니 아내도 귀가 솔깃했는지, 장롱 속 깊이 넣어뒀던 옷가지하고 패물을 팔아 노자를 장만해주면서 갔다 오라고 그러거든. 시집올 때 가지고 왔던 옷이며 패물 따위를 몽땅 팔아 노자를 마련해주더란 말이야. 그 얼마나 고마워? 그래서 그걸 가지고 갔어. 며칠 걸어서 당숙이 고을살이하는 데를 갔지.

가서 저희 당숙을 찾아뵙고 인사를 드리고 객방에 앉았는데, 당최 입이 안 떨어져. 안 그렇겠어? 갖다 맡긴 적도 없는 돈을 달라 할 수는 없는 노릇 아닌가? 당숙이 사정을 눈치 채고 돈 꾸러미가 됐든 쌀가루가 됐든 얼마 쥐여주면 좋으련만, 이틀이고 사흘이고 죽치고 앉았어도 그런 기미가 없거든. 집에서는 식구들이 굶는지 먹는지도 모르는데, 기약도 없이 하루하루 날만 가니 기가 막혀. 그래서 한 사흘 뒤에 슬그머니,

"저 이만 가봐야겠습니다."

했더니,

"그래? 그럼 가봐."

하고 말아. 쓰다 달다 더 말이 없어. 그래서 넌지시,

"올 때도 빈손으로 왔더니 갈 때도 빈손으로 가는군요."

했어. 제발 좀 알아차리고 보리쌀 몇 말 값이라도 줬으면 하는 마음에서 그래봤지. 아 그랬더니 당숙이 눈치를 알았는지,

"참, 내 정신 좀 보게. 너 주려고 벌써부터 챙겨놓은 게 있는데 그걸 깜빡했군."

하거든. 그러면 그렇지, 이제 돈궤나 쌀 바리가 큼직한 게 나오려나 보다 하고 잔뜩 목을 빼고 있었지. 그런데 주섬주섬 궤를 열고

뭘 꺼내주는 걸 보니까, 아 그게 돈도 아니고 쌀도 아니고 달랑 지 남쇠 하나야. 그 왜 풍수들이 차고 다니는 쇠 있지 않아? 그걸 주 거든. 그게 다야.

그러니 뭘 어떻게 해? 그거나마 받아 가지고 오는 수밖에. 터덜 터덜 돌아오는데, 걸음이 잘 걸려? 아내가 시집올 때 해 온 옷가지 까지 팔아서 찾아올 적에는, 굶느니 먹느니 하는 식구들 봄이나 날 수가 생기겠지 했는데, 봄 날 수는 고사하고 노자까지 털어먹 고 빈손으로 돌아가는 판이니 걸음이 잘 걸릴 리가 있나.

그냥 터덜터덜 돌아오다가 날이 저물었어. 마침 제법 큰 동네가 하나 있기에 그 동네에서 제일 큰 기와집을 찾았지. 하룻밤 자고 가려고 말이야. 대문 앞에서 막 주인을 부르려고 하는데 지나가던 동네 사람이 하는 말이,

"여보 손님, 그 집엘랑 안 들어가는 게 좋을 거요."

하거든. 왜 그러느냐고 하니,

"그 집 맏며느리가 일곱 달 만에 첫아이를 낳았다오. 그래서 부 정하다고 아이와 어머니를 다 죽일 작정인데, 내일이 바로 두 사 람이 죽는 날이오."

한단 말이야. 가만히 들어보니 이게 예삿일이 아니야. 세상천지에 몹쓸 일이지. 아, 첫아이를 일곱 달 만에도 낳고 여덟 달 만에도 낳는 거지, 그걸 가지고 사람을 의심하고 죽인다는 게 다 뭐야. 응? 그것도 갓난아이까지 죽인다니 그런 끔찍한 일이 어디 있어? 돼먹지 않게 가문이니 뭐니 그런 쓸데없는 것만 따지고 사람 목숨 귀한 줄 모르는 인간들이 아니면 그런 짓을 못 하지.

엉터리 풍수 노릇

이 사람이 가만히 생각하니 이거 그냥 지나칠 수가 없는 일이거든. 어떻게든 애매한 목숨 둘을 살리긴 살려야 할 텐데 제 형편에 무슨 수로 살리느냐 말이야. 궁리궁리 끝에 좋은 수가 번쩍 떠올랐어. 당숙한테 얻은 쇠를 꺼내 허리춤에 턱 차고 대문간에서 주인을 불렀어.

"이리 오너라. 지나가는 길손이 하룻밤 유하자고 여쭈어라."

그랬더니 아니나 다를까 하인이 나와서 안 된다고 그러거든.

"이 댁에 험한 일이 있어 과객을 모실 형편이 못 되니 딴 데나 가보시오."

"아, 이 댁 조상 산소 일로 긴히 주인께 여쭐 일이 있으니 가서 아뢰어라."

하인이 가서 그대로 고하니 주인이 들어오라고 했던 모양이야. 뼈다귀 찾고 가문 찾는 사람들일수록 조상 산소가 어쩌고 하면 그냥 사족을 못 쓰거든. 그게 뭐 참말로 조상 위해서 그럴까? 조상 산소 덕에 부자 되고 벼슬하고 싶어서 그러는 거지. 어쨌든 그래서 그 집 주인과 마주앉게 됐어.

"듣자 하니 우리 선대 산소 일로 하실 말씀이 있는 듯하오만."

"그렇소이다. 내가 풍수를 좀 볼 줄 아는데 아무래도 이 댁에 괴이쩍은 기운이 있어 산소를 좀 보려고 합니다."

풍수를 알긴 뭘 알아? 일등 풍수 행세를 해야 주인의 귀가 솔깃해질 테니까 그랬지. 아니나 달라, 그 말을 듣고 주인 낯빛이 싹 바뀌겠지. 안 그래도 집안에 칠삭둥이가 나서 험한 꼴을 볼 판인데 괴이쩍은 기운이 있다 하니 그럴 수밖에.

"그럼 내일 날이 밝는 대로 산소에 가봅시다."

그날 하룻밤 자고, 이튿날 날이 밝자마자 주인을 앞세우고 산소엘 갔지. 풍수가 산소 자리 보러 간다 하니 온 동네 친척들도 다 모였어. 산이 하얗게 사람들을 데리고 올라갔지. 가 보니 조상 산소가 한 군데 죽 모여 있더래. 쇠를 놓고 이리 보고 저리 보고, 여기 갔다 저기 갔다 제법 아는 체하고서는,

"허허, 이것 참 묘한 데 산소를 썼소이다. 이곳에 산소를 쓰고 칠삭둥이를 낳을 것 같으면 삼대 영의정을 할 것이나 만약 사람을 둘 죽이면 멸문을 당할 것이오."

했어. 이래놓으니 주인 얼굴이 파랗게 질려. 맏며느리가 칠삭둥이를 낳긴 낳았는데, 오늘 사람 둘을 죽이려고 했거든. 칠삭둥이 낳고 그대로 두면 삼대 영의정이 난다 하고, 사람을 둘 죽이면 멸문을 당할 것이라 하니 더 볼 게 뭐 있어? 이키, 이거 큰일 날 뻔했구나 하고 마음을 고쳐먹었지. 그길로 산에서 내려와 맏며느리한테 사죄하고, 아이와 어머니 떠받들기를 조상 받들 듯이 하는 거야.

이렇게 해서 두 사람 목숨을 살려놓고 그 집에서 며칠 대접을 잘 받고 집으로 돌아왔지.

돌아와 보니 아내 얼굴이 달덩이 같더래. 굶느니 먹느니 하느라고 누렇게 떠 있을 줄 알았는데 안 그렇거든. 웬일이냐고 물으니까,

"며칠 전에 돈 한 바리, 쌀 한 바리가 와서 온 식구가 잘 먹고 있소. 당신이 당숙께 얻어 보낸 게 아니오?"

하거든. 죽다가 살아난 그 집 맏며느리가 은혜를 갚는다고 보낸

거지. 그래서 이 사람이 봄을 잘 났어. 쇠 하나로 사람 목숨 둘을 구하고 돈과 양식까지 얻었으니 일이 좀 잘되었나? 그나저나 당숙 되는 이는 일이 이렇게 될 줄 미리 알고 쇠를 줘 보냈을까? 그렇다면 세상에 그런 명관이 없지.

헌 망건 찾기

정수동 이야기는 더러 들어봤
지? 다른 건 몰라도 이 사람 능청이야
따라갈 자가 없잖아. 정수동한테 얽힌 이야기야 쌔고 쌨지만 오늘
은 그중 하나만 하지.

정수동이 한번은 이웃 마을 대감 댁 잔치에 갔던 모양이야. 세
도가 떠르르한 대감 댁이니 잔치판도 크게 벌어졌을 게 아냐? 멀
고 가까운 데서 손님이 구름같이 모여서 먹고 마시고 잘 놀았지.
정수동도 그 틈에 끼어 한 잔 한 잔 하다 보니 잔뜩 취했어. 그래
서 그만 곯아떨어져 잤지. 손님들 중에는 집에 간 사람도 있고 거
기서 그냥 잔 사람도 있었어. 주인 대감도 손님들하고 섞여서 그
냥 잤지.

주인 대감하고 손님 몇몇이서 함께 잤는데, 아침에 주인 대감이

턱 일어나 보니 머리가 맨머리야. 아하, 내가 어젯밤에 너무 취해서 망건이고 뭐고 마구 벗어놓고 잤구나 싶어서 얼른 망건을 찾았지. 아, 그런데 아무리 찾아도 망건이 없네그려. 옛날에 행세하는 양반이야 의관이 체면이잖아. 갓 망건 없이 무슨 낯으로 사람들을 봐? 그래서 망건을 찾는다고 야단이 났어. 상노를 부른다, 청지기를 족친다, 머슴을 닦달한다 야단법석을 떠는 거지.

"여봐라, 어서 내 망건을 찾아보아라. 필시 간밤에 어디 흘린 것 같으니 샅샅이 뒤져봐."

주인 대감의 호령이 추상같으니 온 집안 하인들이 일을 하다 말고 달려와 망건을 찾느라고 떠들썩해. 그러거나 말거나 정수동은 남의 일 나 몰라라 하고 천연스럽게 앉아 있는 거지. 하인들이 온 집 안을 이 잡듯이 뒤지다가 마침내 망건 하나를 찾아냈어.

"대감마님, 여기 망건이 하나 있습니다요."

머슴 한 놈이 망건을 들고 소리치며 쫓아오니, 다른 하인도 이제 한시름 놓았다는 듯이 슬금슬금 망건 구경이나 하려고 모여들었어. 그런데 그 망건이 아무래도 이상해. 낡아서 너덜너덜한 데다가 때가 반질반질하게 낀 것이 아무래도 대감 망건 같지가 않거든. 대감 망건이야 번듯한 새것이지 그렇게 닳아빠진 헌것일 리 있나.

"아니, 이게 누구 망건이야?"

"뭐 이런 험한 망건이 다 있어?"

하인들이 모두들 한마디씩 하는데, 그때까지 잠자코 있던 정수동이 그걸 보고는,

"옳지, 내 망건이 거기 있었구나. 어서 이리 다오."

하거든. 모두들 놀라서 정수동을 쳐다보니, 아 정수동 머리에는 망건이 하나 달랑 올라 앉아 있단 말이야. 망건을 쓰고 앉아서 또 망건을 찾거든.

"아니 그럼 샌님 머리에 쓰고 있는 건 뭡니까?"

하인들이 이상해서 물으니까,

"이것 말인가? 이건 이 댁 대감 망건일세."

하면서 제 머리에 쓰고 있던 망건을 벗어놓지 뭐야.

하인들이 들어보니 기가 막히거든. 남의 망건을 쓰고 앉아서 그걸 찾느라고 야단법석을 떠는 꼴을 지켜보면서도 그냥 가만히 있었다니 말이 되나? 그래서 하인들이,

"아니 그래, 우리가 그 망건을 찾느라고 그리 애를 쓰는 걸 보고서도 모른 체하고 있었단 말입니까?"

했더니,

"대감 망건이었으니 그리 애써 찾았지, 내 망건이었으면 그렇게 부지런히 찾아주었겠나?"

하더래. 정수동이 아침에 일어나 보니 제 망건이 없어졌는데, 남의 집에서 망건을 찾는다고 법석을 떨 수 없어서 그런 꾀를 냈지. 이렇게 하고 있으면 내 망건이 저절로 굴러들어 오겠지 하고 시치미를 뚝 떼고 있었던 거야. 그 속셈이 바로 맞아떨어진 거지.

달걀과 송아지

오늘은 봉이 김 선달 이야 기 하나 할까. 김 선달이 평 양 살 때 이웃집에 참 욕심 사나운 영감이 하나 살았어. 놀부 심보 가 오장육부 아니라 오장칠부라더니 이 영감이 딱 그 본새야. 제 것이라고는 쇠털 하나라도 남 주는 일 없으면서 남의 것 후려 먹 는 데는 둘째를 못 가니 하는 말이지. 가난한 집에 쌀을 꾸어주면 되로 주고 말로 받고, 동네 사람들 데려다 종 부리듯 하고서는 품 삯 떼어먹는 짓을 예사로 하네.

게다가 공것 탐내는 데도 이골이 나서 남의 집에 좋은 물건이라 도 있으면 그냥 두고 못 봐. 물건뿐 아니라 집짐승도 그래. 마침 김 선달네는 집에 황소 한 마리하고 암탉 몇 마리를 길렀고, 욕심 쟁이 영감네는 암소 한 마리랑 수탉 몇 마리를 길렀거든. 그런데 이 영감이 김 선달네 암탉이 낳는 달걀을 탐낸단 말이야. 김 선달네 집에서 꼬꼬댁 소리라도 나면 어슬렁어슬렁 건너와서 수작을 걸지.

"여보게 선달, 자네 암탉이 달걀을 낳았나 보지?"

"예, 방금 하나 낳았습니다."

"그것 냉큼 이리 내게. 내가 가져가야겠네."

"왜 그러시는지……?"

"아, 왜 그러는지 몰라서 묻나? 자네 집에 수탉이 있는가?"

"수탉이요? 없는데요."

"그것 보게. 우리 수탉이 아니었으면 자네 암탉이 어찌 달걀을 낳았겠나?"

"그건 그렇습니다만……."

"그렇지. 말하자면 방금 낳은 달걀로 말하면 우리 수탉의 자식이란 말일세."

"하지만 우리 암탉이 낳은 건데요."

"어허, 아직도 말귀를 못 알아듣는군. 사람도 자식을 낳으면 아비 성을 따르고 아비 대를 잇거늘 닭이라고 다를까? 마땅히 수탉이 임자지."

여태 고개를 갸웃갸웃하면서 듣고 있던 김 선달이 무슨 생각을 했던지, 갑자기 무릎을 철썩 소리가 나도록 치며 고개를 사정없이 주억거리는구나.

"옳습니다, 옳아요. 듣고 보니 과연 그렇습니다. 수탉이 임자고말고요."

달걀과 송아지

뭐 군말 한마디 없이 달걀을 꺼내 와서 싹싹하게 갖다 바치는 거야. 영감은 아주 기분이 좋아졌지. 남의 집에서 낳은 달걀을 공으로 얻었으니 얼마나 좋아?

그러고 나서, 그다음부터는 김 선달네 암탉이 낳은 달걀은 으레 영감 차지가 됐어. 암탉이 달걀을 낳고 꼬꼬댁 울기만 하면, 영감이 가지러 가기도 전에 김 선달이 먼저 달걀을 들고 찾아오는 거지.

"영감님, 영감님. 우리 집 암탉이 또 달걀을 낳았습니다. 이 댁 수탉이 아니었으면 어찌 달걀을 낳았겠습니까? 마땅히 수탉이 임자라, 임자에게 돌려주러 왔습니다."

이러면서 달걀을 갖다 바치니 수가 났지. 영감은 좋아서 아주 입이 귀에 걸렸어. 아, 이건 뭐 호박이 넝쿨째 굴러 들어온 것보다 더 낫지 뭐야.

일이 이렇게 되니 헷갈리는 건 동네 사람들이야. 도무지 무슨 조화인지 모르겠거든. 그 약아빠졌다는 김 선달이 욕심쟁이 영감의 억지 술수에 놀아나는 걸 보니 참 알다가도 모를 일이지. 보다 못한 사람들이 김 선달에게 타일러도 봤어.

"아, 자네 정신이 있는 겐가 없는 겐가? 어쩌자고 이치에도 안 맞는 말에 속아서 눈 번히 뜨고 금쪽같은 달걀을 빼앗기나 그래."

그래도 김 선달은 눈 하나 깜짝 안 해.

"에이, 그건 자네들이 몰라서 하는 소릴세. 영감님 말씀이 백 번 옳지. 사람이나 짐승이나 자식은 아비를 따르는 법 아닌가?"

이러고 도리어 가르치려 드니 어떻게 해? 동네 사람들도 혀를 끌끌 차면서 김 선달이 드디어 총기를 다 잃었다고 어이없어했지.

그렇게 한 달포 지난 뒤에, 욕심쟁이 영감네 암소가 송아지를 한 마리 낳았어. 그때 김 선달이 영감을 찾아와서 수작을 거는 거야.

"영감님, 영감님. 댁에 암소가 송아지를 낳았나 보죠?"

"그렇다네. 방금 한 마리 낳았지."

"그것 냉큼 이리 내십시오. 제가 데려가야겠습니다."

"뭐라고? 그게 무슨 말인가?"

"아, 무슨 말인지 몰라서 물으십니까? 영감님 댁에 황소가 있습니까?"

"황소? 없는데."

"그것 보십시오. 우리 황소가 아니었으면 영감님 암소가 어찌 송아지를 낳았겠습니까?"

"그건 그렇지만……."

"그렇지요. 말하자면 방금 낳은 송아지로 말하면 우리 황소의 자식이란 말입니다."

"하지만 우리 암소가 낳았는걸."

"어허, 아직도 말귀를 못 알아들으시는군요. 사람도 자식을 낳으면 아비 성을 따르고 아비 대를 잇거늘 소라고 다르겠습니까? 마땅히 황소가 임자지요."

"……."

"이 귀한 이치를 영감님이 가르쳐주지 않았으면 평생 모르고 살 뻔했습니다. 여보게들, 안 그런가?"

마침 구경하러 온 동네 사람들이 이제야 일이 어떻게 돌아가는지 알아채고 모두 입을 모아 소리를 치지.

"암, 그렇고말고."

아무리 뻔뻔한 영감도 일이 이렇게 되고서야 무슨 말을 할 거야? 꿀 먹은 벙어리지.

이렇게 해서 김 선달이 달걀 몇 개 값으로 송아지 한 마리를 얻었다는 얘기야.

슬기로운 재판

오늘은 재판 이야기를 좀 할까.

옛날 어느 고을에 한 원님이 있었는데, 이 원님은 재판 잘하기로 이름이 났어. 아무리 어려운 송사라도 뚝딱뚝딱 속 시원하게 판결을 해버리거든. 그래서 이 고을에는 억울한 사람이 한 사람도 없었다네.

한번은 한 할머니가 원님을 찾아왔어.

"사또, 사또. 이 늙은이는 닭을 쳐서 먹고사는데, 어젯밤에 도둑이 들어서 닭 열 마리를 몽땅 훔쳐 가버렸지 뭡니까. 부디 도둑을 잡고 닭을 찾아주십시오."

원님이 가만히 생각하더니,

"할멈 집에 닭이 있다는 걸 누가 아는가?"

"그야 우리 동네 사는 사람이면 다 알지요."

"그래? 알았네."

하고는, 이방을 시켜 동네 사람들을 다 불러오게 했어. 동네 사람들이 죄 왔지. 늙은이 젊은이 남정네 아낙네 할 것 없이 다 와서 동헌 뜰이 그득하게 모여 섰어.

그런데 그렇게 사람들을 모아놓고도 원님은 그냥 가만히 있어. 쓰다 달다 말 한마디 없는 거야. 한나절이 지나도록 그러고 있으니 사람들이 좀이 쑤실 것 아니야?

"사또, 다 모였으니 이제 재판을 시작하시지요."

보다 못해 사람들이 재촉을 했어. 원님은 뜰을 한 바퀴 휘 둘러보더니,

"다 모이긴. 아직 안 온 사람이 있는데."

하고 말지. 그래 동네 사람들이 수군수군하며 머리를 세어봤어. 틀림없이 다 왔거든. 혹시나 하고 또 세어봤어. 그래도 다 있거든.

"사또, 세어보니 다 있습니다요."

원님은 또 한 바퀴 휘 둘러보더니,

"아니, 아직 안 온 사람이 있네."

하는 거야. 이상하다 하고 또 세어봤지만 다 있어. 그래서 다 있다고 하면 원님은 안 온 사람이 있다고 하고, 또 세어보고 있다고 하고, 원님은 없다고 하고, 그러느라고 하루해가 다 갔어. 모두들 배는 고프고 다리는 아프고 오금은 저리고, 가만히 있어도 짜증이 나는 판이지. 그래서 너도나도 나서서 원님한테 따졌어.

"사또, 아무리 세어봐도 다 있는데 왜 자꾸 없다고 하십니까?"

그러자 원님이 발을 탕 구르며 동헌 기둥이 들썩들썩할 정도로

호통을 치네.

"닭 훔쳐 간 놈들이 아직 안 왔잖아!"

그러자 뒤쪽에 서 있던 젊은이 셋이 엉겁결에 손을 번쩍 들고는,

"사또, 저희들도 왔는뎁쇼."

하더라나. 그래서 닭 도둑을 잡더라는 얘기야.

그렇게 닭 도둑을 잡고 나서 한 달이 채 못 되어 이번에는 가난한 농사꾼 한 사람이 원님을 찾아왔어.

"사또, 사또. 저한테 재산이라고는 소 한 마리뿐인데, 글쎄 그 소가 오늘 아침 외나무다리를 건너다가 떨어져 다리가 부러졌습니다. 다리 부러진 소가 일을 하겠습니까, 팔려고 한들 그런 소를 누가 사겠습니까? 이제 저는 영락없이 굶어 죽게 생겼습니다. 이 일을 어찌하면 좋습니까?"

원님이 듣더니 농사꾼한테 물어.

"그래 그 소가 황소인지 암소인지, 나이는 몇이며 몸집은 얼마나 큰지 소상히 아뢰게."

"예, 황소이고 나이는 일곱 살이며 몸집은 또래 중 큰 축에 듭니다."

이번에는 이방을 불러서 물어.

"여보게 이방, 이 고을에 소 잡는 백정 중에 먹고살 만한 이가 있는가?"

"예, 있습니다."

"그 사람을 불러오게."

이방이 냉큼 사령을 시켜 백정을 불러왔지. 백정이 오니 원님이

정색을 하고 물어.

"자네가 만약에 소를 판다면, 황소 일곱 살에 몸집은 또래 중 큰 축에 드는 것을 얼마나 받겠는가?"

소를 팔 때야 한 푼이라도 더 많이 받고 싶은 게 정한 이치지.

"예, 그런 소라면 삼백 냥은 너끈합지요."

"자네가 만약에 소를 산다면, 다리 부러진 소라도 괜찮겠나?"

백정이 소를 사면 잡아서 고기로 팔 테니 다리가 성하든 부러졌든 무슨 상관이야?

"예, 그런 소도 괜찮습니다."

"옳거니, 잘됐네. 저 사람 소가 오늘 아침에 외나무다리를 건너다가 떨어져 다리가 부러졌다네. 자네가 삼백 냥에 사 가는 게 어떤가?"

자기 입으로 금을 놨는데 어쩔 수 있나. 사 갔지. 농사꾼은 그 돈 삼백 냥으로 새 소를 사서 농사 잘 짓더라는 얘기야.

그러고 나서 한참 있다가 또 송사가 들어왔어. 이번엔 무슨 송사인고 하니 죽은 거위 임자 찾는 송사야. 고을 안에 거위 키우는 집이 두 집 있는데, 두 집 다 어저께 거위 한 마리씩을 잃었어. 그런데 누가 밖에서 죽은 거위 한 마리를 주워 왔거든. 서로 제 거위라고 우기니 이게 송사가 되지.

"사또, 사또. 이 거위가 누구네 거위인지 밝혀주십시오."

원님이 거위를 가만히 들여다보더니,

"거위 잃어버린 게 언제인가?"

둘 다 어저께라고 그러거든.

"그래, 어저께는 거위한테 뭘 먹였는가?"

한 집에서는 보리를 먹였다고 하고, 한 집에서는 수수를 먹였다고 한단 말이야. 거위라는 게 본디 아무거나 잘 먹으니까 두 집에서 각각 다른 걸 먹이기가 쉽거든.

원님이 고개를 끄덕끄덕하더니,

"이 거위는 어차피 죽은 것이니 누가 임자가 되든 고아 먹을 테지."

하고는 이방을 불러서 일러.

"이 거위를 가져가 털을 뽑고 내장을 들어내어 고아 먹기 좋도록 장만해주게. 그리고 내장은 버리되 밥통만은 내게 가져오게."

잠시 뒤에 이방이 거위 털 뽑은 것과 밥통을 들고 오니까, 원님이 밥통을 딱 갈라본단 말이야. 갈라 보니까 그 안에 보리가 있어. 어저께 먹은 것이니 다 안 삭고 밥통에 남아 있었던 게지.

"이것 보게나. 이 거윈 보리 먹인 집 것이 틀림없지?"

그렇게 해서 임자를 찾아주더라는 얘기야.

슬기로운 재판

짚뭇이 웃는 사연

옛날에 한 사람이 살았어. 옛날엔 꼭 한 사람이 살지. 여러 사람도 아니고.

그 사람이 논을 딱 서 마지기 가지고 농사를 짓고 살았거든. 그 옆에 정승이 있었는데, 정승은 논이 서른 마지기도 넘게 있었나 봐. 그런데 이 사람 논이 정승네 논 사이에 딱 끼어 있었던 모양이야. 정승이 보니까 그게 개밥에 도토리마냥 눈에 거슬린단 말이야.

저걸 어떻게든 자기 걸로 만들었으면 좋겠는데 비싼 돈 주고 사기는 싫고, 그렇다고 아무리 정승이라도 남의 것을 그저 빼앗을 수는 없고, 해서 궁리 끝에 그 농사꾼을 불렀어. 불러다 놓고,

"여보게, 우리 논 서 마지기를 걸고 이야기 내기를 하세. 누구든지 이야기를 더 재미나게 하는 사람이 이기는 걸세."

이랬네.

농사꾼은 썩 내키지 않았지마는 뭐 별수가 없었어. 저쪽은 정승이고 이쪽은 농사꾼인데, 농사꾼이 정승 말을 안 들었다가는 무슨 경을 칠지 모르겠거든. 그래서 울며 겨자 먹기로 내기를 했지.

먼저 정승이 이야기를 하는데,

"내가 전에 당나귀에다 짐을 싣고 가다가 허허벌판에서 소나기를 만났지 뭔가. 그 소나기를 그을 데가 없어서 쩔쩔매다 보니 마침 옆에 커다란 버섯이 하나 있지 않겠나. 그래 그 버섯 밑에 들어가서 버섯 기둥에 당나귀를 매고 비를 그었다네."

이렇게 말도 안 되는 거짓말 이야기를 하네.

정승은 아주 새파랄 때부터 벼슬하고 돌아다니느라고 거짓말이 아주 입에 붙었거든. 벼슬아치란 게 거의가 거짓말쟁이니까 말이야. 그래서 입만 떼면 거짓말이 그냥 술술 나오는 판이야.

정승이 또 이야기를 하는데,

"그러고 나서 집에 오니까 우리 아버지가 살림을 내주데. 그런데 다른 건 아무것도 안 주고 달랑 바늘 한 개를 주지 뭔가. 그런데 그 바늘이 어마어마하게 커서 말이지, 그걸 대장간에 가지고 가서 세간을 치렀다네. 솥도 치이고 그릇도 치이고 열쇠도 치이고 자물쇠도 치이고, 괭이다 가래다 호미다 쟁기다 몽땅 장만해서 살림을 났지. 그러고도 쇠가 남아서 곳간에 넣어놨다네."

이렇게 새빨간 거짓말 이야기를 눈도 깜짝 안 하고 마구 주워섬기네.

그러고 나서는,

짚뭇이 웃는 사연

"자, 이제 자네가 이야기를 해보게. 나만큼 재미나게 해야 되네."

하니까 농사꾼이 참 어이가 없지. 자기는 여태 농사짓고 살면서 그런 거짓말 입에 담기는커녕 생각도 못 해봤으니 말이야. 그 거짓말이란 것도 하던 사람이라야 하지 안 해본 사람은 못하는 법이거든. 그래서,

"아이고, 저는 그런 거짓말 이야기는 한마디도 못 하겠습니다."

하고 손을 절레절레 내저었어. 그랬더니 정승이,

"응, 그럼 내가 이기고 자네가 졌네. 약속대로 자네 논 서 마지기는 내 차질세. 내 내일 일찌감치 자네 집에 갈 테니 논문서나 꺼내놓게."

이러네.

농사꾼은 그길로 집에 돌아가서 그만 이불을 뒤집어쓰고 드러누워 버렸어. 마른하늘에 날벼락이라더니, 돈 한 푼 못 받고 피 같은 논 서 마지기를 고스란히 빼앗기게 됐으니 억장이 무너지지.

이불을 쓰고 누워서 끙끙 앓고 있으니 아내가 보고 물어.

"여보, 왜 그러고 누웠소? 어디 아프오?"

"이, 당신은 알 것 없소."

"식구 간에 못 할 말이 어디 있다고 그러오? 말이나 해보오."

그래서 이야기를 했지. 일이 이만저만하게 돼서 논 서 마지기 빼앗기게 됐다고 말이야.

아내가 가만히 이야기를 듣더니,

"아, 그것 걱정할 것 없소. 나한테 맡겨둬요."

하고는 또 일러.

"내가 내일 아침에 마당에다 겻불을 피워놓고 베를 맬 테니, 당신은 짚뭇을 커다란 걸로 하나 그 옆에 가져다 놓고 그 속에 들어가 있으시오. 정승이 와서 논문서 달라면 내가 무슨 말을 할 터이니, 그 말이 끝나자마자 그냥 툭 쓰러지면서 깔깔대고 크게 웃으시오."

"그렇게만 하면 된단 말이오?"

"아, 그렇게만 하면 되지요."

그렇게 하고서 그 이튿날이 됐어. 아침에 아내는 마당에서 겻불을 피워놓고 베를 매고, 남편은 그 옆에 커다란 짚뭇 하나 가져다 놓고 그 속에 들어가 숨어 있었지.

조금 있으니 정승이 와서 남편을 찾아.

"아, 이 집 쥔은 어디 갔나?"

"왜 그러십니까?"

"아, 내가 뭘 가져갈 게 있어서 왔네."

"그러면 이따 저녁에나 와보시지요. 남편은 엊저녁에 난 송아지와 오늘 아침에 난 망아지를 데리고 논 갈러 갔습니다."

정승이 들어보니 어이가 없거든. 엊저녁에 난 송아지와 오늘 아침에 난 망아지를 데리고 논 갈러 갔다니, 뭐 그런 말도 안 되는 말이 다 있냔 말이야.

"아니, 그게 무슨 말인가? 그런 새빨간 거짓말이 어디 있어?"

그러니까 아내가 태연하게 받아넘기지.

"그러게 말씀입니다. 본시 우리는 그런 거짓말 할 줄 몰랐지요. 그런데 나리 하는 걸 보고 배웠답니다. 나리께서 그랬다면서요?

버섯 밑에 당나귀하고 들어가 비를 긋고 바늘 하나로 온갖 세간을 다 치웠다고요? 어떻게 그럴 수 있지요?"

이래놓으니 정승이 뭐 할 말이 있어야지. 아무 말도 못 하고 있는데, 이때 옆에 있는 짚뭇이 툭 쓰러지면서 깔깔대고 크게 웃거든. 그러니까 아내가 하는 말이,

"저것 보십시오. 하도 말 같지 않은 말이라서 저 짚뭇이 다 웃잖습니까?"

했어.

그 말을 듣고 정승은 그만 얼굴이 빨개져서 냅다 도망가고 말더래. 그래서 논 서 마지기 안 빼앗기고 잘 살더라는 이야기.

주인 버릇 고친 머슴

옛날에 김 서방이라는 사람이 있었는데, 가난해서 남의 집 품이나 팔아 먹고살았어.

한번은 들으니 이웃 마을 지독한 욕심쟁이 심술쟁이 부자가 머슴을 구한다고 그러거든. 어찌 된 일인고 하니 이 노랑이가 워낙 못돼놔서 아무도 머슴 살러 안 온대. 머슴을 들이면 서너 달 실컷 부려먹고는 트집 잡아서 내쫓고, 또 새 머슴 들여서 그러고, 이딴 짓을 한다네. 새경 한 푼 안 주고 말이야. 게다가 머슴 대우하기를 뉘 집 강아지 다루듯 한다고 그러거든. 밤낮으로 부려먹고 밥은 서 푼어치 주고 일 년 가야 빨래 한 번 해주는 법 없고, 이런다지 뭐야. 그러니 누가 그 집 가서 머슴 살려고 하겠어? 아무도 안 가지.

소문을 들은 김 서방이 제 발로 그 집엘 찾아갔어. 가서는,

"이 댁에 머슴 안 쓰시려오?"

"아, 쓰지."

"나는 한 해 새경으로 쌀 열 섬은 받아야 일을 하지, 안 그러고 는 안 합니다."

"아, 그러지."

이렇게 약속이 됐어. 주인이 선선히 약속을 하는 걸 보니 속셈 이야 뻔하지. 한 서너 달 부려먹고 쫓아낼 작정인 모양이지. 새경 한 푼 안 주고 쫓아낼 거면 말로야 무슨 약속인들 못 하겠어? 쌀 열 섬 아니라 백 섬인들?

어찌 됐든 그날부터 그 집에서 머슴을 사는데, 참 아닌 게 아니 라 대우가 말이 아니야. 새벽에 날도 새기 전부터 일을 시켜서 밤 이 이슥할 때까지 이것 해라 저것 해라 닦달을 하니 허리가 휘고 등골이 빠질 지경이지.

그래도 그건 참을 만한데 먹을 걸 제대로 안 주는 건 고약해. 끼 니때가 되면 찬밥 한 덩이에 나물 반찬 두어 가지 주고 그만이야. 저희는 이밥에 고깃국 먹으면서도 그러네.

그뿐이면 좋게. 도무지 빨래를 해줘야 말이지. 옷이 땀에 절어 소금덩이가 돼도 그걸 그냥 입어야 하는 판이야. 내 손으로 빨래 를 하려 해도 새벽부터 밤늦게까지 일을 시켜대니 무슨 짬이 나? 이래저래 머슴 팔자가 참 안 할 말로 개 팔자만도 못해.

그렇게 한 달포 지냈는데, 하루는 주인집에서 사돈이 왔다고 음 식을 푸지게 했어. 떡이야 고기야 술이야 잔뜩 해서는 저희끼리 다 먹고 머슴한테 준다는 게 달랑 고등어 대가리 한 토막이 다야.

살점 하나 안 붙은 말짱 뼈다귀뿐인 고등어 대가리 말이야.

김 서방이 아무 말 않고 밥을 다 먹은 다음에 그 고등어 대가리를 들고 부엌엘 갔어, 가서 물두멍에 그냥 처넣었지. 처넣고는 물을 휘휘 저어놓고 그냥 왔어.

그 집 며느리가 물을 길어 가지고 물두멍에 갖다 부으려고 보니아, 거기 웬 고등어 대가리가 떡하니 들어 있네.

"에구머니나, 이게 뭐야?"

당장 온 집 안에 난리가 났어. 온 식구 먹을 물 담는 두멍 안에 그런 것이 들어앉아 있으니 난리가 나지 안 나? 고등어 대가리 먹은 녀석이야 머슴밖에 없으니 누가 그랬는지는 뻔하지. 주인이 김 서방을 불러놓고 노발대발 삿대질을 해.

"김 서방인지 미역 서방인지 이런 정신 나간 놈을 봤나? 먹기 싫으면 돼지나 주든지 그냥 갖다 버리든지 할 일이지 물두멍에다 그걸 왜 처넣어?"

"아, 나도 다 속이 있어서 그런 겁니다."

"속은 무슨 속?"

"그걸 물두멍 속에다 놔서 길러 가지고 가운데 토막을 좀 먹어 볼까 하고 그랬지요."

아이 뭐, 그러는데 더 무슨 말을 해? 말을 하면 할수록 머슴 푸대접한 허물만 자꾸 들춰질 텐데 뭘. 그래 주인 얼굴만 가을 단풍처럼 붉으락푸르락해져서 그냥 넘어갔어.

그러고 나서 달포 뒤에는 주인집에 제사가 들었어. 제사가 들었으니 음식도 많이 했을 것 아니야? 그런데 밤새도록 기다려도 꿩

구어 먹은 자리야. 그 흔한 술 한 잔 안 줘. 저희들끼리 나눠 먹고 입 싹 닦은 거야.

그 이튿날 아침에 일찌감치 김 서방이 일어나 동네방네 돌아다니며 소문을 냈어. 집집마다 다니면서 노인들에게 죄 알렸지.

"아, 오늘은 다들 아침 잡숫지 말고 우리 줸집에 가세요."

"무슨 일 있는가?"

"어제 우리 줸집에 제사 들었거든요. 제사 음식이 많을 테니 가서들 잡수세요. 술도 한 잔씩 하시구요."

"아, 그런가? 그럼 그래야겠네."

아침때가 되니 주인집에 동네 노인들이 그득하게 모여들거든. 주인이 보니 참 기가 막힌단 말이야. 그렇지만 어떻게 해? 제사 지낸 걸 알고 온 손님들을 내쫓을 수 없으니 울며 겨자 먹기로 음식 대접을 해서 보냈지. 그 많은 사람들을 대접하느라고 제사 음식이고 뭐고 다 동이 나버렸어.

동네 사람들이 다 간 뒤에 주인이 김 서방을 불러놓고 핏대를 올리지.

"김 서방인지 파래 서방인지 이런 싱거운 놈을 봤나? 제사 음식이 많으면 얼마나 많다고 그따위 허튼짓을 해서 우리 집 음식 거덜을 내나?"

"아, 그러면 진작 말씀을 하시지요."

"뭘 진작 말을 해?"

"제사 음식이 얼마 안 되는 줄 알았으면 아랫마을 사람들만 부르지 않았겠습니까? 난 또 무척 많은 줄 알고 윗마을에까지 알렸지요. 조금 있으면 윗마을 사람들도 올 것입니다."

이러니 뭘 어떻게 해? 동네사람들 앞에 남우세스러운 꼴 안 나려면 술 한 잔씩이라도 대접해 보내는 수밖에. 그래 부랴부랴 새로 음식을 장만한다 술을 빚는다 허둥거리느라고 볼일 다 봤어.

그러고 나서 달포 뒤에는 이제 모 심을 때가 됐어. 모 심는 날이 하루 앞으로 다가왔지. 며칠 전부터 열댓 마지기 논에 모를 심는다고 놉을 얻는다 논을 간다 분주하게 돌아갔는데, 이제 내일이면 큰일이 닥치니 주인이 머슴 닦달하기가 득달같지.

"내일은 새벽 일찍부터 채비를 단단히 해야 할 것이야. 연장이야 못줄이야 잘 챙기고 놉들이 오면 데리고 가야 하니 일찍부터 서둘러라. 행여 게으름 피울 생각일랑 아예 말고."

"그러지요."

그래놓고 그 이튿날 식전 댓바람에 김 서방이 채비를 하는데, 지게에다 다른 것을 담는 게 아니라 자기 옷을 척척 담았어. 땟국이 주르르 흐르는 옷을 죄 담으니까 지게로 한 짐이야. 그걸 떡 짊어지고 밖으로 나가는 거야. 그걸 보고 주인이 헐레벌떡 따라오며 호통을 치지.

"김 서방인지 다시마 서방인지 이런 엉뚱한 놈을 봤나? 오늘같이 바쁜 날 하라는 모심기 채비는 안 하고 그놈의 옷은 왜 짊어지고 나가?"

"그걸 몰라서 묻습니까?"

"모르니까 묻지, 알면 왜 물어?"

"오늘같이 사람들이 많이 모이는 날 옷이 이렇게 더러워서야 내 체면은 둘째 치고 주인 체면이 어디 서겠습니까? 빨래나 해서 입으려고 그럽니다."

그러고선 그냥 씽 바람 소리를 내며 나가버렸어. 개울에 가서 하루 종일 빨래를 했지. 그 바람에 그날 모심기는 엉망이 됐어.

어쨌거나 모를 다 심고 나서, 주인이 이제 쫓아낼 때가 됐다 싶었는지 머슴을 불러놓고 슬슬 트집을 잡네.

"네가 우리 집에 와서 지금까지 해놓은 일이 뭐가 있느냐? 당장 나가거라."

"아, 못 나가지요."

"왜 못 나가?"

"해놓은 일이 없다면서요. 그러고서 어찌 나가요? 뭐라도 좀 해놓고 나가야지요."

나가라 해도 부득부득 눌러앉으려 하니 속이 타는 건 주인이야. 이 골칫덩이를 이대로 가을까지 두었다가는 약속대로 한 해 새경을 다 줘야 할 판이고, 그보다 앞으로 무슨 짓을 해서 속을 썩일지 모르니 어째? 호통을 치다 안 되니 사정을 했지.

"그러지 말고 제발 나가게, 응? 자네를 그냥 뒀다가는 우리 집이 망하겠네."

"아니지요, 남의 집에 왔으면 그 집을 망하게 해서야 쓰나요? 잘되게 해놓고 나가야지요."

하다 하다 안 되니까,

"우리 집에서 나가만 주면 달라는 대로 다 주겠네."

"정 그러시다면 한 해 새경만 주십시오. 그러면 나가지요."

이렇게 해서 석 달 일하고 한 해 새경 받아 가지고 나왔지.

그 덕에 김 서방은 가난 면하고 주인은 버릇을 고쳤다는 이야기.

제6부

풍자와 해학

원님과 이방

알 낳아

새끼 낳아

옛날 어떤 고을에 원님이 하나 있었는데, 이 원님이 참 안 할 말로 쥐뿔도 모르는 숙맥이었던 모양이야. 옛날에는 더러 그런 일이 있었다고 그러지. 그 뭐 콩 보리도 못 가리는 숙맥이 양반의 아들로 태어나 정승판서한테 돈이나 바리바리 갖다 바치고 얼렁뚱땅 벼슬 꿰차는 그런 일이 말이야.

이 원님도 대충 그렇게 벼슬자리 하나 얻어서 행세하고 있는 판인데, 그 이웃 고을에 더도 말고 덜도 말고 똑 그렇게 모자라는 원님이 또 하나 있었어. 개도 소도 끼리끼리 어울리더라고, 둘이 죽이 잘 맞아서 허물없는 친구로 지내는 형편이야. 이틀 사흘이 멀다 하고 서로 오가는데, 하루는 둘이 술판을 벌여놓고 권커니 잣거니 하다가 무슨 이야기가 나왔는고 하니,

"거, 어제는 사냥을 나갔다가 새끼 밴 노루를 잡았다네."

"이 사람이 정신 나간 소릴 하누먼. 노루가 알을 낳지 무슨 새끼를 낳아?"

"누가 정신이 나갔다는 게야? 토끼라면 또 몰라도 노루야 본래 새끼를 낳지."

"어허, 그것 참 우길 걸 우겨야지. 노루는 알을 낳는다니까."

하면서 노루가 알을 낳네 새끼를 낳네 말싸움이 벌어졌겠다. 둘이서 암만 내가 옳네 네가 그르네 싸워봐도 결판이 안 나니까,

"그러면 누구 말이 옳은지 이방을 불러서 한번 물어보세."

하고 이방을 턱 불렀구나. 이방이 달려와서 말을 들어보니 이것 참 기가 막히다 못해 놀라 자빠질 지경이야. 알기야 미리 알았지. 저희 사또나 이웃 고을 사또나 어지간한 숙맥인 줄은 미리 알았지만, 이렇게까지 모자랄 줄은 미처 몰랐거든. 아, 명색 목민관이란 사람들이 모여 앉아 의논한다는 게 노루가 알을 낳네 새끼를 낳네 하고 있으니 기가 막혀 말이 안 나오지.

그러나저러나 이방 처지가 참 딱하게 됐어. 노루가 알을 낳는다고 우기는 사또가 다름 아닌 제가 모시는 사또인데, 그게 그렇지 않다고 했다가는 무슨 경을 칠지 모르는 일이거든. 옳고 그르고를 접어두고 친구 앞에서 망신 줬다고 잡아 족치면 그냥 당해야지 별수 있어? 그렇다고 노루가 알을 낳는다 하자니 멀쩡한 정신 가지고 그건 차마 못 할 말이고, 이래서 참 이러지도 저러지도 못하게 됐단 말이야. 그래 한참 동안 끙끙 앓다가 에라 모르겠다 하고,

"두 분 사또께서 하신 말씀이 다 옳습니다."

했지.

"아, 이놈아. 새끼를 낳으면 낳고 알을 까면 까는 게지, 둘 다 옳다는 게 무슨 말이냐?"

"말씀을 드리자면 그게 이렇습니다. 야산에 사는 노루는 새끼를 낳지마는 깊은 산에 사는 노루는 알을 낳지요."

이왕에 물은 말이 엉터리인지라 대답이 얼토당토않다고 죄 될건 없지.

"그건 또 왜 그런가?"

"야산에는 사람들 발길이 잦지 않습니까? 알을 품고 있다가는 빼앗기기 십상이지요. 그러니 새끼를 낳아서 얼른 데려가는 게 상책이라 그렇습니다. 깊은 산에야 사람 발길이 뜸하니 알을 낳아 오래 품고 있어도 상관없지 않습니까?"

"그게 그런 것이로군. 그러면 우리 둘 다 피장파장이렷다."
하고 말지. 그러니 뭐 뒤탈이 있을 리 있나.

그러고 나서 며칠 뒤에 둘이서 또 술판을 벌여놓고 권커니 잣거니 하다가 무슨 말이 나왔는고 하니,

"어제 마을에 나가봤더니 수수나무에 수수가 많이도 열렸더군."

"이 사람이 또 정신 나간 소릴 하누먼. 수수가 무슨 나무에 열려? 뿌리에 열리지."

"거 참 모르는 소리 작작 하라고. 수수는 나무에 열리는 게야."

"뿌리에 열린대도 그러네."
하며 옥신각신 말싸움이 벌어졌네. 그러다가 결판이 안 나니까 또 이방을 불러다 물어봤겠다. 이방이 달려와 들어보니 이건 뭐 갈수

록 태산이거든. 사모 쓴 관장들이 모여 앉아 한다는 말이 수수가 나무에 열립네 뿌리에 열립네 하고 있으니 소가 웃을 일이 아니고 뭐야. 그렇지만 까딱 말을 잘못해서 상관 심사가 틀어지는 날에는 곤장깨나 좋이 맞을 판국이니 이번에도 얼렁뚱땅 넘어가는 수밖에 도리가 없단 말이야.

"두 분 사또 말씀이 다 옳습니다. 수수는 나무에도 열리고 뿌리에도 열리지요."

"이놈아, 나무면 나무고 뿌리면 뿌리지 그런 말이 어디 있어?"

"예, 파란 수수는 배짱이 좋아서 나무 위에 여봐란 듯이 열리지만, 빨간 수수는 부끄럼을 많이 타서 땅속에 숨지요."

이렇게 둘러대니 둘 다 불만이 있을 리 없거든.

"그러면 그렇지. 우리 둘 다 어련히 알아서 하는 말일라고."

이렇게 해서 이번에도 탈을 면했어.

그러고 나서 며칠 뒤에 또 둘이서 술판을 벌여놓고 권커니 잣거니 하다가 이번에는 무슨 말이 나왔는고 하면,

"오는 추석날에는 서울서 조카가 세배를 하러 올 걸세."

"이 사람 정신이 나가도 한참 나갔네그려. 세배를 무슨 추석에 해? 단오에 하지."

"어허, 모르면 좀 가만히 있어. 한식날이라면 또 몰라도 단오에 세배한다는 말은 내 머리에 터럭 나고는 못 들어봤네."

"누가 할 소리. 추석에 세배한다는 말은 내 눈 떨어지고 처음 듣는구먼."

하며 말싸움이 붙었겠다. 암만 옳으네 그르네 티격태격해도 결판

이 안 나니까 또 이방을 부르는구나. 이방이 달려와 말을 들어보니 그 꼴이거든. 그런데 이번에는 아무리 둘러대려고 해도 둘러댈 말이 없어. 세배를 추석에 하느니 단오에 하느니 하고 가당치도 않은 소리를 하고 앉았는데 그 무슨 수로 둘 다 옳다고 하겠어? 그래 말도 못 하고 멍하니 섰다가 하도 같잖아서 그만 허허 웃어버렸어. 그러니 원님들이 가만있을 리 있나.

"아, 이놈 보게. 관장이 묻는 말에 대답은 않고 웃었겠다. 이놈, 그게 무슨 버르장머리라더냐?"

이방이 정신이 번쩍 들어 얼렁뚱땅 둘러댄다는 것이,

"두 분 사또 말씀을 듣다 보니 지난겨울에 세 살 먹은 손주 녀석한테 세배 받은 일이 생각나서 웃었습니다."

했거든. 그랬더니 한 원님은,

"응, 그놈이 그래도 추석 쇨 줄은 알았던 모양이지."

하고, 또 한 원님은,

"응, 그놈이 그래도 단옷날 세배하는 줄은 알았던 모양이지."

하더라네. 하하.

원님과 이방

부처님도 못 당한 양반

옛날에 웬 양반이 하나 살았는데, 이 양반이 쥐뿔도 없으면서 도도해서 어디 가서도 고개 숙이는 법이 없어. 벼슬도 없는 백면서생인 데다가 밑구멍이 찢어지게 가난해서 굶기를 밥 먹듯이 하면서도 도도하기로 말하면 나라님도 못 당할 판이야. 아무한테나 그저 반말을 툭툭 던지고 빳빳하단 말이지.

그런데 이 양반이 나이 쉰이 다 되도록 자식을 못 낳아. 남들을 보니, 한다 하는 벼슬아치고 천석꾼 부자고 간에 자식 없는 사람들은 죄다 절에 가서 부처님께 공을 드리거든. 자식을 얻으려면 저도 부처님께 공을 드리긴 드려야겠는데, 가난한 살림에 뭐 부처님께 바칠 만한 건더기나 있나. 찬물 한 그릇 떠 가지고 절에 갔지.

절에 가서 부처님 앞에 앉았는데, 이 도도한 양반이 아무리 부처님 앞이라지만 남들처럼 꿇어앉아 빌 수가 있나. 그냥 딱 책상 다리를 하고 앉아서 부처님을 똑바로 쳐다보고 한다는 말이,

"거 부처님 내 말 좀 들어보게. 어쩌다 보니 나이 쉰이 다 되도록 자식 하나 못 두었는데, 웬만하면 나한테 자식 하나 점지해줌이 어떨꼬?"

이러거든.

부처님이 가만히 내려다보니 참 기가 막힌단 말이야. 아, 밥이야 떡이야 잔뜩 차려 와서 넙죽 엎드려 손이 발이 되도록 빌어도 자식 하나 못 얻는 사람이 좀 많아? 그런데 빼빼 마르고 까맣고 볼품도 없는 게 하나 와서는 찬물 한 그릇 떠다 놓고 빳빳하게 앉아서 딱딱 반말을 해대니 기가 막히지 안 막혀?

그런데 이 양반이 하루 이틀도 아니고 날마다 와서 그러니 부처님이 그만 질려버렸어. 자식 하나 얻을 때까지는 내내 저럴 판이니 참 난감한 일이지. 그래서 부처님이 자식을 하나 점지해줬던 모양이야. 귀찮아서 그랬던지 불쌍해서 그랬던지 아들 하나 낳게 해줬단 말이야.

그래서 이 양반이 참 떡두꺼비 같은 아들을 하나 얻었지. 그렇게 바라던 아들을 낳고 보니 부처님이 참 고마울 게 아니야? 사람이 되어서 은혜를 입었으면 인사를 해야 도리라고 생각하고는 이웃에 다니면서 어찌어찌 쌀을 한 됫박 꾸어다 떡을 해 가지고 또 절에 갔어. 그릇도 변변한 게 없으니까 밥보자기에 떡을 싸 가지고 갔지. 그렇게 해서 부처님 앞에 밥보자기를 펴놓고 딱 책상다리를 하고 앉아서,

부처님도 못 당한 양반

"거 부처님 참 고맙네. 덕분에 얻은 자식 아무 탈 없이 잘 커야 하지 않겠나. 그저 병 없이 근심 없이 잘 살도록 한 번 더 보살펴 줌이 어떨꼬?"

하는구나.

아, 그 말을 안 들어줬다가는 날마다 찾아와서 졸라댈 게 뻔하잖아. 그것도 빳빳하게 반말질로 졸라댈 테니 어떻게 해. 부처님이 아주 질려서 두 손 들고 소원대로 다 해줬단다. 그래서 그 양반, 아들하고 오래오래 잘 살았다는 이야기야.

전라도 물기와 평안도 박치기

옛날에 전라도에는 물기를 썩 잘하는 사람이 살았고 평안도에는 박치기를 기가 막히게 잘하는 사람이 살았어. 전라도 물기 장수는 그저 뭐든 눈앞에서 알짱거리기만 하면 덥석 물어버리는데, 한번 문 것은 죽어도 안 놔. 그러니까 아무리 힘센 사람도 어디 한 군데 물렸다 하면 그냥 항복을 해야지, 그러지 않고는 뒤탈이 나도 크게 나지. 평안도 박치기 장수는 그저 뭐든 보이기만 하면 냅다 머리로 들이받는데, 얼마나 힘이 센지 그 머리로 받힌 건 그냥 삼십 리고 사십 리고 나가떨어져. 그러니 아무도 그 앞에서 힘자랑은 못 하지.

두 사람이 서로 소문을 들었어. 전라도 물기 장수는,

"아, 그놈이 박치기를 그리 잘한다니 어디 나한테도 당하는지 한번 겨뤄봐야겠다."

하고, 평안도 박치기 장수는,

"그놈이 물기를 아무리 잘해도 내 박치기에 당할까. 만나면 꼭 겨뤄봐야지."

이렇게 단단히 별렀어.

그러다가 한번은 금강산에서 둘이 만났지. 둘이 딱 마주치니까 뭐 군말 않고 겨루기를 시작하는 거야. 먼저 평안도 박치기 장수가 어디 맛 좀 봐라 하고 냅다 들이받았지. 돌덩어리 같은 머리로 힘껏 들이받으니까, 이거 뭐 볼 것도 없어. 대포알 날아가듯이 휑 날아가 버리는데 어디로 갔는지도 몰라.

'어라, 이 녀석이 어디에 나가떨어졌는고?'

평안도 박치기 장수가 들메끈을 메고 찾아 나섰어. 제가 들이받아 놓은 게 대체 어디에 가 떨어졌는지 찾으러 나선 거지. 아무리 찾아 다녀도 없더니, 어느 산골짜기에 가니까 큰 너럭바위가 있는데 전라도 물기 장수가 거기에 퍼질러 앉아 있더란 말이야.

'아이고, 저 녀석이 예까지 날아와 떨어졌구나.'

생각하고는,

"너 이러고도 날 당하겠느냐?"

했더니, 전라도 물기 장수가 그 말에는 대답도 않고 발밑을 가리키더래. 가만히 내려다보니 거기에 사람 코가 떨어져 있어. 깜짝 놀라서 제 코를 만져보니까, 아 글쎄 그새 코가 떨어져 나가고 없지 뭐야. 박치기를 할 때 전라도 물기 장수가 코를 물었는데, 그것도 모르고 냅다 받아버려서 그 꼴이 난 거야.

네 동무

옛날 어느 시골에 글방이 있었는데, 아이 넷이 그 글방에 다녔어. 그런데 그중 하나는 이 세상에서 남 놀래주기 제일 좋아하는 아이고, 또 하나는 이 세상에서 놀라기를 제일 잘하는 아이야. 또 하나는 이 세상에서 제일 무지막지한 놈이고, 나머지 하나는 이 세상에서 제일 정신없는 녀석이야.

하루는 이렇게 넷이서 소풍을 갔어. 경치 좋은 산으로 가서 노는데, 놀다 보니 심심할 것 아니야? 그래서 놀래주기 좋아하는 놈이 갑자기,

"아이쿠, 저기 호랑이가 온다."

하고 크게 소리쳤어. 부러, 놀래주려고 말이야. 그랬더니 놀라기 잘하는 아이가 그만 혼이 다 빠져서 허둥지둥하다가 아무 데나 숨

는다는 것이 하필이면 숯가마 아궁이에 머리를 처박고 숨었어. 산에는 숯 굽는 가마가 많거든.

　아, 그러니까 무지막지한 놈이 그걸 보고 가만히 있을 리 있나.

　"야 무섭긴 뭐가 무섭다고 그래?"

하면서 숯가마에 머리 처박은 아이 두 다리를 번쩍 들고 냅다 잡아당겼어. 그 바람에 아이 몸뚱이가 쑥 빠져나오긴 했는데 머리통이 온통 새까맣지. 숯가마에 처박혔다 나왔으니 그럴 수밖에 더 있나. 눈도 코도 입도 안 보이고 그냥 새까매. 그걸 보고 정신없는 녀석이 한다는 소리가,

　"얘가 아까 올 때도 눈, 코, 입이 없었던가?"

그러더라나.

방귀 겨루기

옛날에 방귀 잘 뀌는 아낙이 살
았어. 방귀 잘 뀌기로 말하면 세상
에서 둘째가라면 서러워하는 사람이
야. 그런데 강 하나를 사이에 두고 이웃 마을에 또 방귀 잘 뀌는
사내가 살았어. 이 사람도 방귀라면 누구한테도 질 수 없다는 사
람이야.

강 건너 사내가 방귀 대장이라는 소문이 나도니까 아낙도 질 수
가 없는지,

"흥, 제아무리 그래 봤자 내 방귀 한 방이면 묵사발이 될걸?"
하고 큰소리쳤지. 그 말을 전해 듣고 사내가 어디 가만히 있을 수
있나.

"뭐라고? 감히 나한테 큰소리를 쳐? 어디 맛 좀 봐라."

댓바람에 강 건너 아낙네 집에 찾아갔어. 가 보니 아낙은 어디 갔는지 없고 아들이 바깥 아궁이 앞에서 놀고 있거든.

"애, 너희 어머니 어디 갔니?"

"윗마을 잔칫집에 가셨는데요. 우리 어머닌 왜 찾나요?"

"너희 어머니가 방귀로 날 이긴다고 해서 혼내주려고 왔다."

"그렇다면 그냥 돌아가세요. 아저씨가 아무리 방귀를 잘 뀌어도 우리 어머니는 못 당할걸요."

안 그래도 기분이 상해 있던 참에 아이한테 그런 말을 들으니 그만 화가 머리끝까지 뻗쳤어. 그래서 두말 접고 돌아서서 아이 쪽으로 방귀를 한바탕 뀌었지. 그랬더니 방귀 바람에 날려서 아이가 그만 아궁이 속으로 쏙 들어갔어. 아궁이 속으로 들어가서 곧바로 구들을 지나 굴뚝으로 쑥 나왔지. 검댕이를 새까맣게 묻혀가지고 말이야.

그래놓고 사내는 가버렸는데, 마침 그때 아낙이 집에 돌아왔어. 돌아와 보니 아들이 온몸에 검댕이를 새까맣게 묻혀가지고 굴뚝 옆에서 울고 있거든.

"아이고, 이게 웬일이냐?"

아들이 울면서 하는 말을 다 들어보니 참 화가 난단 말이야. 그래서 빨랫방망이를 들고 바로 사내 뒤를 쫓아갔어. 쫓아가 보니 마침 사내는 강을 다 건너 저쪽 언덕에 닿아 있네. 댓바람에 돌아서서 궁둥이에 빨랫방망이를 대고 방귀를 크게 한바탕 뀌었지. 그 바람에 빨랫방망이가 공중으로 붕 떠서 사내 쪽으로 쌩 날아가거든.

사내가 가다가 뒤에서 천둥 치는 소리가 나서 돌아보니, 아 방망이 하나가 쏜살같이 날아오는 거야. 그래 저도 딱 궁둥이를 쳐들고 맞방귀를 뀌었어. 그래놓으니 어떻게 되겠나? 날아오던 방망이가 방귀 바람에 놀라 핑 돌아서서 아낙 쪽으로 날아가지. 그걸 보고 아낙이 가만히 있을 리 있나. 저도 맞방귀를 뀌었지. 그러니 방망이가 핑 돌아서 도로 사내 쪽으로 날아가는 거야.

아, 이렇게 강 하나를 사이에 두고 둘이서 서로 맞방귀를 뀌어대니 이런 장관이 없구나. 방망이가 이쪽에서 저쪽으로, 다시 저쪽에서 이쪽으로 핑핑 날아다니는데 그러기를 한나절이나 했어. 그러다가 둘이서 한꺼번에 젖 먹던 힘까지 다 내어 크게 용을 쓰니까, 아 이놈의 방망이가 오도 가도 못하고 가운데서 파르르 떨다가 강에 뚝 떨어졌대.

그 바람에 강에서 놀던 물고기가 방망이에 많이 맞았는데, 새우 등이 휜 것도 그래서이고 가자미 눈이 한쪽으로 쏠린 것도 그래서라네.

이게 다 지어낸 이야기야. 허허허.

먼지 건달

옛날에 건달이 하나 살았어.
돈 한 푼 없어서 털어도 먼지밖에 나
오는 게 없다고 해서 먼지 건달이야. 그런
놈이 여기저기 떠돌아다니면서 아무 데나 자고, 아무거나 먹고 살
았지.

그렇게 떠돌아나니니까 느는 거라고는 배짱이요 넉살뿐이야.
돈 없이 다니면서 얻어먹자면 배짱이 좀 두둑해야 할까. 아무한테
나 괄시 받고도 주눅 안 들고 살려면 넉살은 좀 좋아야 할까.

한번은 길 가다가 시장해서 주막엘 들렀는데, 마침 툇마루에 김
이 무럭무럭 나는 두부가 한 함지 있거든. 침이 절로 넘어가지마
는 돈 한 푼 없으니 언감생심 꿈도 못 꾸겠고, 그 옆에 두부 만들
다 남은 비지가 한 주발 있기에 그것이나 좀 얻어먹을까 해서 주

모를 불렀지.

"여보 주모, 나 좀 보오."

"예, 갑니다. 무얼 드릴까요?"

"내 지금 몹시 시장한데 수중에 돈이 없어 그러니 저 비지 한 숟갈만 좀 주구려. 그 은혜 잊지 않으리다."

이쯤 사정했으니 웬만하면 불쌍해서라도 한 숟갈 주면 좀 어때? 이 경을 칠 놈의 주모가 낯빛을 홱 바꾸면서 욕을 해대지 뭐야?

"이런 시러베아들 놈을 봤나. 여기가 어디라고 돈 한 푼 안 내고 음식을 얻어먹을 요량을 해?"

닳고 닳은 먼지 건달이 이쯤 욕을 먹고 물러설 위인이 아니거든. 삽짝 아래 쭈그리고 앉아서 틈만 엿보고 있으니 뒤란에서 '꿀꿀꿀꿀' 하고 돼지가 울겠지. 그때 마침 주모가 물을 길으러 물동이를 이고 삽짝 밖으로 휠휠 나가더란 말이야. 옳다구나 하고 뒤란으로 들어가서 돼지우리 문을 따고 돼지를 내모는구나. 돼지가 나와서 두부를 보고 가만히 있을 리 있나? 그냥 두부함지에 코를 처박고 그걸 다 해치우는 거야.

주모가 물동이를 이고 돌아와 보니 이것 참 난리가 나도 예사로 난 게 아니거든. 울화통이 터져서 먼지 건달에게 삿대질을 하네.

"아, 그래 멀쩡하게 두 눈 뜨고 돼지가 이 꼴을 만들도록 됐단 말이오?"

그러니 먼지 건달이,

"난 또 그 돼지가 돈 내고 먹는 줄 알았지."

하고는 저도 돼지처럼 두부 함지에 코를 처박고 돼지가 먹다 남은 두부를 먹어치우는 거야.

"아 그 더러운 걸 먹긴 왜 먹어?"

주모가 질색을 하니,

"돼지가 돈 내고 먹다 남은 것 좀 먹는데 무슨 참견이요?"

이러더라나.

또 길을 가다가 날이 저물어 한 부잣집에 들렀어. 하룻밤 자고 가기를 청하니 들어오라고 한 것까지는 좋았는데, 저녁상이 들어오는 걸 보니 은근히 부아가 치민단 말이야. 아무리 빌어먹는 행색이라 해도 어쨌거나 손님은 손님 아닌가? 그런데 주인 밥상은 다리가 부러지게 차렸으면서 저 앞에 갖다 놓는 상을 보니 찬밥 한 덩이에 달랑 물 한 그릇, 소금 한 접시뿐이야. 시장해서 달게 먹긴 먹었는데 뒤끝이 찜찜한 거지.

저녁상을 물리고 나니 주인이 갓난아기를 안고 들어와 둥개둥개 어르는데, 가만히 보니 어지간히 귀히 키우는 자식 같더란 말이지.

"아이, 그 참 복스럽게 생긴 아기구먼요. 손자입니까?"

"늘그막에 얻은 막둥이라오. 오대 독자지요."

민지 건달이 아기를 들여다보면서 얼럴럴 까꿍까꿍 어르는 체하다가 주인이 안 보는 사이에 슬쩍 넓적다리를 한 번 꼬집었어. 그러니 말 못하는 갓난아기가 뭘 어쩌겠나. 새파랗게 질려서 까무러치듯이 울어대지.

이래놓으니 정작 까무러치는 건 이 집 어른들이지 뭐야. 안팎에서 와그르르 쏟아져 나와 무슨 영문인지도 모르고 난리법석을 떠는 거지. 부잣집 오대 독자가 난데없는 밤중에 갑자기 새파랗게 질려

까무러치듯이 우니까 난리가 나도 보통으로 난 게 아니지 뭐.

먼지 건달이 그 꼴을 보고 있다가,

"이러실 게 아니라 아기 혼자만 남기고 주위를 다 물리시오. 내이 병을 고칠 방도가 생각났습니다."

하니 뭐 어떻게 해. 지푸라기라도 잡고 싶은 심정이니 하라는 대로 해야지. 식구들이 다 물러가니까 좀 뜸을 들이다가 밖에 대고,

"아기가 약을 안 먹으려고 하니, 아기 어머니 젖을 한 숟갈만 짜들여보내시오."

하니 부랴부랴 젖이 한 숟갈 들어오네. 그걸 떠먹였겠다. 아, 아기 넓적다리 한 번 꼬집어서 터진 울음이 얼마나 가겠어? 오래 안 가지. 젖 한 숟갈 떠먹이니 뚝 그치거든.

이래놓으니 이거 뭐 용한 의원을 만나 아기 목숨 살렸다고 대접이 금방 달라지네. 저녁상이 새로 들어오는데, 상다리가 부러지게 잘 차려 왔어. 잘 먹었지. 밥알 몇 개 남겨뒀다가 동글동글하게 환약처럼 만들어서, 머리맡에 뒀다가 자고 일어나니 딱딱하게 말랐을 것 아니야? 아침에 그걸 주인에게 주면서,

"대접을 잘 받고 그냥 갈 수 없어서 내 귀한 약을 드리리다. 아기가 다음에 또 어제처럼 경풍이 생기거든 이 환약을 젖에 개어먹이시오. 그럼 나을 거요."

하니까 주인이 감지덕지하면서 귀한 약을 받고 그냥 보낼 수 없다고 돈깨나 후히 집어주더라나.

소 팔러 간 사돈

옛날에 한 사람이 장에 소를 팔러 갔어. 황소를 팔아서 암소로 바꿔 사오려고 말이야. 그래 소를 끌고 장에 갔다가 사돈을 만났네. 그런데 일이 공교롭게 되려고 저쪽 사돈도 소를 팔러 왔는데, 거기는 암소를 팔아 황소로 바꿔 가려고 한단 말이지.

"사돈, 마침 잘됐소. 소 팔고 자시고 할 것 없이 우리끼리 소를 바꿉시다."

"아, 그럼 좋지요."

이래서 둘이 소를 바꾸었어. 황소 끌고 간 사돈은 황소 주고 암소 받고, 암소 끌고 간 사돈은 암소 주고 황소 받고 이렇게 됐어. 소 잘 바꿨으니까 술 한잔해야 할 것 아니야? 둘이서 주막에 가서 느긋하게 한잔했지.

"사돈, 내 술 한 잔 받으시오."

"아이, 내 술도 한 잔 받으시오."

권커니 잣거니 하다가 날이 저물었네. 날이 저물어도 보통으로 저문 게 아니고 아주 캄캄해졌어. 집에 가기는 가야겠는데 둘 다 술이 웬만큼 취해서 걸어갈 수가 없어. 비틀비틀하면서 소까지 끌고 어떻게 가? 그래서 아예 소를 타고 가기로 했지. 황소 끌고 온 사돈은 암소 타고, 암소 끌고 온 사돈은 황소 타고, 이렇게 해서 집에 갔어.

그런데 이놈의 소가 저 팔린 걸 모르고 전에처럼 제 집으로 가네. 소잔등에 탄 사람들이야 캄캄한 밤중에 소가 어디로 가는지 알 게 뭐야? 그냥 꺼떡꺼떡하면서 소 가는 대로 가는 거지. 둘 다 제 집으로 안 가고 사돈네 집으로 갔단 말이야.

뭐 캄캄한 밤중에 소 타고 가니까 그 집 식구들도 다 저희 집 가장이 온 줄 알지, 설마 사돈이 온 줄 알았겠나.

"아이고, 얘들아. 너희 아버지 잔뜩 취하셨다. 어서 안방으로 모셔라."

안방으로 떠밀어 넣으니까 그냥 들어가서 고꾸라져 자는 거지 뭐. 정신없이 자다가 새벽녘이나 되어서 정신을 딱 차려보니까 암만해도 이상하거든. 가만히 일어나서 옆을 이렇게 넘겨다보니까 아뿔싸, 제 마누라가 자고 있어야 할 자리에 사돈 마누라가 자고 있단 말이야.

'이키, 이거 낭패로다.'

살금살금 일어나서 옷도 제대로 못 챙겨 입고 그냥 내빼는 거

야. 날 밝기 전에 집에 가야겠다고 부지런히 걷는데, 얼마만큼 가
다 보니 저쪽에서 사돈이 꽁무니가 빠지게 걸어오고 있거든.

"아, 사돈. 이게 어찌 된 일이오?"

"글쎄 이게 어찌 된 일이오?"

서로 가만히 쳐다보고 있다가,

"나는 그냥 곱다랗게 잤소."

"나도 그냥 곱다랗게 잤소."

"그럼 됐소. 어서 가시오."

"잘 가시오."

하고서 제 갈 길로 가는 거야. 한참 가다가 딱 돌아서서,

"여보, 사돈."

"왜 그러시오?"

"오늘 일일랑 아예 입 밖에도 내지 마오."

"그게 무슨 소리라고 입 밖에 낸단 말이오?"

하고 가더래.

진절머리 나게 긴 이야기

옛날에 정승이 한 사람 살았는데, 나이가 많아 벼슬을 그만두고 그냥 노는 판이야. 정승도 청렴하면 비 새는 집에서도 살고 보리밥 김치로 삼시 세 끼 때우고 살고 이러지마는, 그런 청빈한 정승이 어디 흔한가. 적당하게 썩은 사람이야 정승 벼슬하다 물러나면 못 돼도 천석지기는 하거든. 그렇게 부자로 살지, 소일거리는 없지, 이러니까 그만 노는 데도 진력이 나는 거야.

그런데 이 정승이 뭘 좋아하느냐면 옛날이야기를 참 좋아하거든. 마침 슬하에 과년한 딸이 하나 있는데, 정승 집 딸이라고 너무 치어다 봐서 그런지 도통 중신 말이 아니 들어오더란 말이야. 그래서 이참에 소일거리 한번 마련해보자 하고서 아주 조선팔도에 소문을 냈어. 어떤 소문을 냈는고 하니,

'누구든지 우리 집에 와서 먹고 자면서 이야기를 듣기 싫도록, 아주 진절머리가 나도록 한다면 딸을 주리라.'

하고 소문을 냈단 말이야.

그러니 산지사방에서 이야기꾼이 모여들지. 그 사람들이 정승네 문간방에서 먹고 자면서 한 사람씩 사랑방에 불려가 이야기를 하는 거야. 그런데 사흘이 멀다 하고 죄다 그냥 쫓겨나. 이야기를 아무리 잘한들 몇 날 며칠 쉬지 않고 하겠느냐 이 말이야. 하루하고 이틀 하면 이야기 밑천이 동나지. 그러면 그냥 쫓겨나고 쫓겨나고, 이래서 쫓겨난 사람이 수도 없어. 문간방에서 득시글득시글하던 문객들도 점점 줄어들어서 나중에는 문간방이 텅텅 비었거든.

이때 시골 사는 총각 하나가 소문을 듣고 올라왔어. 가난해서 나이 서른이 넘도록 장가 못 간 노총각인데, 이참에 장가 한번 들어볼까 하고 올라왔지. 정승을 턱 찾아가서,

"듣자 하니 얘기 잘하면 사위 삼으신다고 해서 얘기 한마디 하러 왔습니다."

하는데, 정승이 보니 행색이 초라할 뿐 허우대 멀쩡하고 말주변 넉넉하고, 괜찮아 보이는 녀석이거든.

"그래, 어디 해보아라. 하되, 내가 듣기 싫다고 할 때까지 해야 하느니라."

"여부가 있겠습니까? 그럼 슬슬 나갑니다."

하고 이야기를 시작했지.

"옛날에 서울에 흉년이 들었는데, 내리 열두 해 흉년이 들었답

니다. 흉년이 들어 먹을 것이 없으니 사람들은 풀뿌리 나무껍질로 연명을 하더랍니다."

"그래서?"

"사람들 형편이 이러니 쥐들은 오죽하겠습니까? 쌀이고 보리고 양식이라고는 구경을 못 하니, 이러다가는 사람보다 쥐가 먼저 죽게 생기지 않았습니까?"

"그렇군. 그래서?"

"그래서 쥐들이 종로 거리에 모여 의논을 했더랍니다. 우리가 아무래도 다 굶어 죽게 생겼으니 살 방도를 찾아보자 하고 말이지요. 그중 한 쥐가 말하기를, 저기 압록강 건너 만주 땅에는 큰 풍년이졌다니 이참에 그곳으로 이사를 가서 먹고살자 하더랍니다."

"만주 땅이라고? 음, 그래서?"

"그래서 쥐들이 만주로 이사를 갑니다. 찍찍, 찍찍, 찍찍……."

이놈이 그다음부터는 그저 '찍찍, 찍찍' 하고 쥐 소리만 내는 거야. 하루 종일 그러니까 정승이 지루해질 것 아니야?

"그래, 쥐가 지금 어디까지 갔느냐?"

"아직 문 안에 있습니다."

"아직 문 안에 있어?"

"쥐 걸음이 오죽하겠습니까? 찍찍, 찍찍, 찍찍……."

밤낮 찍찍거리는 거야. 밤이 이슥할 때까지 찍찍거리다가 정승이 자면 저도 자고, 일어나면 또 찍찍거리고, 밥 먹고 찍찍거리고 오줌 누고 찍찍거리고, 이러기를 한 달이나 했어. 정승은 한 달 동안 찍찍거리는 소리만 듣고 산 거지. 참다 못해,

"이놈아, 대체 어디까지 갔어?"

하니,

"이제 왕십리 지났습니다."

하지. 한 달 동안 찍찍거리며 간 게 기껏 왕십리야.

"아, 아직 거기까지밖에 못 갔어?"

"쥐 걸음이 오죽하겠습니까? 찍찍, 찍찍, 찍찍……."

밥 먹고 찍찍거리고 오줌 누고 찍찍거리고 자고 나서 찍찍거리고, 그러기를 일 년이나 했어. 정승이 일 년 동안 찍찍거리는 소리만 듣고 앉았으니 그만 진절머리가 나. 찍찍 소리만 들어도 소름이 끼친단 말이지.

"대체 어디까지 갔어? 이제는 만주 다 갔겠지."

"웬걸요. 아직 멀었습니다."

"야, 이놈아. 일 년이 지났는데 아직 만주를 채 못 갔어?"

"쥐 걸음이 오죽해야지요. 이제 개성이 십 리 남았습니다. 찍찍, 찍찍, 찍찍……."

정승이 들어보니 이것 참 환장할 노릇이거든. 일 년이 지났는데 아직 개성을 채 못 갔으면 아직 몇 년을 더 가야 만주를 가나? 이러다가는 밤낮 찍찍거리는 소리만 듣다가 늙어 죽겠거든. 그만 짜증이 날 대로 나서,

"아, 됐다 됐어. 그놈의 찍찍대는 소리 진절머리 나니 그만해라."

하고 말지.

"그럼 저를 사위 삼으시는 겁니까?"

"아, 네 맘대로 해. 그놈의 찍찍대는 소리만 안 내면 아무래도

좋아."

이렇게 해서 노총각이 정승 사위가 되어서 잘 살았더래.

옹기장수와 개구리

옛날에 좀 모자라는 사람이 하나 살았
는데 집이 무척 가난했어. 부쳐 먹을 땅이 없으니까 남의 농사나
거들어주고 보리 됫박이나 얻어먹고 사는데, 허구한 날 입에 풀칠
하기 바쁘거든. 하루는 아내가 남편더러,

"이러다가는 우리 내외 입에 거미줄 치기 딱 좋게 생겼으니, 당
신 내일부터 장사나 좀 하시우."

하거든.

"아, 장사는 거저 하나? 밑천이 있어야 하지."

"마침 건넛마을 옹기점에서 옹기를 싸게 판다니 외상으로 옹기
나 사다가 짊어지고 다니면서 팔아보구려."

"그럼 그래볼까나."

그래서 이 사람이 옹기를 짊어지고 팔러 나갔어. 이 마을 저 마

을 다니면서 옹기를 파는데, 본래 좀 모자란 데다가 난생처음 장사를 하니까 옹기 값으로 뭘 받아야 하는지 몰라. 장사를 하려면 돈뿐 아니라 쌀도 받고 콩 보리도 받고, 뭐 주는 대로 받아야 하는데 이 사람이 그걸 몰라. 쌀을 줘도 싫다. 콩을 줘도 싫다. 보리를 줘도 싫다 하니 어느 시러베아들 놈이 옹기를 사겠어? 하루 종일 하나도 못 팔고 그냥 돌아왔지.

"어쩌다가 옹기를 하나도 못 팔았소?"

"사려는 사람은 많은데 죄다 돈은 안 내고 곡식을 내려고 하지 뭐요? 그래서 못 팔았소."

"아이고 이 답답한 양반, 곡식도 돈인데 왜 안 받았수? 내일부터는 곡식도 받아 오구려."

"그럼 그러지."

이튿날 또 옹기 장사를 나갔지. 이번에는 곡식도 받아서 옹기를 많이 팔았어. 받은 곡식을 옹기그릇 안에 넣어놨는데, 어찌 장사가 잘되는지 마지막 남은 옹기까지 다 팔렸거든. 마지막 남은 옹기에 곡식을 가득 넣어놨는데 말이야. 아, 이 사람이 옹기 한 개 값으로 달랑 서 푼 받고 그놈의 옹기를 곡식이 든 채로 팔아버렸지 뭐야. 달랑 돈 서 푼 들고 빈 지게를 짊어지고 돌아오니 아내가 닦달을 할 것 아닌가.

"옹기 한 짐 팔아서 달랑 서 푼이 웬 말이오?"

"그놈의 옹기에 곡식 든 줄 누가 알았나?"

"아이고 이 답답한 양반, 내일은 중의를 하나 줄 터이니 곡식을 주거든 그 안에 넣어 가지고 오구려."

"그럼 그러지."

옛날에는 자루가 귀해서 더러 중의를 자루 대신으로 썼지. 중의 가랑이를 딱 잡아매면 속이 비어서 쓸 만한 자루가 된단 말이야.

이 사람이 이튿날 또 옹기 팔러 갔지. 그런데 아내가 중의를 주니까 그걸 그냥 바지 위에 껴입고 갔어. 중의도 옷이니까 입어야만 하는 줄 알고. 아, 이 사람이 아무 데나 사람이 많이 모인 데 가서 중의를 홀떡홀떡 벗어젖힌단 말이야.

"옹기 사오. 옹기 사고 곡식 주려거든 이 중의 안에 넣어주오."

하면서 중의를 벗어젖히니까 이건 뭐 일 났지. 그러다 급기야 남의 혼인 잔치 하는 데 가서,

"옹기 사고 중의 안에 곡식 넣어주오."

하면서 중의를 벗어젖히니까 사람들이 가만히 있나.

"저놈이 남의 잔치에 와서 미친 짓을 하는군."

하면서 몽둥이를 들고 달려드니까 질겁을 하고 달아나는데, 한참 달아나다가 논둑 밑에 숨었어. 논둑 밑에 숨어서 숨을 헐떡헐떡하고 있으니까, 바로 눈앞에서 개구리 한 마리가 요렇게 빤히 쳐다보는데, 그놈도 목이 펄럭펄럭하거든. 이 사람도 목이 펄럭펄럭, 개구리도 펄럭펄럭. 그러다 옹기장수가,

"개굴아, 너도 옹기 팔다 쫓겨 왔니? 너도 옹기 팔다 쫓겨 와 숨이 차서 그러니?"

하더라네. 허허.

대접 받은 값

옛날에는 여기저기 떠돌아다니
며 남의 집을 제 집처럼 여기고 사는
사람들이 많았지. 글을 배웠으나 벼슬할 마음은 없
고, 세상이 틀려먹은 줄은 알지만 나서서 바로잡을 뜻은 없는, 이
런 얼치기 선비들이 대개 떠돌이가 됐어. 그렇게 돌아다니다 보면
느는 것이라고는 눈치와 배짱에다 걸쭉한 입심뿐이거든. 남의 밥
얻어먹으며 다니자면 온갖 풍상 다 겪어야 하는데, 그런 풍상 다
이겨내자면 눈치 배짱에다 입심만큼은 갖춰야지, 안 그러고는 배
겨낼 재간이 없단 말이야.

한 과객이 길을 가다가 날이 저물어 동네에서 제일 큰 기와집을
찾았는데, 마침 그 집에는 이 과객 말고도 쥔네 사돈이 손님으로
미리 와 있었던 모양이야. 그런데 주인 영감이 좀 의뭉스러웠던지

사돈 대접은 잘하면서 과객 대접은 뭣처럼 하거든. 주인 딴에는 사돈 대접 잘하려고 그러나 본데, 황혼에 들어온 손님을 차마 내 쫓지 못하고 받아들였으면 손님 대접도 제대로 해줘야 할 것 아닌가. 한방에 사돈과 과객이 같이 앉았는데, 저녁상이 들어오는 것을 보니 배알이 슬슬 뒤틀리더란 말이야. 사돈 밥상이 먼저 들어오는데 이건 상다리가 휘도록 차렸고, 과객 밥상은 뒤에 들어오는데 이건 간장 종지밖에 없어.

해도 너무한다 싶어서 이 과객이 슬쩍 먼저 들어오는 밥상을 딱 받아 차고 앉아서,

"소생은 먼 길을 걸은 탓에 몹시 시장하니 염치없지만 먼저 먹겠습니다."

하고는 그 잘 차린 음식을 다 먹어버렸어. 그러니 사돈은 할 수 없이 간장 종지밖에 없는 상을 받아먹어야 했지. 속으로야 떨떠름하지만 명색 사돈이라는 사람이 다른 손님과 밥상 싸움을 할 수는 없는 노릇 아닌가.

주인이 나중에 들어와서 그 꼴을 보니 참 기가 막힌단 말이야. 그렇다고 거지반 먹어 치운 상을 도로 빼앗을 수도 없는 일이고, 사돈 저녁상을 또 차릴 수도 없고 해서 그냥 넘어갔어.

이튿날 아침에는 주인이 선수를 쳤지. 이번에는 간장 종지밖에 없는 과객 상을 미리 들여보내고 잘 차린 사돈 상을 나중 들여보냈거든. 그러니까 이놈의 과객이 잔뜩 점잔을 빼면서,

"엊저녁에는 소생이 몹시 시장하여 그만 실례를 범했으니 오늘은 손님께서 먼저 드십시오."

하고 자기 상을 사돈 앞으로 밀어놓는단 말이야. 사돈은 이번에도 떨떠름하기 짝이 없지만, 그걸 가지고 '아, 이건 내 상이 아니오.' 할 수도 없어서 그냥 받아먹었어. 과객은 나중에 들어온 상을 끌어당겨 놓고 또 포식을 했지.

나중에 주인이 들어와 그 꼴을 보니 화가 머리끝까지 치밀거든. 저놈이 남의 집 사돈 대접을 다 망쳐놓는구나 싶어서 부아가 치미는데, 그렇다고 맞대놓고 화를 낼 수 없는 노릇이란 말이야. 체면이라는 게 있으니까. 그래서 하릴없이 방을 나가면서 혼잣말로,

"에잇, 이놈의 집구석을 아예 헐어버리든지 해야지, 이거야 원."

하고 역정을 냈어.

그러거나 말거나 과객은 아침상도 잘 먹고 나서 들메끈을 조이고 나서면서 머슴더러 도끼를 갖다 달랬지. 주인은 저 지긋지긋한 놈이 이제 나가니까 속이 다 시원하다고 생각하고 있는데, 갑자기 도끼를 가져다 달라니까 어안이 벙벙해서,

"아, 도끼는 뭐에 쓰려고 그러오?"

하고 물었지. 그랬더니 과객이 한다는 말이,

"이 댁에서 잘 차린 밥을 두 끼나 얻어먹고 어찌 그냥 가겠소? 수중에 돈이 없으니 이 댁 일이나 거들어드리고 가야겠는데, 아까 들으니 주인장께서 이 집을 헐어버린다 하시기에 밥값으로 기둥이라도 한 짝 찍어드리려고 그럽니다."

이러는구나. 그러고 나서 양손에 침을 퉤퉤 바르고 도끼자루를 거머쥐는데야 어떻게 해. 그냥 두었다가는 정말로 기둥을 찍을 기세거든. 주인이 그저 잘못했노라고 손이 발이 되도록 빌고 나서야

과객이 도끼를 내려놓더라는군.

　이래서 눈치, 배짱에 입심 가지고 먹고사는 사람들이 과객이란 말이 나왔나 봐.

시골 양반 말 타기

옛날 어느 시골 마을에 양반이
하나 살았는데, 이 사람 됨됨이가
좀 못됐어. 조상한테서 땅마지기나
좋이 물려받아 지주 노릇을 하면서 시답잖은 양반 행세하느라고
마을 사람들을 꽤나 귀찮게 했던 모양이야. 걸핏하면 멀쩡한 양민
을 불러다 제 집 궂은일을 시키지 않나, 남의 집 제사에 밤 놔라
대추 놔라 간섭을 하지 않나, 게다가 제 땅 부쳐 먹는 사람들을 어
지간히 들볶는단 말이지. 밭에 거름을 넣네 안 넣네 논둑이 높네
낮네 허구한 날 잔소리야.

이쯤 되니까 동네 사람들이 아주 지긋지긋하게 여길 것 아니야?
그런데 한번은 이 양반이 서울 구경을 간다고 나서더라네. 그러니
까 그 양반 집에서 제일 배포 좋고 능청스러운 머슴이 경마잡이로

따라가겠다고 나서는구나. 그래서 이 양반이 그 머슴을 데리고 말을 타고 서울 구경을 가게 됐지.

가면서도 이놈의 양반은 그저 잔소리가 입에 붙었어. 저는 말 타고 편히 가고 머슴은 고삐 잡고 허위허위 걸어가건만, 말을 빨리 끄네 천천히 끄네, 머슴의 걸음이 빠르네 늦네, 그저 온종일 구박이야. 그러거나 말거나 머슴은 입을 딱 봉하고 가. 그렇게 가다가 말이 산길에 딱 접어들어서 인적 없는 곳에 이르니까,

"마님, 그만하면 말을 실컷 타셨을 테니 이제 쇤네와 바꿔 탑시다요."

이러거든. 양반이 들어보니 거 참 가당치도 않은 말을 한단 말이야. 저는 상전이고 머슴은 누가 뭐래도 머슴인데 말을 바꿔 타자니 그게 말이나 되나.

"이놈아, 네가 정녕 미쳤구나. 머슴 놈이 무슨 말을 타? 그러고 네놈이 말을 타면 나는 어쩌라고?"

그래도 머슴은 조금도 꿀리지 않고 태연자약일세.

"쇤네가 말을 타면 마님이야 당연히 말고삐를 잡고 걸어가셔야지요."

"뭐라고 이놈이 죽으려고 환장을 했구나. 그래, 나더러 경마잡이가 되라는 말이냐?"

"바로 그 말씀입니다요."

이쯤 되니 양반 속이 어떻게 되겠나. 거꾸로 뒤집히지. 입에 거품을 물고 길길이 뛰며 죽일 놈 살릴 놈 하는데, 머슴은 그러거나 말거나 말을 딱 멈추어놓고,

"마님이 못 내리시겠다면 쇤네가 도와드립지요."

하면서 양반을 달랑 들어 땅에 내려놓는구나. 힘으로야 머슴 힘을 당할 수 있나. 게다가 사람이 아무도 없는 무인지경이니 도무지 어떻게 할 수가 없단 말이야. 혼자서 길길이 뛰어도 누가 거들어 주는 사람이 있어야 말이지.

그래놓고 머슴은 태연하게 말을 타고 가네. 저걸 놓칠 수도 없고 해서 양반은 기를 쓰고 말 뒤를 따라가는 판이야.

"이놈, 오라질 놈. 어디 이 산만 넘어봐라."

하면서 이를 갈며 따라가는데, 정작 산을 딱 넘으니까 머슴이 제 발로 말에서 뛰어내려서는,

"이제 마님이 타실 차례입니다요."

하면서 양반을 달랑 들어올려 말에 태우는구나. 이제부터는 평지라서 민가도 있을 테고 오가는 사람도 많을 테지. 머슴이 그걸 다 알고 하는 짓이야. 사람들이 지나가니까 양반이 고래고래 악을 쓰며,

"이것 보게, 동네 사람들. 이놈을 잡아다 관가에 데려가게. 이놈이 글쎄 내 말을 빼앗아 타고 왔다네."

하지마는 머슴이 허리를 굽신굽신하며,

"그럴 리가 있겠습니까요. 우리 마님께서 아까부터 이상한 소리를 하시는 걸 보니 더위를 드신 모양입니다요."

하니까 모두 머슴 말을 믿는 거야. 경마잡이 머슴이 주인 말을 빼앗아 탔다면 누군들 곧이듣겠어?

그래놓고 또 말이 인적 없는 곳에 접어들면 양반을 들어 내리고

제가 말을 타고 가는 거지. 사람이 보는 곳에서는 양반을 태우고 가고. 이러니 양반은 속수무책으로 당할 수밖에 도리가 없어. 아무리 고래고래 악을 써도 사람들이 제 말을 믿어줘야 말이지.

이렇게 해서 걷기 힘든 산길에서는 머슴이 말을 타고, 힘이 덜 드는 평지에서는 양반이 말을 타고 서울까지 갔어. 서울 가서 구경 잘하고 내려올 때는 또 말을 번갈아 타고 내려왔어. 나중에는 양반도 아예 체념하고 말이 산길로 접어들면 제 발로 말에서 내리더란 말이지. 머슴도 말만 바꿔 탈 뿐, 다른 일에는 고분고분 말 잘 듣고 시중 잘 드니까 탈날 일이라고는 아무것도 없지 뭐야.

드디어 동네에까지 다 왔어. 동네에 들어가기 전에 양반이,

"그러나저러나 동네 사람들 듣는 데서 말 바꿔 탔단 얘기일랑 아예 입 밖에도 내지 마라."

하더래. 경마잡이 머슴한테 말을 빼앗겼다고 한들 믿어줄 사람도 없을 테니 그러는 거야. 자칫하다가는 저만 망신살이 뻗치겠거든.

"입도 뻥긋 안 할 테니 걱정 마십시오, 마님."

머슴은 이렇게 선선히 대답했지만 과연 그랬을까? 그건 나도 잘 모르겠네. 어쨌든지 그 머슴, 잘 살아서 어저께까지 살았다나, 여태 살고 있다나. 원 그것도 잘 모르겠네.

뿔 난 도둑놈

옛날에 우리나라 성종 임금
이 미행을 자주 다녔거든. 임금
옷을 벗어 던지고 보통 사람처럼 의
관을 차려입고 내관 하나만 데리고서 밤에 여기저기 돌아다니면
서 백성들 사는 모습을 살피는 거지.

한번은 성종 임금이 미행을 다니다가 어느 산골짜기 마을에 가
게 됐어. 마침 밤이 이슥하여 배가 출출한데, 어느 집 앞에 가니까
메밀묵 쑤는 냄새가 구수한 게 참 좋더래. 저걸 한번 얻어먹어 볼
까 하고 그 집 문 앞에서,

"거, 메밀묵 한 그릇 얻어먹읍시다."

했지. 그랬더니 웬 텁석부리 농사꾼이 나와서 안으로 드시라 하더
니 김이 무럭무럭 나는 메밀묵을 가져오더래. 하도 먹음직스러워

서 얼른 한 입 떠먹으려고 숟가락을 드니까,

"손님, 시장하더라도 좀 참으시우. 먼저 드릴 사람이 있우."

이러면서 병석에 누운 제 어머니한테 먼저 메밀묵을 올리고 나서, 이제 먹으라는 거야. 겨울밤에 배가 출출한 데는 메밀묵이 그만이지. 얼마나 맛있는지 옆도 안 돌아보고 메밀묵 한 사발을 다 먹어 치웠어. 또 한 사발 갖다 주는 걸 맛있게 먹고, 또 한 사발 먹고, 이렇게 내리 세 사발을 먹고 나니 양이 차더래. 다 먹고 나서야 가만히 보니 아, 그동안 이 텁석부리는 한 숟갈도 안 먹고 윗목에 그냥 앉아 있기만 했던 모양이야.

"주인은 왜 안 드시오?"

"아, 나는 배가 안 고프우."

하는데 가만히 보니 메밀묵이 없어. 다 먹은 거야. 저는 한 숟갈도 안 먹고 손님 대접한 거지. 성종 임금이 놀랍기도 하고 미안하기도 해서 연신 사죄를 하니까,

"아, 그러실 것 없우. 좋은 음식이 생기면 어머니가 먼저고 그다음이 손님 아니우? 나도 그쯤은 안다우."

이런단 말이야. 보아하니 배운 것은 없으나 마음 씀씀이가 어찌나 고운지 성종 임금이 그만 탄복했어. 그래서 수작을 걸기를,

"실례이오만 성씨가 어떻게 되시오?"

"이가요."

"그럼 나하고 성이 같으니 우리 의형제를 맺는 게 어떻소?"

"뭐, 그러시우."

이렇게 해서 농사꾼과 성종 임금이 의형제를 맺었어. 임금이 나

이가 많으니까 형이 되고 농사꾼은 아우가 됐지. 성종 임금이 그 집을 나서면서,

"언제든지 서울에 오거든 우리 집에 한번 들르게나."

"형님 댁이 어디우?"

"서울에서 제일 큰 집을 찾아오면 되네. 서울에서 제일 큰 집." 하고 헤어졌지.

그러고 나서 얼마 뒤에 농사꾼이 서울에 가게 됐어. 메밀묵을 한 함지 쑤어 짊어지고 가서, 서울에서 제일 큰 집을 찾았겠다. 서울에서 제일 큰 집이라면 대궐밖에 더 있나? 물어물어 대궐을 찾아가니 문지기가 들여보내 주지를 않거든.

"아, 내가 형님 댁을 찾아왔는데 너희들이 이럴 수가 있느냐?"

"아니, 이런 무엄한 놈 보게. 감히 얻다 대고 형님이야?"

서로 고얀 놈이니 무엄한 놈이니 옥신각신하다가 임금이 알고 들여보내라 했어. 이 사람이 대궐에 턱 들어가 보니 참 눈이 빙빙 돌 지경이거든. 집이란 게 얼마나 큰지 당최 끝도 한도 없고, 하인도 얼마나 많은지 셀 수도 없어.

'햐, 우리 형님이 부자라도 이만저만 부자가 아니로구나.'

형님한테 가 보니 형님은 누런 옷을 입고 관을 쓰고 앉았는데 좌우에 관을 쓴 신하들이 죽 늘어서 있단 말이야.

"형님, 메밀묵을 좀 쒀 가지고 왔으니 잡숴보우." 하고 메밀묵을 내놓고는 좌우를 둘레둘레 살피더니,

"형님 댁에는 웬 뿔난 도둑놈이 이렇게나 많소?" 하거든. 임금이 얼른 못 알아듣고,

"그게 무슨 소린가? 뿔난 도둑놈이라니?"

하고 물으니까,

"에이, 형님 말 마시우. 우리 고을에 가면 저렇게 머리에 뿔난 사또가 있는데 순 도둑놈이우."

이런단 말이야. 벼슬아치들이라는 게 높은 관을 쓰는데, 농사꾼 보기에는 제 고을 사또가 쓴 관이나 대궐 벼슬아치들이 쓴 관이나 매일반이지. 그게 다 뿔처럼 생겼거든. 사또라는 게 허구한 날 백성들 등이나 쳐 먹고사니까 그게 도둑놈이 아니면 뭐가 도둑놈이야? 그러니까 관 쓴 놈은 죄다 뿔난 도둑놈이지. 말인즉 뭐 크게 틀린 말은 아니잖아.

"허허, 뿔난 도둑놈이라. 듣고 보니 다 내 잘못일세."

"그게 무슨 말이우? 형님이야 메밀묵 좋아하는 죄밖에 더 있우?"

"아닐세. 뿔난 도둑놈을 다 내가 만들어놨거든."

"하하 형님은 농담도 잘 하시우."

농사꾼은 끝내 제 형님이 임금이란 걸 모르고, 대궐에서 잘 놀다가 갈 때가 됐어. 하직하기 전에 임금이 농사꾼더러,

"자네가 자네 고을 뿔난 도둑놈 대신에 원 자리를 맡으면 잘하겠는가?"

"그야 해봐야 알지요."

"자네, 글을 모르고서도 원을 하겠나?"

"형님도 참. 고을 원이 어디 글로 백성을 다스리는 줄 아시우? 도둑질만 안 하면 되지. 우리 집 강아지를 시켜도 뿔난 도둑놈보다는 나을 게요."

임금이 무릎을 탁 치고 그날로 고을 원을 제 아우로 갈아치웠어. 농사꾼은 그 뒤로 소문난 명관이 되었는데, 죽을 때까지 제 형이 임금이라는 건 몰랐다는군. 참말인지 거짓말인진 모르지만 이런 이야기도 있어.

종이에 싼 당나귀

옛날 옛날 어느 마을에
한 사내아이가 홀어머니하고
단둘이 살았지. 그런데 이 아이가
좀 모자라. 모자라기는 해도 어머니 말은 참 잘 들었지. 뭐 보통
잘 듣는 게 아니라 죽으라면 죽는 시늉까지 할 정도야.

그렇게 사는데, 이 집 살림이 워낙 가난해서 아이가 날마다 남
의 집에 가서 일을 했어. 남의 집 농사일, 궂은일을 거들어주고 돈
이야 쌀이야 조금씩 얻어다가 입에 풀칠이나 하면서 사는 거지.

하루는 이 아이가 이웃 마을에 가서 일을 해주고 돈 서 푼을 받
았어. 돈 서 푼이 많지는 않지마는, 그래도 하루 종일 힘들여 일해
주고 번 돈이니 제 딴에는 얼마나 귀하고 중하겠어? 그래 그 돈을
행여 잃어버릴세라 손에 꼭 쥐고 집에 갔지. 가다가 목이 말라 길

가에 있는 우물에 가서 물을 한 모금 떠먹었겠다.

우물 옆에다가 돈을 놓고 물을 떠먹고 나서는, 아 그만 깜빡 잊고 돈을 그 자리에 놔두고 와버렸네. 한참 가다가 보니 손이 허전하거든. 부랴부랴 달려가 보니 그새 누가 가져갔는지 돈이 온데간데없지 뭐야. 별수 있어? 그냥 빈손으로 집에 돌아왔지.

집에 와서 어머니한테 일이 이만저만하게 됐노라고 이야기하니,

"애당초 돈을 손에 쥐고 온 게 잘못이지. 호주머니에 넣어 가지고 왔으면 그런 일이 없었을 게 아니냐?"

하고 어머니가 야단을 쳐.

"잘 알겠습니다. 다음부터는 꼭 호주머니에 넣어 가지고 오겠습니다."

하고 단단히 다짐했어.

그래 그다음 날 또 이웃 마을에 일을 해주러 갔지. 하루 종일 힘들여 일해주고 나니 주인집에서 고맙다고 품삯을 주는데, 아 이번에는 돈을 안 주고 강아지를 한 마리 주네.

강아지를 턱 받아서 가만히 생각해보니, 이걸 가지고 가다가 또 어제처럼 길에서 잃어버리면 어쩌나 걱정이 되거든. 그러고 보니 어제 어머니가 호주머니에 넣어 가지고 오라고 한 말이 생각나더란 말이야.

'옳아. 어머니가 틀림없이 호주머니에 넣어 가지고 오라셨지. 이걸 호주머니에 넣어 가지고 가야겠군.'

하고 강아지를 호주머니에 넣었어. 아, 살아 있는 강아지를 호주머니에 넣으려니 어디 잘 들어가나? 억지로 집어넣으니 강아지는

안 들어가려고 깨갱 깨갱 울고 발버둥을 치고 뭐 야단법석이 났지. 그러나마나 어머니 말을 워낙 잘 듣는 이 아이는,

"강아지야, 강아지야. 조금만 참으렴. 어머니가 너를 호주머니에 넣어 가지고 오라셨단다."

하면서 강아지를 억지로 호주머니에 쑤셔 넣었어. 그렇게 해가지고 집으로 가는데, 가면서 내내 난리법석이 났어. 강아지는 강아지대로 답답해서 밖으로 나오려고 야단이고, 아이는 아이대로 강아지가 밖으로 못 나오게 하느라고 용을 쓰고, 이러느라고 말이야. 그렇게 난리법석을 치다가 기어이 강아지가 호주머니 실밥을 뜯고 밖으로 튀어나와 버렸네. 튀어나와서 아주 멀리멀리 달아나 버렸어. 그러니 별수 있어? 또 털레털레 빈손으로 집에 돌아왔지.

집에 와서 어머니한테 일이 이만저만하게 됐노라고 그러니까 어머니가 또 야단을 쳐.

"이 녀석아. 강아지를 호주머니에 넣어 가지고 오는 바보가 세상에 어디 있단 말이냐? 끈으로 모가지를 묶어서 끌고 와야지."

"잘 알았습니다. 어머니. 다음에는 꼭 그렇게 할게요."

아이는 어머니 말을 귀에 잘 새겨뒀어.

그러고 나서 그 이튿날 또 이웃 마을에 일을 하러 갔지. 하루 종일 일해주고 나니 주인이 품삯을 주는데, 이번에는 뭘 주는고 하니 생선을 주거든. 집에 가지고 가서 어머니하고 구워 먹으라고 말이야.

생선을 턱 받아서 생각해보니, 이것도 잘못하다가는 놓쳐버릴 것 같단 말이지. 죽은 생선이 달아날 리 없지마는 얘가 그걸 몰라.

그래서 어머니 말대로 하느라고 끈을 하나 구해다가 생선 모가지를 묶었어. 묶어서 끌고 가는 거지. 아 생선을 길바닥에 질질 끌고 가니 어떻게 되겠어? 흙투성이가 되어서 뭐 말이 아니지. 살점은 다 떨어져 나가고 뼈만 남은 게 생선 꼴도 아니야. 그놈의 생선을 끌고 집에 가긴 갔는데, 어머니가 보니 참 기가 막히거든.

"넌 어쩌자고 생선을 그 꼴을 만들어 가지고 왔니? 그런 걸 끌고 오다니, 제정신이냐? 그런 건 종이에 싸서 짚으로 몸통을 묶어 가지고 어깨에 척 메고 오면 좀 좋아?"

"종이에 싸서 짚으로 몸통을 묶어가지고 어깨에 척 메고 오라고요? 잘 알았습니다."

아이는 이번에도 어머니 말을 귀에 잘 새겨뒀어.

그러고 나서 그 이튿날 또 이웃 마을에 일해주러 갔겠다. 하루 종일 일해주고 나니 주인이 품삯을 주는데, 이번에는 뭘 주는고 하니 당나귀를 한 마리 주네. 그동안 일을 참 잘해줬는데 늘 품삯을 너무 적게 줘서 미안했다면서 이걸로 살림 밑천이나 하라고 그런단 말이야.

아, 당나귀 한 마리를 턱 받고 보니 참 눈앞이 캄캄해. 어머니가 어제 뭐라고 그랬느냐 하면 종이에 싸서 짚으로 몸통을 묶어가지고 어깨에 척 메고 오라고 그랬거든. 이 큰 놈을 무슨 수로 종이에 싸며 또 무슨 수로 어깨에 메고 가? 그래도 어머니 말씀이니 거역할 수는 없지. 여기저기 다니면서 종이를 있는 대로 주워다 당나귀를 쌌어. 눈만 빼놓고 죄 쌌지. 그렇게 종이로 당나귀 몸뚱이를 싸 바르고 몸통 한가운데를 짚으로 뚝딱 묶었어. 그걸 이제 어깨에 메고 갈 판이야.

당나귀를 어깨에 멘다는 게 어디 쉬운 일인가? 제 몸집보다 큰 놈을 메려니 당나귀 배 밑에 들어가서 버둥거리는 게 고작이지마는, 어찌 됐든 그 꼴을 해가지고 집으로 가는 거야.

그때 마침 원님 행차가 그 길을 지나가게 됐어. 가마에다 원님의 어린 딸을 태워 가는데, 그 딸이 몹쓸 병에 걸려 몇 날 며칠 말도 못 하고 먹지도 못해. 용하다는 의원은 다 불러다 보이고 좋다는 약은 다 써봤지마는 낫지를 않아. 그래서 죽기 전에 바깥 구경이나 시켜주려고 데리고 나왔어. 사실은 원님 딸이 고기를 먹다가 가시가 목에 걸려서 그런 건데, 그걸 아무도 몰라.

그런 형편인데, 원님의 딸이 가마를 타고 지나가다가 이 아이가 당나귀를 종이에 싸서 메고 가는 걸 보게 됐거든. 그걸 보니 얼마나 우스워? 아, 멀쩡한 당나귀를 눈만 빠꼼히 내놓고 온통 종이로 싸 바른 것만 해도 우스운데, 그걸 어깨에 메겠다고 아이가 당나귀 배 밑에 들어가 버둥거리는 꼴을 보니 웃음이 안 나올 수 있나?

"아이고, 우스워라."

그걸 보고 깔깔 웃다가 그만 목에 걸린 가시가 톡 튀어나왔어. 그 바람에 병도 씻은 듯이 나았지.

일이 이렇게 되니 원님이 아이를 불러다가 무슨 영문으로 당나귀를 메고 가는지 물어봤어. 아이가 하는 말을 들어보니 앞뒤 사정을 알겠거든.

"비록 이 아이가 좀 모자라기는 하지마는 어머니 말을 그리 잘 듣는 걸 보니 효자 중의 효자로다. 이런 아이에게 상을 안 줄 수 없다."

하고 큰 상을 줬대.

그래서 그 아이는 어머니하고 잘 살았다는 이야기야.

호랑이의 웃음

산중에 사는 호랑이 한 마리가
어슬렁어슬렁 산 밑으로 내려왔겠다. 뭐 먹
을 만한 것이 없나 하고 여기저기 돌아다니다가 어느 골짜기에 가
니까 웬 젊은 농사꾼이 땀을 뻘뻘 흘리며 밭에서 일을 하고 있거
든. 그런데 날씨가 너무 더워서 윗도리를 벗어젖히고 맨 몸뚱이로
일을 하고 있더란 말이야. 몸뚱이에 살이 아주 토실토실 올랐어.
그걸 보니 호랑이가 저절로 군침이 도는데, 이거 원 너무 좋아서
웃음을 참을 수가 있나.

'아이고 좋아라. 안 그래도 배가 잔뜩 고프던 참인데 이게 웬 떡
이냐. 저렇게 살이 토실토실 오른 것만 해도 좋은데, 나 잡아먹기
좋으라고 옷까지 벗었네.'

더워서 옷을 벗었지 누가 저 잡아먹기 좋으라고 벗었나. 그래도

호랑이는 저 좋을 대로 생각하고는, 너무 좋아서 웃음을 못 참아. 한바탕 실컷 웃고 나서 잡아먹었으면 좋겠는데, 여기서 웃다가는 농사꾼이 알고 도망갈 게 뻔하니 그래서는 안 되지. 웃기는 웃어야겠고, 여기서는 못 웃으니 어떻게 해.

생각다 못해 웃음을 꾹꾹 눌러 참고 산을 하나 넘어갔어. 산을 하나 넘어가서 농사꾼이 안 보고 못 듣는 데서 실컷 웃었지.

"아이고 좋아. 저 바보 같은 게 나 잡아먹기 좋으라고 옷까지 벗고 있네. 아이고 좋아."

이렇게 배를 잡고 떼굴떼굴 구르며 실컷 웃고 나서, 이제 잡아먹어야겠다 하고 도로 산을 넘어갔지. 농사꾼이 일하고 있는 골짜기로 말이야. 그런데 가보니 농사꾼이 없어. 그때까지 있을 게 뭐야. 그새 일을 다 하고 집으로 가버렸는데.

바보 원님의 판결

가죽은 팔고..

옛날에 어떤 원님이 살았는데, 이
사람이 콩 보리도 못 가리는 숙맥이야. 뭐
숙맥이라도 보통 숙맥이 아니라 아주 맹탕으로 바보란 말이지. 사
리분별도 못하고 제 앞가림도 못해. 그런 위인이 세도 있는 벼슬
아치 집안에 태어난 덕분에 어찌어찌 뒷구멍으로 벼슬자리 하나
꿰차게 된 거야.

이러니 뭐 고을 정사를 제대로 볼 리가 있나, 정사고 뭐고 죄다
아전들한테 맡기고 그냥 낮잠이나 자는 거지. 그런데 백성들이 송
사를 걸거나 호소를 해 오면 어쩔 줄 모르는 거야. 옛날에는 백성
들이 억울한 일이 있어도 고을 원을 찾고, 어려운 일이 있어도 고
을 원을 찾았거든. 명색 관장이라는 자가 백성들이 호소하는 일을
나 몰라라 할 수는 없으니까 할 수 없이 송사를 맡아야 하는데, 뭘

쥐뿔이나 알아야 말이지.

하루는 어느 백성이 호소해 왔는데, 집에서 기르던 소가 이웃집 소의 뿔에 받혀 죽었다는 게야. 옛날에는 소를 마음대로 잡지 못하게 하는 법이 있어서, 소가 죽으면 관청의 허락을 받고서야 먹든 팔든 할 수 있었지. 그래서 이 일을 어떻게 할까요 하고 묻는 거야. 그런데 이 바보 원님이 뭘 알아야 대답을 하지. 그냥 꿀 먹은 벙어리처럼 아무 말도 못 하고 있으니까 곁에 있던 아내가 보다 못해 가만히 일러줬어.

"이왕에 죽은 소이니 가죽은 벗겨다 팔고 고기는 관청에 바치라 하십시오. 그러면 고깃값을 쳐줄 터이니 가죽과 고기를 판 돈으로 조그마한 송아지라도 한 마리 사서 기르라 하십시오. 그러면 얼마 뒤에는 큰 소가 될 터이니 그 아니 좋은 일이냐고 하십시오."

바보 원님이 그 말을 듣고 한마디 빼고 보탤 것도 없이 그대로 앵무새처럼 외웠어.

"이왕에 죽은 소이니 가죽은 벗겨다 팔고 고기는 관청에 바쳐라. 그러면 고깃값을 쳐줄 터이니 가죽과 고기를 판 돈으로 조그마한 송아지라도 한 마리 사서 길러라. 그러면 얼마 뒤에는 큰 소가 될 터이니 그 아니 좋은 일이냐?"

백성이 듣고 보니 참 그럴듯한 말이거든. 이왕에 죽은 소이니 왈가왈부할 것 없이 그렇게만 하면 누이 좋고 매부 좋고 다 좋겠단 말이야. 고마운 말씀이라고 절을 열두 번도 더 하고 물러났지. 나가서도 우리 원님이 바보라더니 너무 똑똑하기만 하더라고 동네방네 소문을 내서 이 원님이 참 칭송을 많이 받았어. 아내 덕분에 그렇게 된 거지.

그런데 며칠 뒤에 한 백성이 송사를 걸어왔는데, 늙은 아버지가 이웃집 노인과 다투다가 떠밀려 죽었다는 게야. 사람이 죽었으니 이건 보통 송사가 아니라 큰 송사지. 이쯤 되면 전후 사정을 잘 살펴서 억울함이 없도록 판결을 내려야 할 텐데, 뭘 쥐뿔이나 알아야 말이지. 아내가 있으면 물어보련만 하필 아내는 친정에 가고 없지 뭐야. 원님이 가만히 생각하다가 무릎을 탁 치고는 자신만만하게 판결을 내리기를,

"그거 뭐 어려울 것 없다. 이왕에 죽은 것이니 가죽은 벗겨다 팔고 고기는 관청에 바쳐라. 그러면 고깃값을 쳐줄 터이니 가죽과 고기를 판 돈으로 조그마한 사내아이라도 하나 사서 길러라. 그러면 얼마 뒤에는 네 아버지가 될 터이니 그 아니 좋은 일이냐?"
이러더라나.

일곱 스님과 일곱 아들

옛날 옛적 어느 곳에 한 부부가 살았는데 참 가난했어. 길가에 움막을 짓고 짚신을 삼아 팔아서 겨우 먹고살았지.

하루는 내외가 짚신을 삼고 있는데 웬 스님이 움막 앞을 지나가더래. 그런데 신도 안 신고 그냥 맨발로 걸어가.

"스님, 스님. 이리 와서 짚신이나 한 켤레 신고 가소."

집 안으로 모셔다가 곱게 삼은 짚신 한 켤레 신겨 보냈지.

그 이튿날 내외가 짚신을 삼고 있는데, 또 한 스님이 맨발로 움막 앞을 지나가더래.

"스님, 스님. 이리 와서 짚신이나 한 켤레 신고 가소."

집 안으로 모셔다가 곱게 삼은 짚신 한 켤레 신겨 보냈지.

그 이튿날 내외가 짚신을 삼고 있는데, 또 한 스님이 맨발로 움막 앞을 지나가더래.

"스님, 스님. 이리 와서 짚신이나 한 켤레 신고 가소."

집 안으로 모셔다가 곱게 삼은 짚신 한 켤레 신겨 보냈지.

이렇게 내리 이레 동안 일곱 스님이 움막 앞을 지나가기에 일곱 번을 모셔다가 짚신 일곱 켤레를 신겨 보냈어.

그러고 나서 일곱 달이 지났는데, 하루는 첫날 와서 짚신 신고 갔던 첫째 스님이 다시 와서 하는 말이,

"동쪽으로 일곱 번 강을 건너가면 좋은 터가 있을 테니 거기에 집을 짓고 살아보소."

이러더래.

그 이튿날에는 둘째 날 와서 짚신 신고 갔던 둘째 스님이 다시 와서,

"동쪽으로 일곱 번 강을 건너가면 좋은 터가 있을 테니 거기에 집을 짓고 살아보소."

하고, 또 그 이튿날에는 셋째 날 와서 짚신 신고 갔던 셋째 스님이 다시 와서,

"동쪽으로 일곱 번 강을 선너가면 좋은 터가 있을 테니 거기에 집을 짓고 살아보소."

하고, 이렇게 내리 이레 동안 일곱 스님이 다시 와서 일곱 번 똑같은 말을 하거든.

그래서 부부는 일곱 스님 말대로 동쪽으로 길을 떠나 일곱 번 강을 건너갔어. 가 보니 아니나 달라 좋은 터가 있더래. 거기에 움막을 짓고 살았지. 전에처럼 짚신을 삼아 팔아 먹고살았어.

한 해가 지나 첫아들을 낳았어. 얼마나 기쁜지 하늘 보고 일곱 번 절하고 고이고이 키웠지.

그 이듬해에는 둘째 아들을 낳았어. 얼마나 기쁜지 하늘 보고 일곱 번 절하고 고이고이 키웠지.

그 이듬해에는 셋째 아들을 낳았어. 얼마나 기쁜지 하늘 보고 일곱 번 절하고 고이고이 키웠지.

이렇게 내리 일곱 해 동안 아들 일곱을 낳아서 하늘 보고 일곱 번 절하고 고이고이 키웠어.

그런데 첫아들이 일곱 살 되는 해 칠월칠석날이 되니 아무 말도 안 하고 집을 나가서 다시 돌아오지 않더래.

둘째 아들도 일곱 살 되는 해 칠월칠석날이 되니 아무 말도 안 하고 집을 나가서 다시 돌아오지 않더래.

셋째 아들도 일곱 살 되는 해 칠월칠석날이 되니 아무 말도 안 하고 집을 나가서 다시 돌아오지 않더래.

이렇게 내리 일곱 해 동안 해마다 아이들이 일곱 살만 되면 칠월칠석날 집을 나가서 다시 돌아오지 않는 거야. 그래서 일곱 해가 지난 뒤에는 일곱 아들이 다 나가고 부부만 남게 됐지.

부부는 짚신을 삼아 팔면서 쓸쓸하게 살았어. 그렇게 일곱 해가 지났지.

하루는 내외가 짚신을 삼고 있는데, 저 멀리서 일곱 벼슬아치가 일곱 마리 말을 타고 줄지어 동네로 들어오더래. 모두 비단옷을 잘 차려입고 높은 모자를 쓰고 풍악을 잡히면서 들어오는 거야.

"뉘 집 자식이기에 일곱이나 다 벼슬을 해서 저렇게 훌륭하게 차리고 오는고. 우리는 아들을 일곱이나 뒀지마는 다 나가서 죽었는지 살았는지 소식도 없네."

한탄을 하면서 눈물을 흘리다 보니, 어럽쇼, 일곱 벼슬아치 행차가 줄줄이 마당으로 들어서네. 그러더니 일곱 벼슬아치가 모두 말에서 내려 일곱 번 큰절을 올리는 거야.

"어인 행차시기에 우리 같은 늙은이한테 절을 하시오?"

"어머니, 아버지. 일곱 살 때 집을 나간 일곱 아들이 돌아왔습니다."

그제야 가만히 보니 다 아들들이더래. 그 얼마나 기뻐? 부부는 일곱 아들과 함께 이레 동안 밤낮으로 잔치를 열었더래.

자, 이제 수수께끼. 이 이야기에서 일곱이란 말이 몇 번 나왔을까?

먹보 머슴

옛날에 갓날에 먹보 머슴이 살았어. 왜 이름이 먹보인고 하니 밥을 너무 많이 먹어서 먹보야. 부잣집에서 농사일을 해주고 밥을 얻어먹으면서 사는데, 늘 배를 곯아. 아, 한 끼에 못 먹어도 밥 쉰 그릇은 먹어야 뱃속에서 '너 먹었니?' 하는 판이니 말이야. 주인집에서 주는 밥 한두 그릇으로는 어림도 없지. 배를 곯으니 힘도 못 써. 배가 고파서 늘 비실비실하는데 무슨 힘을 써?

한 해 여름에는 산사태가 나서 주인집 논 스무 마지기가 몽땅 흙더미에 깔렸어. 그러니 참 이게 예삿일이 아니지. 너른 논에 흙이고 돌이고 잔뜩, 사람 키만큼 쌓였는데 그걸 죄 걷어내야 농사를 짓게 생겼거든. 그런데 그 일이 어디 쉬워? 일꾼이 있어도 몇백 명은 있어야 엄두를 낼 판이고, 몇백 명이 달려들어도 열흘이 걸릴지 보름이 걸릴지 모르는 판이니 말이야.

주인집에서 걱정이 늘어졌는데, 이때 먹보 머슴이 슬그머니 나서.

"그 일이라면 내가 한번 해볼 테요."

"아, 네까짓 게 무슨 수로?"

만날 비실비실하느라 힘도 못 쓰는 머슴이 나서니 같잖지.

"어쨌든 해볼 테니 밥이나 한 쉰 그릇 해주쇼."

"밥을 쉰 그릇씩이나?"

주인이 속으로 생각하기를

"아, 이놈이 저 혼자서 하려는 게 아니라 놉을 한 쉰 사람 얻어서 일을 하려는 게로군."

했지. 그래서, 그러면 당장 일을 시작하라고 하고 먹보를 논에 내보냈어. 그리고 나서 밥을 쉰 그릇 해서 일하는 데 가봤거든.

가 보니 참 볼만해. 논에는 놉이고 뭐고 한 사람도 없고 먹보 혼자 있는데, 그것도 일은 안 하고 논둑에 누워서 쿨쿨 자고 있지 뭐야.

"야, 이놈아. 일은 안 하고 이게 무슨 짓이냐?"

두들겨 깨웠지.

"그리고 밥을 쉰 그릇이나 해 오라고 하더니 일꾼은 다 어디 있어?"

그랬더니 먹보가 부스스 일어나서 한다는 말이,

"밥은 거기 두고 가쇼. 아무튼지 일만 다 해놓으면 될 것 아뇨?"

하거든. 별 수 있어? 밥 쉰 그릇을 두고 그냥 왔지.

집에 와서 가만히 먹보 일하는 데를 바라보니, 거기서 흙먼지가 뽀얗게 일더니 천지가 온통 하얘. 먼지에 덮여서 산이고 들이고 그냥 뿌옇기만 하고 잘 보이지도 않아. 그리고 하늘에는 솔갠지 뭔지 새가 가득 떠서 날아다녀. 아주 하늘에 새까맣게 깔렸어.

이상하잖아. 갑자기 공중에 흙먼지가 뽀얗게 일고 하늘에 새가 까맣게 날아다니니 말이야. 하도 이상해서 주인이 살금살금 먹보 일하는 데 가봤지. 큰 나무 뒤에 숨어서 가만히 보니까, 아 참 일이 나긴 났어.

먹보가 혼자서 가래로 논에 깔린 흙더미를 퍼내는데, 어찌나 빠른지 손이 안 보여. 그냥 와그르르 소리만 들리고 공중에 흙먼지가 뽀얗게 솟아올라. 그 흙먼지가 산을 가리고 들을 가리는 거야. 그만큼 손이 빨라. 하늘에 솔개처럼 보이는 건 말이야, 그게 뭔고 하니 죄 돌이야. 먹보가 논에 깔린 돌을 퍼내니까 그게 하늘에 날아올라서 새까맣게 뜬 거지.

그렇게 해서, 어찌나 빨리 했는지 그날 해가 넘어가기도 전에 일을 다 했어. 흙이고 돌이고 남김없이 다 퍼내서 논을 아주 깨끗하게 만들어놨지. 먹보가 밥 쉰 그릇을 혼자 먹고 나서 그만큼 일을 잘하더란 말이야.

주인집에서는 그다음부터 먹보한테 끼니마다 밥 쉰 그릇씩을 해줬어. 먹보는 밥 쉰 그릇을 먹고 나면 혼자서 쉰 사람 몫 일을 너끈히 했지.

그런데 하도 밥을 많이 먹어서 나중에는 그 집 살림이 거덜 날 지경이야. 그래서 먹보는 그 집에서 내쫓겼지. 밥 많이 먹는다고 소문이 나서 아무 데서도 받아주는 집이 없고, 그래서 여기저기 떠돌아다녔어. 떠돌아다니다가 산으로 들어갔다는데, 그 뒤로는 아무도 먹보를 본 사람이 없다네.

토끼와 절구통

옛날 옛적 고릿적 갓날 갓적 태곳적, 나무접시 소년 적 물뚝배기 영감 적, 어떤 가난한 나무꾼이 나무를 하러 뒷산에 갔지. 나무를 하다가 제 신세가 서글퍼서 훙얼훙얼 팔자타령을 했지.

"어떤 사람 팔자 좋아 고대광실 높은 집에 네모마다 풍경 달고 알뜰하게 잘 사는데, 이내 팔자 어이하여 지게에다 목숨 걸고 태산 속을 헤매는고. 가슴 답답 못 살겠다."

그러다 보니 발치께에 무엇이 딱 걸리겠지. 이게 무언가 하고 보니 커다란 돌절구가 하나 땅에 묻혀 있네. 파내 보니 제법 쓸 만한 돌절구통이야.

자, 이 절구통을 집에 가지고 가야 할 터인데 무거워서 어째? 들 수가 있나 멜 수가 있나 질 수가 있나. 이도저도 안 되니까 굴렸지. 때굴때굴 굴려서 산을 내려가는데, 내리막이니까 절구가 좀 잘 구르나. 가만히 둬도 때굴때굴 보기만 해도 때굴때굴, 저 혼자서 잘도 굴러 내려간단 말이야.

절구통이 굴러 내려가다가 토끼 한 마리를 치었네. 그 바람에 토끼도 절구통과 함께 때굴때굴 굴러 내려갔지. 절구통과 토끼가 함께 때굴때굴 굴러서, 산 밑에 있는 나무꾼 집 뒤껼에 척 하고 떨어져 멈췄지.

나무꾼이 뒤늦게 산을 내려와 보니 자기 집 뒤껼에 절구통이 떡 하니 와 있는데, 아 글쎄 그 옆에 토끼 한 마리도 같이 와 있네. 토끼가 절구통에 치여 때굴때굴 구르는 바람에 기절을 해서 발라당 자빠져 있거든.

"옳거니. 이거야말로 꿩 먹고 알 먹기로구나."

절구통은 뒤껼에 세워두고 토끼는 장에 갖다 팔기로 했지. 당장 토끼를 들고 장터에 달려가 외쳤지.

"토끼 사려, 토끼 사려. 복슬복슬하고 귀여운 토끼 사려."

마침 토끼 사겠다는 사람이 있어 흥정 끝에 돈 석 냥 받았구나. 가난한 살림에 돈 석 냥이 어디냐. 싱글벙글 입이 귀에 걸렸지.

한 마을에 사는 욕심쟁이 영감이 장에 왔다가 그걸 봤네.

"아, 자네 웬 돈인가?"

"토끼 팔아서 벌었습지요."

"토끼는 무슨 재주로?"

"산꼭대기에서 절구통을 굴리니까 치이던데요."

욕심쟁이 영감이 그길로 집에 달려가, 마당에 세워둔 돌절구를 밧줄로 꽁꽁 묶었지. 혼자 힘으로 안 되니까 머슴 셋을 불러 밧줄을 끌게 하고 자기는 뒤에서 밀며 뒷산으로 올라갔네.

영차영차 끙끙 아이고 무거워, 영차영차 끙끙 아이고 무거워. 한나절 동안 올라가서 산꼭대기에 이르자 절구통을 산 아래로 휙 굴러 내렸지. 절구통은 때굴때굴 잘도 굴러가네. 가만히 둬도 때굴때굴 보기만 해도 때굴때굴, 저 혼자서 잘도 굴러 내려가네.

이때 토끼 한 마리가 나무 밑에서 낮잠을 자다가 왈캉달캉 요란한 소리에 잠을 깼지.

"이키, 웬 절구통이냐?"

토끼는 절구통을 피해 산 아래로 마구 달음박질을 쳤지. 토끼는 앞장서 달음질치고 절구통은 뒤에서 왈캉달캉 따라오고, 그러다가 둘 다 영감 집 뒷결으로 내려왔네. 토끼는 냉큼 앞마당으로 내빼고, 절구통은 뒷간 기둥을 쿵 박고 멈췄는데, 그 바람에 기둥이 부러지면서 뒷간이 폭삭 주저앉았구나.

요란한 소리를 듣고 마나님이 나와 보니 뒷간은 무너졌는데 웬 토끼 한 마리가 마당에서 눈을 말똥말똥 귀를 쫑긋쫑긋하고 있거든. 이놈의 토끼 맛 좀 봐라 몽둥이를 꼬나들고 덤비니까, 토끼는 혼이 빠져서 장독대로 달아났지.

"네 이놈 토끼야. 거기 가면 못 잡을 줄 알고."

마나님이 몽둥이로 장독대를 탁 내리치니까 장독대가 우지끈 와장창 깨져서 박살이 나는구나. 토끼는 그 소리에 놀라 깡충깡충 뛰어서 지붕 위로 폴짝 올라갔지.

이때 산에서 영감이 내려와 보니 집안 꼴이 말이 아니거든. 뒷간은 무너지고 장독대는 부서졌는데 잡으려던 토끼는 잡히지 않고 지붕 위에 동그마니 올라가 있으니 말이야. 그만 화가 머리끝까지 뻗쳐올랐지.

"네 이놈 토끼야, 어디 혼 좀 나봐라."

부싯돌로 불을 일으켜 불꾸러미를 만들어서 지붕 위로 냅다 던져 올리니 애꿎은 지붕에 불이 붙었구나. 그 사이에 토끼는 에그 뜨거워라 얼른 뛰어 내려와 뒷산으로 달아나버리고, 끝내 지붕은 홀라당 타버려 기둥뿌리만 남더라나.

이렇게 해서 욕심쟁이 영감이 토끼 한 마리 잡으려다 열두 칸 기와집을 다 태워먹더라는 이야기.

어리보기 숫보기

먼저 선비 얘기.

옛날 어느 시골에 한 선비가 살았는데 참 어수룩했어. 허구한 날 방에 틀어박혀 글만 읽다 보니 세상물정을 몰라서 그래.

한번은 이 선비가 과거를 보러 서울을 갔는데, 들자니 서울엔 도둑이 많아서 무엇이든 잘 훔쳐 간다고 그러거든. 주막에 들어 잠을 자려고 옷을 벗어 들고 생각하니, 이걸 아무 데나 뒀다가는 도둑맞을지 모르겠단 말이야. 사방을 둘러보니 마침 벽에 조그마한 들창이 하나 나 있어.

"옳거니, 저게 벽장이렷다. 저 속에 넣어두고 자면 잃을 염려는 없겠군."

들창을 열고 보니 안이 그냥 깜깜해서 거기다가 옷을 집어넣고 다시 문을 닫았어. 혹시라도 도둑이 들까 싶어서 문을 아주 단단히 잠갔지. 그래놓고 이튿날 아침에 일어나서 들창을 열어보니, 아이쿠 이게 다 뭐야? 그 안이 그냥 훤하고 사람이 왔다 갔다 하네. 사실은 그게 안이 아니고 바깥이야. 그 들창이 바로 길갓집 벽에 붙은 바라지였거든. 문 너머는 그냥 한데란 말씀이야. 한데다 옷을 버렸으니 그 좀 잘 주워갈 텐가?

선비가 한숨을 쉬며 하는 말이,

"어이쿠, 서울 도둑은 못 당하겠군. 그 안에 옷 넣어둔 걸 어찌 알고 벽장째 떼어갔네그려."

하더라나.

그 뒤에 선비가 어찌어찌 옷을 구해 입고 과거를 보러 가긴 갔는데, 잘못해서 과장엘 안 들어가고 대궐엘 들어갔네. 대궐에 들어가서 헤매는데, 마침 임금이 산책을 하느라고 뜰에 나왔다가 선비를 만났어.

"그대는 어디 사는 누구이기에 여기서 이러고 있는가?"

"예, 아무 데 사는 아무개가 과거 보러 왔소이다."

"그러면 글을 한번 지어보게나."

임금이 글제를 내주니 그 자리에서 쓱쓱 지어내는데 뭐 참 붓끝에서 새가 날거든. 밤낮 글공부만 했으니 글이야 좀 잘 짓나? 임금이 보고 기특해서 상으로 돈을 한 꿰미 줬어.

그래 돈 한 꿰미를 받아 가지고 이제 집으로 가는 판인데, 조금 가다 보니 몹시 무겁거든. 그 엽전꿰미가 좀 무거울 텐가? 궁리 끝에 길가에 땅을 파고 돈을 묻었어. 묻어놓고 나중에 찾으러 올 속

셈이지. 그런데 가만히 생각해보니, 나중에 와도 표가 없으면 못 찾을 것 같단 말이야. 그래서 나무를 깎아 푯말을 하나 만들었어.

"아무 데 사는 아무개 돈 묻어놓은 곳이라."

이렇게 큼지막하게 써서 떡하니 세워놓고 집으로 갔지. 가서 머슴 하인 아들까지 다 데리고 이제 돈 찾으러 다시 왔어. 와 보니 뭐 허탕이지. 푯말만 있고 돈은 없거든.

선비가 한숨을 쉬며 하는 말이,

"어이쿠, 서울 도둑은 까막눈인가 보군. 내 이름자를 써놨는데도 그걸 못 읽고 가져갔네그려."

하더라나.

그다음엔 머슴 얘기.

옛날 어느 집에 머슴 사는 총각이 하나 있었는데 참 어수룩했어. 마음씨는 무던한데 약지를 못하고 뒤퉁스러워서 늘 실수가 많았지.

한번은 새경으로 모시 한 필을 받는데, 이걸 이제 지게에 싣고 들에 일하러 갔어. 일 마치는 대로 장에 가서 내다 팔려고 말이야. 그런데 일하다 보니 마침 모시 장수가 지나가거든.

"여보, 모시 장수. 모시 팔러 장에 가오?"

"예, 그렇쇠다."

모시 장수야 모시 팔러 가지 뭘 팔러 가?

"그럼 이 모시도 가져다가 내 대신 팔아주구려."

"예, 그러지요"

모시 장수가 모시를 넙죽 받아 짊어지고 갔는데, 가는 꼴만 봤지 오는 꼴은 영영 못 보네. 모시 장수야 길 가다가 모시 한 필 거저 얻었으니 이게 웬 떡이냐고 그냥 들고 갔지 뭐. 하루 종일 기다리고 밤이 이슥하도록 기다려도 와야 말이지.

그날부터 머슴은 날이면 날마다 그 자리에서 모시 장수를 기다리는데, 누가 물으면,

"모시 장수가 내 모시 한 필 팔아주마고 가져갔는데 아직 안 오네요."

이러고 섰더래. 열흘이고 한 달이고 날마다 밤이 이슥하도록. 그래 보다 못한 동네 사람들이 한 푼 두 푼 추렴을 해서 모시 한 필을 사다 줬다나.

또 한번은 이 머슴이 밤에 자다가 오줌이 마려워서 밖에 나갔어. 그런데 마침 장마가 져서 비가 주룩주룩 내리거든. 뒷간까지 가기가 귀찮아서 그냥 툇마루 끝에 서서 마당에다 대고 오줌을 눴지.

그런데 이런 변이 있나? 이놈의 오줌이 눠도 눠도 끝이 없네그려. 줄줄줄줄 나오는 것이 하마나 그칠까 하마나 그칠까 해도 안 그쳐. 밑도 끝도 없이 밤새 나오는 거야.

"이것 참 큰일 났네. 무슨 놈의 오줌이 끝도 없이 나오나?"

이러면서 밤새 서 있는데, 사실은 그게 오줌이 아니고 빗물이야. 처마 끝에서 빗물 떨어지는 소리가 줄줄줄줄 하니까 그게 오줌 나오는 소린 줄 알고 그러는 거지. 이튿날 아침에 비가 그칠 때까지 그러고 있었다나.

또 한번은 다른 머슴들과 어울려 밤늦게까지 놀다가 여럿이 같

이 잠을 자게 됐어. 곤히 자다 보니 벼룩이 다리를 물어서 가렵거든. 그래서 긁었단 말이야.

그런데 아무리 긁어도 시원하지를 않더래. 그래 벅벅벅벅 자꾸만 긁었지. 긁어도 긁어도 시원치를 않아서 자꾸만 벅벅벅벅 긁는데, 사실은 그게 제 다리가 아니고 남의 다리야. 곁에 자던 다른 머슴 다리를 긁어놨으니 시원할 리가 있나.

곁에 자던 머슴은 잠자다가 다리를 긁혔는데, 어찌나 사납게 긁혔던지 여기저기 피가 맺혔어. 놀라서 벌떡 일어나 고함을 쳤지.

"아이고 아파라, 아이고 내 다리!"

그래도 다리 긁던 머슴은 긁기를 그치지를 않고,

"좀 참게, 좀 참아. 나는 이렇게 가려워도 참거늘 웬 방정인가?"

하더라나.

호랑이 똥 때문에 대머리 된 이야기

오늘은 무섭고 더럽고 시원한 이야기를 하나 할까? 그런 이야기가 어디 있느냐고? 여기 있지.

무서운 건 뭐게? 호랑이지.

더러운 건 뭐게? 똥이지.

시원한 건 뭐게? 대머리지.

호랑이 똥 때문에 대머리 된 이야기라면 어때? 무섭고 더럽고 시원하겠지? 그런 이야기야.

옛날 옛적에 힘장사가 살았어. 이 사람은 힘이 세도 뭐 보통으로 센 게 아니야. 아름드리나무도 한 손으로 쑥쑥 뽑고, 집채만 한 바위도 한 손으로 덜렁 들어. 게다가 성질이 악착같아서, 손아귀에 뭐든 한번 쥐었다 하면 어쨌든 일을 내야지 그냥 실없이 놔주는 법이 없어.

이 사람이 하루는 길을 가는데, 길가 어떤 집에서 울음소리가 진동을 하거든. 웬일인가 하고 담 너머로 들여다봤지. 들여다보니 부부가 마당에 주저앉아서 실성한 것처럼 우는데, 어찌나 슬피 우는지 간장이 다 녹을 지경이야.

까닭을 물어보니 아들이 호랑이한테 물려 갔대, 글쎄. 외동아들 하나 낳아서 애지중지 키웠는데, 세 살 먹은 것을 방에 재워두고 부부가 일하러 나갔다 돌아와 보니 없더라는 거야. 그런데 가만히 살펴보니 마루고 방이고 온통 호랑이 발자국이더래. 그러니 뭐 더 볼 게 있나? 호랑이가 물어간 거지. 옛날에는 더러 호랑이가 마을로 내려와서 사람을 물어 가는 일도 있었거든.

힘장사가 그 말을 듣고 그만 분이 번쩍 났어.

"이놈의 호랑이가 남의 집 귀한 아들을 물어 가다니 참 염치도 없는 놈이군. 당장 가서 혼내줘야지."

한달음에 뒷산으로 올라가 여기저기 들쑤시고 다니다 보니, 마침 커다란 바위 사이에 굴이 하나 있더래. 굴 앞에 호랑이 발자국이 어지러운 걸 보니 틀림없이 호랑이 굴이더란 말이야.

"옳거니, 이놈이 여기 숨어 있으렷다."

굴 안에 쓱 들어가 보니, 아나나 다를까 한 아이가 으앙으앙 울면서 누워 있겠지. 호랑이는 없고 아이만 있어. 호랑이는 그새 또 사냥을 하러 갔는지, 다른 호랑이 부르러 갔는지 몰라.

"에잇, 이놈의 호랑이. 혼내주려고 왔더니 어딜 도망갔담."

막 아이를 안고 나오려고 하는데, 이때 호랑이가 굴로 들어오네. 그런데 머리부터 들어오는 게 아니라 꽁무니부터 들어와. 호랑이란 놈이 본래 의심이 많거든. 그래서 제 굴에 들어갈 때도 바깥에 누가 있는지 살피느라고 꽁무니부터 들이밀지. 참말인지 빈말인지 모르지만 그런 말이 있어.

아, 힘장사가 굴에서 막 나가려고 하는데 호랑이 꽁무니가 슬금슬금 들어오니 뭐 볼 것이 있나. 에잇 이놈 잘 만났다고, 꼬리를 꽉 거머쥐고 냅다 잡아당겼어.

그 바람에 호랑이가 혼이 다 빠졌지. 제 집에 들어가는데 갑자기 안에서 무엇이 꼬리를 잡고 당기니 당최 뭐 보이기를 하나, 영문을 아나. 뭐가 뭔지도 모르고 놀라서 달아나려고 몸을 뺐지. 그런데 힘장사 힘이 좀 센가. 게다가 성질머리도 악착같아서 한번 잡은 건 놓는 법이 없으니 일 났지.

호랑이는 달아나려고 용을 쓰고, 힘장사는 안 놓으려고 악을 쓰고, 둘이 서로 버티는데 젖 먹은 힘까지 다 쓰는 거야.

"어흥, 어흥!"

이건 호랑이가 '내 꼬리 놔라, 내 꼬리 놔라.' 하는 소리고,

"우어, 우어!"

이건 힘장사가 '어림없다, 어림없어.' 하는 소리지.

잔뜩 버티다가 둘이 한꺼번에 용을 쓰니, 그만 호랑이 꼬리가 쑥 빠졌어. 그러면서 힘장사는 뒤로 벌러덩 나자빠졌는데, 이때 호랑이 똥을 한 바가지 뒤집어썼어. 꼬리가 빠지면서 호랑이가 똥을 한 바가지 싸고 내뺐거든. 그 바람에 힘장사 머리가 온통 호랑이 똥으로 칠갑을 했지.

호랑이가 어찌나 혼이 났는지, 똥을 싸도 예사 똥을 싼 게 아니라 홍똥을 쌌어. 홍똥이 뭐냐 하면 아주 뜨거운 똥이 홍똥이야. 불덩이같이 뜨거운 똥이야. 하도 뜨거워서 힘장사 머리털이 그만 홀라당 벗겨졌어. 그래서 대머리가 됐지. 그런데 힘장사만 대머리가 된 게 아니고 아이까지 대머리가 됐어. 안겨 있던 아이도 홍똥 부스러기를 머리에 맞은 게야.

이게 호랑이 똥 때문에 대머리 된 이야기야.

어때? 무섭고 더럽고 시원했어?

아니라고? 그래도 괜찮아. 이야기는 이야기니까. 재미있어도 이야기고 시시해도 이야기고…….

옛이야기가 주는 가르침

옛이야기 속에는 이야기를 만든 사람들이 하고 싶어 했던 말이 숨어 있다. 때로는 은근하게, 때로는 날카롭게, 옛사람들은 이야기를 빌려 오늘을 사는 우리에게 무언가를 말해준다. 옛사람들은 도대체 무슨 말을 하고 싶었던 것일까? 옛이야기 속에서 옛사람이 숨겨놓은 가르침을 찾아내는 일은 우리 가슴을 설레게 한다.

꿈을 꾸어라, 그러나 깰 때를 대비하라

옛이야기는 상상에서 시작되어 상상으로 끝난다. 상상력이 없었다면 애당초 옛이야기가 태어나지도 못했을 것이다. 바로 그 때문에 옛이야기 속에는 온갖 비현실과 우연이 판을 친다. 상상과 현실의 세계를 마음대로 넘나들며 이야기가 펼쳐지다 보니 합리성도 떨어진다. 이것은 옛이야기가 가진 약점인가? 그렇지 않다. 사람에게는 누구나 꿈이 있는데, 현실과 꿈을 이어주는 징검다리가 없으면 숨이 막힌다. 현실은 때때로 냉혹하여 꿈의 세계를 받아들일 빈자리를 만들지 못한다. 옛이야기는 현실 세계를 넓혀 꿈이 들어설 자리를 마련해주고, 꿈의 세계를 알맞게 다스려 현실 세계에 다리를 놓아준다.

「이상한 수수께끼」에서 주인공 나무꾼이 겪는 일은 말 그대로 꿈이다. 꿈이 아니고서야 어찌 한 나무꾼이 땅속 나라 도적을 물리치겠으며, 용궁에 가서 보물을 얻겠으며, 죽었다가 되살아나겠는가? 이 이야기에는 사람이 꿀 수 있는 온갖 꿈이 다 들어 있다. 땅속 나라와 물속 나라 여행, 공주 구하기, 부르면 뭐든지 척척 나오는 보물 항아리, 죽었다가 살아나기……, 이런 것들은 사람들이 누구나 한 번쯤 꾸어봄직한 꿈이 아닌가? 고달픈 현실에 시달리는 사람들은 이야기가 놓아주는 징검다리를 건너 머나먼 꿈의 세상으로 간다. 그러나 그들은 곧 꿈의 세상에도 고난이 있음을 알게된다. 온갖 어려움을 겪고 한 가지를 얻으면 또 다른 고난이 앞을 가로막는다. 왜 옛사람들은 꿈속에 고난의 덫을 만들어놓았던가? 왜 마냥 행복한 꿈만 꾸지 않았던가? 답은 간단하다. 어려움을 겪지 않고 얻은 행복은 아무 쓸모가 없기 때문이다. 그런 무의미한 행복은 있을 수도 없거니와 사람들이 바라는 바도 아니다. 현실을 벗어나기 위해 꾼 꿈이 다시 현실을 이야기하고 있는 것이다.

「광대탈과 삼형제」에서는 보통 사람이 엄두도 못 낼 엄청난 힘을 가진 사람들이 기상천외한 방법으로 어려움을 헤쳐나간다. 힘이 세어지고 싶은 욕망이 이런 이야기를 낳았다. 그러나 힘이 세어졌다고 해서 모든 일이 이루어지는 것은 아니다. 그 힘이 다하도록 싸우고, 심지어 괴물에게 잡아먹히기까지 해야 행복한 결말을 볼 수 있다. 그 행복한 결말이라는 것도 별것이 아니다. 그저 오래오래 잘 사는 것이 전부다. 그러나 따지고 보면 이것이 가장 큰 행복일지도 모른다. 보통 사람들에게 '걱정 없이 오래오래 잘 사는 것'보다 더 큰 행복이 어디 있으랴.

「무지개는 왜 뜨나」에서 우리는 다시 옛사람의 치열한 현실의식을 만난다. 먹을 것이 지천으로 널려 있는 세상, 아무것도 모자람 없이 한 오백 년 사는 세상은 누구나 꿈꾸는 세상이다. 그런 곳에서 아무 일도 일어나지 않는다면, 그것은 그야말로 덧없는 일장춘몽에 지나지 않는다. 그런 꿈을 깨고 나면 얼마나 허망할까? 옛사람들은 그 허망함을 이기기 위해 꿈의 세상에 현실의 부끄러운 모습을 그대로 옮겨 심었다. 탐욕과 약탈, 억압과 저항, 싸움과 고통을 옮겨 심어 꿈을 현실 가까이 끌어내렸다. 이런 꿈을 깨고 난 사람들은 허망함 대신 새로운 깨달음과 용기를 얻을지도 모른다. 이 이야기에서 무지개는 꿈과 현실을 이어주는 다리와도 같다.

「굴속에 들어간 장수」와 「아기장수 더덕이」는 둘 다 아기장수의 운명을 다룬 이야기다. 알다시피 아기장수 이야기는 '백성 사이에서 난 영웅은 반드시 실패한다'는 옛사람들의 현실의식이 낳은 것이다. 왕조 시대 권력은 실제로 백성들이 믿고 따르는 영웅을 용납하지 않았다. 그래서 이 실패는 당연한 것이다. 그런데도 왜 옛사람들은 끈질기다 할 만큼 이런 이야기를 만들어 퍼뜨렸을까? 그 해답은 이야기 결말에 있다. 장수는 비록 현실 권력의 힘에 눌려 사라지지만, 아주 없어진 게 아니라 잠깐 그 모습을 감추었을 뿐이다. 이것이 희망의 끈이다. 이야기를 만든 사람들은 현실의 엄중함을 절감했지만, 영웅이 언젠가는 다시 세상에 나와 억눌린 이들의 눈물을 닦아주리라는 믿음까지 포기할 수는 없었을 게다. 이것이 옛이야기에 꿈과 현실이 엉겨 녹아 있는 모습이다.

두려워 마라, 길은 어디에나 있다

현실 세상 사람들은 언제나 두려움과 함께 살아간다. 두려움은 사람들로 하여금 삼가고 조심하며 살게 하지만 때때로 용기를 앗아가기도 한다. 옛사람들은 옛이야기와 더불어 두려움을 잊으려 했는지도 모른다. 그렇지 않고서야 옛이야기의 주인공이 언제나 보란 듯이 성공할 수 있으랴. 옛이야기의 주인공은 어떤 어려움이라도, 설령 그것이 죽음에 이르는 길일지라도 끝내 이겨내고야 만다. 이런 이야기를 만든 사람들은 주인공과 더불어 어려움을 이겨내면서 용기를 얻으려 했을 것이다. 옛이야기의 주인공이 겪는 어려움에 견주면 현실의 어려움쯤이야 무어 대수겠는가.

「신통한 점괘」의 주인공은 단 세 마디 점괘로 세 번 죽을 고비를 넘긴다. 무심코 지나치면 아무것도 아닌 점괘 세 마디에도 살아날 길은 있는 것이다. 도저히 불가능할 것처럼 보이는, 죽은 사람이 산 자식을 낳는 일도 옛이야기에서는 얼마든지 가능하다(「죽은 사람이 산 자식 낳다」). 가난한 어부가 용궁 처녀를 아내로 맞는 일도, 그리하여 당당하게 원님이 되는 일도 물론 얼마든지 가능하다(「원님이 된 어부」). 그러나 그냥 가만히 기다리기만 해서는 그런 행운이 찾아올 수 없다. 누군가를 도와주거나 죽을 목숨을 살려주거나, 하다못해 어려움을 꾹 참고 견디는 모습이라도 보여야 한다. 그런 사람한테는 반드시 행운이 따르게 된다.

「형제와 금덩이」는 사람에게 행운이 어떻게 찾아오는지를 잘 보여준다. 앞을 못 보거나 걷지 못하는 주인공들은 서로 도움으로써 장애를 거뜬히 이겨낸다. 그렇게 서로 의지하며 좌절을 딛고 일어서는 순간 행운이 다가온다. 특별히 착한 일을 하거나 남에게 뭔가를 베풀지 않아도, 어려움을 이겨내려는 의지만 있으면 얼마든지 행운의 주인공이 될 수 있다. 이로써 옛이야기는 희망의 날개가 된다.

「만석꾼이 천석꾼 된 내력」을 보면 어려움을 이기는 데에 별난 대가가 필요하지는 않다는 것을 알 수 있다. 그저 조금만 겸손하고 분에 넘치는 욕심만 부리지 않으면 반드시 누군가 다가와서 도와준다. 욕심 부리지 않고 남과 더불어 사는 것이 '열심히 노력'하는 일보다 값지다는 교훈이 거기에 있다. 옛사람들은 마치 우리에게 이렇게 말하고 있는 듯하다. "순리대로 착하게만 살아라. 그러면 길은 어디에나 있을 것이다."

머리로 알기보다 가슴으로 느껴라

옛이야기가 주는 가르침은 때때로 겉으로 드러나 우리에게 따끔한 충고를 던지기도 한다. 그러나 더 많은 가르침은 이야기의 재미에 파묻혀 보일 듯 말 듯 숨어 있다. 이것은 보석처럼 귀한 가르침이다. 그러나 우리는 그 보석을 캐내어 닦고 빛낼 생각을 버려야 한다. 드러내어 알리고 자랑할수록 빛바래는 것이 옛이야기의 가르침이다. 그것은 그냥 서사 속에 가만히 묻어두어야 한다.

이를테면 여기에 옛이야기를 좋아하는 한 아이가 있다고 하자. 그리고 그 아이가 누군가로부터 「삼 년 걸린 과것길」 이야기를 들었다고 하자. 그 아이는 이야기를 듣고 나서 바로 '아, 이 이야기는 우리에게 남의 처지를 잘 헤아리라고 가르치고 있구나. 더구나 많이 가진 사람이 적게 가진 사람을 대할 때는 더욱 그렇구나.' 하고 생각하지는 않을 것이다. 그보다는 호랑이에게 잡아먹힐 팔자를 타고난 주인공이 그 고비를 무사히 넘기는 과정을 흥미진진하게 여기며 이야기를 즐길 것이다. 그러나 그것으로 끝나지 않는다. 이야기는 사라지지 않고 마음속에 남아, 살아가는 동안 필요할 때마다 기억에서 되살아나 깨우침을 줄 것이다. 마치 화수분 바가지에서 물건을 꺼내듯이, 그 가르침은 아무리 꺼내도 없어지거나 줄어들지 않는다. 이것이 서사 속에 묻어둔 가르침의 힘이다.

「할아버지와 개」처럼 선악이 뚜렷이 맞서는 이야기는 언뜻 식상해 보이기도 한다. '착한 사람은 복을 받고 나쁜 사람은 벌을 받는' 틀이 너무 고지식해 보여서다. 하지만 그 우직함이 바로 옛이야기를 살아 있게 하는 힘이다. 착한 일에 대한 굳건한 믿음 없이 어찌 그런 이야기를 만들 수 있겠는가. 어려서부터 이런 이야기를 많이 듣고 자란 아이가 어찌 착한 마음을 갖지 않을 수 있겠는가. 이래서 옛이야기는 들려주는 것만으로 훌륭한 교육이다.

「호랑이가 준 보자기」는 남을 배려하는 마음씨를, 「세 신랑의 재주」는 진정으로 값있는 재주가 무엇인가를, 「나무장수의 요술 바가지」는 적선하는 데에 가진 것의 많고 적음을 핑계 삼아서는 안 된다는 것을 각각 가르치고 있다. 인과응보를 겉으로 드러내어 말하지는 않지만, 듣는 이는 누구나 그 가르침을 자연스럽게 느낌으로 받아들인다. 가슴으로 느껴 받아들이는 가르침이 머리로 깨쳐 받아들이는 것보다 훨씬 인상 깊고 오래가는 법이다.

가난하고 약한 사람들도 세상의 주인이다

「호랑이 잡은 머슴」을 보자. 보기만 그럴듯했지 실속 없는 머슴이 바보짓으로 우연히 행운을 얻는다. 이 대목에서 우리는 잠깐 혼란에 빠진다. 이게 뭐지? 주인공은 슬기를 발휘한 것도 아니요 어려움을 이겨내려고 애쓴 것도 아니다. 크게 착한 일을 한 것도 아니요 남에게 많이 베푼 것도 아니다. 그저 호기심에 산에 올라갔고, 남이 추어주니까 큰소리 한번 쳐봤을 뿐이다. 그런데도 뜻하지 않은 행운을 얻어 잘 산다. 요행을 바라고 살라는 얘긴가? 설마?

「바람 원님」도 마찬가지다. 의붓아들은 특별히 복을 받을 만한 값진 일을 하지 않았다. 그저 천덕꾸러기로 푸대접받으며 살았을 뿐이다. 그 어려운 처지를 벗어나려고 뚜렷이 애를 쓴 것 같지도 않다. 그런데도 신통방통한 우연에 힘입어 과거에 급제하고 원님 벼슬까지 한다. 도대체 옛사람들은 우리에게 무엇을 말하려고 이런 이야기를 만들었을까?

가만히 보면 이런 이야기 주인공에게는 공통점이 있다. 남보다 뒤처지거나 몹시 어려운 형편에 놓여 있거나 아무리 애를 써도 고생을 못 면한다는 게 그것이다. 그런 사람에게 필요한 것이 무엇일까? '열심히 노력해서 팔자를 고치라'고 충고하는 건 이 경우 너무 허망하다. 그런 말은 심하면 속임수가 될 수도 있다. 이땐 그냥 호박이 덩굴째 굴러오는 식의 행운이 필요하다. 바로 이런 생각이 이와 같은 이야기를 낳았다.

'아무리 지체 낮고 약하고 어리고 보잘것없는 사람이라도 당당히 세상의 주인이 될 수 있다.' 바로 이런 생각이 우연한 행운을 다룬 이야기를 만든 것은 어찌 보면 필연이다. 이런 이야기에서 주인공이 착한 일이나 값진 일을 하지 않는 건, 가르침이나 깨우침이 아니라 어루만짐과 부추김에 무게를 두었기 때문이다. "너같이 어려운 처지에 있는 사람도 얼마든지 행복해질 수 있어."라고 말하려면, 바로 그런 사람이 행운을 얻는 과정을 보여주면 된다. 그 과정에서 선행이나 노력이 생략된다고 해서 문제될 건 없다.

「명의가 된 소금 장수」나 「돌덩이와 금덩이」, 「개똥떡과 조 이삭」이 다 그런 이야기다. 가난하고 미천한 주인공이 우연한 기회에 행운을 얻어 보란 듯이 잘 산다는 줄거리에서 우리는 눈에 뵈는 교훈을 얻으려고 애쓸 필요는 없다. 주인공과 함께 뜻밖의 행운을 즐기며 통쾌함을 느끼면 그만이다. 그리하여 가난하고 약한 사람들도 세상의 주인임을 깨닫는다면, 그것이야말로 값진 가르침이 아니고 무엇이겠는가.

사람답게 사는 길은 가까운 곳에 있다
옛사람들은 꿈만 꾼 것이 아니었다. 두 눈을 똑바로 뜨고 세상을 바라보면서 때로는 세태를 한탄하기도 하고 때로는 사람에게

서 희망을 보기도 했다. 옛이야기가 세상을 바라보는 눈은 글문학의 그것과 다른 점이 많다. 똑같은 것을 이야기하더라도 옛이야기는 관념에서 벗어나 삶의 실체를 실으려 한다.

「효자 만든 금반지」를 보자. 이 이야기에서 세 아들과 며느리가 어머니에게 한 효도는 마음에서 우러난 게 아니었다. 다만 금반지가 탐이 나서 거짓으로 효도하는 척했을 뿐이다. 그러나 이야기는 그것에 대해 왈가왈부하지 않는다. 그저 어머니가 편하게 잘 살다가 죽었다는 데에만 관심을 둔다. 「세 딸과 양아들」에서도 재산을 탐내어 거짓 효도를 한 세 딸은 끝내 벌을 받지 않는다. 오히려 아버지 재산을 가로채어 잘산다. 그 대신 양아들을 내쫓은 아버지는 톡톡히 그 대가를 치르고, 겨우 양아들 효도 덕분에 고생을 면하게 된다. 왜 그런가? 이야기의 눈길이 삶의 한복판에 자리 잡고 있기 때문이다. 앞 이야기는 어머니의 처지에서, 뒤 이야기는 양아들의 처지에서 풀려나간다. 그래서 이야기는 단지 '효도'라는 관념을 넘어 더 복잡한 삶의 모습을 비추고 있는 것이다.

옛이야기에 나오는 벼슬아치 모습도 그리 단순하지 않다. 이를테면 「백정 삼촌이 된 어사」나 「소 장수 원님」은 덕망 있는 벼슬아치의 선행을 그리고 있다. 그런 온정주의가 어려운 사람을 돕는 데 과연 최선의 길인가 하는 문제는 밀쳐두고, 이만큼 정의롭고 공변된 벼슬아치 만나기도 힘들다는 점에서 현실보다는 꿈의 영역에 가깝다. 그러나 「돼지가 된 대감」 같은 이야기는 벼슬아치의 치부를 곧이곧대로 드러내고 있다. 벼슬을 파는 세도가를 이만큼 속 시원하게 놀리기도 쉽지 않을 것이다. 이런 이야기를 만든 백성들의 눈과 마음은 열려 있었고 또한 날카로웠다. 옳은 것을 옳다 하고 그른 것을 그르다 하는 것이야말로 도덕의 뿌리가 아니겠는가.

「저승사자도 놀란 가난」에서 우리는 가난조차 해학의 소재로 삼으려는 옛사람들의 여유를 만난다. 가난하여 볼썽사나운 모습에 저승사자조차 놀라 달아난다는, 그래서 오히려 수명을 늘리는 복을 얻었다는, 이 놀라운 해학과 여유를 배울 수 있다면 우리 삶도 한결 너그러워지지 않을까.

「효자가 된 불효자」나 「살막이 돌담」은 효도나 근면 같은 흔하고 뻔한 교훈을 담고 있지만, 재미난 세태 묘사와 짐짓 딴전을 피우는 서술로 그 교훈을 은근슬쩍 감추어두었다. 또 「시어머니와 며느리」 같은 이야기는 며느리에게 일방으로 효도하라고 가르치는 대신, 고부 사이 갈등도 고만고만한 결점을 가진 사람끼리의 문제라고 말함으로써 훨씬 그 분위기가 훈훈해졌다. 이런 것이 바로 옛이야기의 참 매력이 아닐까.

슬기가 곧 힘이다

옛이야기를 만든 백성들은 가난하고 힘없는 사람들이었다. 재주가 있다면 땀 흘려 일하는 재주밖에 없었다. 이런 사람들이 어려움에 부딪혔을 때 무엇을 앞세워야 할까? 이런 의문을 시원하게 풀어주는 것이 슬기를 다룬 옛이야기다. 말하자면 슬기는 힘없는 백성들이 가진 단 하나뿐인 무기인 셈이다.

「시부모 길들이기」는 참으로 통쾌하고 흐뭇한 이야기다. 갓 시집간 새색시에게 깐깐하고 법도 따지기 좋아하는 시부모야말로 두렵고도 성가신 골칫덩이다. 그런 시부모를 무엇으로 당할 수 있겠는가. 이미 힘의 균형이 깨어진 상황에서 곧이곧대로 옳고 그름을 따지는 것은 이 경우 현명한 방법이 못 된다. 시부모보다 더 깐깐하게 법도를 따짐으로써 제풀에 두 손 들고 나가떨어지게 만드는 슬기, 이것이 우리가 옛사람에게서 배울 바다.

「원인지 껍데긴지」도 우리를 기분 좋은 웃음으로 이끄는 이야기다. 한 농사꾼이 고을 원의 코앞에서 '원인지 껍데긴지'를 되뇌는 설정은 매우 기발하다. 농사철에 관의 닦달로 부역에 내몰려본 농사꾼이라면 누구나 이 이야기에서 속이 후련해지는 통쾌함을 느낄 것이다. 이 경우도 슬기가 권위를 이기고 위기를 벗어나는 힘이 된다.

「양반집에 장가들기」나 「배짱 좋은 형제」는 가난해서 장가 못 간 노총각이 꾀로 색시를 얻는 이야기다. 다른 일도 아니고 장가드는 일에는 가난하다는 것과 신분이 낮다는 것은 도저히 넘을 수 없는 벽처럼 보인다. 그러나 이때에도 슬기는 모든 것을 가능하게 한다. 거침없는 상상력으로 현실의 고달픔을 잠시 잊고자 하는 일도 값지지만, 기발한 꾀로 현실의 벽을 허물려는 노력 또한 세상 약자들에게 끈끈한 공감을 불러일으킬 만하다.

「시르릉 비쭉 할라뿡」과 「헌 망건 찾기」는 또 다른 감칠맛이 있다. 이것은 슬기라기보다 가벼운 재치를 다룬 이야기인데, 무더운 여름날 찬물 한 모금처럼 산뜻한 맛이 난다. 「달걀과 송아지」 또한 비슷한 소재를 다룬 이야기로 깃털처럼 가볍다. 옛이야기가 꼭 그렇게 심각해야 하느냐고 되묻는 이야기 같기도 하다.

화날수록 웃어라

한 농사꾼이 이웃집 양반한테 시달릴 대로 시달리다가 하루는 그 집 개 앞에 엎드려 절을 했다. 까닭을 묻는 양반에게 농사꾼은 이렇게 대답한다.

"대감댁에 사는 짐승은 곧 대감과 한식구인데 어찌 절을 안 하겠습니까?"

얼핏 들으면 지극한 공대 같으나 사실은 은근히 욕을 보인 것이다. 개와 한식구라면 양반도 개인 셈이니 얼마나 큰 욕인가. 이것이 풍자이다. 풍자는 웃음으로 감쌌기에 겉으로는 부드러우나 속내를 들여다보면 날카로운 가시를 품고 있다. 다만 그 가시는 풍자의 대상만을 향하고 있어서 다른 사람에게는 여유 있는 웃음을 안겨준다.

풍자는 가난하고 힘없는 사람들의 몫이다. 그들은 가난하고 힘이 없기 때문에 늘 반대쪽에 선 사람들에게 시달린다. 그렇게 시달리다 보면 화가 나게 마련인데, 옛사람들은 그 울분을 웃음으로 삭이는 지혜가 있었다. 옛이야기는 풍자의 온상이다.

「원님과 이방」은 무지한 수령을 놀리는 이야기 같지만, 더 깊은 곳을 들여다보면 벼슬을 팔고 사는 양반 모두를 풍자하고 있다. 벼슬아치를 뽑는 과정이 공정했다면 무식한 수령이 나올 턱이 없겠기 때문이다. 여기서 우리는 재미있는 사실을 하나 발견한다. 이방이 원님과 함께 이야기에 등장하면 반드시 원님보다 똑똑하거나 착하게 그려진다. 그러나 이방이 고을 백성들과 함께 이야기에 나오면 십중팔구 욕심쟁이 아니면 바보가 된다. 왜 그런가? 옛 이야기는 언제나 약한 사람 편에 있기 때문이다.

「시골 양반 말 타기」에서도 시골 양반이 머슴과 함께 이야기에 나왔기에 놀림감이 되고 말았다. 만약에 시골 양반이 서울 양반과 함께 나오는 이야기였다면 틀림없이 서울 양반을 놀려먹는 자리에 섰을 것이다. 풍자의 주체는 언제나 약한 편이다.

백성들 등쳐먹는 양반을 '뿔 난 도둑놈'이라 놀리는 것도 가시 돋친 풍자이다. 얼핏 보면 이 이야기의 주인공은 임금인 것 같지만 사실은 농사꾼이 주인공이다. 임금은 이 풍자 마당에 필요한 조연일 뿐이다. 농사꾼이 끝까지 임금을 못 알아보는 것처럼 이야기가 진행되지만, 가만히 보면 이것은 교묘한 속임수이다. 이야기가 듣는 이까지 속이는 것이다. 적어도 농사꾼이 대궐에 들어간 뒤로는 임금을 알아보았다. 그러나 끝까지 못 알아보는 척 시치미를 뗀다. 뿔 난 도둑놈을 제대로 풍자하기 위해서는 그런 속임수가 필요했으리라.

풍자가 날카로운 가시를 품은 웃음이라면 해학은 둥글둥글 모 없는 웃음이다. 그저 한바탕 시원하게 웃자고 만든 것이 해학이다. 해학은 곧 여유다. 여기서는 놀리는 사람이나 놀림을 받는 사람의 자리가 그다지 멀지 않다. 언제든지 자리가 바뀔 수 있는 것이다. 요컨대 해학에는 적의가 없다.

「전라도 물기와 평안도 박치기」의 대결이나 「방귀 겨루기」에 나오는 사람들은 신분의 높고 낮음이 없다. 이런 대결에서 누가 이기느냐 하는 것은 사실 아무 문제가 되지 않는다. 이런 이야기는 허풍이 심하지만, 아무도 그 허풍을 탓하지 않는다. 애당초 웃자고 만든 이야기이기 때문이다.

'먼지 건달'이 남을 골리는 짓이나 「토끼와 절구통」에서 토끼가 욕심쟁이 영감을 놀려먹는 짓은 지나치다 싶기도 하고 좀 얄미운 구석도 없잖아 있지만, 애당초 적의를 품은 풍자가 아니기 때문에 아무도 긴장할 필요는 없다. 말하자면 해학은 고달픈 삶의 긴장을 풀어주는 소일거리인 셈이다.